U0452811

Staread
星 文 文 化

致我们单纯的小美好

赵乾乾 著

上册

江苏凤凰文艺出版社

目录 / CONTENTS

自序
你不相信的，我相信　　　　　　　/001

正文
第一章　　　　　　　　　　　　　/006

第二章　　　　　　　　　　　　　/021

第三章　　　　　　　　　　　　　/036

第四章　　　　　　　　　　　　　/051

第五章　　　　　　　　　　　　　/065

第六章　　　　　　　　　　　　　/079

第七章	/098
第八章	/111
第九章	/131
第十章	/146
第十一章	/159
第十二章	/194
第十三章	/211
第十四章	/219
第十五章	/234

1,467次赞

在我认识江辰的漫长岁月里，
他的温柔底下始终隐藏着一颗对我肆意的心。

自序

你不相信的，我相信

你不相信的,我相信。

想起不止一个人跟我说过,你的小说,情节没什么扣人心弦的跌宕起伏。

虽然以我非常谦虚、非常虚怀若谷的伟大情操,必须客气地说,我实在担当不起"你的小说"这四个字,而且我也不知道我以后会写出什么样的鬼东西。但到目前为止,的确,我的小说情节没什么高潮,没有堕胎流产、自杀谋杀、乱伦,甚至没有什么背叛和欺骗,总之没有一切市场需要的刺激元素,因为我的朋友都是好人,因为我常常会把人往好处想,哪怕是虚构的人。所以我这不成熟的脑袋直接导致了我写的东西,口味实在很淡。

而我的重口味，往往只会体现在看别人的小说和吃辣味、喝浓茶时。

我一直都相信，我相信，这个世界上有单纯的爱情，有就算没有太多磨难、太多跌宕来证明，也依然美好的爱情。

如果你也相信，谢谢你。

如果你不相信，我相信。

嘿，祝翻开这个故事的你，单纯美好。

赵乾乾

正 文

第一章

老陈同志，即我爸，今年二月份正式退休。劳碌了一辈子的老陈在家坐了半个月后终于坐不住了，恰巧县里的老人俱乐部招成员，他就去了。去了才发现，五十多岁的他在平均年龄为七十岁的老人俱乐部中属于青年骨干级别，于是老陈久违的热情被点燃了，成天蹬着自行车上俱乐部去，组织老年人进行娱乐活动。那股热情，整个就一激情燃烧的岁月。

只是他的激情还没烧着岁月，岁月就先给了他一个下马威。他老人家爬梯子挂横幅时一脚踩空，摔了。

接到我妈的电话时，我正在大马路上看广告牌，大热天里吓出了一身冷汗。虽然小时候老陈经常揍我，我也曾想过等我长大了要揍老陈,但我真的很爱老陈。

赶去医院的路上,我边哭边絮絮叨叨地跟出租车司机讲我爸的好,把司机这一堂堂七尺彪悍男儿讲得激动不已,一路油门踩到了底。付款时他主动把零头抹了,还说:"大妹子啊,你记一下我的车牌号码,××××××,下次千万别拦我的车了。我家里有个特啰唆的老婆和老母,整得我一听人唠叨就哆嗦。见谅哈,祝你爸早日康复。"

当我哭着赶到医院时,我妈正一边削苹果一边数落我爸:"就你这副老骨头,还骨干级别呢,再摔一次我就把你直接推去烧了,让骨干晋级为骨灰。"

我抓着门框眼泪汪汪地说:"妈,我爸怎么样了?"

我妈抬头望我一眼说:"得,把眼泪收回去,哭什么哭!我一把屎一把尿地拉扯你长大,不是让你一遇着什么事就一把鼻涕一把泪。"

我把眼泪收了收,去慰问那长期被欺压的老头儿:"爸,你还好吧?"

他眼巴巴地望着我妈手中的苹果,说:"不好,你妈都削三个苹果了,一个都不给我吃。"

我见从他们嘴里也问不出个所以然来,干脆就拎起热水瓶说:"我去打点热水。"

我拎着热水瓶直奔咨询台,也不管我妈在身后叫唤着:"这死孩子，水是满的！"

可能是我的面目太过狰狞，护士迅速找来了医生，医生面无表情地叙述了一遍我爸的情况，说是摔着腰了，脊椎压迫神经了，总之就是得做手术，让我准备三万块钱。

我追问了几句具体情况，医生瞄我一眼道："跟你说你也不懂，总之准备好钱就行了，其他的交给我们医生就是了。"

我又问："那什么时候能动手术呢？"

他不耐烦地道："排队，排到了就动。"

我恨不得咳一大口浓痰吐他脸上，然后告诉他不好意思我有肺结核。

虽然对医生的态度颇有怨言，我却只能从口袋里掏出几百块，唯唯诺诺地塞给他："那就劳烦您多照顾……"

他瞪我一眼，推开钱，说："你干什么！你们家属的心情我能理解，但这样是违反规定的！你要实在不放心，我抽空给你详细讲一讲就是了。"

我惭愧不已，觉得自己真是以小人之心度君子之腹，人家医生就是天生脾气不好而已。就在我深刻地检讨自己的人格时，医生转身离开了，离开前仰着下巴给我使了个眼色，我琢磨了很久他是抽筋还是别有意味，最后学着他扬一扬下巴，才算是明白了，墙上装着监视器呢……

我正要问护士刚才那个医生的办公室在哪儿时，手机响了，掏出来一看，心跳跟下坡踩油门似的飞快，我差点想去心内科挂个号了。

江辰，我的前男友。

我哆嗦着毕恭毕敬地接起电话："喂？"

"喂"了半天，只听到一堆杂乱的声音，看来他是不小心按到手机。我正想挂电话，却听到了一个娇滴滴的女声，她说："医生，我胸口疼。"

我这才想起来，江辰是医生，据说现在还小有名气。我挂了电话，纠结了很久，最终决定，与其在这里感受这个医院医疗环境的黑暗，还不如转院到江辰所在的医院，至少冲着当年我帮他剥了数千个茶叶蛋的情分，他多少得照顾点吧。

我回去把这事跟我妈一说，她问："江辰是当年跟你谈恋爱的那个孩子？"

嗯……您的记忆点真微妙。

我妈又问："转到他所在的医院，他会帮忙吗？我是说你们现在还有情分在吗？"

真是一针见血。我结结巴巴地说："帮忙是肯定会的，只是……"

"只是什么？"

"只是这样好像有点剪不断理还乱。"

老太太对此嗤之以鼻："少跟我拽文，剪不断就剃光！你现在就跟他联系,你爸明天就转院,我再也忍受不了这里的医生了。"

我本指望着我妈能慈爱地跟我说:"孩子咱有骨气,前男朋友什么的咱不去招惹。"

我果然还是高估了我妈。

江辰接到我的电话时并没有表现出讶异,我想当医生的可能都这样,见惯了大风大浪,尸体和内脏器官都没吓着他,哪能让我这前女友给吓着。

我结结巴巴地把情况跟他讲了一遍,最后说:"我爸转到你们医院,好不好?"

"好。"他回答得干脆利落,让我都不好意思提给他剥过茶叶蛋的事。

他又说:"把东西都准备好,我马上找车来接你爸转院。"

末了,他沉默了半响,问我:"你还好吧?"

"还好。"

三个小时后,江辰带着救护车呼啸到了我面前。三年不见,我却连抬头好好看他都不敢,只是一个劲儿地盯着他大衣的口袋里插着的那支大概很贵的钢笔,想着不知道他学会写医生字了没。

念大学时,我一直很为江辰担心,生怕他那一手漂亮的小楷以后在医学界难以立足。为了让他练就一手即使开错药单也可以逃避责任的字,我曾经逼着他临摹我的字,很遗憾的是,最终他还是没能学得我笔迹的精髓。

出院手续、入院手续全部由江辰一个人操办了，我和我妈闲得慌，就一人拿一个苹果蹲在医院门口唠嗑。

我妈说："小伙子不愧是我看着长大的，真不错呀。"

我对于她将小伙子不错这事归功于是她看着长大的无耻行径表示不齿。

她又说："这么好的货色，你当年怎么就错过了？明明就快成了。"

我"咔"一声咬了一口苹果："爸一个人在救护车里无聊呢，你去吃苹果给他看吧。"

我妈长叹一声，颠颠往车上跑，边跑边嚷嚷："老头子，你女儿让我来吃苹果给你看了。"

江辰拿着大大小小的单据出来时，正巧看到这一幕，笑着睨我："你可真够孝顺的。"

我仰头看他，他在我面前半俯着身子低头看我，垂下来的发梢在晨光中泛着柔柔的光。他驾轻就熟地对着我笑，左颊挤出一个深深的酒窝，仿佛我们昨天还一起吃饭看电影一样。

我撇开了眼神，这是个万恶的酒窝，当年我那颗小芳心就是醉倒在这个酒窝里的。虽然现在回想起来，只觉得我就是被他脸上这个坑给坑了。

自我有记忆以来,江辰的存在就跟巷口那根电线杆一样理所当然。他住在我家对面的楼上,是镇长的儿子,还是班长,长得好,会弹钢琴,会写毛笔字,成绩好,讲一口好听的普通话。

电视剧和小说里称我们这种从小家离得很近的男女为青梅竹马,并且普遍分为两类:一类是相亲相爱型,两人亲若兄妹,一起捅马蜂窝一起被马蜂蜇,一起偷地瓜一起挨揍,等到蓦然回首,才发现两人的友情早已慢慢升华为爱情;另一类是相看两相厌型,两人针锋相对,远远见到都恨不得冲上去咬对方一口,一逮到机会就拔对方自行车气门芯,长大后猛然发现,啊,原来这就是爱。

可惜我与江辰以上皆非,在漫长的岁月里,我和他都只是对面楼的邻居。他每日叮咚叮咚地弹他的钢琴,我津津有味地看我的《樱桃小丸子》。偶尔忘记作业内容,我会去按他家的门铃,他总是不耐烦地说你自己为什么不记。可能是因为有求于人,所以我从不与他计较,当然也可能是我从小不爱与人计较。我这人向来淡定中带点超凡。

初二升初三的暑假,考完试后我们班瞒着老师偷偷去野炊,野炊中我和江辰被分配去洗番薯,班里四十个人,买了四十四个番薯,江辰把零头的四个给洗了,然后就在一旁打水漂玩儿。

我蹲在湖边强压着怒火洗番薯,就在我愈洗愈火大时,一块小石片"咚"地削过我面前的水面,溅了我一脸水花。我一抬头,江辰却是若无其事的样子，继续手起石落地在水面上削出一个漂亮的四连跳，水面上连着泛起大小不一的涟漪，相撞着荡开。

按理说我应该骂他，泼他水，把他脑袋按水里，或者把他推进湖里淹死，但我都没有，我只是呆呆地看傻了。

微风掀动着他略显宽大的白色校服，阳光在他的睫毛与发梢上跳跃出金黄光圈，微扬的嘴角在左颊挤出一个得意的酒窝。

时间与空间凝固，只剩下我的心跳。

暑假之后便步入忙碌的初三，我这人向来以大局为重，儿女情长什么的，也就抛在一边了。加上当时热播《流星花园》，我就迷道明寺去了。

让我确定"坚决要喜欢江辰"的人生目标是半年后的事了。模拟考前一晚，我在我妈"我怎么养了你这么个丢三落四的猪头女儿"的打骂声中匆匆赶往学友书店，去买第二天涂答题卡要用的 2B 铅笔。

学友书店虽说号称书店，但卖的东西很杂，上至图书、文具，下至贴纸、玩具，总之学生间流行什么这里就卖什么。后来在外面混得多了，我发现"学友"二字是全国大小非连锁文具店和书店都爱用的名字，也不知是这名字是让广大学生感觉如同朋友般地亲切，还是大伙儿都懒得想名字。

我进了学友书店，抓了一把 2B 铅笔。当时电脑阅卷刚兴起，我觉得 2B 铅笔在不久后的未来会涨价，我得囤货。而事实证明，铅笔虽然涨了不到一块钱,但市面上出了不少电脑阅卷专用自动铅笔,当大家都在用自动款的2B铅笔时,我依然可怜兮兮地用小刀削铅笔。

果然先知都是寂寞的。

在我握了一把铅笔准备付钱时,江辰从门口进来了。大概是出于青春期诡异的偷窥心理,我下意识地就从书架上抽了本书,挡着脸偷瞄。

江辰进门后就直奔柜台,老板娘见了他,笑眯眯地从柜台下抱起一摞书:"你要的绣像珍藏版四大名著,我特地到城里进的货。"

江辰笑着说:"谢谢老板娘,多少钱?"

"八百五十三,算你八百五好了。"老板娘接过他的钱,"我可是倒贴了车费。"

江辰笑着说:"谢谢老板娘。"

那时我们的学费一学期两百,江辰用两年四个学期的钱去买几本破书,有这么多闲钱还不如……其实我也不知道还不如干什么,我没拥有过这么多钱,所以我很不明白。曾经有人给我讲过一个笑话——记者问深山里一个老妇:给你十万块你会做什么?答:每天吃菜馍馍。又问:给你二十万呢?答:每天吃肉馍馍。最后问:给你一百万呢?答:每天一手菜馍馍一手肉馍馍。我其实对老妇人的心境很感同身受。

"哥哥，哥哥。"不知从哪里冒出来的小孩拉着江辰的裤管叫道。

江辰蹲下去，摸摸他的脑袋，眨着眼睛问他："小朋友，你是男生还是女生？"

小孩吸着小拇指，很认真地说："男生。"

江辰嫌弃道："我不喜欢男生。"

他说着就要起身，小孩忙拉着他的衣服说："我是女生。"

江辰笑了："原来是女生啊。好吧，你叫我干吗？"

小孩从吊带裤的大口袋里掏出一盒彩笔和两张皱巴巴的一块钱，举得高高的，示意他够不到柜台："我要买这个。"

江辰接过来，站起来递给老板："老板，多少钱？"

"四十块。"

江辰掏出钱来付了，又蹲下来递给小孩，拍拍他的头说："喏，你的彩笔。"

小孩笑呵呵地接过："谢谢哥哥。"

江辰说完"不客气"正准备直起身子，小孩又扯了扯他的裤管，他只得又蹲了下去。小孩笨手笨脚地打开彩笔盒，挑出一支粉红色的，说："画画很漂亮。"

"我不会画画。"江辰笑着说，"你自己留着画画。"

小孩摇头，指了指他手里的书："不是，我画。"

江辰一愣，荡开笑容，抽出一本《三国演义》递到小孩面前。

小孩捧着书坐到地上,低头很认真地在上面画着什么,嘴里还念念有词,最后拍拍小手说:"好了。"

我踮起脚探头偷看,那图案乍看像兔子,仔细看又像狗,神韵中又透露出它是只老虎。

江辰接过去看了一下,认真地说:"你画的狗很漂亮,谢谢。"

小孩眨着圆滚滚的眼睛说:"是猫。"

江辰一愣,笑道:"原来是猫啊。"

我看着他的酒窝,好像又深了些,真想上去戳一戳。

所谓惊艳,所谓秒杀,即是如此。

李碧华说过——当初惊艳,完完全全,只为世面见得少。但我却不,在往后的时光里,我在脑海中不停地为这两个让我心动的场景润色,如同影视后期剪辑,反复调整画面角度,加入光影变化,配上音效……

"你要在医院门口蹲多久?"

"啊?"我的影视后期制作大业被打断,一时有点迷茫,望着江辰略带不耐烦的脸,又"啊"了一声。

"起来。"他伸手,一把将我从地上拉了起来,牵着我走向救护车。我其实很想问他是不是忘了松手,还有是不是身体太虚了,手汗那么多……

上了救护车,司机和我妈同时露出一副了然于胸的表情,我无奈地翻了翻白眼,有点忐忑地偷瞄江辰,他倒是丝毫不受影响,往我身边一坐:"小李,开车。"

然后他转过头去对我妈说:"阿姨,我已经跟骨科的同事说过了,到了医院再拍个X光片,如果没什么问题的话下午就动手术。您请放心,我同事是业内数一数二的骨科医生。"

我妈忙不迭地点头,笑得如慈母一般:"真是麻烦你了。"

"不麻烦,我应该做的。"江辰也笑得如孝子一般。

"吵死了!"我爸突然大声说。

我爸自从被告知我们要在江辰的帮助下转院后,就一直闹脾气,后来我妈一走开,他就把我臭骂了一顿,内容不外乎两个字——骨气!他认为当年江辰他妈那么对我,我就该离他远远的,最好见面时吐他一脸口水以示不屑,可现在居然还接受他的恩惠!

三年前,我从×大的艺术设计系毕业,江辰在医学系本硕连读得念七年,但由于表现好,他在第四年就开始在×大附属医院的各大科室实习了。

那时江辰对我可真好,一看我拿到了毕业证书就说要娶我,当然主要也是因为我在他忙得不可开交之际,老是臆造一堆所谓的社会精英去吓唬他。比如说,每天帮我开门的主管(原型是我们公司的警卫,我老忘了带大门出入卡),老给我送花的经理(原型是楼下卖花的,晚上我加班加得晚,回家老遇到他在丢卖不出的残花,在我的强烈暗示下,他就把花送我了),请我看电影的客户(原型的确是客户,我也的确看了电影,只是看完之后要给他们写宣传文案)……艺术创作需要生活原型。

江辰一听我如此受欢迎就急了,他说他大学送了四年的早餐不能白送,我们还是结婚吧。

我恬不知耻地答应了。我的心思很简单,×大医学系全国排名第一,江辰年年拿奖学金,就是一只毫无悬念的潜力股,我得尽快将他拿下,待他成了绩优股,我就是与他共患难的糟糠之妻,敢让我下堂,我就敢分他一半财产。

当然,其实最简单的心思是我很爱他,生怕他被人抢走了。有一次我去他实习的医院找他,一个小时内看到三个病患留名片给他。

只是那时的我被电视剧和小说荼毒得差不多了,以为我的爱情所向披靡。而江辰他妈让我知道了,我的爱情一经胡搅,便会转移。

江辰他妈在某个风和日丽的中午拜访了我妈。作为一名职业家庭主妇,我妈在我家的地位堪比武则天,但我第一次见到我那彪悍的妈妈如此手足无措,如此不自觉地低声下气。平心而论,江辰他妈并没有什么过分的言论,也没掏出一张支票说"你离开我儿子,要多少钱你说"。她很淡然地和我妈商量着结婚的习俗,只是态度中流露出的纡尊降贵让我妈战战兢兢。我在一旁看着我妈搓着手说"我们都配合都配合"时，心里跟泡了老陈醋似的酸软。

江辰他妈又单独找我聊了一会儿，给了我几页纸，说你好好看看，同意的话就签个字。那是一份婚前协议书，内容大概是我与江辰结婚不是贪图他家的钱权、离婚的话也不能分财产之类的。

我当时就纳闷了，他爸也就是一个小领导，能有多少钱啊，至于跟演电视剧似的吗？只是后来我才明白，原来是我太单纯了。

我已经忘了我当时在想什么，有可能是爱情和自尊之类的伟大东西，后来实在拿不定主意，就去问了我爸。我只能说，这是历史性的错误。

江辰他爸是我爸的非直属领导，我爸觉得平日里被这些领导欺压得已经够窝囊了，领导家属又来欺压他的家属，这是让他极其无法忍受的事情。于是他说："你敢签我就跟你断绝父女关系！"

于是我又做了另一件蠢事，我把协议书拿给江辰，让他还给他妈。江辰勃然大怒，回家跟他妈吵了一架。后来他妈给我打电话，大意是，"你敢和江辰结婚，我就敢死在你们的婚礼上"。当时的我社会经历尚浅，立马被她唬住了，完全没想到还有别的解决方法，比如说不举办婚礼，让她找不到地方死。

结婚的事就这样不了了之，后来也不知怎的，大概工作开始忙起来，我忙着被经理骂，江辰忙着上课和实习。大概是心里有了芥蒂，我不停地找江辰麻烦，为一些鸡毛蒜皮的事情无理取闹，用试探他的容忍度的方式来试探我们的爱情。

当我说"江辰，我们分手吧"，他沉默了很久后说"你不要后悔"，然后"砰"的一声甩门离去。

我以为让两个相爱的人分手，至少要有一件轰轰烈烈的大事，比如说有了第三者，比如说突然发现我是他爸的私生女，比如说他或者我得了绝症……但其实不用。不安、忙碌、疲乏，就够了。

我们就这么分了，挺奇妙的，原本说好一生一世的两个人，瞬间就毫不相干了。很长一段时间里，我都怀疑是不是谁将我们的故事按了快进键，害得我漏掉了一些非分手不可的情节。

我和江辰分手，我爸是最乐的，他大概觉得这是他与领导阶级对峙的一次完胜，但之后我一直找不到男朋友这事，使他觉得胜利的果实有时也是苦涩的。

所以我猜我爸对江辰的感觉是复杂的，一方面他希望有人接手我这个滞销品，另一方面他又觉得宁愿让我滞销也不愿卖给江辰。他的内心大概跟中学课本里大萧条时期将牛奶倒入河里而不分给穷人的资本家一样煎熬。

我没有告诉我爸，其实人家压根儿也没想跟你买。

第二章

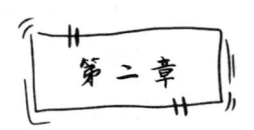

我爸第二天一早就动了手术。江辰推荐的是位女医生，姓苏，长得颇具知性美，往江辰身边一站，整就一个郎才女貌。

我妈一开始很不相信苏医生，她觉得美女一般都没用。因为她这个执念，我曾很长一段时间以为我在我妈心中是个美女。

苏医生说，她曾徒手把一个流氓揍到肩关节脱位，又徒手把肩关节给他按了回去。我们纷纷表示十分信任她的医术。

江辰陪着我们在手术室门口等着，我妈紧紧地攥住我的手，我安抚地拍着她的手背。

坐了十来分钟，我妈忘记了不安，她的眼睛开始滴溜溜地在我和江辰之间打转，然后慈祥一笑："你看，当时你和小希交往时,我们没来得及坐下叙叙,反而是现在……"她顿了顿,长叹道,"造化弄人呀。"

我基本上处于僵硬并且想挖洞钻的状态。

江辰笑一笑,说:"当时不懂事,不知道珍惜小希。"

我忍不住偷瞄一眼江辰,好美丽的客套话。

我妈呵呵一笑:"哪里,是我们家小希福薄。"

时间在他们的虚与委蛇中过得飞快,大概也因为并不是什么复杂的手术,或者是因为苏医生医术了得,总之手术室的灯暗了,苏医生戴着口罩出来了。

我妈一下子又抓住我的手臂,指甲掐得我很想破口大骂。

苏医生慢悠悠地摘下口罩,露出弯弯的嘴角:"手术成功。"

我妈松开我的手,扑了上去,一副想和她拥吻的样子。幸好她只是拉住了苏医生的手,不停地拍着:"太感谢你了,太感谢你了。"

我沉醉在这妙手有情天里十分感动,一旁的江辰用手肘轻撞了我一下,小声地说:"你再不拉开你妈,苏医生的手就废了。"

我一看,果然苏医生的手背红了一大片。我妈最近每晚跟着电视里的老中医学拍痧,颇有成就,有天她做饭拍蒜头时找不到刀,就徒手将蒜头拍碎在砧板上。

我忙过去拉开我妈:"妈,你快去看看爸吧。"

我妈挣开我的手,呵斥了我一句:"你爸麻醉还没退呢,有什么好看的,我得好好感谢一下苏医生。"

苏医生倒退了两步,连连摆手:"阿姨,您别客气,这是我应该做的,我待会儿还有手术呢,我先走了。"

啧,好一个落荒而逃的白衣人。

我妈很失落地转向江辰:"江辰啊,这次多亏了你……"

江辰两手往身后一背,俯身在我耳边小声地说:"救我。"

他说话时哈出的热气喷得我忍不住缩了缩肩膀,我压下澎湃到想咬舌自尽的念头,推着我妈说:"你快去看一下爸啦,江辰他待会儿还有门诊。"

恰好护士推着我爸的病床出来了,我妈就跟了上去。

这时就剩下我和江辰了,我吞吞口水,抬头笑着对他说:"这次谢谢你了。"

他点头道:"没什么,我先走了。"

我脱口而出:"啊?"

他笑一笑:"我有门诊。"

目送着江辰走远,我揉了揉耳朵,傻笑。

那时大一,江辰考上×大医学院,而我以艺术考生的身份也勉强考上了×大艺术学院。江辰他们学院的迎新会,我以他多年单恋未遂者的身份死皮赖脸地求着他带我去了,主要是我听说迎新会上吃多少东西都是学长学姐买单,我对这个做法很满意。但后来我当了人家学姐,一有迎新会就因肚子疼不能去参加。

那天人挺多的,组织者在学校北门的小餐馆包了八张桌子。我和江辰到时已经没多少位子了,我和他就被分在两张桌子。我遥遥地望着他,觉得真好,吃再多也没人会管我了。

酒足饭饱之后,学长学姐们领着学弟学妹们到操场玩游戏,是一个不知从哪个地方流行到全国的游戏,叫"真心话大冒险"。

那酒瓶子转啊转啊,就转到了一个小姑娘面前,鉴于她前面选择了大冒险的同学必须拉着路人说"你看,这是我的肝左叶,这是胆囊,这是肺右叶,这是肾,这里有一条直的叫输尿管……"于是小姑娘选择了真心话。

一个大灰狼似的师兄循循善诱道:"学妹,你有男朋友吗?或者有喜欢的人吗?是谁?"

我心想这问题也太温馨感人了,但那姑娘红着脸点头,眼睛若有似无地瞟向江辰,我忽然就觉得这问题也太犀利了吧……

大家开始起哄让江辰表态,一直站在我身后的江辰忽然俯身在我耳边说:"救我。"

我一时有点发蒙,觉得他那两个字的气流挠得我脖子痒痒的,挠挠脖子后,我急中生智地说:"我……我……肚子疼……"

江辰在我身后长叹了一口气,扶着我的肩膀说:"不好意思,我女朋友肚子疼,我送她去医院。"

我被江辰拖着走了几步,才回过神来,刚才他说的是女朋友，我问他："我那个……那个……刚刚好像……听到你说女朋友了……"

我似乎看到他的脸诡异地红了一下，然后理直气壮地道："怎样，你有意见？"

我瞬间心跳加速，结结巴巴地说："不……不怎样，没……没有意见，那个……欢迎你。"

每当我回忆往事时，能够不因虚度年华而悔恨，不因碌碌无为而羞耻，却为在那个关键时刻讲了一句类似特殊服务行业的欢迎词而很想去死。

晚上我留在医院里照顾我爸，让我妈回我那儿歇着了。老太太刚开始不同意，我跟她讲了几个医院的鬼故事，她说她忽然觉得身心俱疲，还是先回去歇着，明天才有充足的精神照顾我爸。

今晚苏医生值班，她巡了两次房后就赖在我爸的病房，硬要拉着我聊天。

碍于她恩人的身份，我只好强撑着眼皮陪她聊天。

她问我："你跟江医生是怎么认识的啊？"

我答："同学。"

她喃喃自语："我还以为是男女朋友呢，不过看他今晚没留下来陪你，我也猜到了。"她自语完又问道，"什么同学？"

我答："幼儿园，小学，初中，高中，大学。"

她认为这很值得惊讶,并且指出这是种难得的缘分,于是说道:"哟哟哟,青梅竹马,从小看着对方的裤衩子长大的,真有缘分。"

我打着哈欠的嘴吓得半天才合起来,揩一揩打哈欠挤出来的泪,正想说什么,苏医生又发问了:"他有没有女朋友啊?"

我老实回答:"不知道。"

她神神秘秘地凑到我耳边:"我跟你说,你可别告诉江医生。"

我点头。

她神秘兮兮地笑着说:"我们都怀疑江医生有毛病。"

我惊讶地望着她,她又解释道:"他从来不带女人出现,而且跟女医生、女护士、女病人都保持距离。不过干我们这行的有这样的毛病也不奇怪,对女性的身体太了解了,就没神秘感了。"

我犹豫了一下,还是问了:"好像干你们这一行的,对男性的身体也很了解吧?"

她怔怔地想了一会儿,拍拍脑袋恍然大悟道:"也对哦。"

于是我们分别沉思了几分钟,在这几分钟里,我一直在想,到底怎样才能打发她走,我好困。可惜苏医生又问了:"你认识他这么久,见过他交女朋友吗?"

我的瞌睡虫一下子跑了,干笑了两声:"见过的。"

"啊,真可惜。"她失望地叹息道。

我小心翼翼地刺探:"可惜什么?你喜欢他呀?"

她笑得娇羞："没啦，我有对象了。我男朋友在×大念博士，他主修心理学，毕业论文的选题方向是同性恋心理分析，主要想研究社会精英分子的同性恋心理。他正烦着找不到研究对象呢……"

我想了想，建议道："不然你上网找些小说给他看吧，现在不是流行什么耽美小说吗，里面那些男主角都是总裁、医生、律师……什么行业精英都有。艺术来源于生活，让你男朋友看看能不能找到有用的。"

她摆摆手道："我早就想到了，也研究过了，觉得不靠谱。那些小说几乎都是女人写的，在女人心目中，男人就是用下半身思考的动物，两个用下半身思考的动物凑在一起，对学术研究没什么帮助。"

我想了想，觉得挺有道理的，就"哦"了一声表示我同意。

她又说："你我看那些小说都说可以把不是同性恋的男人变成同性恋，学名叫什么来着？哦，叫掰弯。不然我把他掰弯了如何？"

我嘴巴张张合合，结结巴巴地说："这样……不好吧……"

她拍拍我的肩膀说道："别紧张，我跟你开玩笑的，你不懂我的幽默。"

……

"对了，你猜我为什么选择学医，而且选择骨科？"她突然很兴奋地问。

我还没从她上个幽默中缓过来,有气无力地说道:"你全家都是医生?"

她摇头。

我又猜:"你小时候见到了谁因为骨头有病而很痛苦?"

她还是摇头。

我认真了起来:"你立志悬壶济世?你跟男友约好了考医科?你高考时不小心填错志愿?"

"都不是。"她得意扬扬道,"我家里是卖猪肉的,我每次看到我爸剁骨头都觉得很兴奋。"

……

我嘴角抽了一抽:"呵呵,耳濡目染。"

她又用力一拍我的肩膀:"你又相信了,你真是不懂我的幽默。我们一家除了我弟都是医生。"

……

苏医生跟我促膝长谈到凌晨五点,然后神采奕奕地拍拍屁股说:"我要去准备交班了,我今天休假。"

我过了睡觉的时间点就再也不知道自己是睡着还是没睡着,迷迷糊糊中感觉面前好像站了一个人。我还问了他是人是鬼,似乎还跟他解释了一下冤有头债有主的因果关系。

这种恍惚的睡眠很可怕,我的大脑急速地运转着,前尘往事巨细靡遗，分不清是在做梦还是在回忆。很多人说往事不堪回首，我的往事挺堪的，是一部积极向上、活泼开朗、鼓舞人心的倒追史，可以叫《明朗少女求爱记》。

我那时看上江辰，深思熟虑了一个星期，结合小说、漫画、电视剧，我整出了三个计划：情书、传话、当面表白。又用了一个星期对这三个计划进行了全面分析。情书的弊端：一是我字丑，二是江辰常收情书却不常看；而传话的弊端：一是容易传错，二是众多爱情阴谋论的小说和电视剧告诉我，传话的那个最终都会和主角修成正果，所以最后我只剩当面表白这一条路。

我们总以为人生有无数可能，怕这个，怕那个，到最后也就剩下一个可能而已。

我翻了翻皇历，挑了个宜动土安葬的好日子，向江辰表白了。当时他正在做值日，我跟在他身后叫了声江辰，他转身，手上的扫帚也跟着转了一圈，扬了我一嘴的灰。

我说："江辰，我喜欢你，呸呸呸。"

他先是一愣，然后皱起眉道："呸什么？"

我很懊恼，忙解释："我不是呸你，我刚刚吃了一嘴灰，我说我喜欢你。"

他持续着皱眉的动作，眉间拧出了一个"川"字，像刀疤，真好看。

他说："我不喜欢你。"

那是个全民爱搞暧昧的时代,当时并没有一首歌说"暧昧让人受尽委屈",所以大部分人即使不喜欢也要说"我不适合你,你值得更好的"之类的废话,所以江辰斩钉截铁的拒绝让我觉得他的冷酷无情是那么与众不同,于是更坚定了我要喜欢他的决心。

　　江辰就这么被我死缠烂打上了,我每天一大早就在我们家中间的那条巷子口等着,江辰一来我就挤出灿烂的笑容说"这么巧,我也上学"。下课铃还没响我就把书包收好,铃一响我就冲到楼梯口,等江辰走过我就说"这么巧,我也放学"。

　　迷糊中我被自己的口水呛了下,醒过来眨眨眼,看着天花板又开始恍惚起来。我才看到我在楼梯口对着江辰笑呢,一转眼我又在楼梯口拽着江辰的书包带哀求:"你等我十分钟好不好?我把作业交给英语老师。"

　　他扯回书包带:"你刚刚上课干什么去了?李薇在楼下等我。"他顿了一顿又说,"我们要去买班会用的东西。"

　　也许是扮贤良恭顺久了心里有点逆反,也许是怒火攻心,总之我瞄准了他的小腿骨踹了一脚:"去找你的李薇吧。"

　　他大概没料到,单脚跳了几步,吼道:"陈小希,你这个疯子!"

　　之后我趴在栏杆上,看着江辰和李薇往校门口走去。日近黄昏,天地间一片橙黄,像是有谁慌乱间打翻了一瓶橙汁,给世界染了一身橙色。

那是我人生第一次感到悲凉。

梦中的场景切换起来倒是很随意啊。

教室门口，我堵住了江辰，说道："我有话跟你说。"

他双手环胸，瞟了我一眼："说。"

踹了他一脚后，他比以前更不爱搭理我了。我放任爱情和自尊交战了几天，几天后，爱情把自尊活活打死了，然后我就来向他道歉了。

我低着头，低声下气地说："我那天不应该踹你，对不起。"

他半晌没回答我，我抬头，见他正心不在焉地张望着楼下的篮球场，我又火大了，大叫："江辰！"

他低头看我："我还没聋，对不起是吧？没关系。"说完转身就走。

我望着他的背影，心里突然涌起一股浓浓的悲伤，像是我妈把鸡翅烧焦了，浓烟呛得我鼻酸。

我下意识地揉了揉鼻子，叫道："江辰。"

他回头。

我苦笑着说："你是不是觉得被我喜欢上很倒霉？"

他怔怔地看了我一会儿，说："我只是想下去打球。"

我不说话，内心有股哀莫大于心死的悲壮。

他似乎在我面前站了很久，最后略带焦急地说："我真的没那个意思，我们队快输了。"

我点头表示理解："你快去吧，加油。"

他转身就跑，跑了几步突然停下来，回过头叫我："陈小希。"

"干吗？"

"帮我去小卖部买瓶水吧。"他笑着说道，酒窝盛满了夕阳。

我没来得及反应，他就三步并作两步跑下了楼梯。

我还是去了小卖部，在各大矿泉水品牌之间摇摆了半天，最终选择了农夫山泉，因为便宜，只要两块钱。

篮球场边围了不少女生，我还看到了李薇，她手里拿着一瓶运动饮料，比我的农夫山泉整整贵了十二块。

中场休息，李薇"咻"地走过去给江辰递上饮料。我愣愣地跟在她身后，感叹着她的健步如飞。

江辰没接她的饮料，看了我一眼，有点尴尬地说："我刚刚让陈小希帮我带水了。"

"我买的是运动饮料，补充盐分的。你不喝也没别人喝，挺浪费的。"她笑得可温柔可温柔了。

我想我也不能让她为难呀，于是我将手里的农夫山泉往江辰手里一塞，夺过李薇手里的饮料，拧盖，仰脖，咕噜咕噜灌了一大口，抹一抹嘴，说道："不浪费不浪费，我刚刚从小卖部跑着过来的，流了好多汗呢，真是谢谢你。"

她含羞低头,像徐志摩笔下那朵水莲花很害臊之类的,我可喜欢看了,真是美呀。

"小希,小希,小希!"我妈催命似的叫声将我从"水莲花"的娇羞中唤醒。我揉一揉眼睛,打了个大哈欠:"妈,医院里不准大声喧哗。"

我妈睨我一眼:"你刚刚说梦话才丢人呢。"

"我说什么了?"我边揩眼屎边问。

"荷花,害羞什么的。"她说。

"最是那一低头的温柔,像一朵水莲花不胜凉风的娇羞。徐志摩的诗,我们小希像我,有诗人的情怀。"我爸在病床上搭话,显得得意扬扬。

我转了转脖子,胡扯道:"我梦到高中语文老师了,她让我背《再别康桥》。"

我爸的脸一下子黑了下来:"这不是《再别康桥》,这是《沙扬娜拉》!"

我妈在一旁掺和:"张娜拉是吧?我知道,韩国人嘛。"

我讶异地看着我妈,她挺起胸膛说:"自从我们家装了网络,家庭妇女就解放了。"

作为一个长期潜水党,我某次心血来潮登入天涯论坛,发现我竟然回复了不少帖子,而且大部分是民间帅哥什么的。我以为是我在梦游中诚实地面对了内心的渴望,后来才发现原来我不小心将老家的电脑设置成自动登入天涯。人世间最悲哀的事莫过于有个"天涯党"的妈……

吃完午饭,我那个"天涯党"老妈把早上我爸同事探病送来的水果往我怀里一塞,逼着我去找江辰道谢。我想于情于理我都该正式跟江辰道次谢,就拎着一大袋的水果去了。

到达江辰办公室门口我才开始紧张,刚才光顾着因为白捡了一袋水果送人傻乐了,没顾得上反应这是我和江辰三年来的第一次单独且正式的见面。

敲了敲门,里面回了句"请进",我推开门进去,江辰正埋头在办公桌前写着什么,也就抬头看了我一眼,淡淡地说:"自己找椅子坐。"

作为前女友,面对一个如此落落大方的前男友,我感到压力很大。

我把水果往桌上一放,拉了把椅子和他隔了一张桌子面对面坐着,讨好地说:"我妈让我带点水果给你。"

他抬头瞄了一眼水果,说:"替我谢谢阿姨。我早上去看过陈叔了,情况很稳定,估计两三天后就能出院,一个星期后回来拆线就可以了。"

他话讲完了就低头写东西,一副"老子很忙"的样子。我尴尬地坐了两分钟,然后起身告别,还顺便表达了一下对他的感激,最后虚伪而客气地说了句:"谢谢你这次的帮忙,我真的是不知该怎么报答你才好。"

他这回倒是停下了那唰唰飞舞的笔,笑着看着我说:"给我介绍一个女朋友吧。"

我仔细观察他的神色,竟然没有开玩笑的样子。我就郁闷了,让前女友介绍新女友这行为也太不厚道了吧,就好比跳槽了还让老板写推荐信,作弊还让老师给答案……

我内心那个百感交集呀,在他心目中,我的人格究竟是多伟大呀?

我暗暗叹了口气,干笑两声道:"你想要什么样的女朋友啊?"

他偏头打量了我一会儿,我的心提到了嗓子眼,脑海中闪过无数的台词——像你这样的就好,不然就你好了,其实我一直没忘了你……

"比你高一点、瘦一点,就差不多了。"他说。

我那自作多情的小心脏瞬间恢复了正常跳动,僵硬地笑了笑,说道:"要求不高,我帮你留意看看。"

他手中的钢笔在手指间漂亮地打了个旋儿,然后说道:"那就先谢了。"

第三章

我爸两天后就出院了,手术刀口也养得挺好的,后来嫌往返太奔波,就在老家的医院拆了线。据我妈说,他拆线的第二天又上老人俱乐部折腾去了。我通过通讯工具,遥远地对他战士般的精神表达了崇高的敬意。

天太热了,早上我醒来,身上睡衣大半都是湿的,我换了衣服便匆匆往地铁赶。进了地铁,被空调的凉风一吹,才发现身上的衣服又汗湿了大半。

一进办公室,傅沛就迎了上来:"陈小希,今天你去拍产品目录吧,你不是爱拍照吗?"

我望了一下窗外白晃晃的日头,不禁悲从中来,有感而发道:"我爸说陈小希这个名字象征着人生总是有希望的,希望无论大小,总是好的。只是他没料到二十几年后出了个男青年叫陈×希,也没料到该青年是摄影爱好者和行为艺术爱好者,更没料到陈先生以一套作品迅速走红大江南北,引领了一系列'门'的潮流。这证明了人生总有出乎意料的时候,所以你不能因为我叫陈小希就以为我爱拍照。"

傅沛从抽屉里摸出计算器:"顶撞老板扣2%的工资,请假扣3%,迟到扣1%……"

我点头:"行,你扣吧,先把上个月的工资发给我。"

他默默地收回计算器:"小希姐,您歇着,今天的产品目录就交给我了。"

我点点头,坐到空调风口下吹风去了。

我来这个公司两年多了,刚跟江辰分手时,我就火速换了住处,换了工作,我不是怕他来找我,而是怕他不来找我。人能有多犯贱,我表现得淋漓尽致。

公司一共三个人,老板傅沛,财务兼文案的司徒末,我是设计。我们属于小公司,公司主要靠傅沛接案子来维持正常营运,原本在业内口碑不错。但前阵子由于傅沛与一个女客户交往分手后,女方怀恨在心,对外宣称我们公司是靠潜规则在业内立足的,导致最近的业务数量一落千丈。至于潜规则这事确实是污蔑,虽然我和司徒末多次鼓励傅沛出卖肉体以达到抢案子的目的,但傅沛宁死不从。对此我们一直很不理解，因为以我们对他的爱情观的理解，这实在是双赢的买卖。

　　傅沛出去了，司徒末因孩子发烧已经请假近一个星期了，于是整个办公室就剩我一个人，我给自己泡了杯茶，才慢悠悠地踱到电脑前开机。我边喝着茶边等待一切开机自动登入的程序，都是各种聊天软件，人与人之间，可以讲话的工具愈来愈多，能讲的话却愈来愈少。

　　QQ对话框上首先跳出来的是庄冬娜，她是公司的一个客户，年底时我们公司替她的公司设计了一套礼品，有台历、杯子、贺卡等。我们合作得很融洽，也算半个朋友。我上个星期把她介绍给江辰了，她是个很不错的女人，比我高、比我瘦、比我美，脾气比我好，事业比我成功，唯一比不上我的只有鞋的号码没我小。

　　我听说他们进展得不错，江辰还主动约了她几次，以我的经验来看，这是一件很不容易的事情。我听说后还一度心情十分压抑，甚至想棒打鸳鸯，但忍住了。

　　我点开庄冬娜的对话框，她重复发了好几个"在吗"。我发现她没打问号，太对不起我们伟大的标点符号了。

　　我缓慢地敲出："在。"

　　我特别把句号用红色标出来还加大了一个字号，希望她看到了能由衷地感到羞愧。

　　庄冬娜："帮我个忙可以吗？"

我看到了问号，感到很欣慰，就很快敲了回去："说说看。"

庄冬娜："今晚江辰的一个病人庆祝痊愈出院开宴会，他得去参加，而且还得带女伴，但是我下午就要去上海出差了，你能不能替我陪他去？"

我犹豫了一下，敲出："这样不好吧？"

庄冬娜："有什么不好，我都跟江辰说了，他也同意了，实在是那种场合携伴参加比较合适啊。听说那个病人是什么大人物，想给江辰做媒呢，你也不想我们才开始发展就迈向结束吧……"

我看着那个对话框就彻底无语了……当初介绍时我也和她说过我和江辰曾经交往过这件事，她表示并不介意，再不介意也好歹尊重一下前女友这个伟大的称谓吧。有句话怎么说来着——善良就是别人挨饿时，我吃肉不吧唧嘴。你不但吧唧嘴，还让我拿纸巾替你抹嘴，太不厚道了吧？

庄冬娜敲了一堆"拜托拜托拜托拜托求你了求你了求你了"。

你看这人，一着急又不用标点符号了，有没有考虑过标点符号的感受啊……

我叹了口气，敲下："好吧，既然你们不介意。"

庄冬娜："小希，我太爱你了，谢谢谢谢谢谢。下班江辰会过去接你，到时他会带你去买礼服，都记在他账上哈。"

我喝了一大口茶，用食指在键盘上戳出："好。"

按了回车键，我觉得我这辈子就栽在好心肠上了。小时候也这样，我还记得小学时大家都讨厌的班主任生病了，大家都不愿意去看她，我是唯一去的，她可高兴了，把病房里的水果鸡蛋什么的都给我吃了，把我给撑的，顶着个肚子失去平衡，连走路都摇晃。

这一切都是善良惹的祸。

我这一天几乎是在浑浑噩噩中度过的，傅沛拍照回来时，举着相机顺便拍了坐在办公桌前上的我。照片导入电脑时我过去看了一眼，感觉把我拍得挺好，挺文艺挺迷茫的，有股老年痴呆的气质。

快下班时，我的手机就响了，而我正蹲在厕所里呢。我这人有个毛病，一紧张就爱往厕所跑，当年高考前十五分钟我都在厕所里蹲着了。

我从口袋里掏出手机，果然是江辰。我深吸了一口气，猛然发现这儿实在不是个适合深吸气的地方，于是只好捏着鼻子说："喂？"

"是我。"

"我知道。"

"你说话怎么瓮声瓮气的？"

我推开厕所门走出去，松开鼻子说："没呀。"

"你刚刚在厕所？"他突然笑着说。

我吓得一哆嗦，上下左右看了看，才问："你怎么知道？"

"猜的。你下班了没?"他说。

我没好气道:"你那么会猜,你接着猜。"

"我在你公司楼下,你下班了就下来吧。"他说。

我简单收了收东西就下楼了,左看右看都没看到江辰,心想他不会时隔三年才决定报复我当年约会老迟到的事吧?

我在那儿鬼鬼祟祟了半天,一辆小轿车停在了我面前,还按了下喇叭。我低头看了一眼,玻璃黑漆漆的什么都看不清,正想凑近看一下,车子的喇叭又响了一声,我吓得退了几步,火冒三丈正想破口大骂,车窗慢慢摇了下来,江辰侧着头下命令:"上车。"

我开了车门坐进去,他皱着眉道:"你怎么这么拖拉,不是五点半就下班吗?把安全带系上。"

我面无表情自顾自地说:"陈小希,你下班了啊?今晚真是麻烦你了,谢谢啊。"

江辰瞪了我一眼:"不客气。"

我撇嘴道:"真有礼貌。"

我偷偷打量了他两眼,他穿着一身剪裁合身的黑西装,戴着宝蓝色领带,帅得一塌糊涂。

忽然,他俯过身来,我迅速地把安全带一拉一扣,急道:"我系好安全带了。"

他"啪"一声按开了我座位前面的一个抽屉,从里面掏出一瓶水，递给我时瞟了我一眼，冷哼了一声。

我手里拿着那瓶矿泉水就特别想死，我想我一死，江辰会在死因那一栏写上：自作多情，羞愧而死。

车缓慢地上了路，我小口小口地喝着矿泉水，我其实不渴，但就是喉咙干得慌。

车里弥漫着诡异的沉默，我无聊地撕着矿泉水瓶上的标签，撕下来后又发现不知道往哪儿扔，只好问他："扔哪儿呢？"

他偏头看了我一眼："刚刚那个抽屉。"

我按开那个抽屉，瞟了一眼后把标签扔了进去。由于自己手贱，所以难免有点心虚，就没话找话地问他："你还喝农夫山泉啊？"

从我第一次给他买农夫山泉后，他喝的矿泉水都是农夫山泉。我那时觉得挺自豪的，虽说我是为了省两块钱才给他买农夫山泉的，没想到却买中了他的心头好，真是无心插柳柳成荫，心有灵犀一点通。

他随口应了我一句："过节医院发的，后座还有一箱。"

我转头看，果然后座放了一箱农夫山泉。我就随口赞扬了一下他们医院："你们医院挺不错嘛，过节还发东西。哪像我们公司啊，过节老让我们加班。"

他没搭话，专注地开车。

我看他不是很想搭理我的样子，也就消停了。年纪大了，热脸贴冷屁股的事不爱干了,这点冷淡当年对我来说还真不算什么,那时我就是一个热脸贴冷屁股爱好者,风雨无阻,发誓用我的热脸将他的冷屁股焐热!但现在不行了,随着年岁的增长,血液循环大不如前,冷屁股贴多了怕给脸留下病根子。

江辰的车停在了LV旗舰店前,我吓了一跳,路过这个牌子时我都不敢往里瞟,生怕我的寒酸吓到里面的销售。

车门中控锁"咔"的一声开了,江辰说:"你下去等我,我去停车。"

我下了车待在原地等他回来,时不时贼眉鼠眼地透过玻璃橱窗偷瞄LV店里。大概是心理作用,我总觉得橘红色的灯光显得特别纸醉金迷。

"走吧。"江辰不知什么时候站在了我身后。

我吓了一跳,结巴道:"还是不要吧,好贵的,况且里面好像卖的都是包包,我都没看到礼服。"

他顺着我的视线看去:"你以为我要带你进LV?"

"不是吗?"

他用一种看疯子的眼神看着我:"你是我什么人,我凭什么给你买LV?"

不买就不买,没必要阴阳怪气。

他领着我绕过LV,进了一条巷子,来到一家服饰店门口,我抬头一看,这店名太实在了——买不起LV。

我指着招牌对江辰说:"你看,它讽刺你。"

他抬头看了一眼:"讽刺你吧。"

我撇嘴:"等我有钱了,我去各大名牌店里就对着店员说,这件不要,这件不要,其他统统包起来。"

他摇头:"你干脆说,这件和这件包起来,剩下的打包捐出去。"

道行比我深呀……

店主是个年轻小伙子,长得不错,我瞅着总觉得眼熟,大概是我潜意识里想跟一切帅哥混熟。

小伙子迎了上来:"江医生,带女朋友买衣服啊?"

江辰把我往前一推:"帮她搭配一套可以参加宴会的衣服。"

小伙子把我从头到脚打量了一遍,说:"行,美女这气质跟我家店里的衣服特配,我立马搭几套让你选。"

敢情我的气质就是买不起 LV 的气质。

趁着店主在挑衣服,我问江辰:"你跟他认识啊?"

江辰点头:"他是苏医生的弟弟。"

苏弟弟耳朵特好使地加入了我们的对话:"我叫苏锐,我姐待会儿可能会过来。"

我低头看他,他蹲在地上挑鞋子,屁股撅得高高的,低腰牛仔裤使他的腰露出一大截。

"陈小希。"江辰突然叫我。

"啊？"我收回停留在小蛮腰上的眼神，回过头看他。

他指一指我的脚，我低头一看，一只类似蜥蜴的绿色生物停在我脚边，长长的尾巴轻轻摇摆着。我条件反射地用脚尖飞速地挑开它，然后惊声尖叫着躲到江辰背后。

绿色生物在地上滚了一圈，翻出颜色稍浅的肚皮，四脚在空中乱蹬。

苏锐直起身走过来，笑眯眯地拎起绿色生物，摆在手臂上，对我说："别怕别怕，这是我养的蜥蜴。"

我从江辰背后探出头来："它有没有毒，会不会咬人？"

"不会，不会，它很乖的。"苏锐把手臂伸了过来，很热情地邀请我，"摸摸看嘛。"

我盛情难却，手颤悠悠地伸过去，它突然"咝"地吐出一条分叉的肥厚舌头，吓得我迅速缩回手，又躲回江辰身后去了。

苏锐哈哈大笑："小蜥，不要吓姐姐，她刚刚不是故意踢你的。"

"小蜥？"江辰重复了一次，笑了。

我愣头愣脑地答应了一声后才反应过来，相当义愤填膺："它也叫小希？"

"也？"苏锐很兴奋，"还有谁叫小蜥？这真是个好名字。"

有一个好名字的我缓缓举手："我，陈小希。"

"太有缘分了！"苏锐绕到江辰身后停在我面前，摸着蜥蜴的头说："苏小蜥,姐姐跟你名字一样呢,你们太有缘分了,跟姐姐打个招呼,来,亲姐姐一个。"

我干笑着绕到江辰面前,探头挥一挥手:"你好,你好,男女授受不亲,不用亲,不用亲。"

江辰拉开躲在他胸前的我:"去换衣服。"

苏锐这才放下苏小蜥,从衣架上拿了几件衣服递给我:"你先试试,你穿几号的鞋?"

我的脚小得很,被问鞋码对我来说是一个耻辱。

于是我说:"35。"

江辰偏头看了我一眼,说:"33号半,34号加一个半垫也可以。"

苏锐挠挠头对我说:"我得找找看有没有34号的鞋,你先进去换衣服吧。"

我捧着衣服去换,却在换第一套时就遇到了麻烦,背后的拉链被头发绞住了,卡在半腰上拉不上也拉不下,无奈之下我只好对着外面求救:"苏锐,拉链卡住了,拉不动。"

帘子被掀开,进来的却是江辰,我愣愣地看着他。他没说话,直接绕到我背后,一手将我的头发绾成一把拉高,一手"刺啦"一下就把拉链拉上了,拉上后他掉头就走。我对他的手艺万分佩服。

我换了好几套衣服,最终苏锐替我选了一套浅绿色纱质礼服，穿在身上轻飘飘的，让我有一种没有穿衣服的恐慌。

苏锐费尽艰辛地搜出了一双 34 号的嫩黄色高跟鞋，加了个半垫后我勉强能穿稳。

苏锐将我的新形象夸得美丽非凡，虽然我看着镜子丝毫没找到他所说的惊艳感，但是我觉得他说得实在太对了，我真诚地要交他这个朋友。

苏小蜥几次试图接近我，都被我用一种"你敢过来我就用高跟鞋踹死你"的眼神吓走了。

江辰坐在店里的沙发上，不时懒懒地打量我两眼。当然我不敢指望他会露出电视或小说里常出现的屏住呼吸惊为天人之类的样子，但好歹也别摆出一副看《新闻联播》的样子啊。

"好了没？"他从沙发上站起来。

"好了，你付钱吧。"我低头研究衣服的领子，V 字领边缘折了很漂亮的小褶子，像绿色的麦浪。

苏锐嚷嚷着："算了算了，太有缘分了，就算小蜥给小希的见面礼。一共四千，裙子两千五，鞋子一千五。"

我瞪他，宰人啊，一样的衣服网购四百块就能搞定，还包邮。

苏锐对我笑道："你别一副看我像无良奸商的样子。我这件衣服可不是满大街都有的，都是我自己设计、自己做的，仅此一件。"

江辰倒是没说什么，付完钱说声谢谢就拉着我走了。

我在行驶的车中艰难地化着妆,幸好路况还不错,化完妆之后五官还正常。

等红灯时江辰突然笑了,眼睛盛满了促狭:"你的化妆技术进步了不少嘛。"

我白了他一眼,知道他在笑什么。

那时是高三,我们正没日没夜地跟考试厮杀,在遥远的地方有几个同样与考试厮杀着的同学不堪压力结束了自己的生命。这个消息在各地之间辗转,许久才传到我们这个偏远小镇的学校里,校长紧急召开了会议。然后在高考前一个月,老师们决定为我们这群处在水深火热之中的孩子举行一场晚会,晚会的名字叫"走向明天"。我个人觉得这个名字很没意义,除非死掉,不然谁都得走向明天。节目都是由高一高二的学生准备的,有朗诵、合唱什么的,总之是一些让人看了一点也不想活到明天的节目。

晚会举办前,老师们被一件事难倒了,学生们要上台总得化妆,学校里会化妆的老师就那么几个,一个合唱团化下来,天都亮了。于是学校临时决定让美术班的学生来分担化妆大任。作为美术班的头牌,我自以为一切尽在掌握,没料到人脸和画布差那么多,每一个被我化过的女生在照过镜子后都哭了,并且表示如果要她们这样上台,她们就选择告别明天。而江辰当时正好路过那间教室。我在教室里被一群学妹围着哭得手足无措,他在教室外笑得手舞足蹈，而学妹们因为被风云人物嘲笑而哭得更加声嘶力竭了。

虽然岁月久远，可一回想起来我的额角还是突突地跳着，耳边仿佛又萦绕着高低起伏、抑扬顿挫的哭声。

"到了。"江辰说道，车缓缓地靠边停下。

我揉揉额角，叹了口气抱怨道："你以后别害我回忆一些不堪回首的事情了。"

车在原地停了好一会儿他都没有打开车门，我疑惑地转过头去看他，他紧皱着眉，眼睛注视着远方，下颌绷紧，双手握在方向盘上，指骨泛白。

我知道他在生气，但我对他突如其来的怒气有点摸不着头脑，讷讷地问他："怎么了？"

他深吸了一口气，缓缓放开方向盘，转过头来对着我笑。也许我不该称之为笑，他只是把嘴唇抿成一条线，左颊挤出深深的酒窝。他说："没，胃痛。"

"啊，那怎么办？"我一紧张就颠三倒四，"怎么会胃痛呢？你没吃东西吗？有没有药啊？我们去医院吧……"

"没事了。"他说。

"怎么会没事呢？你知道胃痛有可能是胃出血、胃溃疡、胃穿孔、胃癌……"

他看着我笑:"还有什么?"

我不是很确定地说:"胃破掉?"

我又加重语气:"不管啦,我们快去医院,你有可能下一秒就会死的!"

他忽然伸手过来推一推我的脑袋,笑着说:"你是医生还是我是医生?"

我对他突如其来的好心情深感不解以及困扰,只是一再确认他的胃会不会破掉这件事。他也一再对我保证已经没事了,最终十分无奈地表示,若是他的胃有个三长两短,手术由我操刀。

我听到他愿意死在我手上,也就安心了。

第四章

进入宴会大厅前,一直走在我前面的江辰突然停了下来,倒退几步走在我身边,弓起手肘,看着我。

我疑惑地看回他:"需要摆 pose(姿势)吗?有谁在帮我们拍照?"

他瞪我,我忙眯起眼睛笑道:"跟你开玩笑的。"

我将手伸入他臂弯中,轻轻地挽住:"电视里都有演嘛,进场都要手挽手。"

我低头看搭在他黑西装上的手,胸口忽然好像哽住什么似的,忍不住抓紧了他的手臂。他垂眼看我,低声安抚:"你就当参观拍电影好了。"

我环顾宴会大厅,由天花板垂下的大型水晶灯闪烁着流光溢彩,灯底下觥筹交错,长长的桌子铺上了香槟色的桌布,上面摆满了让我狂咽口水的食物……美食电影啊这是。

"陈小希,别看吃的了,微笑。"江辰突然俯身在我耳边说道,热热的气息喷得我耳朵发痒,我忍不住瞪他。

"微笑。"他又重复了一遍。

我随着他的视线看去,一群人正簇拥着一个有点面熟的老人缓缓向我们走来。

江辰半拖着我朝他们走去,我边挤出微笑边问他:"哪个是你的病人啊?"

"中间的老人。"

我看那人红光满面,不像大病初愈的模样,又问:"他什么病?"

"心脏病。"

"他为什么有点眼熟啊?"

"张楚成。"

江辰话才说完,我们已经到了他们面前。

简单地寒暄握手,我努力地在脑海中搜索"张楚成",突然明白了面熟从何而来。我在本地新闻上看过他,而且不止一次,结合我一年看新闻不超过十次的情况,他出现的概率必然十分之高。

张总笑眯眯地看着我:"小江的女朋友?"

我看了江辰一眼,心想送佛送到西吧,就微笑着点头:"你好,我叫陈小希。"

张总也点头,这个年纪的男人多少有点慈祥,笑起来更是得道成仙的模样:"陈小姐长得真是漂亮,男才女貌啊,我本来还想着把我孙女介绍给小江呢,看来我孙女福气不够啊。"

我不知道该怎么回答,只好赔笑。江辰笑着接过话头:"张总厚爱,是我不敢高攀。"

张总笑了笑,突然朗声道:"各位。"

他的声音不是特别大,却有一股奇异的召唤力,满大厅的人静了下来,朝着我们的方向看来。我挽着江辰的手下意识地收紧,他的另一只手伸过来,轻轻拍了拍我的手背。

张总高举手里的酒杯:"这是我的恩人江医生,请大家和我一起,以一杯酒感谢江医生和他的女朋友。谢谢!"

他话音一落,我们的手中就被塞进了酒杯。

江辰举杯:"只是我分内的工作。"

老实说我被吓坏了,我这人没见过什么世面,印象中我见过的最大的场面也就是小学合唱比赛,当时我混在一群人中合嘴张嘴,脚抖得跟筛糠似的。

现在一堆人齐刷刷地往这边看,还个个都是社会精英、巨头权贵的模样。我想说我就是一个普通老百姓,今天是来看拍电影的，你们别看我，别看我。

幸好风头只是一时，大家喝完了酒就各归各位，我这才发现因为紧张我洒了满手的酒。

只是张总似乎还不准备放过我们，他又换了一杯酒对着我们举杯。

"小江，结婚记得发请帖给我。"

"请帖一定发，但是酒不能再喝了，你心脏受不了。"江辰笑着说，语气里带着医生独有的强硬权威。

张总竟然就笑着把酒杯放下了。我心想逃过一劫，就低头安心地盯着身上的裙子看，研究用哪个部位擦手比较不明显。

"陈小希，去洗手。"江辰说完这句话就被那个张总领着不知道去哪儿了。

洗完手出来，我远远地看到江辰跟张总在一群人中说着什么。我犹豫了一下，觉得还是待在长条餐桌旁吃东西比较有趣，反正我来挡张总孙女的功能已经发挥了，现在可以发挥胃的功能了。

我在餐桌旁观察了片刻，发现这些食物对他们来说形同摆设，来来往往的人几乎没有在桌前停留超过十秒的，于是我放心地拿了个大盘子，准备从桌子头吃到桌子尾，以满足我的食欲。

只是我才吃了四道菜，就遇到了障碍——当然不是我饱了，我对我的胃信心十足——而是面前多了一群女人，她们站在桌旁聊天，穿得自然都很华丽，且全都是我买不起的牌子。长相美不美不好说，在鬼斧神工的化妆技术下，人类早就没了本来面目。

由于桌子是靠着墙摆的，她们这么一站，一副要聊到天荒地老的样子，也就意味着我有可能在宴会结束前无法把每一样食物都尝遍。一想到这儿，我就恨得牙痒痒。

于是我默默地绕过她们，准备先去把桌尾的菜吃了。没想到走过她们身边时却被一个女人叫住了，她说："你好，江医生的女朋友。"

我转身抬头，发现说话的女孩长得很漂亮。虽然她也是浓妆艳抹，但胜在艳而不俗，挺有几分世界史课本上埃及艳后的味道，长得老高，脚上还蹬一双目测超过十厘米的高跟鞋，一副不把宴会大厅的屋顶捅破就不甘心的架势。

我对她笑道："你好。"

她过来拉起我的手："这次可真是多亏了江医生。我爷爷生病时我在医院照顾，江医生对病人实在是尽心尽力。那半个月里，我几乎都没见他离开过医院，真是幸亏有你这样明事理的女朋友。"

我承认我很明事理，但这事还真跟我无关……

我一只手还拿着大盘子，另一只手被她拉着，无奈之下只好盯着她拉着我的手——柔若无骨，十指纤纤如玉葱，指甲上涂了一层淡粉色，再淋上一层卤汁就是上好的港式凤爪。

她大概也发现了我的尴尬，松了我的手道："我看江医生还被我爷爷拖着,你一个人也无聊,和我们一起聊聊天吧。"

我只好把盘子放下,装出兴致勃勃的样子听她们聊天。她们聊的话题我刚刚就听到一点了,美国常春藤名校、度假胜地、奢侈品牌……我听不太懂,所以也就没什么兴趣。

这会儿她们的话题从谁家千金养了名字很长的名犬,谁家千金养了一匹马驹之类的动物上转换到了食物上。

一个涂着浓艳口红的女人,张着"血盆大口"说:"××餐厅空运了一些法国松露来,我昨天才去吃过,很不错。"

"真的吗?那我明天就让我男朋友带我去吃。"

"我听说××餐厅的黑鲔鱼也不错。"

"真的吗?改天我们一起去吃。不过我还是比较喜欢吃神户牛肉。"

"我想吃松露的话,会去法国或意大利,法国的黑松露不错,意大利的白松露也还可以。黑鲔鱼我不吃的,神户牛肉也只有去日本时会勉为其难地吃一下。不过我倒是挺喜欢吃鱼子酱的,要最新鲜的鱼子酱,并且要粒粒饱满无损,然后不加任何调味料或食材,用冰镇过的玻璃碗盛着,一勺一勺舀着吃。"一道柔媚的声音让这群千金小姐奇迹般地安静下来。

我看向说话的女人,她懒懒地倚着桌子,似笑非笑,很美。她的美不是那种天仙下凡不食人间烟火的美,她的美具有侵略性,是那种男人见了忍不住想入非非,女人见了爱恨交加的美。

她穿着红花青底的改良式旗袍，旗袍并没有开夸张的高衩或者低胸，却跟长在她身上似的紧紧贴着她凹凸有致的曲线，我平生第一次看到有人穿着衣服却能表达出没穿的诱惑力。

而且我发现她一说话，周围的女人纷纷露出不屑的神情，甚至还有人低声说了句"狐狸精"。

我一听那句"狐狸精"心里就彻底释然了，这才对嘛，长成这样不当狐狸精也太浪费人才了。

也许是场面冷得太僵了，身为主人的张小姐突然转向我，笑着问："陈小姐平时喜欢吃什么呢？"

我被她问得一愣，不知道她是在救场，还是想让我难堪，于是就搪塞道："我没有特别喜欢吃的，平时就随便吃。"

"我看陈小姐刚才吃了不少东西，想必是对美食很有研究，不要藏私嘛。"

"这样啊。"我摸了摸脖子，有点苦恼，"我觉得'出前一丁'的鸡蛋泡面挺好吃的，'康师傅'的也还行。而且我觉得泡面煮的比泡的好吃，煮的时候打个鸡蛋，最好是两个，一个弄碎了融在面汤里，一个卧成荷包蛋，快起锅时才加调味料，也别加多，加一点点提味就好，然后加点盐巴、酱油，特别好吃。"

死神来了一般地肃静。

你看，非得让我分享经验，我都说不要了。

得到我宝贵的煮面经验之后，那群大小姐忽然对谈天失去了兴趣，纷纷找借口离开了。我觉得这种行为不好，是一种过河拆桥的行为。

我端起大盘子继续品尝长桌上的每一道菜，发现狐狸精小姐还倚着那长桌，手里不知何时多了一杯红酒，她轻轻地晃动着高脚杯里的红酒："你叫什么名字？"

我左右看了一下，确定不是自作多情后回答她："陈小希，希望的希。"

她朝我举杯，把手中晃了许久的红酒一饮而尽，然后说："胡染染，跟人有染的那个染。"

我没找到酒，只好把盘子里的寿司拿起来朝她挥了挥，一口吞下，差点没被噎死。最后我擦着眼角的泪跟她说："很高兴认识你。"

"你也不用感动得热泪盈眶。"她递了一张纸巾给我，这使我十分惊奇。主要是她手上并无任何宴会手包之类的，而她身上的衣服又紧绷得如同第二层皮肤，别说塞纸巾，恐怕深吸一口气都会爆裂开来。

我接过纸巾，擦一擦眼角："谢谢。"

然后她就斜靠着那张桌子，看着我快快乐乐地在长桌旁来来回回地吃东西，问："好吃吗？"

"好吃啊，你要不要吃点？"我指一指盘子里的小蛋糕，讲完才想起她的鱼子酱理论，觉得自己真是多此一举。

她指着身上的旗袍说:"吃了会崩开。"

我点头:"你那衣服太恐怖了。"然后摊开手掌,掌心里是被我揉成一团的纸巾。我问她:"纸巾你放在哪里啊?"

她指了指两腿间:"贴在大腿内侧,还有手机。"

我望着她光滑且没有穿丝袜的腿,嘴角抽了一抽,看着掌心的纸巾扔也不是拿也不是,一想到我刚刚抹脸的纸巾是从人家光滑的大腿内侧拿出来的,我心里那个五味杂陈呀。

胡染染娇笑道:"逗你玩儿的,真可爱,桌上的餐巾纸。"

我摸摸脖子也跟着笑:"我光顾着看吃的了。"

于是在她的注视之下,我坦然地尝完了五十八道菜,抽了张纸巾,学胡染染的样子倚着桌子,前凸后翘地、风情万种地擦嘴。

胡染染偏着头看我:"你是那个医生的女朋友?"

我摸摸鼻子:"算是吧。"心里暗暗地加了句曾经。

她把头发捋到耳后,若有所思道:"张倩容会跟你抢的。"

"啊?"我勉强把目光从她深棕色的大波浪长发上收回,愣愣地道,"谁?"

胡染染的发型是我最喜欢的大波浪,大学时我就曾想去做这种发型,但那时江辰跟我说,他觉得我短发的样子很清新自然,于是我就顶着一头蘑菇短发过了四年,等到分手后我一气之下才留起了长发。现在仔细琢磨,清新自然哪里是夸人的,压根儿就是空气清新剂的广告语。

她扬一扬下巴道:"张倩容,张老头的孙女。喏,现在朝着你男友走过去了。"

我随着她的视线看去,张倩容缓缓朝着江辰和张总走去,腰肢扭得像艺术体操表演用的那条彩带。

"张老头真老。"胡染染突然感叹,一副若有所思的样子,"我看他也活不了几年了。"

我诧异地看着她,她笑了:"我是他的情妇,你信不信?"

我说信也不是,说不信也不是,只好干笑。

她又说:"我以前是他们家的保姆。"

我忍不住脱口而出:"那怎么……怎么……怎么……"

怎么了半天我也找不出一个委婉的词来表达我的疑惑,还好她好心地接了话:"怎么爬上了老头的床?只要他一个人在家,我就穿低胸睡衣拖地。"

"这样啊……"我拉长了声音道。我实在是不知道该怎么接话,说你真厉害也不对,说恭喜你成功了也不对,说你怎么这么无耻更不行……真是为难死我了。

她似乎对我的窘态感到十分满意,娇笑个不停。

真高兴我能取悦你……

"你男友过来了。"她掩着嘴说。

"啊?"我才抬头,江辰就已经站在我面前了,我忍不住称赞他,"你走路真快。"

江辰朝胡染染礼貌地点了点头，然后看了我一眼，说："走吧。"

说完就径自往外走。我跟胡染染挥挥手就颠颠地跟了上去，在他背后小跑着问："可以回去了吗，宴会不是还没结束吗？"

他停了停脚步，等我走到和他并肩才又往外走，边走边回答我的问题："回去了，我明天一早还有手术。"

"哦。"我跟着他往外走。

他去开车，我在酒店门前等他，突然想起他好像什么都没吃，宴会前还犯胃疼来着，于是又想偷偷倒回宴会去偷点吃的给江辰。我才转身走了两步，身后就响起喇叭声，我转身开车门，探身进去跟江辰说："你不是胃疼吗？我看你刚刚都没吃什么东西，我去给你拿点吃的，马上回来。"

我说完转身就要往里面走，江辰在后面"陈小希，陈小希"地叫着我，我只好又倒回去跟他说："放心啦，里面的东西很好吃，而且都没有人在吃，我去拿点，人家不会介意的。"

"上车。"他说，手指不耐烦地敲着方向盘。

我猛然发现，这次重逢后他对我常常表现出一种诡异的不耐烦。我可以打一个比方来描绘这种不耐烦，这就好比是，你养了一只狗，准备养肥宰了吃，但这只狗一直不长肉也就算了，还误以为自己是宠物，缠着你撒娇，你说你能不烦吗？

我默默坐进车子，关好车门，系好安全带，笑着说："我家在

×× 区 ×× 路，你要是不方便就找个公交车站放我下去，我自己搭公交车回去。"

他定定地看了我好一会儿。都说眼睛是心灵的窗户，于是我盯着他的"窗户"看了许久，只觉得他的黑眼圈有点重。帅哥长了黑眼圈，也一样是一个长着黑眼圈的帅哥。

我最终还是没能从他的眼睛里看出个所以然来。眼睛的确是心灵的窗户，但有些人的眼睛是防盗窗，技术不够就只能扼腕。

江辰还是把我送到了我家楼下，我对他送我回家这件事简单地表达了谢意，但他没有对我表达我陪他去应酬的谢意，不过我不准备跟他计较。

我下了车，即将关车门时还是忍不住又瞄了他一眼。这是当年单恋他太久的后遗症，和他在一起那四年里，我总是下意识地偷瞄他，以至他在上"眼科学"时还一度怀疑我是隐性斜视。

他右手搭在方向盘上，左手压在胃上，皱着眉似乎凝神在等关车门的声音响起。

我最终还是没把门关上，而是探身进去，以一种哀求的口吻道："来我家好吗？我给你下碗面吃，很快的，十分钟就能做好。"

他摇头："不用了，我回去吃药就行了。"

我一屁股坐进车里，双手环胸道："上我家吃面！不然我就不下车。"

江辰侧过头瞪了我一会儿，最后叹口气道："走吧。"

我笑眯眯地跳下车，带着他爬了四层楼，到了之我租的房子。

我给他倒了杯水就进厨房忙活了，我想泡面不健康，就给他煮了挂面，还打了两个鸡蛋，但等到我把面端出来时，却发现他倚着沙发扶手睡着了。

我把碗摆在桌子上，蹲在他面前犹豫了很久到底要不要叫醒他，甚至犹豫了很久要不要像电影里演的一样偷亲他一下，或者用手指描绘他脸的轮廓，或者静静地看着他的睡颜泪流满面……

最后我只是拍了拍他的肩膀说："江辰，面好了。"

有些事情就像参加比赛，你既然选择了退赛，就没资格再上场，只能忍痛观望。

江辰的眼皮动了动，微微掀开后迷蒙地看了我一眼，又闭上了。

我只好又推了推他："起来，面快糨了。"

他嗔了一声，闭着眼拨开我的手："别闹，我很累。"

也许是他的语气太过理所当然，我竟隐约觉得有几分亲昵。

我抱着腿在地板上坐下，呆呆地看着他，或者是看着某个角落，一瞬间觉得自己很可悲。

等我可悲完，抬眼见江辰已经端着面坐在沙发角落边吃面边看电视。电视的声音开得很小，但他看得很专注。

我转过头去看了一眼电视，电视里正播着篮球比赛，一个人冲上去，脑门狠狠撞上正在投篮的另一个人的胳肢窝，另一个人被撞倒，在地上滚来滚去。

江辰把面吃完，跟我要了张纸巾擦嘴，然后就说他要走了。

我想了想，也没什么借口可以留他多坐一会儿，只好说："好吧，你开车小心。"

他走到门口又回过头来看我，似乎在暗示着什么，我无奈，只好站起来，边朝他走去边说："我就送你到门口吧，我穿了一个晚上的高跟鞋，脚都快断了，送你下楼还得多爬一回四楼。"

江辰倚着门口，待我走到他面前，他突然说："陈小希，难道你就从来没觉得对不起我吗？"

我想这是个典型的反问句，反问句的特点是答案藏在问题里。经过短暂的分析后我断定，江辰认为我应该且必须觉得对不起他。只是不知道他这个问题针对的是三年前分手那件事，还是我懒得送他下楼这件事。

我考虑了一下，无论他针对的是哪个问题，我都是过错的一方，所以道个歉也不是不可以。于是我并拢脚跟，双手贴着裙缝，准备以一个标准的军姿真诚地跟江辰道歉。但江辰没等我完成这一系列动作，他最后看了我一眼就下楼了。

这回我倒是读懂了他的眼神，无非是讨厌、厌恶、恶心之类的。这个我可以理解，我也挺恶心我自己的。

第五章

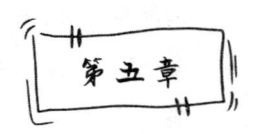

　　几天后，出差回来的庄冬娜打电话来致谢，大意是她知道了江辰没有对我好好表达谢意，她觉得她家江辰不太懂事。她的原话是："你知道的，我们家江辰不是很 care（在乎）人情世故，不过这也是他的优点，I kinda like it（我有点喜欢），呵呵。"

　　庄冬娜是英语专业毕业的，讲话老爱夹带英文，以前网上聊天时也爱夹带英文，比如说："我这个周末要出差，回来再开会"，她会打"我这个 weekend（周末）要出差，回来再开 meeting（会议）"。

　　有次司徒末说她实在受不了了，就天真无邪地问庄冬娜："你老是切换输入法，累不累啊？"庄冬娜从善如流地改掉了切换输入法的毛病，司徒末对此深感欣慰。

庄冬娜提出为了答谢和赔礼，他们想请我吃顿饭。我婉转地回绝了，但可能是我太婉转了，以至于她完全没能听懂我的不情愿。总之她自顾自地报了时间地点就把电话给挂断了。

由于我将要被硬请吃饭，所以心情很不好，所以作为同事的傅沛和司徒末莫名其妙地被我撑了好几次，气得司徒末说她要辞职回家让老公养着。我针对她搬出老公当靠山这事又讽刺了她一番，最后逼着她承认，自己对不起国家对她的栽培，是丧尽天良的寄生虫，我的心情才勉强好了一点。

下班前我接到了苏锐的电话，我在宴会后莫名其妙地成了他的朋友。

那次宴会穿的衣服被我丢到洗衣机里，洗出来后我怎么看都觉得它像一团烂菜叶，于是我拎着衣服去找苏锐，他用一个长得像吸尘器的机器把衣服烫回飘逸的模样。他告诉我那机器叫挂烫机，我告诉他在我心目中那就是吸尘器。然后我们就吵了起来，他说我不尊重他，我说他小题大做，吵到吃饭时间他就带我去吃饭了。吃完饭我付了钱，他就宣布我们不打不相识地成了朋友。

苏锐说他在我公司附近办事，问我下班后要不要一起吃饭，我跟他说我要去跟江辰和江辰的女朋友吃饭。他对我表示同情，并且自愿陪我去，他说他去帮我壮胆，但我觉得他想蹭饭。

我考虑了一下，觉得孤身一人去见前男友贤伉俪真的有点凄凉,就捎上苏锐了。

我们俩到餐厅时他们还没来,我俩聊了一会儿,发现话不投机差点打起来,于是苏锐就跟服务生借了两支笔,我们各自摊开餐巾纸画图,他画服装设计图,我画插画。画完后江辰他们还是没到,于是我们就交换画作互相评论。苏锐说我的插画幼稚,是给小孩看的;我说他设计的衣服丑陋,不是给人类穿的……幸好在大打出手前江辰和庄冬娜到了。

"你们总算来了。"我笑着埋怨,强迫自己把眼睛从她挽在江辰手臂上的五爪上移开,"再慢点就赶上替我收尸了。"

庄冬娜笑着解释:"我说我们分头过来,可他非得绕去公司pick(接)我,就多绕了一段路,sorry(抱歉)。"说完她顿一顿,看向苏锐道,"这位是?"

"我是苏锐,小希的朋友,我姐和江医生还是同事呢。今天本来是要约小希吃饭的,她说约了人,我就死皮赖脸地跟来蹭饭了,你们不介意吧?"苏锐抢在我前面回答。

"Of course no(当然不),人多热闹嘛。"庄冬娜说,回头对正在替她拉椅子的江辰嫣然一笑。

等大家坐定下来点完菜,突然谁都不再开口说话,场面有一瞬间的冷凝。我看向对面的两人,似乎都没有想要救场的意思,作为一个面对冷场会脊背发麻的人,我只好求救地看着苏锐。

苏锐顺手抄起桌面上的餐巾纸递给庄冬娜:"我刚刚为小希量

身定制的设计图。"

庄冬娜接过，仔细瞧了一会儿赞道："You are so talented（你很有天赋），这衣服很漂亮很 fit（适合）小希呀。"说完还推到江辰面前，"你觉得呢？"

江辰漫不经心地扫了一眼："嗯。"

作为几分钟前才侮辱过这衣服不是人穿的我，面对这样的夸奖只好含泪干笑着附和。

苏锐摸摸头，羞涩一笑："我随便画的。不知道为什么，小希很适合我设计的服装风格，上次江医生带她上我那儿买衣服我就发现了。不过那时我还以为他们是男女朋友呢。"

我忙跟庄冬娜解释："你让我替你陪他参加宴会那次。"

庄冬娜笑而不答，倒是江辰抬头扫了我一眼，这是他进来到现在第一次正眼瞧我。我多年被他欺压惯了，一见他看我，我就忙不迭地露出讨好的笑，笑完后换来他漠然的目光，我突然觉得我怎么这么奴颜婢膝……

江辰点的餐最先上桌，七分熟的牛排在石板盘上嗞嗞作响，他拿叉子挑破旁边还荡漾着的荷包蛋，蛋黄缓缓流进冒着烟的盘子，热油"嗞"一下噼啪乱溅。江辰顺手拿起手边的餐巾纸挡住飞溅的油星，最后还用纸巾把盘子边缘擦了一圈。

我知道那餐巾纸是苏锐的设计图，看着江辰随手把它揉成一团，我心里还挺痛快。

苏锐和庄冬娜天南地北地扯着,我有时也搭几句话。而江辰几乎是不说话的,即使话题转到了他身上,他也会不冷不热地把话题岔开。

这顿饭我还是吃得无比堵心,江辰虽然不说话,但庄冬娜不时附在他耳边说悄悄话,同时眼睛骨碌碌地望着我,似笑非笑。

苏锐气不过,也学着她附在我耳边小声道:"她明显刺激你呢,太没品了。"

我一掌推开他:"别在我耳边说话,恶心。"

苏锐好脾气地笑道:"难道你还会害羞?"

我端起玉米浓汤:"你可以试试,看我会不会恼羞成怒。"

苏锐忙摆手:"我错了,我错了!"

我满意地把碗摆回原位,这才发现庄冬娜正盯着我们看,笑得一脸饶有兴味。我用眼角的余光瞟了江辰一眼,他若无其事地切着牛排,动作熟练优雅。

他的表情突然让我想起大学时,我常陪他在宿舍里用猪皮和猪小肠练习缝合和打结,他那股沉默认真劲儿,总让我觉得像在看变态外科杀手之类的电影。

"小希,我看苏锐对你挺好的。"庄冬娜笑着说,还寻求支持似的偏头问江辰,"是吧?"

江辰用一种看诊的眼神扫视了我们一遍,不冷不热地吐出一个字:"是。"

苏锐丝毫不知羞臊,手舞足蹈地附和:"陈小希,你看大家都说我好呢,就你一个人不识货。"

我不知为何忽然失去了和他斗嘴的兴致,有气无力地回答他:"我也觉得你特好。"

不知道是我的语气在空气的传播中被扭曲了,还是苏锐耳朵里耳屎之类的障碍物太多导致声音失真。总之他似乎当真了,先是一愣,然后忽然双眼柔情似水地盯着我,对着我羞涩地笑,脸竟然莫名其妙地通红了起来。

我吓得手脚发凉,摸着脖子说:"你无缘无故脸红什么,别对我笑,你笑得我心里发麻。"

苏锐笑盈盈地看着我手足无措,我看着他脸上的红晕跟退潮似的神奇地退去,狐疑地道:"你耍我吧?"

他瞟了我一眼,什么都没说,低头安静地吃起海鲜烩饭来。

他那突如其来的娇羞让我浑身不自在,像是一群蚂蚁列队从脚底板缓慢地爬上我的身体,爬上我的头皮……

我几乎是狼吞虎咽地把剩下的意大利面给吞完了,其间还差点呛到。苏锐很好心地拍着我的背:"你小心呀,别被噎死。"

我刚想说有你这么说话的吗,江辰突然开口了:"放心,她死不了,面从鼻子喷出来都死不了。"

我挥开苏锐的手,恶狠狠地瞪江辰。

他说的是我和他第一次正式约会时发生的事情。我们去的是学校附近唯一一家西餐厅。我当时心里特紧张,既有天上掉馅饼恰好被我捡到的侥幸,又有怕那丢馅饼的人后悔了来跟我要回去的忐忑。

我发着蒙点了一盘意大利面,然后就一直埋头吃面。就在我吃得热火朝天时,坐在对面的江辰突然冒出一句:"陈小希,你今晚陷我吧。"惊吓过度导致我被呛得眼泪鼻涕横流,最可怕的是,一个剧烈的咳嗽让我把嘴里的面从鼻子喷了出来。

我看着那截挂在玻璃杯上摇摇欲坠的面条,我心里万念俱灰,哭着求江辰跟我分手,并保证以后再也不纠缠他了。

江辰边用纸巾帮我擦眼泪鼻涕边安慰我:"我什么都没看见,真的没看见。"

我哭倒在他怀里。我们跳过了牵手、搭肩、搂腰等循序渐进的步骤,在首次约会时直接跃进到相拥,也算是收获颇丰。

后来江辰说,他只是想让我陪他去通宵教室看书,因为他们很快就要考医学"四大名补"之一的《病理学》。但这件事在很长一段时间里都是江辰攻击我思想肮脏的论据。

我狠狠地瞪着江辰,江辰冷冷地瞟着我,空气中好像有火苗在噼里啪啦地烧着。

"不好意思,我们家江辰开玩笑呢。"见气氛不对,庄冬娜忙出来打圆场。

"没关系,我们家小希不会介意的。"苏锐像是要帮我争口气似的说。

……

我嘴角抽了抽,得,都成一家了。

我想,也只有我们小时候流行的一首歌曲能够解释他们这段对话中感情的亲疏程度了——"我们都有一个家,名字叫中国……我们的大中国呀,好大的一个家……"

吃完饭,庄冬娜以女主人的身份大方而客套地提出让江辰送我们回家。考虑了一下地点、时间以及叫车的费用,我和苏锐大方而无耻地接受了这个恩惠。

我以为庄冬娜会全程陪着送我们,但没想到身为医生的江辰以其医生实事求是的办事效率,根据我们仨住址的地理位置规划了一条最省事的路线。于是在苏锐下车十分钟之后,庄冬娜也到家了,她下车前深深地看了我一眼。我把她这一眼臆想为:你离老娘的男朋友远点,以及都是你这死电灯泡,害得老娘不能跟男友吻别!

当车里只剩我和江辰时,为了避免再次重现晚餐时的剑拔弩张,我只好闭上眼睛装睡。但不知道为何,车停在路边迟迟不开,让我装睡装得很不安稳。

就在我纠结着究竟是要死装到底还是醒来问清楚情况时,江辰的声音突然传入我的耳朵，他说："陈小希，你少给我装死。车熄火了，下去推一下。"

由于我笃定我这辈子买不起一个轮胎，所以我对车的品牌和构造只存在最浅薄的字面了解。比如说，宝马是所有车里最贵的，因为它名字里有个宝字；奔驰是所有车里跑得最快的，因为它听起来就很能跑；大众汽车是最平民化的汽车，因为它的名字很亲切；而其他品牌的车子都是出来打酱油的。

江辰的车子，正是酱油车。

电视里也常演车子熄火，所以我坦然地接受了江辰的酱油车熄火了这一事实，边下车边小声嘟囔着"破车破车，熄火熄火"。

只是不知道是因为我力大无穷还是酱油车熄火也熄得很随意，总之我随便一推，它就腾腾腾地前进了，搞得我连成就感都不好意思有。

我小跑上去要拉开车门，却发现江辰把车门锁了。我瞬间火大，用小人之心猜想着江辰肯定是故意骗我下车，耍我玩儿来着，于是我掉头就走，走得异常缓慢——走只是为了走个气势，走个自尊，不能真走，这地方实在是不好叫车。

幸好江辰倒着车跟上来了，我琢磨着他现在不是我男朋友，难得他还愿意给我台阶下，有台堪下直须下，莫待无台空跳脚。于是我赶紧去开车门，但门还是锁着的。

我忍不住破口大骂："江辰，不带你这么糟蹋人的，你要不想送我回家你就直说，你不开车门是什么意思？"

前门的车窗缓缓降下来，江辰的头从里面探出来："陈小希，你有病啊，坐前座来！"

……

我摸一摸耳朵，讪讪地开了前车门，坐进去系好安全带后语重心长地对江辰说："我刚刚是跟你开玩笑的，但你骂人就不对了。"

江辰不理我，一脚把油门踩到了底。我摸着安全带一阵庆幸，幸好这安全带系得快，不然我早就从挡风玻璃飞射出去了，十分钟后警察叔叔就该带着粉笔来画我的尸体轮廓了。

江辰开着车呼啸了一段路，大概是想起生命诚可贵了，速度慢慢缓了下来。我这才舒了口气，收起贪生怕死的嘴脸，换上一副老娘见惯大风大浪的淡然面孔。

一路无言地到了我家楼下，江辰踩下刹车："到了。"

我边解安全带边道谢："谢谢你请我吃饭和送我回来。"

他只是微微点点头，丝毫没有要和我寒暄的样子。我便开了车门准备下车，只是脚还没跨出车门，手机就响了，于是我边下车边从袋子里掏手机，踏上马路时刚好手机也找出来了，是苏锐。

"喂。"

"陈小希，你到家了没？"苏锐的声音含含混混的。

"刚到。"我转身关车门,只是我才把车门关上,准备跟车里的江辰摆手示意时,车就跟离弦的箭似的"咻"一下绝尘而去。

"行了……"耳边传来苏锐一大串含混的话,我苦笑着收回悬在空中的手,"你好好讲话,我听不清楚。"

苏锐说:"我吃着冰激凌呢。我说我害怕江医生把你送去毁尸灭迹,医生杀人无形啊。"

我撇嘴:"咦,一个大男人居然吃冰激凌。"

"男人怎么就不能吃冰激凌了!"苏锐大叫,"我爸也吃冰激凌的!"

我大笑:"那只能证明你爸也不 man(男人)。"

"喂,讲到我爸就伤感情了。"苏锐的声音可以听出来他也在笑,"我一直怀疑他娶我妈生了我和我姐只是个幌子,我还想让我姐夫把我爸抓去研究一下呢,可惜他不敢。"

"生你还真不如生块叉烧。"我边说边在包里翻找大楼的钥匙,"唉,你还有事吗?我找不到钥匙,得专心找钥匙。"

"没事了,你真无情,拜拜。"苏锐讲话又含含混混的,估计又在吃冰激凌了。

"拜拜。"我把手机扔进包里,然后就着微弱的路灯翻着包,突然一辆车开来,车灯亮得刺眼,我下意识地抓起包包挡住眼睛,我以为车会很快开过去,没想到它居然停在了不远处。车灯未灭,似乎更亮更刺眼了,我努力适应了强光后缓缓把包放低,看着强烈的光束中缓缓朝我走来的人。

江辰。

那个陪伴我度过最单纯最美好岁月的江辰,那个我最爱的江辰,仿佛穿越了时间的无情、宇宙的洪荒,突然又站在了我面前。

我咬着下嘴唇苦笑,难怪警匪片里警察拷问犯人时都爱用强光照着犯人,因为那会让人瞬间想把一些封藏在脑海深处的东西倾倒而出啊。

"陈小希。"江辰低头叫我。

我仰头看他,强装平静地对他微笑:"你怎么倒回来了?"

我拼命地压抑着内心深处的汹涌澎湃,拼命忽略那个叫嚣着"你把这个要人命的死男人追回来"的声音。

他将手伸到我面前,摊开掌心:"你的钥匙掉我车上了。"

"大概是刚刚我找手机时掉出来了。"我从他掌上拿过钥匙,"谢谢。"

电影中那些风尘仆仆回头的男主角,从来不会只是回来送一把钥匙,我真没有女主角的命。

江辰却未如我想象中那样掉头就走,他只是站在原地看着我,让我强烈怀疑是否应该给他鞠个躬或者跪一跪,以表示谢意。

也不知过了多久,他说:"陈小希,我很忙,我有很多事要做,你明白吗?"

我赔笑:"明白,害你多跑了一趟,不好意思。"

他还是不动:"你知道我不是在说这个。"

我摇头:"我不知道。"

他的表情忽然凶狠了起来:"你非得让我说明白?"

我点头:"说明白。"

他是真的生气了,因为他生气时会把嘴抿得紧紧的,逼出一个比笑时要深上些许的酒窝。我眯着眼睛端详着那个在背光的环境里比他脸上其他部位暗得多的酒窝,心里突然有一股奇特的冲动。而在我反应过来时,我已经伸出手,用食指连戳了他的酒窝两下。

他一定没料到我会突然有这个动作,因为我也没料到。

双方都没料到的下场就是,我们都非常震惊,以至于他看着我,我看着他,相对无言。

最后他干咳了两声:"你什么意思?"

我真诚地看着他:"我不知道。"

江辰长叹了口气,他的气真的很长。他无奈地说:"你怎么什么都不知道?"

我咬一咬上嘴唇:"你什么都知道,你就告诉我。"

他表情复杂地盯着我看了片刻,像是下定什么决心似的,又像是破罐子摔碎似的,沉声说:"跟我道歉。"

我一愣:"什么?"

"跟我道歉。"他又沉声重复了一遍。

我有点难以置信,你说你用这么沉着成熟的声音提这么幼稚的要求,还这么理所当然,你是怎么了?

"道歉。"他不耐烦地催促道。

面对江辰,我总有着莫名的卑微,这份卑微使我会不由自主地对他言听计从,于是我用力地捏着手里的钥匙,小声地说:"对不起。"

他轻轻地舒了一口气:"没有下次了,知道吗?"

我点头,隐约觉得我们谈论的似乎不是同一件事。事实上我们谈论的确实不是同一件事,因为江辰突然极温柔地对我笑,他说:"过来。"

我不明所以地朝他走了两步,他俯身,吻住了我。

那是很绵长的一个吻,非得让我形容,就是我觉得我吞进去的江辰的口水大概有一听罐装可乐那么多。

第六章

在经历了这番犹如五雷轰顶的"重创"后,我自然是不记得如何上楼洗漱并躺到床上的。

在床上躺了至少半个小时,我才慢慢缓过来,我开始想,这究竟是我日有所思夜有所梦呢,还是江辰脑子抽风?是我幻想过度呢,还是江辰鬼上身了……任我左思右想都想不出合情合理的解释,于是只好告诉自己,就当被狗咬了。

回味着被狗咬了的滋味,我慢慢入睡了。

第二天起床,我的腮帮子异常地疼,大概是因为昨晚我做了层出不穷的梦,梦里都是江辰和那个吻,为了那个吻,我们频繁过度地使用了唇舌。我觉得这样不好,我有点害臊。

在去上班的地铁上我的手机响了,我盯着屏幕上闪烁的"庄冬娜"三个字吓得直哆嗦。此刻我万分佩服社会上的小三一族,她们该有多强大的心理素质才扛得住和正室对峙时的那份心虚呀。

我咽了咽口水接起电话:"喂。"

"Hey,it's me.(嘿,是我。)昨晚怎样啊?"庄冬娜的声音听起来很快乐。

我一开口就差点把舌头咬了:"冬娜……我……那个……"

"哪个啊?"她追问。

我想说我对不起你,但又觉得我好像也挺无辜,于是那个了半天都那个不出来,只好快速地说:"我现在在上班的途中,地铁上人太多了,我待会儿再给你打电话。"说完就径自把电话挂了。

今早的地铁里人实在不多,我话音一落,这节车厢中仅有的六七个人就齐刷刷地看着我,他们的表情好像在说:看这说瞎话的,不要脸,一看面相就是做小三的,肯定不得好死……

不得好死的我灰溜溜地躲到车厢角落里给司徒末打电话,简单地跟她说了事情的经过,请求她以一个人妻的身份来判断我这样的罪到底至不至死。

司徒末安慰我说不要怕,像庄冬娜这样的女人,最严重的报复手段也就是抓着我的头发去撞墙而已。最后她还让我给傅沛打电话,她认为作为万花丛中过、片叶不沾身的典型,傅沛一定可以告诉我该怎么处理这种游离在道德边缘的情况。

傅沛听了我避重就轻的描述后，口气显得很不屑一顾，他说："你大清早打电话来扰人清梦，就为了这屁大点儿的事啊，这种事当然是男人去解决，你瞎操心啥？"

真不愧是花丛中人，一语惊醒梦中人。

我挂了傅沛的电话，又打给了江辰，为了给自己充足的底气，电话一接通我就噼里啪啦道："江辰，你听着，我不管你昨晚为什么要亲我，但亲了就是亲了，我必须指出你这样的行为是非常不对的，你现在有女朋友，你这么一亲就是逼我往小三的道路上走……我妈说了，破坏别人感情的小三都会遭报应的。没错，我还爱着你，但你少瞧不起人，我坚决不做小三……"

我停下来喘口气，发现电话那头一片安静，还以为江辰在反省呢，于是我决定乘胜追击："你要是觉得昨晚只是一时冲动，我也就当什么事都没发生，你要是说你对我余情未了，那咱们得照着程序来，你得先跟庄冬娜说清楚了，然后你得追求我……你干吗一直不讲话？"

"呃……我是苏医生。"电话里传来一个女声，"江医生不在，我看他手机响了很久，屏幕上显示的是你的名字，就帮忙接了。"

我顿时如遭晴天霹雳，想到我刚刚讲的那些无耻的话都落入了她的耳朵，我就很想吞手机自尽。

我咬着牙埋怨她:"你接电话怎么不出声呀?"

她说:"你讲太快了,我来不及出声。"

我想不对呀,又说:"可我明明中间歇了一会儿喘气的。"

她说:"哦,那个时候我已经听上瘾了,觉得太精彩了,就不忍心出声了。"

我实在是不想使用脏话问候恩人,只能忍气吞声地说:"好吧,麻烦你让江辰回个电话给我。"

"等等呀,你真喜欢江医生的话,那我弟怎么办?"苏医生很着急地说。

我一头雾水:"关苏锐什么事?"

她说:"我弟喜欢你呀。不如我给你出个主意,你也别当那吃回头草的小三了,挺缺德的,你就跟了我弟吧,等他到了法定结婚年龄,你们就把结婚证领了。"

我隐约觉得不对:"你说什么,苏锐今年几岁?"

她说:"十八呀。他去年不肯参加高考,说要自主创业,就出来开店了,他店里的衣服都是他自己设计的呢。我觉得我弟是个天才,是个潜力股,你就跟他在一起吧,我们家也不会嫌你老的。"

十八啊……这孩子怎么这么显老呢。

我无力地说:"你别开玩笑了,我比他大好多。"

她又接着规劝:"我觉得姐弟恋挺好的,你也不容易老。"

我由衷地觉得，老天看不惯我在人间撒欢，特地派苏氏姐弟来收拾我。

于是我把手机拿远了点，用缥缈的声音说："什么……啊……地铁里……信号……号……不好……我得上班了……拜拜……"

我收起手机，抬头想松口气，发现整节车厢的人都齐刷刷地盯着我，眼神里都是满满的不齿。我下意识地张了张嘴，想解释点什么，最终选择了转过身对着车厢壁。

身后传来不大不小的对话声："唉，现在的年轻人呀，扯谎都扯不好，周末上什么班。"

"是您跟不上时代了，有些职业就是周末和晚上的生意才好。"

"老牛吃嫩草。"

"唉，这您就不懂了，人家叫恋爱自由。"

我在下一站逃也似的出了地铁，然后坐了相反方向的地铁回家，为什么我忘了今天是周末呢……

折腾了一个多小时我才回到家，这个时候我也累得懒得去追究那错综复杂的感情了，我决定用无限美好的假日来睡一个冗长的觉。我还特地把手机关了，因为再惊心动魄的恋爱，也不如无忧无虑睡觉来得畅快。

关机，换上睡衣，在床上翻来覆去却总是无法平静，脑海里充斥着地铁里那些人的目光，总觉得不做点什么的话，我死了以后一定下地狱。

于是我爬起来开机,准备打电话给庄冬娜。手指在拨出按键上停留了几秒,最后还是勇气不足,只发了一条短信过去:"昨晚江辰亲了我,我发誓我没有勾引他,对不起。"

如我所料,电话很快地响了起来,庄冬娜告诉我一个令我震撼的消息,她说,她和江辰本来就没有交往,她只是受江辰所托演几场戏而已,报酬是她以后去医院看病能得到亲人般的呵护。我一时不知怎么回应这件事,只好对这项交易表示惊讶,毕竟这报酬也挺不吉利的。

最后庄冬娜问我,能不能给她介绍一下昨晚一起吃饭的苏锐。我告诉她苏锐只有十七岁,她使用了一个"F"开头的单词结束了本次通话。

挂了电话,我觉得我有必要好好厘清一下自己的心情,于是捧了杯茶坐在窗口,营造出我在沉思的意境。

分手三年了,我真的没有在等江辰。我想着找一个人,也许眼睛像他,也许酒窝像他,也许和他一样喜欢喝农夫山泉,又或者哪儿都不像他……然后我们恋爱,结婚,长相厮守。我会爱他,就像爱江辰那样,毫无保留。

而那个我没等待的江辰,阴差阳错地又回到了我面前,而且他似乎跟我不一样,他在等我,如果没有,我也决定要这么误以为下去，谁让他找人假扮情侣，电视剧里男女主角都是用这招来惹对方吃醋的。虽然他提供给庄冬娜的报酬让我怀疑，他其实更可能是在帮医院拉客。

我在心里默默地把江辰塑造成一个苦苦等待我的回归和为了我不择手段的人，并且想着想着觉得这事挺搞笑，一时也不知道应该怎么来评价江辰做出这等幼稚事的智商。江辰在感情上的智商向来不高，在这方面我深有体会。

比如说我们的初吻。

那时我和江辰交往了大半个月，进度一直停留在牵手交流手汗这个浅薄的阶段，偶尔江辰雄性荷尔蒙多了，会亲一亲我的脸颊，画面很是单纯以及美好。

但我们宿舍里恋爱经验丰富的林晓指出，这个进度相比一般青年男女的恋爱进程，严重滞后。我很苦恼，认为是我魅力不够，不足以让江辰对我产生男青年应有的冲动。为此我号召了全宿舍一起指出我的缺点，最后得出的结论是，我女人味不足。而对于我们这群没走出过象牙塔的人，女人味就等同于穿裙子，最好还是低胸的。

于是无所不能的室友们帮我找了一条低胸的裙子。我在宿舍里炫耀了几圈，她们纷纷表示感受到了扑面而来的女人味。其实这是个偏见，女人味跟你穿着暴露没什么关系。

然后我就妖娆地去和江辰约会了,我们坐在操场边的长凳上,江辰的确显得心猿意马,我觉得很有成就感,就把裙摆又往上撩了一撩。只是一撩就看到大腿上并排着几个被蚊子咬出来的红色大包,只好又把裙摆拉了回去。

江辰跟我说他们医学系的趣事。他说上一届有几个学长,做完实验后把羊腿偷回宿舍煮火锅,吃完后整个宿舍的人昏睡了两天,原来那羊被打了大量麻醉药;他说有一次他们系宿舍抓到小偷,一群人围着小偷就是一阵狂揍,小偷实在受不了就装死,有人从寝室里翻出听诊器,下诊断说此人心跳强而有力,于是大家揍得更欢快了……总之江辰突然变成了一个话匣子,而身为女朋友的我只好赔着笑,而且还笑得花枝乱颤,不然显得不给面子。

说着说着,他突然问我:"你喷了香水吗?"

我没有,所以我坚定地摇了摇头。

他狐疑地看着我,深吸了一口气:"我明明就闻到一种什么味道。"

我用力地吸了好几口气,恍然大悟:"噢,你说这个呀,是花露水的味道,我腿上被蚊子咬了。"

他将信将疑:"闻起来不像花露水。"

我回想了一下,挠着脑袋:"花露水不够凉,我还擦了些风油精。"

他不再说话，我也不知道自己说错了什么，但我猜他并不喜欢我身上的味道，于是悄无声息地挪到长凳的最边沿，半个屁股悬在空中。

我们就这么僵持在操场边的一条石凳上。

最后他突然恼怒地说："陈小希，你过来。"

我想他该不是要揍我吧，我听说有一种类型的男朋友是以揍女朋友为乐的。但我还是边横向挪动着屁股边问他："干吗？"

"给我亲一下。"他回答。

我僵在长凳三分之一处，不知道该怎么办。虽然他提出的这个要求是我的最终目标，但我还是不争气地吓傻了，我就是传说中有贼心没贼胆的那种人。

"快点。"他催促道。

"哦。"我下意识地迅速挪到他身边，他身边的石凳有点冰凉，我僵直地坐着，像一块垂直在长凳上的石板。

江辰扳过我的肩膀，力度非常之大，以至于我不得不"哎呀"一声，提醒他别把我的肩膀拧脱臼。

他说："你哎呀什么，你怎么那么不解风情？"

说完他就把嘴唇贴了上来。我想不带这样的啊，你不能批评完我不给我辩解的时间就堵住了我的嘴，你这又不是在付封口费。

后来我问他，是不是被我穿裙子摇曳生姿的模样吸引了？他说没有，你小腿挺粗的。我又说，莫非是被花露水加风油精的味道吸引了？他说没有，闻起来像福尔马林。我不死心地说，莫非是操场上的虫叫把你的兽性唤出来了？他说你神经病是吧。我说那究竟是为什么，他说就亲亲看嘴唇的皮肤组织和一般皮肤组织的触感有什么不同。

我那个花瓣一般浪漫的初吻梦，就这么被他无情地糟蹋了，我还不如把初吻献给路人……

就在我懊恼着当年没把初吻献给路人并回忆着这辈子见过的最帅的路人时，门铃响了。我心里跟电梯失重似的咯噔了好几下，深吸了一口气，准备端出一副晚娘面孔去应付江辰。兴许还能换来他几声哀求，以弥补我年少时对他多年的苦追。

因为实在太高兴了，我伸去拧门把的手抖得跟拿着张两千万的支票似的。

我哆哆嗦嗦地开了门，还没看清来人，就被一个熊抱勒得差点断了气。我以为江辰激情爆发了，欣慰地拍着他的肩膀说："你别激动，别激动。"

说完就闻到一股浓烈的古龙香水味，于是我用力推开抱着我的人。

眼前站着的人，细长的眼睛，眼尾上挑，歪着嘴角笑，嘴角扯出两道弧线，真是邪中带点那个不羁呀。

他是吴柏松。

我必须承认，我从来都不是勇敢和坚定的人，我这辈子最勇敢最坚定的事就是倒追江辰，但即使是这件事，江辰给的评价也不高。他说我像只吃过猫粮的猫，见了老鼠只会靠天性追逐，但如果见了鱼，又会很快被诱惑走。在他神来之笔的比喻里，我是猫，他是老鼠，而吴柏松就是——那条鱼。

也就是说，吴柏松是我单恋江辰的荆棘之路上的一个小插曲，我把这个小插曲形容为在得不到爱的路途中捡到的其他的小美好。江辰形容得比较直接犀利，他用了两个含有植物的成语来形容——水性杨花、红杏出墙。我觉得他实在是误会了。

吴柏松是高一下学期从外地转到我们班的，他背着书包跟在班主任身后进了门，在脑门光秃说话嘴角带沫的班主任的衬托下，转学生浓密过耳的棕色头发、斜着嘴角微笑的样子是多么地惊为天人。

他笑着点点头："大家好，我叫吴柏松。"

他低头的瞬间，我觉得有一道光闪过，这才发现他的耳垂上有一个闪着亮光的东西，大概是耳钉。

对于来历不明的转校生，大家心里都是澎湃着好奇的，对于一个耳朵上戴着耳钉且没被老师强迫切掉耳朵的来历不明的转校生，大家的好奇心更即将爆表。

作为好奇教的教主，我众望所归地被无耻的众人用花言巧语推上去跟转校生谈一谈。

于是我的开头就是："新来的同学，我们谈一谈吧。"

他正在往课桌抽屉里装书，听到我的话动作停滞了，抬头看我："谈什么？交保护费啊？"

我挠挠头，不明所以："什么保护费？"

他把手里最后一摞书塞到抽屉里，直起身，歪着嘴角笑："开玩笑的，我叫吴柏松，你呢？"

我明显地听见身后传来几声倒抽凉气的声音，和窸窸窣窣的"陈冠希"……我愈听愈火大，转身叉腰对身后的女同学们吼："什么陈冠希！我叫陈小希，要跟你们说几次，这个不好笑，不好笑！"

当时有不少无聊人士喜欢反复用我的名字来开玩笑，我常常被逼得抓狂，不好笑呀不好笑，这究竟哪里好笑了？

一群同学被我吼得发怔，半晌才有一个人幽幽地说："我们是说他笑起来像陈冠希，你也太敏感了吧。"

我那个……不想活了。

吴柏松在我身后笑着问："你叫陈小希呀？"

我背对着他点点头："是啊，欢迎你到我们班。"

说完我就头也不回地逃回座位，趴在桌子上装死，正装得炉火纯青，自己都以为自己真的死了时，感觉后背被什么东西戳了一下，我有气无力地转头，看到坐在我后桌的江辰食指和拇指夹着一支圆珠笔晃着："你的笔掉了。"

我顺手接过："哦。"

"多管闲事吧。"江辰一脸幸灾乐祸，"'陈冠希'盯着你笑呢。"

我侧头看了一眼吴柏松，他果然在看着我微笑，我只好挤出一个笑勉强响应，然后转身趴在江辰的桌子上哀号："好丢脸啊，我不活了。"

他用手里的练习本敲了一下我的头："活该，嫌丢脸以后就别上去瞎凑热闹。"

我对江辰的打击早就练就了一身刀枪不入的本领，还能觍着脸问他："我要是找他玩儿，你会不会吃醋？"

他睨我一眼："我谢谢他。"

吴柏松的到来，为我们这个偏远学校的男生注入了一股新鲜力量。一时间女生们奔走相告：高一（6）班来了个打扮相当独树一帜、笑起来神似陈冠希的新鲜好货。

吴柏松的风头一时盖过了江辰，我为江辰惋惜不已，江辰说我脑子有病。

为了表示我对江辰校园第一风云人物地位的拥护，我对"吴柏松现象"表现得嗤之以鼻，并且不止一次在公开场合对吴柏松的相貌发表了高调的批评，其中包括他那头被无数女生美化为日系发型的棕色头发和欧美系耳钉。我说头发发黄那是营养不良，戴耳钉那是娘娘腔。我还说，他把自己整得一副不良少年的样子，学习成绩一定很烂，一定不是好人，是小混混，说不定还犯过罪。

但是吴柏松在我锲而不舍的糟蹋下，表现出了同龄人少有的大度。无论何时，我只要一和他的眼神对上，他就会对我微微一笑，眼神里盈满笑意，仿佛一个父亲在看他调皮捣蛋的孩子。

反倒是江辰的反应让我惊讶，他某次突然把我叫到一个昏暗的角落，我以为他要对我倾诉爱意或者上下其手，所以我心中忐忑又兴奋。

岂知他严肃而认真地跟我说："陈小希，我不想听到你说吴柏松的坏话。"

我按捺下失落，问他："为什么？"

"造谣是不对的。"他只是这么说。

我点头如捣蒜，并且表示悔不当初。

我那时对江辰有一种很莫名的崇拜，即使他说天是绿色的，云是蓝色的，大便是七彩的，我也会点头跟着说"对，你说得都对"。

当然，我也很庆幸在我脑残时期崇拜的是这么一个人，他会告诉我有些事情是不对的，而那些事真的就是不对的。

为了向江辰证明我是真的洗心革面了，我撕了同桌一张印有F4照片的笔记本内页，在数学课上给吴柏松写了一张声情并茂的忏悔小纸条。

具体写了些什么我已经忘了,但我记得我收到了他的回条,写在一张草稿纸上:"没关系,但是我叫吴柏松,不叫吴松柏。"

他的纠正让我意识到他的名字取得十分纠结。这使我想起小学暑假作业中的某一道题:写出与下列词语构成相同的词语"蜜蜂——蜂蜜"。而我之所以记忆这么深刻,是因为我的答案让老陈狠揍了我一顿——"流下——下流"。

经过这件事之后,我对吴柏松的好感度明显上升,觉得他实在是个以德报怨的好人,并且觉得他耳朵上那颗耳钉真是闪闪惹人爱。

但诡异的是,吴柏松对我出奇地好,他会从小卖部给我买各种各样的零食,他会教我英语(我猜对了,他的成绩的确很差,除了英语,他的英语居然是全校第一,其他科目分数都是个位数的),他会在突然降温时把他的外套给我……有一次我放学后留下来画黑板报,他居然从宿舍煮了泡面端到教室给我(他是学校里唯一的住宿生,自己住一间教师宿舍),那碗泡面里还卧了个鸡蛋。我被泡面的热气熏得一阵眼酸,边吸溜吸溜地吃着泡面边问在帮我往板报上涂色的吴柏松:"你干吗对我那么好呀?"

我在黑板上画了个少女,那少女十分认真地捧了本书,吴柏松正在往那本书的封面涂色。

吴柏松头也不回:"哪来那么多原因。"

我一想，觉得这人该不会是看上我了吧，但又想怎么可能，他又没瞎……我的自信在江辰那里已经魂飞魄散很久，估计连得道高僧都招不回来了。

于是我就着漫天飞舞的粉笔灰吃着泡面，偶尔也问他一两句："你原来在哪儿上的学？为什么转到我们学校来？"

他已经在给少女的裙子涂粉红色了："T市，我爸让我高二就出国念书，学校什么的都联系好了，所以我就说我要回爷爷的家乡看一看。"

"啊，那你岂不是很快就会走？"我突然觉得很失落，他要走了，以后谁来填饱我正在发育期的胃？

他随手丢了粉笔，转身跃坐上我面前的课桌："怎么，你舍不得我呀？"

我伸手拍了一下他在我面前晃荡着的双脚："你别晃，晃得我头晕。你走了我就该挨饿了。"

他没说什么，只是若有所思地看着窗外，我也傻愣愣地跟着转头看窗外。江辰正站在窗口，傍晚昏黄的光线中，他用他那超凡的气质恰如其分地表达了《倩女幽魂》里幽魂的部分。

不知道怎么的，看着他因为背光而糊成了一坨的身影，我突然就有了一种被抓包的心虚，捧着那碗泡面恨不得扣在谁的脑袋上。

江辰抬手敲了敲玻璃窗："陈小希，我刚刚在巷子口遇到了陈叔叔,他让我喊你回家吃饭。"

说完他就头也不回地走了。

我把碗往桌上一搁,急匆匆地往外跑,吴柏松在我身后叫了两句陈小希。跑到教室门口时我听到他在身后说了句:"你还没吃完呢。"

我回道:"你倒掉吧,我回家吃饭了。"

我跑了出去,却找不到江辰了,他的腿果然比我长了很多。

我在操场上发了几分钟的呆,又回教室去拿书包,吴柏松还在涂那个少女的裙子,我站在教室前门远远地看着,金黄色的余晖从窗户、门以及一切有缝隙的地方泻进来,粉笔灰在光束中乱舞。

我朝他走去:"我忘了拿书包,还有面里那个鸡蛋我还没吃。"

他回过头来笑,一排门牙十分抢眼:"鸡蛋我吃了。"

我讶异:"你也太快了吧。"

他委屈地说:"你让我倒掉的啊,一个鸡蛋两块钱,多浪费呀。"

他话还没说完,我就已经看到泡面上面的那个荷包蛋,翻了个白眼:"你好无聊。"

他耸耸肩,回过头去继续画,我拿着筷子把鸡蛋戳在了筷子上,拿起来觉得像把雨伞,于是很兴奋地邀请他看:"喂,你看这像不像一把雨伞?"

他侧头看了一眼,十分鄙夷:"你不吃我吃。"

话音才落,插在筷子上的鸡蛋突然就被他叼走了。我举着空筷子目瞪口呆,他应该被训练过叼东西吧。

也许那次江辰的匆匆离去短暂地带走了我对他的迷恋,也许知道了吴柏松很快就会离开让我更加珍惜我们之间的友谊,总之我不再一天到晚围着江辰打转,反而突然和吴柏松变得十分熟稔,犹如多年的老朋友。也不知道是不屑还是秉持清者自清的态度,我们都没多加解释,一见如故什么的太深奥了,这群才念高中的小屁孩是不会懂的。

在我们学校待了一学期,高一暑假吴柏松要出国了,他得坐长途客车去市内,转火车去 Y 市,再从 Y 市坐飞机去新西兰。我送他到客运站,拉着他背包的带子红了眼眶:"你记得给我寄新西兰的零食回来。"

他拍拍我的脑袋,双手抱拳,挤眉弄眼:"后会有期。"

车开动时我拼命挥手,他打开窗户伸出头:"我会给你寄新西兰的零食的。"

我含泪用力点头:"要寄最贵最好吃的。还有,我们永远是最好的朋友。"

他笑着大叫:"好。"

我记得回家的路上在巷口遇到江辰,他背对着我站在他家的电表箱前，正在用一把螺丝刀挑着电线，汗浸透了他的白T恤，棉布软软地贴在他背上，隐隐透出肤色。

我忍不住好奇地问他："你在干吗？"

他回过头来，愣了愣才说："你哭了？"

我揉揉眼睛："吴柏松走了。"

他"哦"了一声，淡淡地说他知道，然后又回过头去挑那些红黄白绿的电线。

我又问他："你到底在干吗？"

江辰突然把螺丝刀往牛仔裤口袋一塞，没好气地说："数电线，不行吗？"

我被他这么一凶，头皮发麻，讷讷地说："行啊，只是我还以为你在修保险丝。"

他的脸一阵青一阵白，半晌才低声说了句："我是神经病。"然后转身回家了。

我替他把大开的电表箱门关上，其实我也觉得他数电线的行为有点像神经病。

第七章

"陈小希,你不觉得让客人戳在门口是很不礼貌的事吗?"吴柏松敲着敞开的铁门,发出"哐哐"的声音。

我侧身让他进门,他一屁股坐在沙发上冲着我笑,我还沉浸在回忆和震惊中,眼睛眨啊眨,他还是在那儿。

我定定地看着他,视线从他的海蓝条纹衫移到他的球鞋,再移回他那十七八岁般青春永驻的脸上。苏锐真该跟他好好学学保养。

他突然从口袋里掏出什么东西,握成拳伸到我面前:"欠你的新西兰零食。"

我将信将疑地摊开掌心,他把拳头移到我掌心上方,松开,落下一包绿色包装的长条糖果。那包装，那气魄，那是相当国际型的糖果——绿箭口香糖。

他还是看着我笑，我撇开头，突然就有一股想流泪的冲动。我真的不是矫情，那是我年少时对我最好的朋友，他就那么突然不见了，又这么突然出现了，好像没错过我的人生。

而且他看上去还是那么年轻，时间舍不得划过他的皮肤，却对我的皮肤千刀万剐，我能不难过吗？我能不哭吗？

吴柏松一愣，着急道："你哭什么呀？"

我跺着脚朝他吼："这么多年你去哪里了？我跟男朋友吵架时找不到你，我失恋时找不到你，我失业时找不到你，我肚子饿时也找不到你……"

他笑着看我大吼大叫，拉我在沙发上坐下："你冷静一点，我又不是你的陈世美，你这么哭影响不好。"

我含泪瞪他，我这么梨花带雨，我这么楚楚可怜，我那是在祭奠我逝去的青春岁月，在为我们扑朔迷离的友情哭坟，他竟然往自己脸上贴金了……

后来我们盘腿坐在沙发前的地板上，喝着凉白开，讲着我们的过往。

吴柏松说："到新西兰半个月，好不容易一切都安定下来时，我爸却打电话来说他的公司宣布破产了。"

我没有破产过，我家的财力也没有资格宣布破产，顶多只能宣布没钱，所以我不能理解此事的严重性，但又不想显得无知，只好很同情很哀伤地说："呀！怎么会呢？"

天地可鉴，我这话是委婉的安慰，是悲天悯人的感叹，吴柏松却详细地跟我解释起他爸怎么误信小人，怎么经营不力，怎么资金周转不过来，直把我说得双眼无神、表情呆滞，最后他又说："跟你说太多你也不懂。"

说完我不懂后，他又兀自在假设我懂的情况下跟我解释了一堆破产法的条款，听得我一头雾水还得假装很难过，最后实在忍不住了，拦着他："别说了，我太难过了，你再说下去我都要给你捐款了。"

吴柏松认真地盯着我的眼睛问："你听不懂对吧？"

我耸耸肩："好像是听不懂，不如你就从你为什么消失了直接讲吧。"

他苦笑了一声："姐姐，我在他乡从大少爷跌落到要靠日夜打工过日子，你说我哪儿还有时间对你嘘寒问暖？"

我点头表示谅解："那你现在是事业有成归国了？"

他瞪我："你不觉得你应该先关心一下我那几年是怎么苦熬过来的吗？"

我说："会的，但我关心的程度得取决于你是否事业有成。"

吴柏松作势要用手中的水泼我："几年不见，变贫了啊。"

我得意扬扬:"国家教育得好。"

他接下来讲的就是一部人在他乡的奋斗史,打工啊、考奖学金啊、进跨国大公司啊……反正挺正面挺励志的,听得我热血沸腾,很想力争上游。

于是我问他:"那你回国是公司派你回来的?"

吴柏松点头:"是啊,刚回来水土不服,拉了三天肚子,在医院里遇到江辰了。"

"是江辰告诉你我在这儿的?"

这时我才想起和江辰之间的纠结,就添油加醋地把事情跟他讲了一遍。

吴柏松叹了口气:"我必须说,江辰摊上你真的很倒霉。"

我一听就火冒三丈,跳起来威胁他说,我要找扫帚把他赶出去。

他宛若定海神针般戳在地上,特冷静地说:"你有没有想过,你死皮赖脸地追上他,然后又蛮不讲理地提分手,却还指望他一哭二闹三上吊地来求你,这也太为难人了吧。"

"我说你做人不能这样,我们得讲道理,你是我的朋友,你唯一要做的就是要力挺我。"

吴柏松喝了口水:"我走了那么久都没跟你联系,那是我相信即使没有我的关心你也可以过得很好,江辰会把你照顾得很好。"

我说:"你这人太过分了,你抛弃我们的友情,还说得那么冠冕堂皇,什么事情到了你这里都是对的,你以为你是家长啊。"

吴柏松又说:"你知道我们那个时候常在一起,我总能感到江辰那幽怨的目光。他对你的感情,绝对不比你对他的少。"

我说:"吴柏松,你真的是很无耻,你从他幽怨的目光就可以判断出他对我的感情,你怎么就不能从我幽怨的目光中判断出我对你的大道理很抓狂,你还是回新西兰跟无尾熊一起睡在树上吧。"

吴柏松继续说:"你觉得你跟他没有可能,他妈不会答应,你不是爱看言情小说爱看偶像剧吗,真爱不就应该战胜一切吗?真爱不战胜一切怎么好意思叫真爱。还有,无尾熊是澳大利亚的,不是新西兰的。"

我看我们半天说不到一块儿去,就很严肃地提出:"算了算了,我们别说这个了,说点正经的。"

吴柏松说:"什么正经的?"

我说:"你从国外刚回来,总会带点什么进口的东西回来吧,吃的、穿的、用的,就算是塑料袋你也给我一个吧,我这人特别崇洋媚外。"

吴柏松又叹了口气:"我就是希望你端正你的态度,别老端着,你以为你还是青春无敌美少女啊。"

我说:"你这样就不对了,好好说话,攻击别人年龄算什么英雄好汉。再说了,十年前我也才十五。"

他最后扔下一颗炮弹:"江辰让我跟你说,他下午要跟一个大手术,晚上还要值班,没时间吃晚饭,让你给他送过去。"

我说:"我又不是他的保姆,不送不送,就是不送。"

他耸肩:"那我们就来看看你最后送不送。"

吴柏松果然赖在我家不走了,瘫在沙发上自顾自地折腾我房东的那台十年的古董电视,说来产品质量还真是一年不如一年,这台十年前的古董电视,遥控器安两节电池可以用一年,我家那台刚买的液晶电视,遥控器一个月就得换一次电池。每回遇到月底我打电话回家就会听到我妈在说那台"液体电视"的遥控器又没电了,都是我爸的错,好好的固体电视硬要换成一个液体的。

到了吃饭时间,我实在忍不住了,就拎了个包招呼他说:"吴柏松,你请我吃饭吧,我给你接风洗尘。"

他一愣,皱眉:"你这话的逻辑挺坑人也挺不要脸的嘛。"

我虚心地接受了他的夸奖,坚持把他骗到本地最高级、最豪华、平时我只能在远处张望的一家饭店门口。他扒着出租车门说什么也不肯下车,他说:"一看就知道这饭店里的食材跟我一样,刚从国外运回来,你想给你家江辰补身子也不能用我的钱补,我的钱都是血汗钱,我爸还破产了。"

司机看着不断跳动的计价表,笑得黝黑的脸跟融化了的巧克力一样温暖人心,他说:"哎呀,小两口别吵架,好好谈谈,我不赶时间，小两口都这样。"

我对于从事交通运输业的人民喜欢自主替男女配对这事深感无奈，其实也不对，各行各业的人民都喜欢对他们所见到的男女进行配对，而且配对的逻辑相当混乱。想当年我和我爸一起去商场买鞋子，那专柜的小姐一个劲儿地夸我和我爸试的那双皮鞋："小姐眼光真好，挑的鞋真适合你男朋友……"

我们争吵到最后，还是去了一家物美价廉的饭馆。不知道为什么，我突然想吃的那家饭馆离江辰的医院特近，我猜想这就是冥冥之中自有天注定。

吃完晚饭，吴柏松提议我们赖在这倒霉饭馆喝那可以无限续杯的速溶奶茶。他本来提议喝同样可以无限续杯的速溶咖啡，我觉得此行为很无耻，而且无耻得很小资，所以我们就改喝可以无限续杯的奶茶。

但是在让服务生第五次替我们续上奶茶后，我们都不敢喝了，因为怀疑那脸很臭的服务生往奶茶里面吐了口水。

看着窗外慢慢暗下来的天色，我摸了摸口袋里的手机，打断了正在绘声绘色形容着新西兰的羊排多么鲜嫩多汁的吴柏松："我觉得你应该累了，还是回家去调个时差吧。"

他瞟了我一眼："我都回来一个星期了，调什么时差？"

我又说："你不是说你水土不服拉肚子吗，证明你以为你调好了时差，但是时差它不放过你。"

吴柏松哼哼一笑:"想去送饭是吧,我和你一起去啊,顺便去医院复诊。"

这人真无耻,拉肚子这种没见过世面的病也好意思复诊,真是浪费国家医疗资源。

我撩了撩头发,端起奶茶喝了一口,又想起这奶茶可能被吐了口水,顿时觉得无比气愤:"谁说我要去送饭!我犯贱啊我!"

他点点头表示安抚:"不送就不送,激动啥,一顿不吃也死不了。"

我百爪挠心地看着天色一点一点黑下去,一会儿幻想江辰胃出血倒在手术台上,一会儿幻想他饿到啃自己的指甲充饥,一会儿幻想他胃痛致狂,用手术刀割开自己的肚子……

我脑子里住了个恐怖电影导演,我适合住进精神病院。

我望了望对面好整以暇地看着我焦躁不安的吴柏松,突然想通了,要被看笑话,老娘也留给江辰看去,留在这里取悦这出口转内销的家伙,我病得是有多深。

于是我一拍桌子:"服务生!"

服务生悠悠地踱过来,手里还拎着一壶奶茶,意兴阑珊地问我:"加奶茶是吧?"

"一份海鲜焗饭,一份鸡汤,打包。"我瞪着吴柏松说。

他吹了声响亮的口哨,调笑道:"还吃得下啊你。"

我看着他端起那杯疑似被吐了口水的奶茶喝了一口,笑眯眯地说:"我去给江辰送饭。"

他放下杯子笑了笑:"这还差不多,跟自己过不去的都是傻瓜。"

他的笑容让我感到一丝莫名的悲凉,像是历尽沧桑了。

我伸过手去拍拍他的手背:"你若是爱我,你得让我知道,我才能拒绝你。"

他瞪着我,缓缓吐出一个字:"滚。"

我不管他:"真的,有的人像我,比较笨比较自卑,你不说清楚,她不会懂的。"

吴柏松反手拍拍我的手:"不是每个人都跟你一样好运气,有重来的机会。"

他说完苦笑着,眼神像是穿透了我,看向一个遥远的地方。

像我这种不常伤春悲秋的人,很怕这种需要唏嘘感叹的场景,常常不知所措,常常不懂安慰人。所幸我们是很好的朋友,即使分离让我们不再清楚彼此的故事,但这样的尴尬也是不怕的。

我提着饭盒走向医院,吴柏松在马路对面朝我挥手,像橱窗里的招财猫。

我还记得江辰办公室的位置,虽然我只去过一次,虽然我是个路痴,但是我就是记得住,我知道应该要左拐,要右拐,要上楼梯,要看到一个消防栓。

只是我站在门口盯着门牌上的"江辰医生"盯了很久很久，久到一个保洁阿姨上来用湿布把那门牌抹了一遍，还说："你不是上头派来检查卫生的吧，这些门牌我其实天天都擦的。"

我想我不能让阿姨太过惶恐，只好对她仓促一笑，说："不是不是，我是来找江医生的。"

阿姨松了一口气，说她在这医院待这么久，还没见过提个饭盒来走后门的。

我说不是不是，我饭盒里其实都是百元大钞。

她说我的饭盒就这么点大，能装得了多少钱，人家现在都送金融卡了，我真是不懂与时俱进。

我还想说什么，门开了，江辰面无表情地对我说，进来。

我一进门他就夺过我手里的饭盒，他说："你想饿死我啊。"

江辰扫出办公桌的一小角，把饭盒往桌上一放，就自顾自地吃起饭来。我被晾在一旁，看着他皱眉挑掉饭里的洋葱："陈小希，你为什么要点有洋葱的？"

我想说你这人怎么这么不要脸，我给你买饭你还嫌弃，你就嚣张吧，看我下次还给不给你带饭……

但我没有，我想起很久以前，我们还在上大学，我把他的衣服、被子抱回自己宿舍洗晒，在宿舍里洗洗晒晒足足忙了快三天，还回去时他跟我说："陈小希，你把我的衣服都染上色了。"

我当时就说了："你怎么这么无耻啊，你上哪儿去找这么贴心的女朋友,你别以为是我倒追你,你就可以蹬鼻子上脸,得寸进尺。"

他说:"你神经病吧,我什么时候让你洗衣服了,不是你自己非要拿去洗说挂在宿舍炫耀的吗?"

我贴上去摇着他的手臂说:"哪里哪里,哪里染色了你告诉我,我下回改。"

呵,那个时候。

"陈小希。"江辰挥着筷子在我面前晃了几下,"你发什么呆?"

我摇摇头,笑着说:"想起以前我帮你洗衣服时,你总是嫌东嫌西的无耻嘴脸。"

他夹起一块鱿鱼,塞进嘴里,含混地说:"我哪里比得上你无耻。"

我一愣,是呀,哪里比得上我无耻,说来就来,说走就走,这样居然还敢回头。

江辰突然抬起头,定定地看着我:"我是说图书馆那件事。"

哦,原来是那个,害我妄自菲薄了一下。

大三那年的冬天,我每天都陪江辰在图书馆里看书,南方学校的图书馆没有暖气这种东西,我怕冷,但又想陪在他身边,就只好穿得略厚了点。

我的基本配置是一件保暖内衣、一件卫衣、两件毛衣、一件外套、一条保暖裤、一条牛仔裤、两双袜子、一双短靴、一条围巾、一副手套，我记得当我把这些衣物都穿上身时，我的衣柜显得是那么空荡荡。

我这身略厚的装备让我的行动显得不便，而这不便最为突出地表现在看小说这件事上，厚厚的羊毛手套使得我的手指十分笨拙，总是不能准确地搓出一张薄薄的纸翻页。

而江辰同学不知道是被冻傻了还是被冻笨了抑或是被冻开窍了，总之他发现我对着同一页小说发呆十分钟后，就主动帮我把那一页翻了过去。后来我们就慢慢形成了一种诡异的默契——我在他身边安静地看书，看到该翻页了就拿胳膊撞他，他就头也不抬地伸过手来替我翻页。

这事其实并不无耻，基本上还可以称之为温馨。无耻的是这种温馨所延伸出来的意外。

当我们每天在图书馆进行这种"推一推，翻一翻"的日常活动时，我们学校校刊某记者正在图书馆外的草地上无所事事地晒太阳，透过图书馆大大的落地玻璃，她无意间发现了我和江辰的互动，并且认为这个互动十分适合她接下来要策划的一个主题——"校园里的小美好"。于是她在图书馆埋伏了好几天，无视肖像权地对我们进行了全方位三百六十度的偷拍。无耻的是，她拍完后要对照片进行后期处理时，听说我是艺术系的，就直接找上了我；而更无耻的是，我在她所谓青春不留白的孜孜不倦地劝说下，欣然同意无偿为这组照片进行 PS 等后期制作，并且制作出来的效果十分梦幻唯美，十分像神仙眷侣。

那一系列照片在校刊上刊登出来后引起了很大的轰动，校刊和学校论坛趁势联手推出了一个"校园情人"评比，江辰入选前三名，与他并列竞争的有跳下河为女朋友捞戒指的中文系仁兄和亲手替女朋友做了一套汉服的历史系仁兄。与他们相比，江辰的表现似乎微不足道，但值得一提的是，中文系仁兄长得像初中语文课本上的陶渊明，历史系仁兄长得很有学科特色，像北京猿人复原后的雕像，所以长得一点也不像医学标本的医学系学生江辰同学以遥遥领先的票数勇夺第一名，荣获"校园情人"称号。

我觉得作为这场竞争里唯一的理科生，江辰特别替理科生争脸，所以我不懂为什么江辰知道了事情的来龙去脉后气得差点拎我去撞墙。

第八章

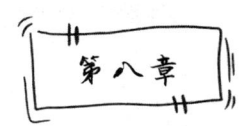

　　江辰用十分钟不到的速度把饭盒吃了个盘底朝天，吃完还支使我把饭盒拿出去扔了。我拎着塑料袋出去时，正巧遇到保洁阿姨在清垃圾，她很亲切地跟我打招呼："小姑娘，礼送出去了吗？"

　　她这声"小姑娘"叫得我心里十分舒坦，于是我坦白地说："其实我不是来送礼的，我是给他送饭的。"

　　她说："江医生教训你了吗？你别怕，谁家里上下老小没个病痛的，给医生送点东西，做家属的心里也舒坦。我在这医院好几十年了，这种情况看多了，放心，我不会乱说的。"

　　我心想再不解释清楚可就要玷污江辰的医德了，玷污了江辰的医德不要紧，让这阿姨间接诅咒了我家人就不好了。于是我掏心掏肺地说:"其实是这样的,我跟江医生以前是男女朋友,到现在还有点感情纠葛。"

阿姨看了我一眼,显然有点惊讶,又上下认真地打量了我半天,最后叹了口气推着垃圾桶走开了,临走前小声说了句:"年纪轻轻的,原来是看心理疾病的。"

……

我回到江辰办公室时他在埋头写着什么东西,我走过去敲敲桌子,他抬头。

我说:"没什么事我就回去了哈。"

江辰右手转着笔,左手翻着桌上的纸,漫不经心地说:"陈小希,你今天走出去我们就算完了。"

我想这话听起来挺激烈的,本该是带着波涛汹涌的感情色彩来表达,他却讲得平淡如水、一气呵成,连个顿点都不带,实在是个人才。

我站着,他坐着,就算是居高临下,我也觉得气势上我略输一筹;我看着他,他也看着我,就算是这么近,我也不知道他在想什么。

我说:"犯不着说得这么严重吧,我是看你挺忙的,不想打扰你。"

江辰的笔还在手指间旋转着,他说:"苏医生跟我说了,你今早打电话来,想让我把话说明白,我现在就把话说明白,你听完再走。"

我吞了吞口水,"嗯"了一声表示同意。

他说:"三年前是你说要分手的是吧?"

"是。"

他又说:"分手是因为我妈对吧?"

我说对,又马上改口说好像也不是,又说其实我也说不清楚。

他把笔砰地往桌上一扔,我心揪了一下,那大概是支很贵的笔。

他捏一捏鼻梁,带了点疲倦:"陈小希,告诉我,这三年你有没有想过我?"

这情感转折得挺快的啊,我想说话,却像是被什么哽住了。

和江辰分手后的第一个星期,我几乎每晚都从睡梦中突然惊醒,头发湿湿地贴在脸颊和颈子上,一摸枕头和胸前的被子都是一手湿。

我太难受了,想回去求他,说一切都是我不好,我都改、我都改……

事实上我也去了,我在医院对面站了一上午,午餐时间看着他和同事说说笑笑地到旁边的小餐馆去吃饭。我远远地看着他的笑脸,甚至还能看到他的酒窝盛满了明媚。我觉得恨呀,我觉得心寒呀,我觉得我傻呀,我觉得我就该冲到马路中间给车撞死,我就不信就着我的鲜血他还能吃得下饭。

当时很多的念头在我脑中闪过,但最后我还是选择了回家。在家楼下的面包店,我想买一个菠萝面包当午餐,但可能是我哭得太惊世骇俗,吓得那好心的老板娘白送了我三个,还告诉我人生没有过不去的坎儿。我要是演技够好,我就天天去她那儿骗面包。

有的人的想念能够撕心又裂肺,有的人却丝毫不敢碰触"想念"二字。我说过我从来都不是勇敢的人,我怕疼我怕难过,我把对他的想念封在盒子里,贴上封条:敢打开你就痛死活该。

真的有效,所以我没有想过他。

江辰不耐烦地敲了敲桌子,口气又硬了许多:"这个问题有那么难吗?"

我突然涌起排山倒海的恨,握着拳头咬着牙恶狠狠地吐出一个字:"难。"

他冷笑:"陈小希,你到底是凭什么这么理直气壮的?"

冷笑是吧?谁不会,牙齿一露我就是传说中的冷笑帝!

我哼哼冷笑了几声,反问他:"你呢?你又凭什么不来找我,你凭什么不来哄我,凭什么我说分手你就真的分手,凭什么问我想你不想你,凭什么你坐着而我要站着……"

江辰被我这一系列的排比句问得有点蒙,好一会儿才缓缓站起来。我一见他站起来我就慌了,往后退了几步:"你站起来干吗?"

他却突然笑了,伸过手来抓住我的手腕,用力一拖,一把将我按在了椅子上,然后说:"现在你坐着我站着,高兴了吧?"

我哭笑不得,我想江医生的幽默感来得有点突兀啊,我虽然号称笑点很怪,但我实在笑不出来。

他双手撑在椅子的扶手上,我就被围在了他和椅子中间。这动作好啊,暧昧啊,一般是男主角想向女主角耍流氓时才会摆的。

他笑着凑近我的脸,停在能够喷气在我脸上的距离:"你提的分手,我为什么要低声下气地去哄你?"

我缩了缩脖子:"你是男的,难道你不应该哄哄我吗?"

他看着我,表情很平静:"那时候,我觉得很累。"

我也平静了很多:"你累了好久。"

这话听起来带刺,但我倒是没什么特殊意思,只是脱口而出而已。

他叹了口气:"我其实去找过你。"

我一听吓了一跳,努力在脑袋里搜索那段日子的回忆,生怕我曾在哪个路口和哪位男性友人拥抱、牵手或是在吹眼睛里的沙子,从而引起了误会,可是没有,我那段日子跟游魂似的,除非是《第六感生死缘》的粉丝,不然一般男性不会想靠近我。

于是我理直气壮地反驳:"你就瞎扯吧,你上哪儿找我去了?"

他正想说什么,桌上的手机却突然催命一般"丁零零"地响了起来，他回头抓起来看了一眼，突然朝着我俯过身来，我屏着一口气，来了来了，耍流氓的时刻要来了，他的手环过了我的肩，我的心脏恶狠狠地收缩了一下。他却迅速地从椅子背后抽出白袍，边把白袍往身上套边向我解释："急诊室的电话。"

江辰抄起手机，边往外走边接电话，门砰一声打开又砰一声关上。

我一个人对着满室孤寂，这手机响的时间点也掐得太好了吧，是有导演在喊 action（行动）吗？

我想他一时半刻也不会回来，无聊之下就两脚滑地，驾驭着这底下装了轮子的办公椅在房间里滑来滑去，滑得正起劲，突然"嘎"一声，椅子失去平衡，我"咚"一声随椅子砸在了地上，脑门首先着地。

我这一砸可真是结实漂亮，如果拉了远镜头看，就跟厨师要杀鱼前把鱼往砧板上"啪"一下砸晕的动作那样干净利落。

我抱着椅子在地上缓了很久才恍过神来，缓缓站起来时我想我得去急诊室找江辰，我这也是急诊，说不定脑震荡内出血了。

我顺着医院的指示牌，摸着墙慢慢挪啊挪，我虽然着急害怕，却不敢大步走，这脑震荡和内出血感觉都是跟液体有关，我要走急了说不定这脑浆还是血液晃荡得厉害就溢出来了。

好不容易来到了急诊室门口，我扶着墙往里面带着哭腔叫："江辰、江辰，你快出来，我是陈小希。"

江辰没出来，出来了个护士，她黑着脸吼我："这里是医院！医院！有你这么大呼小叫的吗？"

我不敢说她吼得比我还大声，我怕她一急起来吼得更大声，声波会透过耳膜震动我的脑波，而我的脑袋现在很脆弱。

于是我缓慢地说："你帮我叫一下江辰医生好吗？"

她瞥了我一眼："江医生上厕所去了。"

我没料到是这个答案，我想他刚刚走得这么匆忙，一定是有什么头破血流肠穿肚烂的事情要处理，没想到他还有空排水。

护士转身就回急诊室里了，我靠着墙等待江辰的回归。

医院的白炽灯一如既往地刺目惨白，我相信我的脸色更惨白，因为江辰在百米之外开始朝着我奔跑，我心想真浪漫啊，《情深深雨濛濛》里在火车站依萍就是这么跑向书桓的，我们不过男女角色对调。

我好像是软软地倒入了江辰的怀中，他一手托着我的脑袋，一手颤抖地翻我的眼皮，他的手抖成那样，我多么怕他把我戳瞎啊。

闹半天我只是轻微的脑震荡，那些天旋地转的症状都是我自己吓自己的，连带着江辰也被吓得够呛。这里必须批评一下江辰的心理素质，作为一名已在腥风血雨中度过数年的大夫，他表现得实在是很没见过世面。

据目击证人臭脸小护士陈述，江辰大夫捧着我的脑袋，冲急诊室展开狮子吼："手电筒！听诊器！"

小护士跌跌撞撞地拿着手电筒和听诊器出来，趁着江辰在哆嗦着翻我眼皮用手电筒照看我的瞳孔时，她抱着不妨一试的态度，用护士特有的力度，掐了一下我的人中，我就尖叫着弹跳一下醒过来了。

见我醒来，江辰的面色很不好看，大概是觉得护士抢了他医生的风头。他用小手电筒照着我的瞳孔仔细地看了一会儿，才把小手电筒收进白袍的口袋里，问我："你怎么了？"

我攀着他环着我的手臂坐好："我摔倒了，磕到头了。"

他皱着眉摸上我的后脑勺，手指穿过我的头发，在头皮上小心地按着，按到我"哒"一声叫痛才停下来，然后又拉着我的手去摸那块头皮："喏，这里起了个大包。"

他的口气云淡风轻，好像我脑袋上的大包是被蚊子叮的。

我按了按那块突起的包，有鹌鹑蛋那么大，按上去比带壳的鸡蛋软，又比剥壳的鸡蛋硬，硬度还刚好。

江辰拨一拨我的刘海，问我："还有哪儿摔了？"

我摇头说没有，他固定住我的脖子："别摇头！你在哪儿摔的？"

"你办公室。"我拍着他的手说。

他搀着我站起来："为什么不打电话叫我过去？"

我委委屈屈地看了他一眼："忘了。"

我扶着他的肩，随他慢慢地往急诊室走，那护士跟在我们身后，表达着她迟来的关怀："哎！早知道你是江医生的朋友我就让你进来坐了嘛。"

江辰让我在急诊室的病床上躺下："我去拿药。"

小护士拖了把椅子坐在病床前，笑眯眯地问我："你是江医生的女朋友吗？"

我懒得回答她，忙着按后脑勺上那个包，稍稍一用力，就有一种麻麻酥酥的疼痛从脑门扩散到脚尖，很过瘾。

小护士等半天没等到我的答案，自知无趣地拖着椅子去坐在小窗口前。

江辰端了一个铁托盘回来，上面有一杯水，一个药罐子，几支棉花棒和几片白色的药。

他把药捡到掌心，我再从他的掌心把药捡起丢入嘴巴，然后灌水送下。

吃完药，他让我背对着他盘腿坐在床上，说要帮我擦药，那个小护士几次试图过来帮忙，都被我用凌厉的目光瞪走了。

江辰先是翻了翻我的头发，由于我背对着他，看不到他的表情，就自动在脑海里替他配了个眉头微皱、眼神温柔又带着心疼的表情，但很快我就在脑海中把这个温柔的表情无情地推翻了，因为他用棉花棒使劲地、恶狠狠地、丧心病狂地戳了我后脑勺上那个包一下。

我顿时就热泪盈眶了，往后仰着头看他:"轻点啊，别把我脑浆给戳出来了。"

他扶正了我的头:"知道了。"

然后他就丢掉了棉花棒，再抹上来的就是他的手指。他手指温温热热的，混着凉凉的药膏在我头皮上慢慢地揉。

我心里忽然一阵酸软，慢慢地往后靠，轻轻地倚在他身上。他手指顿了一顿，又重新再挖了一坨药往我头皮上抹。

小护士原本还在一旁贼眉鼠眼地偷瞄，但不知怎么的，突然就冲我们呵呵干笑了两声，义正词严地提出她要出去巡房，对于她这种突如其来的敬业，我们只能称之为顿悟。

江辰成全了她的顿悟，她一步三回头地出去巡房了。

我就这样靠在江辰右肋骨的第三、第四和第五根上，他一言不发地揉着我的脑袋，揉着揉着我就觉得，他是不是要把我的脑壳和头皮揉薄了好啵一声插一根吸管进去，咕噜咕噜吸我的脑浆啊……

幸好江辰还是停了下来，用他沾满药膏的手，从背后环住了我的肩。

他说:"我一直在等你后悔，等你回来求我，我一定要好好地嘲笑你，然后让你对着手术刀发誓，说以后要是敢说'分手'两个字就千刀万剐。"

我想转过头去对他说，你这个心态太不健康了，而且怎么可以对着我这么可爱的女孩子说这么血腥的话呢，我很胆小的，我会怕。

但是江辰把我的肩胛骨握得死紧，颇有随时把我捏碎的架势，所以我就一声不吭了。

他又说："但你居然一直没来。"

我心想，那是你没看见，我还看到你在饭馆里点了一碗叉烧饭。

他说他是在一个月后去找我的，他说他第一次眼睁睁地看一个人在他手里咽了气，他说当时情况实在特殊，他心情实在脆弱，他需要女朋友给他支持与鼓励，所以他决定抢先原谅我，所以他就去找我。而在我家楼下，他看到我指挥着几个大汉往楼下搬行李，然后他一气之下就回医院了。

我叹气，老天不带这么无情、残酷、无理取闹的。

这事是这样的，那时我说完分手后，江辰撂了一句"你不要后悔"之后摔门而去，被摔后那扇风烛残年的门就放弃了苟延残喘，义无反顾地咽气了。

而恰巧第二天就是我那秃头房东上门收房租的日子，他看到那扇摇摇欲坠的门，大概是想到了他摇摇欲坠的发丝，所以他暴怒了。

他对着坏掉的门辱骂了我一顿。我的房东文化水平很高，据说是很久以前的研究生，他将这次的事件上升到了当代大学生普遍没素质的高度，并且坚持认为金融危机、干旱、地震、洪水乃至禽流感都是大学生的错。我试图跟他解释干旱不是我的错，因为我一个星期才洗一次衣服，但他不听，他坚持要我付五千块的换门费。

我虽然看起来很弱智的，但我不傻呀，这扇破木门顶多值一千块，他一翻就是五倍，比房地产还暴利还无耻啊。当然几年后我发现我错了，没有什么能比房地产更暴利无耻。此乃后话，按下不表。

因为这扇门，我和房东的关系彻底破裂，他坚决索赔五千，我坚决赔偿两千五，僵持不下，他让我滚出他的房子，我就滚了。而江辰来的那天，我正在做滚的预备动作。

我如泣如诉地跟江辰说了那个房东对我百般欺凌的故事，江辰听完后长叹一声："那我们和好吧。"

我十分困扰，瞧他这话说的，敢情在他心目中我们这三年就只是一次漫长的吵架？

也许是我沉默了太久，江辰又说话了，他说："陈小希，我是一个医生，我看惯了生与死、挣扎与痛苦，按你的逻辑来说，我的人生该多超脱，我为什么要纠结在你身上，我一点头就能有一个新的人生，我何必惦记着你？"

我一听，不对啊，这段话跟前面那句和好的要求有着天壤之别，莫非我那短暂的沉默被他认为是在拿乔，他决定不陪我玩了？

我转身抱住他的腰："好吧，我们和好。"

他久久不说话，我急了，用手指绞着他的衣服："你不要跟我玩这种欲拒还迎的爱情游戏了，我已经老到可以结婚生子了。"

江辰拍了拍我的背："我知道了。"

我松了他的腰，仰头看着他："什么意思？"

他低头凑近，我神速地捂上嘴巴，闷声说："到底和好不和好，不说清楚不给亲。"

他偏头看着我，笑了："好，我们和好。"

说完，他拨开我的手，亲了上来。

我在辗转的唇舌间努力想保持清醒地思考一个问题，一开始是他要求和好，为什么到了最后又成了我求着他和好了，而且还得沦落到以色诱求和？

但我的清醒只维持了大约三秒钟，然后嘴唇就主宰了我那没啥主见的脑子。

真的，我们的拥吻很浪漫，医院特有的消毒水味，我脑门上的药膏散发出的薄荷味，江辰身上的药味和肥皂味，还有他嘴巴里淡淡的绿箭口香糖味，一切很美好，时间如果能像播放器，我想按暂停，就定格在这一秒。

可惜时间就算是播放器，我手里也没有遥控器。

我那刚遭受过重创的脑袋在高度充血的状态下突然一阵疼痛，痛得我眼泪汪汪地拧江辰的后背："我……头痛。"

他松开了我，蹲下来和我平视，我扶着他的肩努力地大口呼吸。

他从口袋里掏出小手电筒，又伸过手来翻我的眼皮，还用小手电筒照着我的眼睛，我被那道光束照得特别想流泪。

最后江辰松了口气，扶着我躺下，然后用医生特有的严肃口吻责备道："没事，你躺着休息一会儿，脑震荡不可以太过激动的。"

我无语地望着白花花的天花板，究竟是谁害我激动的啊？

我就在医院急诊室的病床上睡下了，其间我被惊醒两次：一次是江辰不知从哪儿搬了个绿色的折叠屏风来把病床隔开了。那个屏风大概年久失修，拉开时噼里啪啦，跟放鞭炮似的，我好像是不满地瞪了他一眼，又转身睡了；还有一次就是现在，屏风外传来一声声男性的低声呻吟，"哎呀哎哟"的十分暧昧。

我坐起来，正想偷瞄两眼，就被小护士传来的剽悍言论给震住了。

她说："别叫得那么恶心，又不是在给你照大肠镜！"

我在心里盘算了大肠的位置和大肠镜的入口,不由得露出会心一笑。

外面那人已经从呻吟转成了尖声哀号,我听到江辰斥了一声:"闭嘴,别吵到其他病人。"

我绕过屏风走了出去,然后就后悔我为什么要出来了。

那大概是个年轻人。我会说大概,是从他头上那顶像炸开了的稻草似的头发判断的。而他的脸暂时令我无从判断他的年龄,因为上面淌满了鲜红的血,还乱中有序地扎满了绿色的玻璃片,看上去像是啤酒瓶的碎片。而某两块分别插在左右两颊的玻璃块上还带着商标,我眯起眼睛仔细看,一个是楷体的"纯"字,另一个是"生"字。

我真想拿个相机拍下他的脸,在论坛发个帖子,标题为"某高校艺术生血腥毕业设计,呼吁社会关注'人生''生命''纯真''纯粹'等人类生生不息的美丽",标题一定要长。

相信我,一切跟艺术和变态扯上关系的,都会红。

江辰是第一个看到我出来的,他拿着镊子指着我:"你出来干吗?进去!"

我还没来得及说话,那个玻璃面人就开始恶声恶气地骂:"你看什么看……啊……妈啊!"

他后面那句"啊……妈啊"是用突如其来拔高的音调喊出来的。我被吓得倒退了两步,愣愣地看着江辰。

江辰把镊子上那块带有"生"字的玻璃片往身旁推车上的铁盘子上"当"地一丢:"这是医院,嘴巴放干净点。"

他说这话时的表情并无凝重,甚至语气也是淡淡的没什么起伏。可是我觉得他很帅。

玻璃面人用他那张血脸表达了一个敢怒不敢言的表情,并且还很谦和:"晓得了,医生您轻点啊。"

江辰"嗯"了一声,看着我:"进去。"

我"哦"了一声绕回屏风后面,盘腿坐在床上发呆。

我听到玻璃面人用讨好的语气问:"医生,你女朋友吗,漂亮哦。"

江辰似乎应了他一声,然后玻璃面人又说:"医生,带女朋友在病床上,刺激哦。"

不出所料,玻璃面人又哀号着叫娘了。我看这样的痛,就只值两个字,活该。

我不知道又折腾了多久,因为我盘着腿打起了瞌睡,等我再有意识时,我的腿已经发麻到不能轻易去碰触的地步。

"陈小希,你打坐啊?"江辰站在我床边,拔着手上的塑料白手套。

我动了动脚趾,一阵钻心的麻痛唰唰地爬上我全身的感觉细胞,我哭丧着脸告诉他:"江辰,我的脚麻得快废了。"

他把塑料手套随手丢进墙角的纸篓里,走过来坐在床边,伸出食指戳了戳我的腿,我叫了起来:"别呀,是真的麻。"

江辰突然伸手推我,我就像一个坏掉的不倒翁,徒劳地晃了几晃,然后维持着两腿交盘的姿势侧倒在床上。

我的左大腿被我的右大腿压在下面,我麻得哇哇直叫。

江辰似乎很高兴,他双手环胸,偏头看着歪斜倒在床上的我不停地笑,笑得脸上那个酒窝就要飞弹出去了。

然后他轻轻地把我的右脚和左脚解开,捋直,然后"啪啪"地拍打着我的小腿。

在他一掌一掌的飞扇下,我感觉血液跟硫酸一样"嗞嗞"地流回我的两条腿。五六分钟后,我的腿总算恢复了正常知觉,我踹了江辰一脚,表示我的脚已经好到可以踹人了,也表示他在我行动不便时把我当不倒翁玩这事让我很不满。

实话说我这一脚踹得并不狠,江辰却被我掀翻在床上,他捂着肚子说:"陈小希,你是女子摔跤手吗?"

我又补了一脚:"你是影帝吗?"

江辰还是捂着肚子不动,甚至我远远地觉得他额角已经沁出汗来了,我愈看愈觉得不对劲,难不成我这脚一麻还麻成了佛山无影脚,轻轻一踹就能踹出人命来?

我爬过去拍他的背:"你没事吧,没事吧?你别吓我啊。"

他突然转身抱住我:"你傻啊,我捂着肚子你拍我背干吗?"

他抱得很紧,几乎把全身重量都过渡给我,我有点喘不过气来,说:"你怎么了?别勒死我啊。"

他说:"我胃有点疼,让我抱一下。"

我轻拍着他的肩膀:"你的药在哪里,我去给你拿。你这胃怎么老痛啊,这样不好,你要好好照顾自己。"

他把他的大脑袋搁在我肩膀上,说:"陈小希,我怕照顾不好你。"

我作为雌性的母性本能在听到这句话时顿时泛滥,我摸着他的头说:"那我来照顾你。"

"好。"他说。

之后江辰交班了,在送我回家的路上,他给了我一份他的排班表。这熟悉的感觉,大学的时候他也给了我一份他的课表,我一开始傻乎乎地不知道为什么,后来慢慢意识到,他是让我见缝插针地陪他吃饭、上课、去图书馆自习,给他送饭、送伞、送温暖。

我坐在副驾驶座上把他给我的两页处方单翻得哗哗作响,可他就是不为所动,最后我忍不住了,挥着那两页纸:"你给我这个干吗?"

他反问:"大学时我不是也给过你一份?"

我说:"大学时你给我是为了更方便奴役我。"

他说:"奴役太难听了吧?换个词。"

我一下子被带偏:"那……掌管?"

江辰点头:"嗯,好点。"

我气结:"重点不是这个!重点是我不会跟大学一样每天围着你转的!"

他用眼角瞟了我一眼:"是谁说要照顾我的?"

我无言以对,只好又低头看那个值班表。

我抖着纸:"你怎么连周末都要上班啊,你不会像大学周末逼我陪你去图书馆自习那样逼我陪你加班吧!不要拿打工人的周末开玩笑!"

他拍着方向盘等红灯,伸过头来瞄了一眼:"不用,看诊你也陪不了。"

我刚准备松一口气。

他凉凉地说:"我周末加班,要求温柔的女朋友在饭点送个饭不过分吧。"

……

好吧,是我错了,是我在三年回忆中主动把他美化了太多,以至于我只记得他对我的好,完全忘了他对我的欺压。

回忆之所以美丽,是因为谁也回不去。

而在我认识江辰的漫长岁月里,他的温柔底下始终隐藏着一颗对我肆无忌惮作威作福的心。比如说那个图书馆事件,大家看到的都是他在图书馆里帮我翻书,可是那么冷的天,我多想在宿舍的被窝里待着,他却硬要逼我陪他去图书馆,他说学生本来就该好好学习,他还说一想到他在图书馆埋头苦学而我在宿舍埋头苦睡,他心里就不舒坦,心里就不平衡。他老人家是医学系的,每天要好好学习提升专业能力无可厚非,但我一个艺术系的,每天逼着我去图书馆那是对我自由思想的扼杀,所以我成不了梵·高、毕加索,其实是江辰害的。

"到了。"江辰拍了拍我的头。

我往外一看,愣愣地说:"你走错了,这不是我家。"

他解开安全带:"我知道不是你家,这是我家,你上来给我煮点东西吃,顺便收拾一下卫生。"

第九章

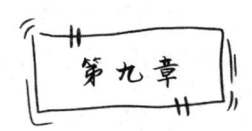

　　最终我还是没去成江辰家，他家在九楼，电梯刚到二楼时他就接到电话了，说他有个病人出了问题，他在三楼按开了电梯门，丢了一串钥匙给我："903，找点东西吃，睡一觉。"

　　我看着他转身匆匆往楼梯间跑去，电梯门缓缓合上。我随着电梯到了九楼，在江辰家门口站了一会儿，决定还是不进去了，一则我良好的教养不允许我在主人不在时擅自进入人家的家里，二则我怕主人不在家盯着我，我进去了看到什么贵重物品就忍不住顺走了。噢，我那良好的家教！

　　于是我又乘着电梯下楼了，在楼下早餐店买了馄饨、茶叶蛋等早餐，拦了出租车又上医院去了。

女人有多傻，我就有多傻。

医院门口停着长长的一排高级轿车，虽然我对车不了解，但那些车都擦得锃亮，想也知道是好车。这道理就跟衣服一样，如果是便宜的衣服，往上面倒酱油我眼睛都不眨一下，实在穿脏了就丢掉。如果是贵的衣服，远远看到酱油我就跑了，万一弄脏了我还得跪在地上一小块一小块地搓洗……

我还没走进医院门口就被两个穿黑西装戴墨镜的人拦住了，他们异口同声地问我："你是来干什么的？"

我抬头看了一下医院的牌子，懒得多说，就随口道："看病的。"

西装男甲看了一下手表："医院还没开门，你看什么病？"

我："我挂急诊！"

西装男乙："你哪里是需要挂急诊的样子？说吧，你是哪个电视台的？"

我一愣，羞涩地挠着头谦虚地说："呵呵，我不是电视台的，虽然很多人说我长得很适合上电视。"

西装男甲乙对视了一眼，又异口同声地斥问："少废话，你是哪个报社的？"

我摇头："我自己下了出租车走过来的。你们刚刚也看到了，哪里有什么人抱我，再说了，我又没有缺胳膊少腿，干吗要哪个人抱我过来？"

我的诚恳他们似乎感觉不到，因为他们的表情之郁结，仿佛数日未曾排便。

没办法，我只好举起我手中的早餐："其实我是这家医院的医生，我来上班的。"

话才讲完就有人拍了拍我的肩膀，我转过头去，苏医生笑盈盈地看着我："你什么时候成了我们医院的医生了？"

我叹口气，这下我的身份在西装男的心目中更加扑朔迷离了吧。我看看他们，他们眼里的戒备就好像我是身藏炸弹的恐怖分子，而他们随时会从哪里掏一把枪出来射我个千疮百孔。

我好无辜："如果我说，我男朋友是这里的医生，我是来给他送早餐的，你们信吗？"

西装男甲说："你少废话，你是记者吧？你到底想进医院里干什么？我告诉你，这事是隐私，不能报！"

我把苏医生推到那俩西装男面前："我真不是记者，她是苏医生，她是这个医院的医生，她能够做证，我真的是来找我男朋友的。"

苏医生傻傻地点头："我是这家医院的医生，我认识她男朋友。"

西装男甲说："你怎么证明你是这医院的医生？"

苏医生一愣，迟疑地说："我……我会开刀？"

我捏了捏鼻梁，建议道："我觉得你的工作证更有说服力。"

苏医生拍拍裤子口袋,又伸手进去掏了掏,然后无限天真地说:"我的工作证在医院里啊。"

即使是我,也不相信这么个死蠢模样的姑娘是个医生。

十分钟后,我和苏医生蹲在医院大门口剥茶叶蛋吃。

我把剥好了的茶叶蛋递给苏医生:"怎么会这样?他们是什么人?不让我们进去怎么办?"

苏医生咬一口茶叶蛋:"大概是什么名流之类的来看隐晦的病吧,你担心什么,你又不在这里上班。"

我想想也是,等医院门诊时间到了,总得放我进去吧。于是我就很好心地帮苏医生操起心来,我说:"那你迟到了怎么办?"

她摆摆手:"不怕,我爸是院长。"

我暗暗地把惊讶吞下去,点点头:"难怪你医术这么精湛,原来是家族遗传啊。"

我心里是这么想的:她爸是这个医院的院长,江辰是这个医院的医生,那我讨好院长的女儿总错不了。我真是羡慕江辰有我这么个贤内助。

苏医生皱着眉头:"你什么意思?我爸开的是兽医院。"

我试图解释:"不是,你说你不怕,因为你爸是院长,所以才说……说,唉,你别误会呀。"

她"哼"了一声:"我说不怕是因为我大不了辞职回家帮我爸打点兽医院。"

我说:"呵呵,原来是这样啊,回兽医院帮忙也挺好的。"

她黑着脸:"什么叫也挺好的?你是不是觉得兽医院的院长不够高级?"

我慌乱摇头,说多错多,我只好沉默。

苏医生绷着脸安静地吃完那颗茶叶蛋,然后变了个脸似的:"其实我是跟你开玩笑的,我爸真的是这家医院的院长。"

我嘴里那口蛋还没嚼碎,她这么一说,我呛了一下,为了不喷到院长的女儿,我硬生生地咽下了,噎得我眼泪汪汪。

院长的女儿纡尊降贵地帮我拍着后背,她叹着气:"你到底什么时候才能懂我的幽默呢?我爸其实真是开兽医院的。"

……

我已经彻底不懂这个人了,于是我哈哈大笑起来:"嘿,你以为就你幽默啊,我也跟你开着玩笑呢,我什么都知道。"

其实我什么都不知道,我到现在都拿不准她爸到底是医人的还是医兽的,但这没关系,她也不知道我到底是知道还是不知道,或者是知道却假装不知道。

苏医生狐疑地看着我,半晌后也笑了:"我欣赏你的幽默。"

……

我们蹲在医院门口吃完了三人份的早餐,里面有两份我是给江辰准备的,我本来以为我吃一份,苏医生吃一份,至少还留一份给江辰,没料到苏医生食量那么大,算下来她总共吃了四个茶叶蛋、两盒干拌馄饨、一份蒸饺。

我站起来去把塑料袋扔进垃圾桶里，门口的西装男看到我起身，右脚往后退一步，形成一个弓步。我摆摆手，示意他们我一介弱女子，是不会硬闯的。

我丢完垃圾跟苏医生说："我再去买早餐。"

苏医生点头："我也觉得不是很饱，再替我买一份蒸饺就好。"

……

我再次把早餐买回来时，苏医生已经和那两个西装男有说有笑了，见我回来就跟我招手："我们进去吧。"

我们在两个西装男的含笑注目下进了医院，我问她："你怎么说服他们的啊？"

她说："我给了他们一人一千块。"

"啊？"我忍不住又惊讶了。

她拍着我的肩膀："开玩笑的，我打电话给警卫，让人出来证明了。"

我说："你怎么不早点打电话啊？"

她说："刚刚不是在吃早餐嘛。"

我已经放弃了用正常人的逻辑和她进行交谈，于是我说："也对，吃早餐最重要了，不吃早餐脑子会不好。"

正说着，迎面一个护士走来，苏医生拉住她问："怎么回事啊，门口怎么站了两个人？"

护士说："之前在我们院里做过手术的那个人心脏病又复发了。"

苏医生说："哪个？心脏外科的？江医生的病人吗？"

护士说："嗯，江医生现在在手术室抢救呢。"她左右看了看，小声地说，"听说是在女人床上心脏病发的。"

哇！

我们窸窸窣窣地讲了一会儿八卦，内容不外乎床上运动究竟要多激烈才能诱发心脏病。作为医护人员，她们提出了不少专业的看法，其中包含血压上升、心跳加快、体液分泌……我在听到"体液"两个字时脸红地"啊"了一声表示我的害羞，她们齐刷刷鄙视地看我，说："喂！你的表情真猥琐，我们说的是流汗。"

我脸皮薄，不好意思跟她们继续讨论，就说要去江辰的办公室等他。

江辰的办公室没有上锁，我在他办公桌扫了个角落放早餐，又扫了个角落趴着打瞌睡。

只是念书时那种趴在桌上就能睡着的功夫似乎已经退化，我怎么都没办法睡着，于是只好伏在桌上发愣，手指无意识地翻弄着他桌面上乱七八糟的文件。他离开得急，桌面有点乱，我翻着翻着就顺手替他整理起桌子来。

高中时江辰坐在我后桌，很难想象他这么优秀的一个学生，桌面从来都是乱七八糟的，课本、考卷、参考书从来都是乱丢。可是他很神奇，无论什么时候我问他借什么，他沉思一会儿，就能从那堆东西里精确地找出我要的东西，最夸张的一次是我跟他借化学考卷，他盯着桌面上至少二十张卷子说，陈小希你是来找碴儿的吧，然后他就从中间抽出一张考卷，真的就是我要的那张卷子。我一直觉得他这项特异功能跟摸骨算命有异曲同工之妙。

有时他也会让我帮他整理一下桌子，但是每回我在整理时，他都靠着椅背双手环胸认真地看着，我问他看什么，他说看你把东西放哪里。这让我觉得我其实是在给他添麻烦，但我还是那么持之以恒地给他添麻烦了。

江辰现在的办公桌比以前好多了，只是病历表乱了点，我把它们都抱起想理整齐，没想到一抱起来门就突然开了，我惊吓之下一松手，病历表哗啦掉了一地。

"你怎么在这里？"江辰说，然后看着一地的病历表，"我的病历表得罪你了？"

我蹲下来捡病历表："我怕你饿过头了又胃痛，就给你送早餐来了。"

江辰蹲下来帮忙捡病历表："医院食堂有早餐。"

我抬头看他："那你吃了吗？"

他接过我手里的病历表，往桌上一扔："太累了，没胃口。"

他的确一脸疲态，淡青色的下眼睑，脸色和嘴唇都稍显苍白。

我说:"我给你买了茶叶蛋。"

他边脱白袍边说:"你剥了我就吃。"

我接过他的衣服,拖着他在椅子上坐下,笑眯眯地说:"医生,您得多补充蛋白质哦,我这就给您剥鸡蛋吃。"

他看了我一眼,摇着头笑,我伸手戳了戳他的酒窝,也跟着笑。

我剥了个茶叶蛋送到他嘴边,小心翼翼地问:"手术怎么样?"

"成功。"他接过茶叶蛋咬了一口,"帮我拿瓶水,在文件柜的最下面一层。"

他的文件柜最下面一层打开,里面排满了农夫山泉,少说有三四十瓶。我拿了一瓶拧开盖子递给他:"你们医院怎么只发农夫山泉啊?"

"我怎么知道?"

江辰勉强地吃了两个茶叶蛋就仰靠着椅背说:"我不想吃了。"

我拆着免洗筷,劝他:"再吃几个蒸饺吧。"

他很勉强地吞了几个蒸饺,我看他实在很累的样子,也就不再劝他了,只说:"你一个晚上没睡,又做了手术,回家休息吧。"

他摇头:"病人麻醉还没退,得术后观察,我不能离开医院。"

我有点心疼地摸摸他的头:"辛苦了。"

他躲开:"你的手剥过茶叶蛋。"

我气结:"你的手还摸过死人呢!"

他严肃地说:"我洗手了。"

我说:"你趴在桌上眯一下吧,不然我去问问苏医生有没有空病房,你去睡一下?"

他没回答我,只是站起来走到文件柜后,拖了一张折叠床出来。

我惊叹:"设备齐全啊。"

他三两下把折叠床靠着墙边打开,然后就"咚"一声躺上去,如同一具死尸。

我愣愣地看着他紧闭着的眼睛,心想那我到底是要走还是要留?好歹也说一声"我要睡了"预告一下吧……

我瞪了他好一会儿,最后叹了口气,蹲下来帮他脱鞋。

把鞋在床下摆好,我收了桌上的蛋壳,准备拿出去扔,只是才开了门就听到江辰说:"陈小希,你要去哪里?"

我回头,发现他连眼睛都没睁开。

我说:"我去丢垃圾。"

他说:"那你回不回来?"

我说:"回。"

他说:"好,那你去吧。"

我心想,我也没有要征求你同意啊,你怎么这么自作多情呢。

我丢完垃圾回来,江辰在我把门关上时突然睁开了眼,我吓了一跳,这种情况其实很恐怖。试想一下,有点幽暗的房间里,你以为睡着的那个人,突然睁开了眼睛看着你,这让你很想冲上去给他贴张符。

我惊恐地问他:"你怎么还没睡啊?"

他说:"睡着了,只是睡得比较浅。"

我想想没话接,只好跟着话尾:"那还真的挺浅的。"

江辰又闭上了眼睛,我戳在屋子中间有点无所适从,正想着要不要先走,中午再过来看一下,江辰又睁开了眼睛,说:"你还戳在那里干吗,过来陪我睡觉。"

我很吃惊,但由于我在江辰面前经常因为表错情而显得尴尬且猥琐,所以我想我心里那个猥亵的睡觉一定不是他嘴里那个纯洁的睡觉,我就淡定地走到床边:"你挪进去一点。"

他往里挪了一点,我就脱了鞋躺了上去。

然后我问他:"有没有枕头啊?"

他说:"没有。"

过了一会儿他提议说:"不然你枕我手臂上?"

我想外科医生的手挺值钱的,要是被我枕麻了,麻了之后再废了,我的罪过就太大了,于是我就拒绝了。

我们背对背躺了好一会儿后,我问他:"你睡着了吗?"

他说:"没有。"

我说:"会不会太挤了?"

他说:"不会。"

我说:"那你怎么睡不着?"

他说:"我想抱着你睡,但是我想起你从昨晚就一直待在医院没有洗澡。"

我翻过身很生气:"你也没洗澡,我都没嫌弃你!"

他眯着他那双熊猫眼沉思了一会儿:"说得也是。"

然后他就伸过手来把我捞入怀中,拍拍我的头:"好了,现在不挤了,可以睡了。"

我趴在他肩骨和胸肌交接的凹陷处,软硬度都不错,躺起来挺舒适的,但我总觉得我好像被耍了,为了显示我的不甘心,我只好嫌弃他:"你身上有消毒水味。"

他"嗯"了一声不理我,于是我又说:"你太多骨头了,硌死我了。"

他这才掀开眼皮:"我的骨头数量和你的骨头数量一样,都是两百零六块。"

他把对话上升到了专业角度,我的素质显然跟不上了,就只好想办法转移话题,然后我就想到了苏医生,我说:"对了,你知不知道苏医生她爸是做什么的?"

他揽实了我:"她爸就是我们系主任酥老头,你问这个干吗?"

酥老头者,苏老头也。其人热爱讲笑话,其笑话十分无趣却又很喜欢把无趣当有趣,雷得众人酥麻,故得名酥老头。

我和酥老头有过一个五雷轰顶的邂逅。那是个落叶纷飞的日子,我在走廊等江辰下课,正趴在栏杆上看走廊上来来往往的人,有个老头过来问我:"小姑娘,里面是哪个班,怎么还不下课?"

我说:"我也不知道,我是来等我男朋友的。"

他笑眯眯地说:"你男朋友是哪个啊,指给我看看。"

那时单纯的我啊,就一脸骄傲地往里面一指,而眼前的慈祥老头却突然沉下脸来:"江同学是吧,难怪他最近上我的课都魂不守舍,原来是谈恋爱了。我说你们这些孩子,年纪轻轻正是摄取知识营养的大好时光,你们却用来浪费在男欢女爱上,真是太不懂事了。看来我得和他们班主任再讨论一下奖学金的人选。"

我挂在脸上的骄傲还没来得及收起来,就这么被惊吓得风雨飘摇了,我用快哭了的声音解释:"老师,不是这个样子的,其实江同学他不喜欢我,是我死皮赖脸赖着他的,真的不关他的事。"

他"哼"了一声:"这种事一个巴掌拍不响。"

我一咬牙:"老师,其实我实话跟您说了吧,我有臆想症,我总是幻想着跟医学院里面的每一个男同学有非比寻常的关系,前天幻想的是李同学,昨天幻想的是张同学,今天是江同学,依您专业的医学眼光看,我这样的病有没有办法治?"

酥老头瞪大了眼睛看着我,半晌才缓缓地问:"你是哪个系的?"

"艺术系。"

他喃喃自语:"艺术系都是疯子。"又问我,"你只幻想医学系的男同学?医学系的男老师你幻想不?"

我怀疑他这句话里有明显的自荐意味,但出于保护江辰的心理,我也就豁出去了,我绞着衣角,含情脉脉地看着他:"其实……其实也有的。"

酥老头负着手倒退了一步:"这位同学,其实我刚刚是跟你开玩笑的。"

我愣了:"哪个是开玩笑的?"

他说:"奖学金人选。还有,我不教江同学他们班,我只是认识江同学而已。"

我当时心里闪过的念头是:殴打教师犯法不?或者套麻袋殴打比较安全?他见我不讲话,又说:"这位同学,我有妻室,我们感情深厚。"

我念头一转,凄凄楚楚地说:"没关系,我只要远远地看着您就好了。"

说完还低头擦了擦眼角,用眼角的余光看到酥老头又倒退了好几步,我心想别吓着老人家,正想抬头说我开玩笑的,背后有一只手绕过来箍住我的肩:"陈小希,你干吗低着头,酥老头欺负你了吗?"

酥老头恍然大悟,颤抖着手指着我,半晌跺着脚:"你……你太过分了!"

江辰在我耳边小声说:"我们快走,他戏瘾犯了。"

苏医生和酥老头,果然是一家人啊。

我抬头看,江辰已经沉沉地睡去,我趴在他胸膛上闻着他身上奇怪的消毒水味,也进入了沉沉的梦乡。

第十章

我醒来时江辰已经不见了,他留了张字条在床头,让我起来了就回家。

我找出手机一看,已经十一点多了,可以吃午饭了,想着早上江辰也没吃多少东西,就想买点东西给他吃了再走。

于是我抓了两下头发就出门了,出门刚好又遇到保洁阿姨,我很高兴地上前问她:"阿姨,医院的食堂在哪儿?"

她看了我一眼,然后又看了一下江辰的办公室:"我不知道。"

她的口气很差,仿佛我就是个人渣。

我又说:"您不是在医院工作了几十年,怎么会不知道食堂在哪儿?"

她用看大便的眼神上下打量了我一番，嫌恶地道："知道也不告诉你。"

我被她的坦白震住了，觉得她真是个爱憎分明、掏心掏肺、实话实说的老实人。

她说完就推着垃圾桶朝前走了，在拐弯前还大声地感叹："现在的人送礼都送到床上了，真恶心。"

我对着走廊的窗玻璃打量了一下自己，衣服是皱了点，头发是乱了点，但也不像是被蹂躏过的呀。我为自己总被误会这种事感到悲哀，同时我也为阿姨的人性感到悲哀，她宁愿相信我是神经病或者是被潜规则的，也不愿相信我们只是一对相恋的男女。当然，这也可能是因为我长了一张非良家妇女的脸，也更有可能是江辰素来风评太差，使得社会大众对他的作风失去了信心。

为了不再遭遇到像保洁阿姨的冷嘴脸，我决定靠自己的实力找寻那个食堂的神秘所在。当我在医院游荡时，江辰打电话来了。

"你醒了没？"

"刚醒。"

"那你回去的路上小心点。"

"你吃饭了吗？"

"嗯，跟病人家属在吃。"

"好，我知道了，我回去了。"

我不知道为什么有一点失落，大概是我饿了而他又不邀请我一起蹭饭,所谓上阵父子兵,蹭饭情侣档,他真不懂事。

　　回到家我洗了个澡,换了套舒适的衣服坐在床上发呆。这个周末好漫长,细细碎碎的很不真实,我心里一下子涨得满满的,又一下子抽得空空的。我把腿蜷曲到胸前抱着,这个姿势是为了配合我此时心里的忐忑和患得患失,姿势加上心态,我觉得我真是花瓣一般的少女呀。

　　我拿起电话打给吴柏松,才响两声电话就被接起来了,证明他很闲。

　　吴柏松说:"陈小希小朋友,你和你家江辰和好了没?"

　　"和好了。"

　　"哎呀呀,你的声音怎么听起来那么低落呢?"

　　我沉默。

　　他的口气开始认真:"你不是和他和好了后,才发现你最爱的其实是我吧?"

　　我翻了个白眼:"去你的。"

　　他笑了两声,才淡淡地说:"说吧,怎么了?"

　　我先叹了一口长长的气,以表示我真的很苦恼,然后把我们和好的过程如实叙述了一遍,最后问他:"你会不会觉得我们这种情况很荒谬?"

　　他问:"怎么荒谬?"

我说:"很不严肃啊,哪有莫名其妙分又莫名其妙合的,显得我很不矜持。"

他说:"你少来,我还以为江辰勾勾手指头你就飞扑过去呢。"

我又说:"可是他们都说倒追的女孩子会得不到珍惜的,这其实一直是我心里的隐忧。"

他说:"那你找别人去,让别人追你,让别人珍惜你。"

我说:"你火气那么大干吗,就不能好好开导我?你说都三年了,我怎么就这么没出息?"

他说:"好吧,我以为你现在需要当头棒喝,没想到你想要的是知心哥哥。既然这样我就婉转点,你根本就是白痴兼花痴,你一提到江辰就会露出恶心的微笑,一看到江辰两眼就跟苍蝇看到屎一样放光,别说三年,就算是三十年,你也逃不出江辰的手掌心。"

呃……你对婉转的定义很独特嘛。

我想他说得没错,世界上真的有相生相克的存在,比如猫克老鼠,头孢克酒,而我的克星是江辰。

这么说吧,有的人就是你命中那个劫,你爱也好,恨也罢,都抵不过他的一句话。

我说:"那江辰他妈不喜欢我,而我爸也不喜欢江辰,我们还是没有未来呀。"

吴柏松说:"这样吧,我给你讲个故事。"

他告诉我一个少男少女的故事,这个故事几乎可以荣登我所听过的荒谬故事榜首。

男孩和女孩相爱,然后他们想结婚,男孩的奶奶不同意,因为女孩生肖属狗,而奶奶小时候被狗咬过,这象征着女孩如果嫁过来就会冲到奶奶的福气,所以奶奶死活不让两人结婚。你看这多么荒谬,对我来说属狗顶多就象征着女孩嫁过来看奶奶不顺眼时有借口咬她而已。后来男孩不忍忤逆奶奶,就离开了,离开前许诺一定会回来娶女孩。多年后男孩回来了,女孩成了他爸的情妇,还在狗年替他爸生了一个大胖娃娃,而他爸正在和他妈闹离婚,要给这个女孩一个名分,他奶奶被属狗的新孙子气到住院。你看这姑娘的报复方式就不只荒谬了,还挺阴毒的——做不成你的老婆我就做你妈,嫁不成你的孙子我就嫁你的儿子,你不要一个属狗的孙媳妇,我就给你生一个属狗的孙子。

我听完后惊讶地啊了一声,问他:"这是你的故事吗?"

"不是。"

"不是那你讲给我听干吗,难道你要让我去勾引江辰他爸?"

"我就是告诉你,这个世界有些人很荒谬,他们喜欢理直气壮地干涉别人的人生,而你完全可以不理他们。比如说这故事里的男孩女孩,他们可以去领证或者相约私奔,再不济点等那老人死就得了,何必毁了彼此的人生。"

"那你的意思是让我和江辰私奔?"

"奔什么奔,你那么笨,能奔到哪里去?"

"那你到底什么意思啊?"

"其实也没什么意思,我就突然想给你讲个故事。"

"这真的是你的故事吧,你怕我知道又何必讲?"

"这真不是我的故事,这是我妈和我大哥的故事。我就是讲一讲我的纠结身世,让你心理平衡一下。"

他又成功地让我惊讶地啊了一次。

我们又扯了些有的没的,挂了电话后我突然对我和江辰的未来充满信心,因为我觉得我属龙,龙这种生物比较神话比较虚幻,不大可能咬过江辰他家里的人,所以总不会沦落到跟吴柏松他妈一样的地步。

你看我们人总是这样,需要更悲惨的故事来修饰自己的悲惨,用别人的难过来平衡自己的难过。那句很强大的话怎么说来着——当我抱怨自己没有鞋穿时,我却发现有的人没有脚。我有脚,我还不属狗,我多么幸福。

周末的结束似乎意味着我和江辰的失联,我上了三天班,接到江辰的电话,他简单跟我交代了他很忙就没再说什么。而我给他打了三通电话,两通没人接,一通只是匆匆问候了彼此吃饭了没有。

司徒末常常嘲笑我,说我的男朋友怎么若有若无、若隐若现的啊。

我诅咒她的科学家老公跟实验室里的女科学家搞出个试管婴儿来。

星期四一早,我在办公室做案子,那是一个吹风机品牌的外盒设计,其实很简单,放实物图片上去,放品牌 logo(标志),放功能简介,放宣传文案,搞定。我不喜欢这样的工作,但我喜欢这里的同事,因为我应付不来复杂的人际关系,而我的两个同事傅沛和司徒末都是简单的人。

但今天的工作我做得异常烦躁,我敲着桌子跟司徒末说:"我这样活着有什么意义,每天做着这些可有可无的事情,我看不到未来。"

司徒末从包里掏出一支棒棒糖丢过来:"分一颗我儿子的糖给你吃,别再说那么幼稚的话了。"

别再说这么幼稚的话了,我们都在日复一日的迷茫中前进,就像在黑暗中走路,谁也不知道一脚踩下去会是什么,谁都想看看未来会带我们到什么样的地方。

我正经地说:"我吃了你儿子的糖,对他以身相许吧。"

司徒末说:"滚。"

我忽然想到了苏锐,他昨晚给我打电话,说他生活无趣,设计空洞,生意惨淡,归根结底就是他缺一个引领他划破生活混沌长空的灵感女神,而他多方考虑下,隐隐约约觉得我大概就是那个女神。

我说我跟江辰复合了，他说，话说天下大势，分久必合合久必分。

我说不然我给你介绍个女朋友，保证比我成熟大方美丽，满足你对姐弟恋的一切幻想。他说能看上你就证明我喜欢的不是成熟大方美丽的女生。

我一个气不过就把电话给挂了，忍了很久才没给他姐姐苏医生打电话告状。这种告家长告老师的行为太无耻，我小时候都不屑做，长大了更不能破戒。

但我没想到我不屑做，不代表苏锐就不屑做。午饭时间我就接到了苏医生的电话，大致内容是她弟弟为了我茶不思饭不想，如果我不想她直接上告江辰说我脚踩两条船，就好好想办法解决。最后她郑重地告诉我，上告江辰这个威胁她只是开玩笑的。我去你的黑色幽默。

我打电话给苏锐，他说他还在被窝里，手机里却传来女孩子的谈笑声，我说："苏小朋友，你姐姐让我跟你谈谈。"

他说："谁是小朋友，我和你有什么好谈的？"

语气里完全是十八九岁的别扭，真是可爱。

我说："那好，不谈就算了，你也别让大人们替你操心了，拜。"

说完我要挂电话，他在那头大叫："陈小希，你敢再挂我电话！"

我为什么不敢挂你电话，我天不怕地不怕，这个世界除了江辰的电话，哪个人的电话我不敢挂。

两秒钟后，苏锐的电话追回来了，他大吼大叫道："陈小希，你太过分了，我那么喜欢你！"

我答："谢谢啊，可是我已经先喜欢了别人呀。"

他说："你一直就只喜欢他一个人，你不觉得你的人生很无聊吗？"

我说："有点啊，所以我劝你赶快去多喜欢几个。"

"啪"一声，苏锐气愤地挂断了电话。他倒是提醒了我，让我决定下班去探望一下那个害我人生无聊的人，一有了这样的念头，我就觉得我之前怎么这么蠢，他忙，我闲，我非得等他抽空来找我是个什么毛病！

我到医院时已经六点多，四处找不到江辰，我打电话给他："你在哪里啊？"

"医院。"

"医院哪里？"

"病房，你来了吗？"

"嗯。几楼几号房？我去找你。"

"不用了，你去大堂等我，我下去找你。"

我在大堂的一排排长凳中挑了个显眼的地方坐下，即使是这个时候，大堂还是坐着站着来回走着不少的人，他们脸上都有或多或少的担忧，但我无暇观察。我忙着盯着各个出入口，也不知道怎么搞的，我突然对将要见到他这件事感到异常紧张，就好像回到学生时代，那时我即使是在和同学聊天当中听见他的名字，心脏都会偷偷地跳几拍。

"你干吗？"背后有人戳了一下我的脑袋，我本来前倾着探头看走廊，被戳了一下，一个不小心就差点往前栽倒，他拉住了我。我转过头去，江辰无奈地看着我："你连坐都坐不稳啊？"

我傻傻地看着他笑："我怎么没见你过来？"

他指指身后的楼梯："我从楼上下来的。"

我呵呵一笑，跳到他身边挽住他的胳膊："我请你吃饭吧。"

他说："你那么开心干吗？"

我说："我见到你开心啊。"

他瞟了我一眼，像是玩笑又像是要求："开心那你就天天来。"

我狂点头："我觉得你这么忙，我以后就常常来陪你好了。"

他笑着拍着我的头："你这么善解人意我会不习惯的。"

我觉得他这话表达不精确，在面对他时，我其实大部分时间都很善解人意。

他看了看手表："你想吃什么？我不能离开医院太久。"

我说："那就这附近哪家最贵吃哪家！我请客，你付钱。"

他笑着说:"你倒是很不要脸嘛。"

"可不是。"我十分骄傲,话讲得可溜了,"我的人生原则是吃完拍拍嘴,擦擦屁股走人。"

话音一落,我自己都愣住了。江辰迟疑了两秒,然后忽然大笑。一个白袍大夫在医院大厅不计形象地大笑,这种行为是很不善良、很不仁慈的,即使笑起来很好看也应该拖出去打三十大板。

江辰带我从医院后门绕了出去,他说要带我去一家很好吃的火锅店。

我说:"大夏天你带我去吃火锅?"

他说:"那家店一年四季都营业的,他们有一款情侣锅,听说很好吃,想带你去吃很久了,等不及到冬天。"

想带你去吃很久了。

我停住了脚步,鼻子酸酸的很想哭。

江辰回过头来看我,不解:"怎么了?"

我把手伸过去:"你牵我。"

他左右看了看,叹口气握住我的手:"你怎么还这么幼稚呢。"

我看着他浅浅浮在左颊的酒窝,切,你还不是也幼稚。

火锅的热气很快弥漫在我和江辰之间,我除了被这热气熏得满身臭汗,还被它熏陶得十分庸俗,因为我跟江辰说了苏锐的事,而且心里还庸俗地期盼着他最好能吃点醋,不对,最好能大吃醋,气到把火锅桌掀翻了也没关系,只要热汤不浇在我俩身上。

但是江辰只是涮了片羊肉丢我碗里："你少得意。"

唉，我的得意如此委婉，你竟也能明察秋毫。

我说："苏锐问我一辈子就喜欢一个人难道不觉得无聊吗，你觉得呢？"

他说："大概也有点无聊吧，我没试过。"

我愣着琢磨了半天才明白过来，敲着碗边："你再说一遍？"

他又丢了一片羊肉进我碗里："我奶奶说敲碗边的都是乞丐。"

我不依不饶追问："你还喜欢过谁？"

他转着眼珠子做沉思状："反正我没无聊过。"

我看他一脸打死不说的样子，气不过，也说："好啊，反正我也不甘心一辈子就喜欢你一个。"

江辰也敲着碗边："我倒是觉得一辈子只喜欢一个人挺好，跟做手术一样，讲究快狠准。"

真是三句不离本行啊。

我们对于"真爱唯一"这个严肃得山崩地裂的话题讨论告一段落时，江辰突然想起什么似的问我："你最近有没有上我家？"

"啊？"我摸不着头脑，"上你家？"

他瞪着我说："我的钥匙不是还在你那儿嘛。"

我恍然大悟又有点疑惑："我忘了你的钥匙在我这儿，你这几天都没回家吗？"

他说："没回，星期天开刀的病人来头很大，医院要求我二十四小时待命。"

"谁啊？"我把包包放在膝上，边埋头翻找钥匙边随口问道。

"上次带你去参加过他宴会的那个张总。我办公室里有备用钥匙，那把放你那儿。"

我挠挠头："你的钥匙留我这儿干吗？"

难道他想让我半夜去他家偷袭他？哎呀，这怎么好意思呢……

他又丢了一块不知道什么肉进我碗里："让你上我家打扫，你装什么失忆。菜都快溢出来了，你到底吃不吃啊？"

我也不知道我碗里什么时候堆了这么多的菜和肉，只能赞叹江辰的手脚实在很快。

这大概是我吃过的最快的一顿火锅，从点菜到吃完就花了一个小时，吃完后我们望着彼此仿佛在雨中走过的形象，觉得实在是酸臭得很。

第十一章

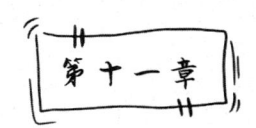

回到医院,江辰到宿舍去洗了个澡,我在他办公室等他回来,他带给我一星期的臭衣服让我回去洗洗晒晒。

我拎着一大包的衣服走在医院的走廊时,迎面走来了一个妖娆的女子,她先是瞥了我一眼,然后笑着朝我点头:"你好啊,陈小希。"

我也笑着点头:"胡染染,你好。"

我其实远远地就认出她了,那样一股浓烈的妖气,就是烧成了灰也能呛到我。只是我不敢先跟她打招呼,怕她一脸无邪地看着我说:"不好意思,你是?"

自来熟什么的,最丢脸了。

胡染染皱着鼻子嗅了一嗅，指着我手里巨大的黑色塑料袋，眨眨眼："你杀了你男友？"

我想起那个小护士说的，那人是在女人的床上心脏病发作的，那女人大概就是胡染染了。

我说："是他的换洗衣物，你闻到的酸臭味是我流太多汗了。"

她嘟起红唇吹了声口哨："贤惠啊。"

我低头浅笑，谦虚地表示我的确比一般人贤惠。

寒暄了几句后我正想离去，胡染染却说："能陪我抽支烟吗？"

我想我身上的汗味都堪比尸臭了，她还不嫌弃我，这实在是难能可贵的情谊，我如果多加推辞就显得太不上道，于是我就点点头，随她左拐右绕地到了一个僻静的楼梯间。

她递了一支烟给我，我把它夹在手指中观察，这支烟白且细长，烟屁股还凹进去一个漂亮的红色心形。

她自己先点了烟，然后凑过来要以烟点烟，我有点尴尬，只好硬着头皮凑上去，凑近了才发现她的皮肤极好，我本以为那是浓妆艳抹下的娇艳，没想到她竟然脂粉未施，好吧，天生丽质。

胡染染很快就吞云吐雾起来，烟雾在她身旁弥漫散开，她像《西游记》里扭着腰肢出场的女妖精。

我凝望着手指间的烟，觉得自己像是电影里被带到楼梯间的不良少女，真是帅气不羁。我做好了心理建设才把烟递到嘴巴，牙齿咬住，用力一吸，一股烟冲入咽喉，呛得我咳嗽不已，眼泪汪汪。

胡染染含笑看着我，缓缓吐出一个烟圈："陈小希，你没什么用嘛。"

我拍着胸脯顺气，抽空回她："我……喀喀……没抽过烟。"

咳过后，嘴里有一股薄荷味，我说："烟都是薄荷味的吗？"

她摇头："不是，这是给装模作样的女人抽的。"

我由衷地感到惭愧，我连装模作样都做不好。

我和胡染染一起趴在楼梯的扶手上，我不再试图去降伏那支烟，只是夹在手指中看它一点一点燃烧，不知她叫我来，到底是为了什么事。

她抽完了一支烟，把烟屁股往楼下一弹："张倩容每天都在医院里勾引你男人。"

我抖落了长长的烟灰："张总的女儿吗？"

"孙女。"她笑着纠正，"你忘了那老头老得都可以去死了。"

这样的问题我怀疑是个陷阱，我怕我一回答说是呀，就会突然有黑衣人从四面八方蹿出把我打一顿，所以我不吭声。

胡染染说："我就是想提醒你一声，别让她得逞。"

这位姐姐对我的终身大事表现得比我爹妈还上心啊。

我说："不会啦，我对他还是比较放心的。"

胡染染突然激动起来，单手拍得木质楼梯梆梆作响："你放心？你居然会信任男人！"

我想说我信任男人也不是滔天大罪，你何必如此激动。

她又继续敲那楼梯："你太天真了，谈恋爱没有你这样谈的！"

我心想，她对我的恋爱也表现得太身临其境了吧。

由于我的恋爱属于失败后推倒重来型，所以我特别虚心地向她请教了恋爱该怎么谈。她一愣，甩甩头自嘲："我也没谈过恋爱，我的特长是当情妇。"

我们相对无言了好一会儿，她又点了一支烟："总之你让你男人离那一家子远一点，愈远愈好，我不会害你的。"

这我倒是相信，害我对她没好处，也没挑战性，正所谓杀鸡焉用牛刀。

我想了想，就笑着说："好，我会跟他说的，谢谢你，我先回家了。"

她摆摆手说再见。

我就走了。

走了有两三分钟，我发现自己找不到出去的路。我这人有个毛病，认路只会认标志，比如说什么颜色的路牌、什么颜色的垃圾桶，或者墙上有没有写"禁止大小便"之类的，而刚刚和她走过来时我忘了留意，所以就不知道怎么出去了。

我只好又绕回了那个楼梯间，她还是趴在扶手上，用她的唏嘘抽着寂寞的烟。

我原本不想打扰她那苍凉到能渗出老泪来的背影，但实在没办法，我只好咳了两声引来她的回头，我说："那个……我找不到走出去的路。"

她唏嘘的美感被我打得七零八落，扔了手中的烟无奈地说："跟着我。"

我伸脚把烟蒂踩灭，跟在她身后回到了原来的走廊。

我们在那里看到了坐在走廊长凳上低头哭泣的张倩容，为了符合言情定律，坐她旁边的就只能是江辰了。

胡染染转过头看我："看吧，搭上了。"

我一听急了，以为是我轻度近视看不清，连连问她："搭哪里？搭哪里？"

胡染染愣愣地反问我："什么搭哪里？"

我说："你不是说搭上了？江辰的手搭了她哪里，我近视看不清呀。"

胡染染翻了个雪白的白眼："我是说勾搭上了！"

我松了口气："早说嘛，把我给吓的。"

她皱了皱眉嘟囔道："我怎么觉得勾搭比较严重啊。"

大概是我们戳在走廊中央有点显眼，他们很快就发现了我们的存在，江辰疑惑地看着我，招手让我过去。

我脚步刚迈开胡染染就拉住了我，大声道："让他过来，凭什么你过去！"

我求救地看着江辰，他皱了皱眉，还是起身朝我们走来。

"你怎么还在医院?"他从胡染染手中把我拉过来。

"呃,我正要走。"

胡染染一声冷笑:"这么迫不及待地赶女朋友走干吗?"

我抬头望江辰,对他露出尴尬的苦笑,表示我也不知道这位太太吃错了什么药。

江辰正要说什么,张倩容突然也过来了,她伸过手来拉住我,低着头,眼泪啪嗒啪嗒地滴了两大颗在我手背上,她说:"你千万不要误会江医生,我只是……只是太难过了,他在安慰我。"

我干笑着抽回手,我说:"没没没,我明白,我没误会。"

我边说边偷偷把手伸到江辰的背后,把手背上的泪水擦在他的白袍上。

江辰横了我一眼。

我问江辰:"怎么办啊,你安慰一下?"

江辰不理我,他对着胡染染说:"胡小姐,刚刚张先生醒来在找你。"

说完后他拍拍我的脑袋:"这么晚了,我还是送你回去吧。"

然后就拉着我走了。

我被他拖得一步一踉跄,连连回头,却只见她们俩戳在路中央瞪着彼此。就在江辰把我拖入转角时,身后传来了"啪"一下响亮的巴掌声。

我吓了一跳,想回头看却被江辰夹着脑袋拖走。

第十一章

我十分好奇，这个巴掌究竟是谁打谁的……按理说胡染染很强悍，很有可能打人，但她的身份是情妇，所以挨揍也是很有可能的……这真是个难解的谜团，太难解了，以我的智商来说是个难题。但是，我相信如果我明天再来医院一趟，随便找个护士问一下，立马就能得到详细以及润色过的解说，说不定谁的手机里还有现场直击的高画质视频，这表明了以人为本，依靠科技，一切难题总会迎刃而解。

江辰把我拖到了医院门口，我说："你不是要留在医院里待命吗？"

他脱了白袍丢给我："这个也带回去洗，都是她的香水味，臭死了。"

我把白袍塞进塑料袋里："你要送我回去吗？"

他犹豫了一下："你自己回去可以吗？"

我点头："可以。"

他说："那你路上小心点，回到家给我电话。"

我还是点头："好。"

他就心满意足地转身走了。

我挠挠头，叹了口气，好歹也看我拦了车再走嘛。

当我伫立在路旁，招了三次手都没能得到一辆出租车的青睐时，我就决心总有一天我要报复江辰的不解风情，比如说，他深情地凝望我，我就说他有眼屎；他牵我的手，我就说他有手汗；他亲我，我就说他有口臭，如果我心肠够歹毒，我还要说他牙齿有菜渣……

一辆车缓缓停在了我面前，这车有点面熟，里面探出了一个头，这个头也很熟，他说："上车，我送你回家。"

我说："那……那个待命呢？"

他说："有别的医生。"

我说："真的没问题吗？"

他说："有问题的话我也不会理你，少废话，你到底上不上车，不上车我回去了。"

我抱着塑料袋上了车，一路上笑盈盈的，还不时地哼两句歌，直哼到江辰把车内音响的音量开到了最大。

后来江辰实在受不了，他说："你恶心兮兮地到底在笑什么啊？"

我摇头晃脑地说："没啊，我就是很高兴你回来接我了啊。"

我多么感谢，你能回来，我们能回去。

车开到我家楼下，车灯一照，我发现路旁电线杆下站了一个人，他正以偶像剧男主角的姿势斜靠在电线杆上，手上还夹了一支烟，红色的亮光忽闪忽闪的。

年纪轻轻就抽烟，这可不好。我在一些地方的烟盒上看过的警示语——吸烟可导致阳痿！年轻人别冲动，冲动是会有惩罚的。

江辰问我："他怎么会在这里？"

我摇头："不知道。"

他又说："你真不知道？"

我说："我真不知道，但是你如果对我严刑拷打的话，我就会招供说是我约他来偷情的。"

江辰横我一眼："你给我下车好好处理，我就在车上看着你。"

我说："不然你把车直接开过去，把他碾扁在电线杆上。我小时候看过一部电影叫《电线杆有鬼》，很有趣。"

他说："你下车，我连你一起撞，这叫'电线杆有对儿鬼'。"

我讪讪地下了车，才走了两步苏锐就冲到了我面前，他指着车质问："你为什么和他在一起？"

我拖长了音："让我想想——哦——如果我没记错的话，他是我男朋友。"

苏锐一愣，我看到他眼睛里有一闪而过的悲伤。我有点心软，我不该因为他年纪小就断定他的感情只是玩笑，当年我喜欢江辰时，比他还小。

我瞄了一眼他手里的烟，口气软了许多："抽烟对身体不好。"

他把烟扔了，用脚踩熄："我戒烟，你能不能……"

"不能。"我抢着说，"你别这样，我不喜欢你。"

他揉了揉鼻子："可是我真的很喜欢你。"

我点头："嗯，我知道。"

他说："我不会再像喜欢你一样去喜欢别人了。"

不是的，你会。

我试图缓解气氛："嘿，别这样，等你看上一个十八岁的美女，你就会怀疑你现在的眼光了。"

他沉默着缓缓蹲下，埋头抱膝。

我一愣，回头看江辰的车，然后又回过来低头看他，手足无措："你怎么了？"

半晌没得到回答，我只好也蹲下，拍拍他的肩膀："怎么了，哪里不舒服吗？"

他的声音闷闷地传来："我没事，你别管我。"

我说："你是不是哪里不舒服啊，不然让江辰帮你看看？"

他突然抬头吼道："你走开，别烦我！"

我吓了一跳，不是因为他的怒吼，而是因为他的泪水。

我鼻子有点发酸，他才十八岁，也许我是他人生除了考试外遇到的第一个挫折，就像那时的我，喜欢江辰，江辰不喜欢我。喜欢的人不喜欢自己，这是多么让人难过的一件事。

"你走吧，你男朋友在车里等你。"他似乎冷静多了。

我对着江辰的车做了一个"你先回去"的手势。他发了一条短信来：我先回医院了，你处理完了打电话给我。

江辰的车一开走，路上立马暗了不少，幸好路灯又亮了起来。

我就这么陪着苏锐在路旁蹲着，也没说话，主要是我不知道要说什么，而他又忙着哭，路灯把我们拉成两个长长的影子。

就在我以为我们就得这么遥遥无期地蹲下去时，有一个背着书包穿着校服扎着羊角辫的小学生走过来了，她从校服裙的口袋里掏出一沓钱，花花绿绿的挺多钱，她从里面拣了一张递给我，她说："阿姨，这钱你给哥哥买冰激凌吧，哄哥哥别哭了。"

看着小学生一脸天真无邪地踩踏在我的影子上，我龇牙咧嘴："这位小朋友，凭什么他是哥哥我是阿姨？"

小学生攥着钱哭着走了。

苏锐这才开口说话了，他说："钱留下再走嘛。"

我笑着推了推他："喂——"

他抹了抹脸："真丢脸。"

我安慰他："我才丢脸，那小孩叫我阿姨。"

他也安慰我："她妒忌你成熟妖娆。"

说完，他站起身，也顺手把我拉了起来。

他说："我没事了，你回家吧。"

我说："真没事了？"

他说："大概吧，取决于我以后还用不用你当设计衣服的灵感。"

"啊！说到衣服……"我突然想起，一拍脑袋，"我把那袋衣服落在江辰车里了。"

他佯装不满:"什么衣服?你买衣服不到我店里去?有钱不给朋友赚太过分了。"

我瞪他:"那是江辰的衣服,我带回来洗的。"

他撇嘴:"他让你帮他洗衣服?这么不体贴?"

我说:"苏锐小朋友,挑拨离间是没用的。"

"我不是在挑拨离间,如果是我,一定不会让你做这些事的。"他说得斩钉截铁,"我姐说了,女人是用来疼的。"

我点头敷衍:"你姐把你教育得真好。"

他又说:"是呀,我姐还教我,如果你抵死不从,让我霸王硬上弓。"

我警觉地退了两步:"这个是开玩笑的吧?"

他拍拍我的肩膀,赞许道:"看来你对苏氏幽默颇有研究嘛。"

……

我木着脸谦虚:"略有涉猎,略有涉猎。"

苏锐让我先走,说看着我上楼他就走。我坚持不肯,我说还是我看着你走吧,免得你趁我转身上楼掏出一把枪就把我毙了。

他竟然也没生气:"放心吧,要死也是我死,不是你死。"

我想了一下,还是坚持让他先走:"我得看着你走远,你要死得死远点,死在这里影响我们附近的房价。"

他不屑:"你们这里的房价低了不是更好,那样你才买得起。"

"错错错。"我摇着食指,"啧啧啧,低了我也买不起,我一年的工资就够买一块厕所瓷砖,所以我希望这附近的房价千万别跌,要买不起大家一起买不起,就跟世界末日一样,要死大家一起死,公平。"

他翻了个白眼,带着怒气走了。

我看着他的影子在一盏盏路灯下拉长缩短、缩短拉长,我只是希望若干年后当他想起今晚时,记得的是他自己昂首挺胸地离开,而不是他难过地目送着我毫不回头的背影。

当然也可能是我多心,也许他再回想起来时,只是我两条萝卜短腿在艰难地爬着楼梯的场景。

我回到家,开灯,灯一亮手机就响了,我一惊,下意识地左顾右盼了一下才掏出手机来,是江辰。

我接起电话:"喂,你在楼下吗?"

"没有啊,怎么了?"

我说:"我家里灯一亮,你电话就刚好打了进来,时间掐得太准了,好像恐怖片的情节。"

他低声笑:"你乱七八糟的电影看太多了。"

我反驳:"以前是谁老骗我去他宿舍陪他看恐怖片的?"

他说:"那又是谁老是吵着想看又不敢一个人看的?"

我翻起旧账来:"但是有一次你让我看你们的教学影片!那个比恐怖片还恐怖!"

江辰说:"我不觉得那个有什么恐怖的。"

我叫起来:"哪里不恐怖了,那刀跟切豆腐似的在头皮上切了个 U 形,然后掀开,然后在头骨上钻一圈孔,拿掉那块圆圆的头骨,用镊子在里面那一摊血淋淋的东西里搅来搅去。"

他说:"不错嘛,手术步骤记得很清楚。"

"能不清楚吗?"我哭丧着脸,"他们在掀开头皮时,我一转头就看到你在一旁面带着诡异的微笑,手里模拟着动作缓缓地在掀我的速写本!吓得我眼睛再也不敢离开屏幕一眼,就怕再看到你有什么变态的行为。"

我觉得最恐怖的恐怖故事就是身边的人突然变成鬼……或者妖怪……或者变态……或者敌人。

因为不设防备时受到的伤害,最疼。

江辰沉默了好一会儿后说:"如果我没记错,我当时在看你速写本里的画,如果我还没记错,里面不少张人物画像我觉得都很眼熟,并且动作比较不堪,比如说跪在地上哭什么的。"

这回轮到我沉默了。我有一堆速写本,封皮都差不多,但其中有几本是我和江辰吵架时专门用来画着发泄过瘾的,我在里面画了不少宣示女性主权的漫画,比如说,江辰跪在地上眼泪流成宽面条状地求我原谅,说一切都是他的错,说他禽兽不如、不如禽兽;又比如说,江辰匍匐在地上,我趾高气扬地甩着鞭子向他抽去;又比如说,他跪着擦地板,我躺在沙发上按遥控器,我说给我倒杯水来,他动作慢了点,我冲着他的屁股一脚踹过去,他倒地翻滚一圈,起身鞠躬说谢谢……

于是我岔开话题:"你应该是打电话来问我,苏锐的事处理得怎么样了吧?"

幸好他愿意配合:"怎么样了?"

我说:"目前双方情绪稳定,女无意出轨,男无意卧轨。"

他说:"处理不了就交给我,别忘了在你心目中我就是个变态医生。"

我干笑了两声:"哪有哪有。"

他又说:"对了,让你洗的那袋衣服落我车上了,我会留着给你洗的。对了,你今晚可以画我在阳台跪搓衣板。"

他对于无情地讽刺我、嘲笑我、打击我这件事情真的是乐此不疲、无孔不入。

傅沛在自己的办公室里发脾气,因为他买了新的复印机,自己却不会用。司徒末端着茶在座位上哼着小曲,对于观赏傅沛抓狂这事,她总是特别享受。

最近是淡季,大家都闲得发慌,每天的工作内容就是打发时间,但是为了照顾老板傅沛的自尊心,我们常常得装出一副很忙很忙的样子,这实在是让人身心俱疲呀。

傅沛乒乒乓乓地摔完东西,然后说他要出去谈生意了。他前脚一走,司徒末就拉着椅子坐到我身旁,贼兮兮地笑:"昨天那个小帅哥是谁?"

"哪个?"

司徒末说:"昨天我下班时,在楼下被一个小帅哥拦住了,一开始我以为他是看上了我的美貌想劫色……好啦,你别这个表情,我老公一直都觉得我貌美如花的,总之昨天那个帅哥问了我你家的地址,他后来有没有去找你?"

我收起那个想吐的表情,气愤地说:"你不认识他,还把我家地址给他,万一他是变态呢?"

"少大惊小怪了,他一口一个小美女地叫我,别说把你家的地址给他了,他让我帮忙给你下迷魂药我都帮。"

我说:"你主要高兴的是美女前的那个'小'字吧?"

司徒末嘿嘿地笑:"你真聪明,他是谁啊?"

"江辰同事的弟弟。"

我大致把情况说了一下,由于司徒末一直觉得自己已婚妇女的身份使她降低了不少魅力分数,为了不刺激到她那条已婚妇女的羡慕嫉妒恨神经,我还特地贬低了一下自己,我说我觉得奇怪,我这么普通的一个人,也不知道祖国的大花朵到底看上我什么了。

她安慰我:"这个你不用妄自菲薄,愈年轻的人思想愈难以捉摸,我儿子还觉得这世界上最美的女性是美羊羊呢。"

我怎么就觉得她话中有话呢……

她还说:"其实我觉得他也不错,老牛吃嫩草,对牙齿好。"

我瞪她:"去死吧你。"

她说:"总好过你一天瞄手机十几二十次,老等不到你家男人的电话吧。"

我当着她的面再一次掏出手机来,确定手机是否正常工作,然后嚣张地说:"我就愿意。"

她笑着睨我,然后突然又一本正经地说:"我在想一件事,就是啊,如果你们结婚了,我让我儿子去给你们当花童,这样我可不可以不包红包?"

你看这人,开口闭口都是钱,我觉得无聊,我和她没有共同话题。

我义正词严地怒斥她:"就算你的老公变成我的新郎,你也别想少了红包!"

直到下午傅沛都没有回来,所以在下班前一个小时,我和司徒末就分头开溜了,为了怕傅沛临时查班,我们还把办公室电话都转接到手机上,别看我们翘班的行为这么熟练,其实我们还真的……经常翘班。

以前翘班后,我常常早早地坐到家附近的地铁站,到站后我就坐在候车椅上,看下班高峰期的地铁载着挤得面目全非的上班族,就像是工厂的传输带,运输着一个一个人类罐头去各个地方。

我在一旁看着就乐,我就觉得我少挤了这么一回,实在就是赚了。

但是现在我是有男朋友的人了,我必须得抛弃这个下三烂的兴趣爱好,我提前下班了,就得上医院去和男朋友耳鬓厮磨去。

由于我在交男朋友这事上荒废了三年,所以我心里总有点虚,那点心虚属于业务不熟悉的一种。

到了医院大厅,我给江辰打电话,电话一通我们同时说了一句话:"你在哪儿?"

"我在医院大厅。"

"我在去你公司的路上。"

"啊!那怎么办?"

"出了医院门口右转有一家饮料店,你去那里喝点东西等我。"

我想了想说:"我还是在大厅等你吧。"

主要是傅沛已经拖欠了我两个月的工资了,而医院附近的消费一定比别的地方贵,上次在这附近买茶叶蛋,就比别的地方贵了两块,看我穷得……

"那你待在大厅别乱跑,我很快就到。"江辰说。

"好,你开车小心。"

半个小时后,江辰在医院门口找到我时,我正坐在路旁一棵树的阴影里瑟瑟发抖。

生老病死，这个世界很莫测，而医院算是莫测的多发场所。我在医院大厅这三十分钟，就被莫测了一回。

时间拨回到半个小时前，我挂了江辰的电话，脸上带着恋爱中人特有的恶心微笑，找了个位置坐下。

大约十分钟后，楼上突然传来一阵女人的尖叫声，伴随着乒乒乓乓凌乱急促的脚步声，然后在我反应过来前，一个披头散发的女人从二楼翻了下来，重重地砸在我面前，距离我五步之遥。

我看着她惊恐的双眼满是泪水。

我看着她在地上像垂死的鱼一样抽搐了一下，然后静止。

我看着她嘴角缓缓地流下白沫。

我看着一群医护人员从楼上冲下来，嚷嚷着："快点给她打镇静剂。"

我看着那个粗大的针头扎进她的手臂。

我知道我应该走开免得影响救援工作，但原谅我，我蹲在地上一点也动不了。

"陈小希？陈小希？"江辰蹲在我面前，他的手在我眼前挥动着，他看起来忧心忡忡，"你怎么了？发生什么事了？"

我惊恐地看着他，张了张嘴，却说不出话来。

江辰伸手过来拉住我的手，看着我的眼睛，语调出奇地冷静："小希，你看着我的眼睛，不要怕，我现在问你问题，你只要点头和摇头就可以，知道了吗？"

我点头。

"你受伤了吗?"

我摇头。

他捏了捏我的手:"你看到了让你很害怕的场面?"

我继续点头。

他停顿了一下,低声地问:"车祸伤员?"

我摇头。

他又说:"那人……"

他迟迟没有把话问出来,只是抱住了我,轻轻地拍着我的背:"这里是医院,无论你看到什么,都不要觉得害怕,他们只是生病了或者受伤了,或者……"

或者时候到了。

七月炎夏,江辰抱我抱得很紧,感动之余,我其实觉得很热。

他抱了我一会儿,大概也觉得热,就把我从地上拉了起来,牵着我到他车里坐着:"我出去打个电话,很快回来。"

我点头,我其实已经冷静了不少,只是前面表现得太过惊恐,突然恢复正常也有点下不了台,于是只好继续扮着惶恐的娇弱模样。

江辰回来时脸色轻松了不少,他说:"我知道发生什么事了,那个病人没事了,只是骨折和脑震荡,没有生命危险。"

我嘘了口气,我想医生真的很淡定,只要死不了人的都不是大事。

我点点头表示明白。

江辰没有发动车子,侧身看着我:"还怕吗?"

我摇摇头,我有点迷上这种不用出声的表达方式。

他伸手揉揉我的头发:"她失恋了,在前男友面前吞洗衣粉自杀,前男友送她到医院洗胃,她死活不肯,挣扎间失足从楼上翻了下来。"

江辰还是很了解我的,知道我有一颗八卦心,用八卦来勾起我的好奇心,分散我的注意力,恐惧就会减少。

我眨了眨眼睛:"那她前男友的反应呢?"

江辰捏捏我的脸:"我怎么知道,你现在会讲话了啊。"

"我之前吓到了嘛。"我略带撒娇地说,"谁让你把我一个人丢在医院里。"

他没有辩解说他让我出去等,是我自己要留在医院的,他只是说:"下次不会了,过两天我带你去探望那个病人。"

我说:"我短期内都不想靠近医院了。"

江辰说:"害怕就逃避不是个好习惯。"

我想表演一下著名的跺脚撒娇的桥段,但因为坐着不便施展,所以我嘟起嘴说:"可是我真的不敢。"

他说:"以后都不来也随便你。"

我沉下脸,心里又委屈又气愤,他总是这样。

那时高三，他给我补习数学，十道大题我错九道半，对的半题一般是最简单的解一元二次方程。有一次我写得火大，丢了笔说我不写了，数学老师说数学不好的做好选择题和填空题就行了。

江辰说："随便你，但是你以后别说什么要和我考同一所大学的话，我们水平不一样。"

那么伤人的话，我那么幼小的心灵，当然是要埋头在书桌上哭一场的，哭够了抬头，江辰还在旁边埋头改着我做的卷子。

我凑过头去看，密密麻麻五颜六色的小字，黑色的是正确解法，蓝色的是解题思路，红色的是数学公式，黄色荧光笔加亮标示了解法一、解法二、解法三……

我擦干了眼泪："你把我的卷子涂成这样子我怎么看？还有太多种解法我记不住。"

后来我的每张数学考卷都有很多同学借去复印，我这才发现它们的珍贵，在考虑要不要向来借的人收费的同时，我也考虑了要怎么报答江辰。最后我在他的数学课本上画了一个美若天仙的美女，在第一页美女穿着棉袄，每翻一页就脱一件衣服，从发饰、首饰、衣服、鞋子、袜子，最后考虑到尺度问题，我给她留了件肚兜和热裤……我觉得这件事体现了我是一个知恩图报的人。

江辰发动了车子，我在一旁鼓着脸生闷气，我想跟他吵架，想骂他，但我不敢。

我孬。

我很怕江辰生气，事实上我怕任何人对着我生气，只是江辰不是任何人，我比怕任何人都怕他，或者说任何人生起气来都没他那么让我心慌，因为我往往不知道他到底生气了没，如果我不知道他生气了没，我又怎么知道到底该不该害怕，所以我就会因为不知道该不该害怕而感到害怕……你看我都胡言乱语到这个程度了，应该就明白了吧。

于是一路上我都在偷偷观察江辰，愈看就愈觉得他一定很生气，至于为什么，我也不知道，我其实什么蛛丝马迹都没看到，但我说他生气了他就是生气了，不然你咬我。

我伸手去拉拉他衬衫的袖口，手指还在他手臂上划了两下："我饿了。"

他扫了我一眼："嗯。"

"嗯什么啊？"我用手指在他手臂上轻轻地划着，"你带我去吃好吃的吧？"

他抖动了一下手臂，甩掉我的手："开车，别闹。"

我撇了撇嘴，乖乖坐好。

十秒钟后，我说："我去考驾照好不好？"

"不好。"

"为什么？"

"你买不起车。"

"奇瑞 QQ 我总买得起吧。"

"你开车上路一定会撞到人,给交通和医疗事业增加负担。"

喂……这个诅咒太毒了点吧。

我只好转换话题:"那你说我去把头发弄卷好不好?"

他瞄了后视镜一眼:"不好。"

"为什么?"

他斜眼看我:"丑。"

我忍。我赔笑道:"那我剪短发好不好?"

"不好。"

我抗议:"你以前说过喜欢我短发的!你还说看起来很清新。"

他偏过头来好像很认真地打量了我一下,然后说:"有吗?我随口乱说的。"

至此,我彻底放弃与他进行友好对话。

于是我特别有气势地朝着他吼:"江!辰!"

"嗯?"他不动声色,眼神都没瞟一个过来。

我咬了咬牙,气势十足:"我明天还来医院找你吃饭!"

他一愣:"不用了。"

我也愣了,我没料到我都退让到这个地步了,他还摆谱。

江辰突然笑了:"我明天休假。"

我"哦"了一声:"那我后天去。"

他又重复了一遍："明天我休假。"

我奇怪地看着他，隐约觉得他似乎在等我说什么，但我智商不足，只好坦白问："休假怎么了？"

他没有回答我的问题，只是一再强调："我很少休假。"

我不得已，只好表示我也同他一样高兴，于是我笑眯眯地附和："休假真是太好了，真难得，恭喜你呀。"

他气结，瞪了我好几眼，直把我瞪得十分心虚，我心想，难道他休假我还得斋戒三日，沐浴更衣以示祝贺？

车缓缓地前进着，江辰又恢复了生气的状态，我觉得我好不容易把他逗乐了，他突然说不乐就不乐了，实在太任性。

于是我也沉默了，拿出手机打开游戏，泄愤地按着键盘，一次一次地把贪食蛇撞得灰飞烟灭，我就觉得很开心。你看江辰欺负我，我欺负贪食蛇，这个世界就是这么公平。

车突然停住不动，我以为等红灯，也没多在意，继续很认真地撞死贪食蛇，过了很久，我都谋杀了数十条贪食蛇，车都没动。我奇怪地抬头看了一下车窗外，车不知道什么时候靠边停了，我回过头去看江辰，他竟也正盯着我看。

我问："怎么了？"

他说："打电话给你老板，明天请假。"

我一时没反应过来："啊，为什么？会扣钱的。"

他理直气壮："让你请就请。"

我怔怔地看着他，他回避与我对视，神情还有一点点别扭。我用力地眨了一下眼睛，恍然大悟……

我打电话给傅沛："喂，傅老板啊？"

"亲爱的，我是正老板，不是副的。"傅沛说。

我翻白眼："不好笑，我明天要请假。"

"请假干吗？"

我说："我男朋友明天休假，让我请假陪他。"

说完，我用眼角的余光瞄到江辰的脸僵了一下。

请完假，我咬着嘴唇忍着笑："我请好假了。"

他不自在地咳了一声："嗯。"

"哈哈哈哈哈……"我最终还是没能忍住，"我……哈哈……你……哈哈……怎么这么可爱……哈哈哈……你想我陪你……你可以……哈哈……直说嘛……哈哈……"

"闭嘴！"江辰瞟了我一眼，发动了车子。

有人恼羞成怒了哟。

江辰把车开入一家超市的地下停车场，我好奇地问："你要买什么东西？"

"食物。"

我喃喃道："就不能吃完饭再来买吗？我都快饿死了。"

他解开自己的安全带，又俯过身来解我的："买回家做。"

"啊？"我说，"我不会做饭啊，我只会煮面。"

"那就煮面。"

江辰骗我，手推车里面的食物愈来愈多，甚至出现了一只鸡，一只完整的鸡，有头有脚有屁股。

我看着那只鸡惊恐得就像看到灭绝重生的恐龙："你买这个做什么？"

"熬汤。"

"你会啊？"

"不会。"他回答得理所当然。

我心想你不是我男朋友的话我早就揍你了。

我在整个购物过程中的贡献就是挑选了一包奶油味的瓜子，但这并不能让我觉得自己没用，我的脸皮够厚。

江辰拎着大包小包，我提出帮他分担，他就分了一个装蔬菜的袋子给我。

我说我还可以再提两袋，他说你留着力气好好琢磨待会儿怎么做菜，我欲哭无泪。

再一次站在江辰家门口，我倚着墙等着他找钥匙开门，他横了我一眼："开门啊。"

我这才想起我有他家的钥匙，埋头在包里掏了半天才找出一串陌生的钥匙："哪一把开哪个锁？"

总算是进到江辰的房子了，房子不大不小，两室两厅，布置得十分简洁，像个样板间。我站在门口打量，他绕过我走进屋里，还顺手拿走了我手上的那袋蔬菜。

我忙跟在他身后:"你这里是租的还是买的?"

他回过头来盯着我看,眼神深邃:"怎么了,要嫁给我?"

我诚实地说:"也不是,就是觉得如果是租的,空了一个房间很浪费。"

说完我突然意识到什么,立在原地不动,哭丧着脸:"你刚刚是在求婚吗?是的话我可不可以重新考虑?"

他说:"不是,不可以。"

我撇嘴,两句话中间的逗号去掉还差不多。

"愣在那里干吗?过来帮忙。"

"哦。"

三分钟后,我们看着满料理台的东西面面相觑。

"第一道菜要做什么?"

江辰皱了皱眉头:"汤吧,汤可能要炖很久。"

"那炖吧,怎么炖?"

"切一切,丢进水里煮。"

"那你切吧,你是医生,使惯了刀的。"

"那是手术刀。"

"那你家里有没有手术刀?"

他回想了一下:"有,在电视下面的抽屉里。"

我跑出去抓了两把手术刀回来递了一把给他:"喏,你用惯的刀。"

他拿着手术刀，往鸡身上轻轻一划，皮开肉绽。

我忍不住"哇"了一声。

江辰回头看我一眼："知道了吧，放下手术刀，会有生命危险。"

我迅速把手里的手术刀往料理台一丢："我洗菜。"

水哗啦啦地流，我偷看了一眼江辰的进度，忍不住说："你在干吗？"

"去鸡皮。"

"炖鸡汤要去鸡皮吗？"

"不用吗，那你给我手术刀干吗？手术刀又不能劈骨头。"

十分钟后。

我问："洗好的花椰菜要怎么煮？"

江辰："切一切，丢进去煮。"

再十分钟。

我又问："那排骨怎么办？"

江辰："切一切，丢进去煮。"

再十分钟。

我想要最后争取一下："不如我们出去吃，顺便买两本食谱回来，下次再研究。"

他剁着排骨的刀一顿，举着刀阴沉地看着我："今天这餐饭做不出来，我们以后就都别吃饭了。"

亲爱的，咱能别那么逞强吗？

因为每一道菜都是"切一切，丢进去煮"，所以这顿饭做得很快，一小时不到就全部上桌了。以往我在家里最大的乐趣就是我妈端菜上桌时我蹑手蹑脚地过去偷吃，然后被我妈拿着锅铲追在屁股后面毒打。但在江辰这里，我彻底放弃了这个乐趣，我甘于当一个无趣的人。

坐在饭桌上，我看他，他看我，谁也不肯先动筷。

江辰笑着夹了一朵花椰菜送到我嘴边："我想起我从来没有送花给你，来，我送你一朵花。"

我躲避不及，只好吃下，味道一般，清水煮青菜，不煮太烂就难吃不到哪里去。

江辰看我没有不适的反应，也夹了一朵吃，吃完后皱着眉头："陈小希，你是不是忘了放盐？"

我面无表情："盐都是你在放的。"

他耸耸肩："盐吃多了会高血压。"

我咬着筷子问："那我们明天去哪儿玩啊？"

他拿我的碗去舀汤："哪里都不去，待在家里看片。"

吃完饭我乖乖去洗碗，洗碗时江辰进厨房倒了一次水，我当时脑子里正在幻想着那最俗气的画面——我在洗碗，江辰从背后环抱住我的腰。

所以江辰进来时我是很紧张的，为了让这个拥抱达到最好的状态，我特地用力地深呼吸，把小腹缩了回来。

但是江辰只是在我身后停了两秒，说了句："你放太多洗洁精了。"

然后他就出去了，我呼出一大口气，不甘不愿地放过了我的小腹。

我甩着手上的水走向客厅时，横躺在沙发上的江辰嚷了一声："帮我看一下水开了没有。"

我看见饭桌上插了个电水壶，水壶冒着热气，我真的不知道脑子里运转的哪个轮齿卡错了位置，我念叨着水开了没有，然后就爽快地把手往水壶上一贴，只听"嗞"一声，我惊声尖叫，但脑海中先闪过铁板牛排，然后再闪过痛。

江辰冲过来抓着我的手往厨房里拖，他拖的方式有点粗鲁，像是拖死狗，但我原谅他只是因为太着急了。

水哗啦啦地冲在我手上，我觉得火辣辣地疼，为了转移注意力，我说："我确定过了，你的水应该是开了。"

江辰的脸很臭，松了我的手往外走："继续冲，我马上回来。"

他拿了结冰盒回来，掏出了一把冰块塞在我手心："握着。"

我握了一会儿觉得冰得发麻，才松开手，江辰又握了一把冰按在我掌心。

他给我冰敷了十几分钟，才皱着眉头问："还疼不疼？"

我怕他继续冰我,连忙摇头说不疼。

他拉了我的手到眼前仔细地观察了一会儿才放下:"不错,三分熟。"

我很少能够遭遇江辰的幽默,所以显得受宠若惊,为了表示我彻底领会了他的幽默,我说:"报告,下次争取五分熟。"

他的脸沉了下来,开始对我进行一段长达十分钟的炮轰,内容不外乎"你以为你的手是温度计啊""你怎么不干脆把头也伸进去煮开"等友好评语和建议。

我安静地欣赏他抓狂的样子,由衷地觉得他的面容实在姣好,脾气实在暴躁,一切实在挺好。

他发了一会儿飙,然后发现我很乐在其中,就气呼呼地跑去客厅沙发上坐着。可怜我一个烫伤的人,拖着蹒跚的步伐向着客厅走去,为了引发他的同情心,我还上演了一场三步一踉跄的虚弱。

江辰冷冷地瞧着:"你是烫到了手还是烫到了脚?"

我讪讪地走过去,刚坐下就听到手机在包包里响,我掏出来一看,是我老妈。

我接通电话,可怜兮兮地说:"喂,妈……"

"小希呀,你的声音怎么听起来要死不活的?"

"我的手被烫到了。"

"哎呀!怎么会?没事了吧?严重不严重?"我妈大呼小叫

起来。

果然《世上只好妈妈好》这首歌不是没有道理的。

我安抚她:"没事了,没事了,已经处理好了。"

"怎么烫到的?"

"呃……我自己拿手去摸开水壶。"

电话里沉默了好几秒,然后幽幽地传来两个字:"脑残。"

我一愣,被自己母亲用这么精辟的两个字评价,真是一个奇妙的体验。

我妈突然软着声音说:"对了,妈妈有事跟你说哦。"

我忍不住心底一个激灵,每次当我妈慈祥地自称"妈妈"时,总会有一些对我来说不祥的事情发生。

"妈妈的好朋友有一个儿子,就跟你在同一个城市,一表人才,事业有成……"

我无奈地叹气:"妈,讲重点。"

"重点就是,她儿子听说你也在同一个城市,想跟你认识一下,分享一下人在他乡的孤寂。"

我捏捏鼻梁:"你们现在安排相亲都讲得这么婉转吗?"

江辰转头看了我一眼,我回了他一个苦笑。

我妈彪悍起来:"那现在是怎样,去还是不去?"

我仰起宁死不屈的头:"不去!"

"你再说一遍?"

"不去！"

正激动着，手心突然一凉，低头见江辰正在往我手心涂药。

我妈提高音量："你不要以为你脑残就觉得自己还是萝莉！你是剩女！"

我说："这位太太，能不能麻烦你没事就拖拖地、搓搓麻将，不要再上网了！"

"我不管，你不去也得去！"

"我说不去就不去，有种你把我打死了拖去！"

"你不要以为我不敢，我打断你的腿，让他上医院探病去。"

"你以为我怕你啊，你来啊。"

"我马上去买车票，过去了打断你的腿。"

"你来啊，我等你。"

"你等着，我就来。"

"你来啊，我等你。"

"你等着，我就来。"

……

重复了十数遍，江辰突然抢过电话，劈头就说："阿姨您好，我是小江。"

我吓一跳，下意识要跳起来去抢电话，江辰单手抓住我两手的手腕，然后一副什么事都没发生的样子继续跟我妈聊天："是的，就是对面的小江，江辰。"

"妈……"我着急地说，江辰低头凌厉地瞪了我一眼，我就蔫了。

"嗯，对，我和小希在一起……好的……不是不是，是我不对，我没注意到，我一定去拜访你们，是的，好，我知道了……"

最后江辰说："阿姨，那小希能不去相亲吗？"

我听到手机里传来我妈的两声招牌干笑，然后他们就互道再见。

江辰把手机丢给我："解决了。"

我欲哭无泪，接下来我该如何面对我那个仇富的老爸……

我握着手机举在胸前，以一副少女的祈祷模样想了很久的对策，比如跟我爸说江辰不能没有我，我不能没有江辰，我们对彼此的需要就好像鱼和水，水和鱼，人民和人民币……

就在我想得入神时，时钟当当地敲了十下，我意识到有一件更迫在眉睫的事情需要解决，就是——我是否应该提出要回家了呢？

第十二章

　　私以为，向男朋友提出要回家的时间点很重要，会影响两人关系的融洽程度。时间不能太早，因为他会怀疑你觉得和他在一起的时间度日如年，你想早早逃开；时间又不能太晚，因为他会觉得你不够矜持，会以为你在暗示什么。

　　而经过我多年来的实践和研究，最完美的时刻应该是——我也不知道，所以随便，既然钟敲了十下，也算缘分，就十点吧。

　　于是我跟江辰说："时间也不早了，我要回家了。"

　　他正端着两杯水："喝完这个再说。"

　　"什么东西？"我伸长了脖子看。

　　"柠檬冰茶。"

"哦。"我接过来，随口开了个玩笑，"你不会下了药吧？"

他喝了一口，偏头看着我笑："我随时可以把你就地正法。"

我干笑："呵呵，我开玩笑的。"

他也笑："我也开玩笑的。"

我那个无耻的玩笑让我陷入了如坐针毡的境地，江辰却是一副好整以暇的模样，喝着柠檬冰茶对我露出阴恻恻的笑，尤其是那个酒窝，阴险狡诈且深不可测。

我举手投降："是我错了，我不该乱开玩笑，我不该用玩笑来刺探你的道德品行，我下流。"

他点头表示同意，依然锲而不舍地望着我笑。

曾经我是多么喜欢他的笑容，而现在我恨不得撕掉他的笑容，或者……撕了我自己的衣服躺下说，来吧，早死早超生……

当然我没有这样做，这样显得不矜持，矜持是我的人生守则之一，所以我又提出来："我茶喝完了，送我回家吧。"

江辰淡淡地说："不然今晚留在这里？"

我咽了咽口水，一时不知道怎么回答，只好憋着气，想憋出一个脸红来表示我十分害羞。

江辰也有点不自在的样子，他咳了一声解释："我是说省得明天再去接你过来，反正我这边有两个房间。"

我反射性地"啊"了一声："两个房间啊……"

他说："你很失望？"

他对我语气的判断很准确,但我怕他因此而骄傲,我们的教育从小就告诉我们,骄傲使人落后。为了不让他落后,我只好拼命否认,我说:"哪有,你胡说,我那个……是因为我没有带换洗的衣物。"

我看他并不是很相信我的样子,又追着解释:"真的,我在医院都跟你一起睡过了,就算我有什么歪念头也早就实行了,所以我真的不稀罕和你一起睡。"

这个伟大的国家有一句伟大的俗语,叫"愈描愈黑",我现在就深受其害。

江辰在这个时候显得特别大度,他说:"我理解。"

这个时候我已经不好去追究他到底理解的是什么了,所以我强装坦荡:"那你给我找一套睡衣吧,我想洗洗睡了。"

我是这么想的,坦荡是唯一能够掩饰心虚的良方。

江辰比我还坦荡,他打量了我一下:"你这么矮,我给你一件T恤就可以遮住全部了。"

……

因为我没有修长的双腿,表演不出穿着男性衣服那种若隐若现的中性性感,所以我跟江辰多要了一条篮球短裤。只是他的短裤我穿起来却成了七分裤,从浴室走出来时,江辰看着我直笑,说:"你是唱戏的吧,以前觉得你矮,但没发现这么矮啊。"

我提着裤子要揍他,只是不知道为什么揍着揍着就滚到一块儿去了，情侣间就像两块磁铁，离得太近就会迫不及待地贴在一起。

江辰把我带倒在地，悬空凝视着我，大概是两三秒，又或者是两三分钟，总之我吞了三次口水，第三次没来得及好好咽下他就吻上来了，那是个带着柠檬香味的吻，我一开始觉得像是在和空气清新剂接吻，后来他咬了我的下嘴唇，我就放心了，空气清新剂不咬人的。

他的吻带着前所未有的热情，火辣辣地燃烧过每一寸他触碰到的肌肤，我的体温急速地上升，尤其当他的手抚上我的腰时，他粗糙的指纹在上面摩挲着，我觉得那一截腰的热度已经超越了人类所能负荷的温度，它正在急速地燃烧脂肪，我预计我的腰肢很有可能融化、缩小，最后断成两截……

江辰在动手要掀我的上衣时象征性地问我："怕不怕？"

我嘴硬："不怕。"

"你确定？"

"我确定。"我抬头亲了他一口。

他就当真了，瞬间就把我的上衣扒了……

所以两秒钟后，我突然尖叫的行为令他很不解，他停下解我内衣扣子的手："怎么了？"

我说："我……可不可以不要？"

他一愣："你不是不怕？"

我可怜兮兮地干笑，心想，这位帅哥，善变是女人的权利。

他凶神恶煞地看了我好一会儿，叹了口气从我身上翻下来，躺在一旁深呼吸。

我手忙脚乱地套上衣服，本来想赶紧找个地方躲起来，但转念一想，还是装出怯生生的样子："你生气了？"

江辰转过去背对我："废话，换你你不生气啊！"

我戳一戳他的背："那我睡哪个房间？"

"你爱睡哪个睡哪个。"

"哦。"我走了两步，忍不住又说，"那你怎么办？"

"我给你个建议，如果你不想帮我解决，就闭嘴进房锁门。"他噼里啪啦夹杂着火气说。

我考虑了一下，说："真的需要锁门吗？会不会显得我不相信你？还是说其实你有钥匙？如果你有钥匙的话，那我锁和不锁没有本质上的差别，这种形式主义的事我们能不能不做？"

"陈！小！希！"他坐起来，咬牙切齿。

我迅速飞进一间房间，关门上锁，然后我听到拖鞋在空中划出一道弧线，打到门上，然后滑下，掉地。

多么愉快的一个夜晚。

我环顾四周，发现我随便冲进来的房间应该是江辰平时睡觉的房间，因为床上还丢了几件他的衣服。事实上我形容得比较客气，上面其实堆满了他的衣服和书。

我扫出一个角落，盘腿坐着，顺手捞衣服来叠，房间里充满了江辰的味道，这种味道我从十六岁就开始熟悉，希望能弥漫我的一生。

门上传来"叩叩"两声，江辰的声音传来："开门。"

"干吗？"我反射性地抱了一件衣服挡在胸前，然后发现自己很好笑，又笑着将它叠好。

"拿衣服洗澡。"

"真的？"

"假的。"他没好气。

我去开门，心里忐忑着会不会一开门他就把我推倒在床上，然后这样那样那样这样，哎哟，真不好意思……

可惜江辰放错了重点，他以为我真的想立牌坊来着，所以他进门，拿衣服，出去，瞧都没瞧我一眼，还顺手自己带上了门。

我简单地收拾完江辰的房间，正准备躺下，又传来敲门声，我的心一下提到了嗓子眼。

江辰说："喂，我睡了，晚安。"

"晚安。"

我提起的心又缓缓地放下，江医生，不带这么调戏你女朋友这颗寂寞芳心的。

当我带着甜蜜的微笑进入梦乡时，大概我洋溢的幸福让周公他老人家觉得刺眼了，他安排了白天那个跳楼的环节，像录像带一样不停地回放着,直到我尖叫着从梦里醒来。

你看,即使是神,他也羡慕嫉妒恨。

我摸索着开了灯,抱着枕头发呆。

两声"叩叩"的敲门声,我抱紧枕头,缩到床边。

"小希,是我,你没事吧?"门外传来江辰的声音,我这才松了一口气,独居久了,一时也忘了今晚房子里有两个人。

"我进来了?"他又敲了两声。

"好,门没锁。"我说。

门开了,江辰端着一杯白色的液体走进来,如果我没猜错,那大概是牛奶,如果那是别的,我只能说他打破了常规思维,英语叫"thinking out of the box"。

我突然觉得自己就像困在高塔的公主,我的王子带着宝剑来拯救我了,我真是童心未泯呀。

江辰将杯子递给我:"做噩梦了?"

我喝了一口,的确是牛奶,证明江辰没有创新精神。

"我梦到今天那个跳楼的女孩了。"我又喝了一口牛奶,没放糖,真难喝。

他在床沿坐下,拍拍我的头:"别怕。"

我把杯子放在床头柜,挪过去靠着他的肩膀,眯着眼睛问:"现在几点了?"

"三点左右。"

他的肩膀给我带来浓浓的睡意,我打了个哈欠:"我想睡了。"

"那你睡吧。"他扶正了我的头,"躺好,我等你睡着了就出去。"

我在床的一侧躺下,拍拍另一边:"一起睡吧。"

我必须强调,我其实是神志不清的,不管是吓的还是困的,总之我必须坚持认为我神志不清,不然我无法原谅自己主动邀约男性一起睡觉这种行为,这不符合我矜持的形象。

江辰迟疑了一下,伸手关灯躺下。

我也迟疑了一下,滚过去从背后搂住了他的腰,把脸埋在他两块蝴蝶骨中间的凹槽里,闭眼睡觉。

他身体僵了僵,然后手覆上我缠在他腰上的手。

黑暗中我可以听到他的心跳先是失序的,然后慢慢平缓下来,我说:"你睡了吗?"

"没有。"

因为我的耳朵贴在他的后背上,所以他的声音嗡嗡地响,像是从遥远的地方传来的。

我说:"江辰,我忘了我有没有跟你说过,我爱你。"

他沉默了好一会儿,我听着他的心跳又跟擂鼓一样,在我快要睡着时,他转过身来抱住我,亲了一下我的额头:"睡吧,再说话我就不客气了。"

我这人有个毛病,我称它为"突发性顶嘴病",这个毛病集中表现在我意识不清醒时。比如说我记得有一次上《西方美术史》，我在打瞌睡，被老师抓起来回答问题，他说："韦罗基奥为什么让达·芬奇画鸡蛋？"因为睡眠不足，我对于这个在小学课本就出现过的白痴问题显得很不耐烦，我说："因为他喜欢吃鸡蛋。"老师气得要死，大为感叹我永远不可能成为达·芬奇那样伟大的人，我随口就顶他："那是因为你也成不了韦罗基奥。"

不瞒您说，这堂课虽然是选修，但我足足补考了五次，刷新了我们系的补考纪录，也算历史英雄。

而现在我的毛病突然又犯了，当江辰说"再说话我就不客气了"时，我下意识就顶了一句："谁让你客气来着？"

江辰说："你说的，别后悔。"

我又顶："谁后悔了？切——"

两秒后江辰就凌驾在我身上，他大概意识到如果再拖拉他将重蹈上次的覆辙，所以在我恢复清醒的意识前，他迅速且毫不手软地除去了我俩身上一切布料制成的障碍物。

我说："等……唔……"

嘴巴被嘴巴堵上了。

我想既然我俩身上已经没有所谓的遮羞布了，那就算了吧。由此你可以知道，我的生活态度是多么地逆来顺受。

江辰的吻滑下我的锁骨时，我进入了恍惚的境界，这种恍惚好像晕船。我不知道这恍惚时段持续了多久，总之江辰带领着我学习了一些学校没教的事，我想再坚持实践几次我们就可以自学成才了。

第二天的早餐是江辰做的，他在做早餐时我裹着被单去上厕所，我问他为什么把整间屋子的空调开得这么冷，他说为了让我多睡一会儿。我上完厕所路过厨房时进去从背后环抱住他的腰，把脸趴在他背上打瞌睡，我自觉十分温馨，但他问我："你上厕所洗手了吗？"

……

我揉揉眼睛，游回房间睡觉。

过了不久他把我从床上拎起来，说吃早餐了。我说我从来不吃早餐的，然后倒下去又睡。

他又把我拎起来："我做的早餐你不吃？"

我想起他家有手术刀，只好爬起来装出精神的样子："走走走，咱吃早餐去。"

只是精神不够我维持到下床，我坐在床沿用脚捞拖鞋时就忍不住闭上了眼。江辰在一旁笑，我打着哈欠说你别笑呀，你帮我找拖鞋。

他蹲下来帮我把拖鞋套上，但在我两脚要沾上地面时，他突然拦腰把我抱起，我把脸窝在他的肩窝指挥着："走慢点，让我多睡两秒。"

江辰没让我坐在椅子上，他让我坐在他大腿上，并且对我进行了甜蜜蜜的喂食。我对这样的安排受宠若惊，曾经我在大学食堂多次如此要求他，都被他以"你觉得我看起来像神经病吗"或者"你杀了我吧"或者"你脸皮到底有多厚"这样的借口给婉拒了。

我吃了半颗他忘了放盐的荷包蛋，然后说："喂，我吃饱了，抱我去睡觉。"

江辰捏着我的脸："你倒是使唤我使唤得很理所当然嘛。"

我表示同意："我厚颜无耻。"

他只好把我又搬回了房间床上，我就一头栽进去又睡着了。

我再一次醒来时已经是中午，我瘫在床上大叫："江辰，江辰。"

江辰进来时戴着眼镜，很斯文败类的样子，我指着他的眼镜惊奇地问："你什么时候近视了？"

"你不在的时候。"

我咳了一声："平时怎么不见你戴眼镜？"

"戴隐形比较方便。你叫我进来干吗？"

我说："我通知一下你我睡醒了，还有，我饿了，还有，背我出去洗漱。"

江辰摘下眼镜，捏了捏鼻梁，又戴上眼镜："你使唤我上瘾了是不是？"

我挠挠头，羞涩地说："好像有点。"

他摇摇头，转身要出去，我手疾眼快地拉住他的衣服，死死拽住他的衣角不肯放，他和我拉扯了一会儿，最后无奈地转身："我顶多背你到客厅。"

　　我欢呼着趴在他背上："走喽。"

　　午饭时，我随便煮了一些面条，吃完收拾好已经一点多了，我问他："你早上在干吗？"

　　"看书。"

　　我啧啧感叹："你放假还看书啊？"

　　他说："某人请假陪我，但是睡得跟死猪一样，我有什么办法。"

　　我反唇相讥："那还不是因为你害我很累。"

　　说完，我的脸迅速烧红，到底是多无耻的人，才能讲出这样的话呀。

　　江辰一愣，竟然也脸红了。

　　为了掩饰我自己的脸红，我指着他的脸嘲笑："你脸红什么，你不是医生吗，你不是最熟悉人体构造吗，你什么大风大浪没见过，你怎么好意思脸红……"

　　江辰指出："你自己画过那么多人体模特儿也脸红。"

　　我想想好像也有道理，但还是坚持："你看过的比我多。"

　　他大概是烦透了我的嘲笑，冷冷地说："我看过的大多是尸体。"

我打了个冷战,决定让这个讨论告一段落,我说:"我们下午干吗去?不是说要看电影?"

他问:"你想看什么?我们去租来看?"

"算了,我什么都不想看。"我意兴阑珊。

他推一推眼镜:"那你想干吗?"

我沉吟了一会儿,很兴奋地提出建议:"不如我躺在地上不动,让你踢来踢去吧。"

江辰脸上浮现错愕的表情,久久不散。

好一会儿他才说:"陈小希,你神经病的程度总是能够超出我有限的想象。"

我谦虚道:"好说好说。"

最终我们还是去租了一部电影DVD,是那个店老板极力推荐的,说是情侣一起观看的良品。"良品"光是滚字幕就滚了五分钟,然后是五分钟的纯音乐,然后是一堆面无表情的人走来走去,走了五分钟,这十五分钟里,江辰靠着我睡着了。

他的头发软软地贴在我的脖子和脸颊上,我侧头看着他的睡颜,棕色的头发乱糟糟的,长长的眼睫毛顶在眼镜的镜片上,嘴角微扬,左颊的酒窝若隐若现。

我轻轻地拿掉他的眼镜,顺一顺他的头发,我爱的人,有全世界最可爱的睡脸,我何必听电视里那个雀斑女人瞎唠叨。

我的头抵着江辰的头，缓缓地闭上眼，我能够听到外面车水马龙、人声喧嚣，也能够听到外面阳光流淌、微风荡漾。

时光，因为是和他在一起而显得静谧美好。

"良品"它自己孤独地、寂寞地播放完了。最后的最后，因为"良品"是一部法国原装电影，我甚至连它的名字都没记住。

不知过了多久，江辰推醒我，用大拇指替我擦去嘴角的口水痕迹，问我："电影演的什么？"

我看着一片蓝的电视屏幕，困惑地摇头："不知道，有个女人一直说话，然后我就睡了。我们拿去还吧，免得到了明天又多算一天租金。"

于是我们就手牵手地去还片了，店老板热情地追问我们的感想，我不忍心伤害他的感情，只得对着他临时扯了一段感想，我说我觉得这部电影很有艺术感，镜头感很足，演员的表演都很到位，戏剧张力也很够，重点是这部电影还从侧面深度地剖析了人类的深层情感。

老板听完我的话激动得久久不能自已，拿着片子的手不停地抖："你说得太对了，说得太好了，你就是我的知己呀，这片子的租金我不要了，我不能要，我要是跟你要钱我就不是人！"

为了让他维持人类的身份，最后我们只好勉为其难地没有付钱，只好请老板吃了对面便利店最贵的雪糕。

然后我们去了一家小书店，准备买几本食谱回去照着做晚餐。江辰拿了很多本，问我："你能像忽悠刚才那老板那样把这几本书给忽悠免费吗？"

我看了一下书店老板，表示女老板不在我的业务范围内。

于是江辰过去付钱，他的酒窝一荡漾，那女老板就主动给他打了八折。

回家的路上，我们都深深地为彼此的魅力四射而感到骄傲万分，好吧，其实只有我一个人在骄傲，原谅我这个小市民心态吧。

江辰真的是一块读书的好料子，他翻了几本食谱后，气场整个就强大起来了。昨天他还在厨房里手忙脚乱，今天往厨房里一站就是一副大厨的模样，运筹帷幄，井井有条。

内在知识改变外在形态，今天的他，已经不是昨天的他了。

我盘腿坐在餐桌旁，拿筷子敲碗边，伴着敲打的节奏催他："江大厨，我好饿，江大厨，我好饿……"

江大厨在厨房里大发雷霆："陈小希，你给我滚进来帮忙。"

我探了个头进厨房："你一个人不是游刃有余嘛。"

他拣了颗蒜头扔给我，蒜头打在我额头上，然后又活泼地弹跳出去了。

我捡起蒜头，随手放在料理台上，凑过去看他炒的菜。花椰菜炒牛肉，旁边炉上还炖了一锅鸡汤，看来他是下决心要为昨晚的菜翻盘。我偷偷舀了一勺汤，江辰在一旁诅咒："烫死你。"

我吹凉了喝下那勺汤,眼泪汪汪:"江辰,咱不当医生了,咱开家小餐馆吧,你太有天赋了。"

那汤真的是,那股鲜美的劲儿,仿佛喝完后就有一群鸡扑腾出来与你共舞,你在漫天飞舞的鸡毛中旋转跳跃,洋溢着幸福的微笑——好吧,我承认这种形容我是从周星驰的《食神》那里模仿来的。

江辰后来做的每个菜我都感动得泪水涟涟,我把每盘菜都吃得见底,而且要不是碍于他在一旁,我还会把每个盘子底都舔一遍。

吃完饭我主动去洗碗,江辰也来帮忙,但我怀疑他是来监督我不要舔他的盘子的。

我洗碗他擦干碗,闲聊一两句有的没的,然后他突然说:"你要不要搬来一起住?"

我手里端着盘子,犹豫着我要不要失手摔碎它,以表示我被他的提议吓到了。但因为我犹豫太久,以至于错过了反应的最佳时间,只好默默地把盘子递给他。

他接过去擦着,漫不经心地又问:"要不要?"

"呃……不要……吧?"我说。

"哦。"他停顿了两秒,又问,"为什么?"

"呃……我睡觉会打呼噜。"

他说:"并不会。"

我其实也说不出什么道理来，摸了摸脖子："我只是觉得这样不是很好。"

他没有再逼问我，点点头："你觉得不好就不要。"

我小心翼翼地问："你会不会不高兴？"

他的唇凑上来轻碰我的唇："不会。"

第十三章

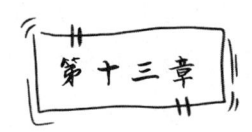

恋人间总会有这样那样的话聊，尤其如果其中一方是话匣子。

当我第十二次追问江辰当年为什么会喜欢我，或者什么时候发现自己喜欢我时，他拿起车钥匙："我们明天都要上班，我送你回家吧。"

我失望地叹气，这疑惑从我们在一起的那天就存在了，无论我威逼利诱还是拉下衣服露出香肩色诱，江辰就是不说，可怜我唠叨的表面下其实也有一颗青春萌动的心呀。

我被塞进车里时还在想方设法套他的话，我说："你知道吗，我当时觉得，我要是就这么一直喜欢你，你却一直不喜欢我，我的青春就没有了。"

"哦，原来如此。"他说。

我瞪他："你真的很讨人厌。"

他根本就懒得理我，一直很认真地注意着路况。

我常常在想，即使是再亲密的两个人，都不可能知道彼此的想法吧。即使偶尔心有灵犀，比如你站起来他知道你想去倒水喝，你看着窗外不说话他知道你心情不好……这些也都只是生活习惯所堆积起来的认知而已。你永远无法知道面前这个人到底爱不爱你，你只能靠信任。

当我发表完上面那一段言论，江辰说："你到底想表达什么？"

我说："你看我在我妈肚子里待了十个月，我还是不明白她一个已婚老太太每天上网看年轻小帅哥有什么乐趣可言，你说她要是个大叔控什么的，我还稍微能理解点。所以我们需要交流，你得告诉我，你到底为什么喜欢我，以加强我对你的信任。"

江辰说："你真的很烦，我不知道我要说几遍你才相信，我知道怎么切开一个人的胸膛，怎么做心脏搭桥，怎么换心脏瓣膜，但我真的不知道我为什么喜欢你。"

我都说了，把对话上升到专业的层面，我就听不懂了。

但有时候，我也希望愈挫愈勇的，所以我说："那你告诉我，你什么时候觉得你喜欢我的。"

他长叹一口气，用力一转方向盘，车转了个弯："不记得了，你非要计较这个干吗？"

女人想计较的东西可多了,脸蛋、皮肤、发型、身材、金钱、房子、谁爱谁谁不爱谁……不巧的是我也是女人。

一直得不到我要的答案,我觉得很沮丧,所以我也不再多说什么,谁嫌气氛沉闷谁开口。可惜的是江辰一路都没嫌过气氛沉闷,也是,人家很可能还睡过停尸房,这点沉闷还真算不上什么。

车到了我家楼下,我边开着车门边说:"我回去了。"

"来个吻别吧。"江辰轻按了一下喇叭,喇叭发出一声疑似放屁的短鸣。

我说:"不要。"

他说:"我不会嫌弃你技术不好的。"

是可忍,孰不可忍,我对他竖起了我可爱的中指。

他愣了两秒,阴恻恻地说:"陈小希,你不想上苏医生那里急诊就收好你的手指,过来亲一个。"

我拖着脚步绕到他那边的车窗,他摇下车窗,伸出头,带着笑轻轻地歪着头,像一只毛茸茸的傲娇猫,谁能拒绝一只猫呢。

我捧住他的脸,凑上去啵地亲了很大一口,然后蹭一蹭他的鼻子,再吻上去,他的嘴唇柔软温暖,他的气息清淡熟悉,我想我可以亲很久,只要他不嫌脖子疼。

他没有嫌脖子疼,反倒是我嫌空气不够了,推开他,我大口喘着气说,"这次不算技术不好,我没有先深呼吸。"

江辰捂着被我推开撞车窗框的脑袋:"建议你去学急救,包含人工呼吸课程。"

我竖起两根手指要插他的眼睛,他笑着拉开了,他说:"我真的不记得了,倒是记得有一次你在操场对我大吼大叫。"

说完他就把车呼啸着开走了,我在原地捂着差点被车带起的风吹翻的裙子,半晌才反应过来他在回答我之前的问题。

操场?大吼大叫?老实说,我在那彪悍的学生时代里干这种事的时候可多了,真得让我好好想想。

我是在洗澡时突然想起来的,一激动差点脚滑栽进马桶里去,幸好拉住了莲蓬头的管子,不过明天得换条新管子了。

那是高二下学期的全年级篮球比赛,运动这一方面我们艺术生注定是要被鄙视的,所以我们班同学都不怎么上心,倒是江辰他们理科三班,据说可以和体育班一决雌雄,呃,不对,他们都是雄的,一决生死。

第一场比赛就是我们班对江辰他们班,我当然得去看,事实上江辰他们班的每一场比赛我都去看了。

那场比赛真的是我看过的最烂的比赛,我们班好不容易凑起来的篮球队,打球像在散步也就算了,班长抱着他手中的篮球戳在原地,就像抱着失散多年的孩子般死不撒手。真的是很想装作不认识他们啊。

江辰就不一样了,带球过人、三分球、三步上篮,帅得千古绝唱。

  我们班比了两场就远离篮球架了,而江辰他们班在他的带领下一路杀进决赛,最后对决体育班。

  那是个苍凉的冬日,班主任在下课时间硬要讲一些他认为很重要的事,比如说黑板没擦干净呀,地面纸屑太多呀,早恋呀……我看着窗外操场上人头攒动干着急,他那么爱占用时间怎么不占用点上课时间呀。

  好不容易熬到班主任愿意放人,我冲到操场时听到一声长哨,比赛结束。随便拉了个路人问,说理科三班惨败。我想这种时刻江辰的身边怎么能没有我,于是又一路飞奔到理科三班的教室。

  我一声"江辰"哽在嘴边,偌大的教室里只剩两个人——江辰和李薇,他们面对面隔着一张桌子坐着,脑袋凑得很近正在说着什么。我当时脑海里就闪现了四个字:奸夫淫妇。

  两人齐刷刷地看我,江辰的脸色不是很好看,瞪了我一眼后也不说话。

  我想了想还是解释:"我们班下课晚了。"

  因为我每场比赛都给江辰送水,他后来就放了五百块钱在我这儿,让我当他比赛的水源供给,我对这样的职位很满意,也一直做得尽忠职守,但今天还是让班主任害得失职了,不过这属于不可抗拒外因,实在也怨不得我呀。

江辰没有回话，气氛一时有点尴尬，李薇笑盈盈地说："陈小希，幸好我今天帮江辰准备了水。"

我勉强地笑："多亏了你。"顿一顿又忍不住问江辰，"你那个比赛结果怎么样？"

江辰充耳不闻，面无表情，也不知道视线落在哪里。

李薇说："今天我们班发挥得不是很好。"

"哦，这样啊。"我掏着校服的裤子口袋想把剩下的钱还给江辰，才发现钱放在书包里忘了拿，只好说，"呃……那个我就是过来看看，我先走了。"

江辰没有多看我一眼，甚至没有费事地从鼻子里哼一个字来欢送我。

我转身就泪奔了，十七八岁少女的心，不是用来这么打击的。

后来我回教室拿书包，出来时竟然在操场遇到江辰，我踟蹰了一下还是过去说："好巧啊，你要不要一起走？"

不知道为什么他突然很不耐烦，他说："你能不能不要老跟着我？"

事实上自从分班后我就很少有机会跟着他了，而且这次还真不是我要跟着他，这种状况在字典里的解释叫"偶遇"，但我没有指出他这话的不合理性，我忙着伤心难过。

他后来又说了什么难听话，我也顶了他什么话，这些记忆都有点模糊了，但我记得他说："我让你喜欢我了吗？"

然后我在操场上大哭,从书包里掏出一团一团的钱用力扔在地上,喜欢一个人是那么小心的事,即使那么伤心,我也不敢把钱往他身上砸。

我记得我说:"我以后再也不理你了,一辈子这么长,我才不会只喜欢你一个人!"

可惜呀,我到现在还是只喜欢他一个人,这证明了做人话不要说太满,会有报应的。我叹了口气,即使时过境迁,现在想起来也会觉得很难过呀。

我擦着头发给江辰打电话:"你到家了没?"

"到了。"

我说:"我想起来了,操场那一次。"

他在手机那头笑:"你哭得好惨啊。"

我说:"然后呢?"

"然后我就觉得以后还是不要害你哭那么惨好了。"

我揉着酸酸的鼻子:"我现在想问你一个问题,你一定要老实回答我,不要因为死要面子而骗我。"

他说:"好。"

我说:"那后来你有没有回操场去把钱捡走?"

电话那端陷入异常的沉默。

我追问:"有没有?喂,听到了吗?"

"没有。"两个字发音很字正腔圆。

我失望地叹气:"便宜那天的值日生了。"

"你不要告诉我你哭成那样后来还回去捡了那几块钱!"江辰的语气阴恻恻的。

"哪里是几块钱啊,至少剩两三百块。"我解释道,"我回家后觉得你这种脾气古怪的人一定不会捡钱,所以我又回去捡了,可是一毛钱都没剩下。"

我本来以为回去捡,捡到的钱就归我了呀。

第十四章

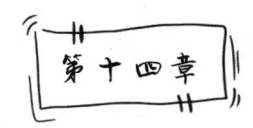

我在医院门口徘徊了三圈，江辰让我今天过来探望那个殉情少女，说我必须亲眼看到她活着的样子以后才不会做噩梦。每次我在面对江辰的要求时，总是觉得我只剩下两个选择：要么听话，要么滚蛋。我把这个感觉告诉过江辰，他说没有，你还有第三个选择，你可以选择杀掉我。至此，我觉得江辰大概和我一样都是神经病。

我一鼓作气冲进医院，冲过那个她用身体重重砸过的大厅。江辰在二楼等我。他说他有一个七个小时的手术，所以只能让苏医生带我去看那个女孩。

我拉着他的手指："七个小时，这么久啊？"

"对，所以你探望完女孩就回你家，我做完手术去找你。"他勾住我的手指又马上放开，转头对苏医生说，"小希就麻烦你了。"

苏医生笑眯眯地说："没问题，交给我了。"

我疑心病重，总觉得她语气里带着"你终于栽在我手里了"的意味。

江辰前脚一走，苏医生就说："那女孩子有精神病。"

"啊？"我退后一步，"我还是下次和江辰一起去好了。"

"怕什么，有我呢，我是她的主治大夫。"她拉着我的手，很亲密的样子。

我被她拖了两步觉得不对，硬扯着站住了："你不是骨科的吗，怎么又主治精神病了？"

"我主治她断了的肋骨。精神病什么的，是我自己诊断的，没精神病能为了一个男人往下跳吗？"她边说边拽着我往前走。

"医生能背后这么议论病人吗？"

她奇怪地看着我："为什么不能？"

"不会太刻薄了吗？"

苏医生拍着我的肩膀，语重心长地说："医生也是人，是人就有缺点，我的缺点就是爱刻薄别人和没良心。"

如此理直气壮，我也只能折服。

我们进去时那个女人躺在床上一动不动，靠近了一看她正悄无声息地淌泪，头底下白色的枕头晕了一大片泪痕。我仔细地打量了一下她的长相，觉得跟我上次看到的一点都不像，但我想一般人从二楼摔下来，着地时都不会是平常的模样，所以我从心里释怀了她长相前后不一致这件事。

苏医生说："李小姐，今天感觉怎么样？"

李小姐依然不动，依然淌着泪，她微微掀动了嘴唇，吐出三个字："让我死。"

真的，她的请求如此真挚，让人觉得没完成她的请求是一件对不起天地良心的事。但苏医生说了，她的缺点是没良心，所以她很爽快地拒绝了："你男友没来，想死等他来了再死。"

我拉着苏医生小声地说："你别胡说，她投诉你怎么办？"

苏医生安慰地拍拍我的手背："我被投诉习惯了。"

李小姐不再默默地淌泪，她号哭了起来："我都这样了，他还不来看我，我……呜呜呜……"

"你能不能别吵，吵得姐脑袋疼。"苏医生扶着脑袋，"来，给你介绍一下，这就是你那天跳下楼时差点砸到的人，她来看你了。"

我莫名其妙地被苏医生推到前面，只好尴尬地干笑："呵，你好。"

李小姐看了我一眼，抽噎着说："你来看我干吗？"

我想我总不能说我来确认她没死，这样我才能睡觉不做噩梦。

于是我只好说:"没有,就来看看你恢复得怎么样了。"

"关你什么事?"她抽噎着,"你是来看好戏的吧?"

我被质问得有点不知所措,只好求救地看着苏医生。

苏医生打了个哈欠:"怎么不关她的事了,你下降时的抛物线弧度要是出了点什么差错,今天她就得陪着你躺在床上了。我拜托你们这种要自杀的,挑环保一点的方法好不好,实在很想跳楼也在楼下弄个标志,写个'此地已被跳楼者征用,珍爱生命者请绕道'之类的话,别误伤了路人呀。"

我很着急地拦着她:"你别刺激她了,医者父母心呀。"

苏医生摆手:"父母也有坏心肠的,多看看社会新闻你就知道了,你当我坏心肠就行了。再说,她那么彪悍,我刺激不到她。"

到底是谁比较彪悍啊?

李小姐倒是厉害,不管苏医生多么刻薄,她都有办法追着我问:"我没死是不是让你很失望?"

我忙摆手:"没有没有。我就是觉得楼下来来往往这么多人,你不偏不倚砸在我前面,也算是缘分,我来看看你而已。"

李小姐大概也觉得那是缘分,所以她不再苦苦地逼问我,只是絮絮叨叨喃喃自语,大概内容就是"我那么爱他,愿意为了他去死"什么的。

我不爱在一旁看人家发毒誓,主要是我从小看太多电视剧了,留下不少后遗症,我怕我会忍不住条件反射冲上去捂住她的嘴说:"我不许你这么咒自己!"

所以我拉着苏医生说:"我们出去吧?"

苏医生说:"我还没有给她检查呢。"转过身去看到她神经质的样子又说,"算了,出去出去,看她这样姐就头疼,连开玩笑的心情都没有了。"

我就老觉得今天有哪里不对劲,原来是她还没用她的幽默轰炸我。

出了病房门,苏医生跟我说:"对了,我弟要出国了。"

"啊?"

"怎么劝都不听,我妈哭得要死要活,怕他一个人在国外受苦。"

我不理解:"出国挺好的啊,多学东西,开阔视野。"

"重点是他带着情伤出国,山高皇帝远的,没人盯着要是轻生了呢,要是堕落了呢?"

我缩缩脑袋:"对不起。"

苏医生摆手:"没事,只是我妈这几天可能会找机会跟你谈谈。"

"啊?"我震惊过度只能重复发出单音节音,"这……这……不……不……好……好……吧。"

请家长啊,告妈妈啊,这种事真的是很无耻,但又真的是我的死穴啊。

我背后的冷汗一颗颗顺着腰线滚进牛仔裤裤腰，那濡湿的痕迹在我身后划出一道道曲线，我催眠自己真是前凸后翘呀。

苏医生狡黠一笑："跟你开玩笑的，我妈忙着呢。"

我反应无能中。

她又说："而且我弟也没有要出国，他说他要去找个年轻貌美的气死你。"

我常常在想，所谓法律不外乎人情，对于这样的人，我如果忍不住灭了她，法律应该给我颁个勋章什么的。

但我大学主修的是艺术不是法律，所以我拿不准杀她会不会被判刑，只好摆摆手出了医院去搭公交车。

我回家，算了一下时间，江辰大概凌晨一点才能够回来。

于是我泡了碗泡面，端着站在离电脑五步之遥的地方看美剧。自从有一次扣了一碗绿豆汤在键盘上，我就彻底明白了液体对电脑来说，是生命不能承受之重。

我的面条才吃了三口，美剧才演了个"preview（预览）"，手机就响了起来，我看了一眼，是销声匿迹了一阵子的吴柏松。好吧，应该说相对于他，销声匿迹的是我，我谈起恋爱向来是有异性没人性的，这可以参考我大学四年一个好朋友都没交到的凄凉下场。

吴柏松在电话里欢欣鼓舞地告诉我，他爱上了一个女人，一个真正意义上的女人，区别于我这种黄毛丫头的女人。

老实说，我被称为黄毛丫头的概率已经比前几年锐减了不少，所以我决定忽略他认为我不是一个真正意义上的女人这一误解。

我说："你要谈恋爱了啊？那我以后饿了谁带我去吃饭啊？"

他说："你家男人。"

"可是他很忙。"

吴柏松笑着说："那你讨好我家女人，她不吃你的醋就行。"

我说："我最鄙视这种'我家男人女人'的说法了，太恶心了。"

他说："那怎么称呼？"

"我家老公、你家老婆；我家蜜糖、你家甜心。"

他在电话那头大笑，我想我最喜欢他的地方就是，他会配合我每个不好笑的笑话。

我在他的笑声中听到了门铃声，我说："你家门铃响了。"

他停顿了一下说："是你家的门铃声吧。"

我仔细听了一下，果然是我家的门铃。原谅我家装修老旧，门铃声常常忽远忽近，像个忽冷忽热喜欢端着的倒霉恋人。

我拿着手机走去开门，一边开着"你不会是站在门口准备我一开门就跪下来跟我求婚"，还是"一开门其实门口站的不是人"之类的玩笑。

我一开门，是江辰。我想至少是个人，就等了两秒看他会不会向我求婚。

他没有,他看起来很沮丧,于是我就毅然挂了吴柏松的电话去对江辰嘘寒问暖,我心里坚信,吴同学会理解、会明白的。

七个小时的手术,两个小时就结束了,我虽然是外行,但大概也知道发生了什么事。

我想这时候的一杯热茶和一个拥抱将会显得我很贤惠,我也的确这么做了,只是我忘了考虑环境因素,比如说这是热死人的夏夜,又比如说我的房东也不提供空调,再比如说我今天流了不少热腾腾的汗……总之贤妻良母的路线不适合我。

江辰拎着我的脖子把像八爪鱼一样的我从他身上拨开,又阻止了我差点用热茶帮他洗澡的贴心,最后握着我两块肩骨:"你能不能不动?"

"可是我想帮你。"

他松开我,兀自在沙发上躺下:"你站在那里不动就好了,什么都不用做。"

他双手交叉在脑后,眼睛就那么一眨不眨地盯着我看。

我想江辰同学你别这么看人啊,好歹我们的关系已经确立,你用这么单纯的眼神盯着我,我却觉得口干舌燥欲火焚身,我实在是很不纯洁啊。

我呆站在原地让江辰看了有十分钟之久,其间我提出了"是否要换个帅一点的姿势?""我要不要去换套性感一点的衣服?""你看这么久我可不可以向你收费？"等问题，他一概忽略不答。

最后我实在受不了，跺着脚："你到底在看什么？"

"看你啊。"

"我有什么好看的？"

其实这话说完我立马就后悔了，我可好看了。

江辰说："我也正在研究你有什么好看的。"

我琢磨了一下他的话，总觉得话中有话，所以我决定了以后还是别琢磨他的话好了，从内心上、本质上架空他的话语权。

他又说："以前我很累或很沮丧时就在想，陈小希要是在就好了，她那么傻，看她一眼就觉得人生也不过就这样而已，没什么了不起。"

我心想我才刚决定以后不再琢磨他的话，但这话不琢磨我还真不知道到底是在夸我还是在损我。

于是我很坦白地问他："你这是在夸我还是在损我？"

他说："你觉得呢？"

我飞扑过去压在他身上："你也会说情话了啊！"

我听到他被我压得一声闷哼，我把这解读为幸福的重量。他拎着我的领子努力地想把我从他身上拉下来，我箍着他的脖子说不撒手就不撒手。在这一场颇能展现力气的斗争中我战胜了他，我很舒坦。

我伏在他的胸前："现在我在你面前了，看着我是不是觉得充满了力量？是不是我在你身边真的还不赖啊？"

他的声音从我头顶上传来："没有，觉得也不过如此。"

"啊！"我跳起来掐住他的脖子，"我今天必须得掐死你。"

他掰着我的手指："你去房里拿枕头，用闷的比较省力。"

我一口咬上他的脖子，他侧着头笑："咬过来点，大动脉在这儿。"

江辰只是告诉我手术没有成功，没有告诉我他怎么面对生命的逝去，面对病人家属的眼泪……

生命和泪水，在我一个外行人的眼里是世界上最难以面对的事。但他每天都在面对，也许早就习惯了，只是我还是会心疼，觉得我们还是回家卖番薯比较轻松。

江辰说今晚就留宿在我这里了，我说可是我没有可以给你换洗的衣服呀。

他说他车里有，让我去拿。

我就屁颠屁颠地去拿衣服了，回来时江辰已经洗完澡，围着我的浴巾坐在我的电脑前，吃着我的泡面看着我的美剧。

我看着那条浴巾在某个和谐部位摇摇欲坠，犹豫着我是应该喷鼻血呢，还是应该悼念我那价值两百一十块的新浴巾……

我叉着腰做出嚣张的模样："你怎么可以没经过我同意就乱动我的东西？"

他斜眼看我:"如果你的眼睛不一动不动地盯着我的浴巾,这样教训起人来会比较有说服力。"

反正我说不过他,所以也干脆跑去洗澡,洗澡时水温调得有点高,出浴室门时我照了照镜子,觉得自己通身泛着鲜嫩的粉红,十分可口。这里我得解释一下,我不是自恋狂,人家都说女主角照镜子感叹美貌那就是自恋,我并不是这样子的,我只是纯粹地觉得红色的我比白色的我看起来可口,娇艳欲滴。其实这很好理解,详情请参考生虾和煮熟的虾。

我带着"我很好吃"的心情进了房间,江辰还围着那条浴巾,只是这回他躺在我床上,翻着我的漫画书。

我咳了一声,颇不自在地说:"我不是替你把衣服拿来了吗,为什么不穿?"

他翻过一页书,若无其事:"反正是要脱的,为什么要穿?"

为什么?我怎么知道为什么,为了你脱我衣服时我也可以脱你衣服,不会显得无所事事……

其实我很害羞,只是害羞得不大明显,而且我有虚张声势的坏习惯,所以我假装若无其事地从他的衣服里找出一条短裤,丢给他:"不穿衣服别躺在我床上。"

然后走到电脑旁,把美剧点回我原来看的地方,然后装出津津有味的样子看了起来。其实到底在演什么,天知道。

江辰在床上把书翻得哗啦作响,我手心捏出了汗。

中国古代有种死刑，叫凌迟。具体操作手法是把一个人一刀一刀割死，后来又进阶到更高级的手法，就是用渔网把人套住，用刀割网孔里露出的肉，最高纪录可割多达三千来刀。我之所以要说到凌迟，不是为了说明人类可以有多残忍，也不是为了证明我们的老祖宗在杀人手法上多有创意，而是为了说明江辰在旁边一页一页地翻书，我所感觉到的压力和被凌迟的人是一样一样的。我恨不得他干脆飞扑过来把我按倒，这样那样。

暴风影音播放的进度拉到了三分之一，江辰说："陈小希。"

我抖了一下，用言情一点的语言就是娇躯一震。

我按了暂停，转头看他，他单手支头侧身面对着我躺着。

我说："干吗？"

"来睡觉。"他招着手说。

我瞪他，他不以为意地回望我，嘴角抿着笑意，抿出一个浅浅的酒窝。

妖孽！

我吞一吞口水："那个……我看完这集再睡，你累了先睡。"

江辰不表态，只是维持那个姿势看着我笑，眼睛还一闪一闪的，神情中满是哀怨。

真不知道他从哪儿学来的这哀怨的小眼神，看得我的小心肝扑通扑通跳个没完。

我关了电脑，去衣柜里找出一个新枕头扔给他："新的。"

这个枕头是赠品，为了拿到这个赠品，我买了一包分量足够把我埋起来的洗衣粉。

江辰随手把枕头塞在脑后，我挠了挠脖子："那我关灯了？"

"嗯。"

一片黑暗。

我摸索着爬上了床，躺下时听到江辰低沉地说了一句什么话，我没听清楚，就问了一句："什么？"

"很热，有没有空调或者电风扇？"

我又爬起来开灯，从柜子里倒腾出一把去云南旅游时带回来的民族风蒲扇："只有这个，没有空调，电风扇也坏了。"

省电环保。

黑暗中我可以听到扇子摇动的声音，节奏很催眠。就在我的眼皮要慢慢合上时，忽然后颈一阵凉风拂过，我哆嗦着又清醒了。

江辰不知道什么时候靠近了我，甚至他的头已经枕在了我的枕头上。

我动了一动："你干吗睡到我的枕头上？"

"很热，我睡不着。"

"那你睡这么近不是更热？"

他的手揽上我的腰，热气从他的手臂过渡到我的腰上，他轻轻地吻着我的脖子和背，像是羽毛搔过，又像是微风拂过，痒痒麻麻的，我忍不住闭上了眼，然后他停留在脖子上轻轻地舔着，我缩了一缩，突然脖子上传来牙齿啃噬的疼痛，我惊呼出声："你僵尸啊！"

他的手顺势从我睡衣的下摆探进来，像是带着电，烧得我忍不住颤抖。我扭来扭去却始终被他困在怀里，防不胜防。

他把睡衣从我头上硬脱下来时我很欲哭无泪，拼命解释："我这睡衣是开襟的，有扣子，有扣子的……"

没用，我听到了至少两颗扣子掉落的声音。

半夜我是被饿醒的，才想起今晚的晚餐，那碗泡面入了江辰的胃。于是想趁他睡着踹他两脚解气，没料到微微一睁眼却被吓了一跳，他的脸靠我极近，我微微一努嘴就能亲上他的那种距离。

其实让我吓到的不是他这张放大了的脸，而是他状似睡着却悬空举着手摇着蒲扇替我扇风。我一动不动地看着他，我想知道他到底是醒着呢还是在梦游。

大概有五分钟，他把蒲扇从左手换到右手，举在我头顶上方继续扇风，于是风从我的背后转移到头顶。难怪我在梦里一会儿脊背发凉一会儿头顶发凉，跟恐怖片似的。

完成这一串动作时他都是闭着眼的。

我"嗯"了一声，装出迷蒙刚醒的样子，叫道："江辰。"

他停手，睁开眼问："怎么了？"

"我没吃晚餐，肚子好饿。"我撒娇，"你把我的晚餐吃了，你这个狼心狗肺的坏蛋。"

"坏蛋"这两个字我还特地想要使用传说中的娃娃音,但是技艺不成熟,最后只能用鼻音。

黑暗中江辰的嘴角很明显地抽搐了一下:"好好说话!饿了就去煮东西吃。"

"你煮给我吃嘛……你都把人家吃了,你还不煮给我吃……"我高高地嘟着嘴,每个音节都拖得长长的,我想在提出要求的同时就顺便考验一下江辰的抗恶心程度。

他抗恶心的程度比我想象中要弱得多,因为他一脚把我踹下了床,不是男女主角调情追逐"你坏你坏我坏我坏"的那种踹,是带着嫌恶的感情色彩,想把我踹到太平洋的那种踹。

他说:"滚去煮面!顺便煮一碗给我。"

我揉着屁股扁着嘴一瘸一拐地去煮面,心里不停地安慰自己,不经意的温柔最动人,不经意的温柔最动人……

话说,给点经意的成不成。

第十五章

第二天，为了满足江辰兴致勃勃地说要送我去上班的好意，我只得比平常早起了一个多小时，这就是爱的代价。

昨晚到了后半夜我们一直在讨论枕头问题，江辰坚持要睡在我的枕头上，说新枕头有股洗衣粉的味道，我提出要跟他换枕头他又说这样不好，显得他不体贴女友。

我说他也没体贴过，再说这里没外人，我不说他不说，不体贴就不体贴了呗。

他说我这张嘴指不定明天就上什么论坛发个帖子，或者写个小说画个漫画夸他，然后沙发板凳地一歪楼，我就得理直气壮地开始写"我的极品男友连个枕头都不让我睡"。

我说他这样说实在有失公允，我要是上论坛发帖子、写小说、画漫画，那靠的都是我的双手，跟嘴一点关系也没有。

后来我们就两个大脑门挤在一个枕头上睡到天明，我猜想抢枕头是一种病，得治。

"喂，我买台空调放你那儿好不好？"等红绿灯时，江辰突然说。

我一愣，好熟悉的一句话。

"喂，我送一套画具给你好不好？""喂，你生日我送你那套你想要很久的漫画好不好？""喂，我今天请你吃饭好不好？""喂，我的生活费放在你那里好不好"……

这些都是大学期间江辰每回要向我提供物质帮助时说的话。

我问他："'好不好'是你的一个固定句式吗？"

他明显没反应过来，想了很久才说："我那时怕你觉得我在包养你，会觉得我不够尊重你，后来就养成习惯了。"

我沉默了很久，最后实在忍不住了才说："你哪里尊重人了？"

"怎么？"

"我就值一套画具、一套漫画什么的？好歹来颗拳头大的钻石。"

江辰的脸色突然沉了下来，友好的谈话有莫名破裂了的感觉。

车到我们公司楼下时，我小心翼翼地问他："你在生气吗？"

"对。"

"为什么?"

"我难得想尊重你一下,被你说得像一个笑话。"

我挠着头问:"那你准备生气多久?"

江辰把车靠边停下,侧身瞪我:"你非得气死我是吧?"

"不是啊。"我解释,"我怕你生气太久,就忘了要给我买空调的事了,天气这么热……你又爱跟我睡一个枕头……还是说,你虽然在生气,但下午就有空调送去我家?我把家里的钥匙给你?"

江辰瞪了我有一个世纪之久,最后长叹一声:"我当年果然多虑了,你有什么值得尊重的。"

唉,这位同学,你这样讲话就太没礼貌了哦。

午休时江辰打电话给我,说空调已经装好。我大力地称赞了他的办事效率,然后提出今晚要好好报答他。他在电话那头哼哼哈哈地笑得十分猥琐,我觉得很委屈,我的意思是给他买好吃的。

我先下了班,买了一大堆好吃的就跑去医院接江辰下班。

这一大堆好吃的里面包括了两杯冰激凌,但是一直到冰激凌融成两杯泥泞的水时,我都没能如愿和江辰你一口我一口地喂对方。因为我在医院门口遇到了吴柏松和那个他称之为世界上最纯粹的女人的女朋友——胡染染。

我的嘴张得至少可以塞下一个拳头。

吴柏松过来拍我的肩膀:"怎么了,被你嫂子的美貌震惊到了?"

我缓缓合上嘴,被他拖到胡染染面前,他说:"染染,这是我最好的朋友陈小希。小希,这是胡染染,我的女朋友。"

胡染染的脸色苍白如纸,几次牵动嘴角试图露出一个笑容,但都没成功。

我盯着她看,我猜想我的表情也是惊恐的。

"喂,怎么了?"吴柏松又拍了我一下,"你们认识吗?"

"不认识。"胡染染抢着说,看着我的眼神满是乞求。

吴柏松疑惑地看着我,我勉强地笑了笑:"觉得她有点眼熟,可能太漂亮了。"

吴柏松问:"你来找江辰?"

我点头,眼睛盯着胡染染:"你们呢,怎么会约在医院门口,是胡小姐有哪个朋友生病了吗?"

胡染染避开我的视线:"没有,我们就是约好了在这里碰面。"

"哦,胡小姐说约好了就是约好了。"我说,但连我自己都可以听出我的语气相当阴阳怪气。

吴柏松若有所思,但他没追问,只是用手指敲我的脑袋:"你舌头扭了啊,对我老婆客气点。"

我撇嘴:"好嘛,要老婆不要朋友了。"

吴柏松不理我,牵着胡染染的手,用一种腻到我想吐的音调说:"我们叫上小希和她男朋友,一起去吃饭好不好?"

胡染染的脸持续苍白,却柔顺地点了点头:"好。"

切……老娘和老娘的相公还不见得愿意跟你们吃饭。

江辰看见胡染染时一愣,疑惑地看着我,我摇摇头,他笑着坐下来。

吴柏松又介绍了一下两人,江辰微笑着点头:"你好。"

胡染染低着头也说:"你好。"

一顿饭吃得气氛诡异,唯一比较自在的是江辰,证据是他老人家吃完自己那份还吃了我的半份,还很坚持地把我塑料袋里那两杯化成水的冰激凌拿出来丢掉,即使我一再强调回去放到冰箱里,一小时后它们又是一条好汉。

临分开时我特地和胡染染交换了电话,说是有空交流一下做人家女朋友的心得。

一上了江辰的车我就开始噼里啪啦地说胡染染的坏话,江辰也不搭腔,直到我说累了,他才说:"你激动什么?"

"她和那个张总!他们……唉,气死我了!"

"关你什么事?"他说。

话是这么说啦,可是我们常常以为我们有资格向别人指手画脚,而我就有这个毛病啊。

我说:"之前我对胡染染是没什么看法啦,但是她和吴柏松在一起啊！吴柏松啊！我怎么能视若无睹？"

江辰冷冷地瞟了我一眼："为什么不能？"

我不知道怎么跟他解释，只好一再强调："他是吴柏松啊！他是吴柏松啊！他什么都不知道，他是吴柏松！吴柏松！"

江辰突然猛烈地踩了刹车。

我拼命稳住差点飞出去的身子，缓缓地转过去看他："你最好告诉我前面出现了狗还是鬼什么的，不然我掐死你。"

江辰不理我，他沉着脸："你对于吴柏松谈恋爱这件事用不用反应这么大？"

我解释："重点不是他谈恋爱了，是他谈恋爱的对象。你不知道，吴柏松他家的故事挺复杂的，我觉得他比较适合谈简单一点的恋爱。"

江辰冷笑："什么恋爱简单，跟你的？"

啊？啊！

我先是一愣，然后恍然大悟，不可置信地指着他："你……你该不会是吃醋了吧……你不吃苏锐的醋……你吃吴柏松的醋……你有毛病吧？"

江辰绷着脸不回答我，我也不计较，主要是我受到的冲击太大了，你想江辰平常就摆着一副"老子是成年人，老子从来不乱吃醋"的脸孔，所以作为女友的我，明明在看到那个张总的孙女时就很想吃一下传说中毫不讲理的醋，但是看着他那坦荡得简直可以演军人的表情，再配上他那永远大度永远讲理的形象，我就不好意思了嘛。

车在路边停靠了十来分钟，我提醒他："那个，我们回家再吃醋好不好？"

江辰抬起了手，我怀疑他想向我竖中指来着，但他没有，他只是又发动了车。

在车前进的途中，我试图跟他解释："吴柏松不会喜欢我的，他要是喜欢我的话我们早就在一起了，所以你不要胡思乱想。"

他的脸更臭了，没错……这就是我要的效果。

回到家，我在崭新的空调下仰头傻笑，空调是人类最最最伟大的发明之一，还有电脑，还有电视机，还有洗衣机，还有热水器，还有汽车，还有飞机……算了，反正人类就是很伟大。

江辰还在沙发上生着闷气，电视声音开得奇大，让我怀疑要么是电视的声道坏了，要么是江辰的耳朵坏了。我觉得是后者，气急攻心最伤身了。

我享受完客厅里的空调，又跑到房间里对着房间的空调傻笑，然后出来拍着江辰的肩膀："真不好意思，让你破费了，其实买一台装在房间里就好，客厅这台可以省的。"

他连看也不看我，随手拿起茶几上的遥控器就要开空调，我手疾眼快地夺了下来："你去洗澡吧，我开卧室里的空调，你洗完澡直接进卧室就好。"

江辰面无表情地看着我："我现在没有心情洗澡。"

我不明白："洗澡要什么心情？"

他伸手过来要拿遥控器，我藏在背后："洗澡吧，洗澡吧。"

他瞟我一眼："这是暗示吗？"

我一愣，下意识把遥控器丢给他："谁暗示你了，你……你臭不要脸！"

江辰大概这辈子还没被谁骂过臭不要脸，所以一时半会儿只是拿着遥控器不可思议地看着我。我对他露出自觉最美丽的笑容，然后拔腿就跑。

我"砰"一声关上卧室门，落锁。

江辰在外面挠门："你有种就给我出来！"

"我没种。"我平淡地叙述了这个事实。

我拿起桌上的遥控器开了空调，连蹦带跳地扑上我的床，从枕头下摸出一本漫画，唱着小曲晃着小腿趴在床上看起漫画来。

直到门锁"咔"地响了一声，我警觉地转头，江辰靠着门框，食指上转着一串钥匙，冲我笑："臭不要脸是吧？"

我觉得他酒窝一闪，就会露出獠牙。

我尖叫："你不是把钥匙还给我了吗？"

"我送去多配了两把。"

"你怎么可以不经过我同意就拿去配？"我气得从床上一跃

而起。

他缓缓地朝我走来："因为我臭不要脸。"

我倒退了几步，由于站在床上，难得可以居高临下地看他，我努力装出很有气势的样子，只是说出来的话还是稍弱了点："你不要过来了哦。"

江辰用大掌握住我的脚踝，一拖，我就像倒栽葱一样砸在床垫上，幸好这床垫软。

他随即整个人罩在我身上，我眯着眼讨好地笑："那个，我刚刚是口误，口误！"

他愈靠愈近，直到鼻尖已经抵住我的脸："真的？"

只有两个字却是喷了我满脸的气息，我笑着躲开："真的真的！你太要脸了，没人比你还要脸。"

他用鼻子在我脸上乱蹭，这让我想到小时候见过的猪拱白菜。

又笑又闹地正要脱衣服进入对不起社会和谐的正事时，我的手机突然响了。

我一把将江辰从我身上推下去，爬到床头去够手机，江辰拖着我的脚踝往后扯，我边求饶边伸长了手去抓手机，抓到眼前一看，忙说："别闹了，别闹了，是胡染染。"

江辰停手，我连忙接起电话，口气一时还显得很愉快："喂，你好。"

那边安静了一下，说："是我，胡染染。"

"嗯，我知道。"我稳下语气。

一阵沉默，敌不动我不动。

隔了好一会儿，她哀求："你能不能不要把那件事告诉他？"

我其实很想冷嘲热讽地来一句"什么事呀？告诉谁呢？"但是最后还是说不出口，江辰把我教得很好，我成不了刻薄的人，至少当着人家的面我刻薄不了，所以我只是说："他跟我是很好的朋友。"

她说："我知道，我……"

她又陷入了沉默，大概是不知道从何说起。

我握着手机瞄了江辰一眼，他的脑袋枕在我大腿上，正在翻我刚刚在看的漫画。

电话那头传来一声长叹："我十五岁到他们家做保姆，乡下小孩进城，他们家的人对我还算不错，我也很安分，只是我慢慢地长大了，我也没想到我越长大越漂亮，我也没想到会引起那个死老头的注意……"

她顿了顿，自嘲地狂笑："哈哈哈，越长越漂亮……哈哈……"

她的笑，在我听来是很凄凉的。

我吞了吞口水："那个，你先把事情讲完。"

"还不就是那么回事。有一次家里没人，我在拖地，老头子回来了，坐在沙发上看报纸，让我给他倒水，然后就把我按在沙发上了。事后他说如果我乖乖听话，他就会对我很好；如果我不听话，他就让人对付我爸妈，让我找不到工作。我能怎样？"

我握着手机不知道讲什么，垂在腿上的手突然被江辰握住，我低头看他，他把书盖在脸上，一副已然在睡觉的模样。

我反握住他的手："我可以答应你不说，但我希望你处理好，别让他受伤，他是我很重要的朋友。"

"谢谢。"

我想了想，又威胁了一句："如果你伤害了他，我不会放过你的。"

讲完我立马后悔不已，我讲的是什么年代的电视剧台词啊……

幸好胡染染没有趁机嘲笑我，她只是说："我知道，你放心。"

这一方面她还是比较厚道的嘛。

挂掉电话，我正想找江辰讲话，才发现他不知道什么时候已经松开了我的手，正缩成一团滚在床角耍忧郁。

我爬过去拍他："你干吗啊？"

"别理我。"他抖动了一下肩膀，甩开我的手。

我一头雾水："你怎么了？"

他不说话，我僵在那里久了也觉得莫名其妙，只好掉头准备去找衣服洗澡。

当我翻箱倒柜地找比较好看比较新的内衣裤时，我心里一直在计算着交个男朋友真的是很耗费钱财的事，比如说脸皮浑厚如我，也觉得我应该要换一批新的内衣裤了；又比如说，我有预感我这个月的电费将会噌噌地往上涨……

"他是你很重要的朋友，那我是什么？"江辰问。

"内衣裤。"我答。

呃，这个我必须解释一下，当时我正在心算一台空调一个晚上最多会耗多少度电，一度电多少钱，一个晚上会是多少钱，折合下来一个月多少钱，因为数学实在烂，所以算得特别入神，以致江辰开口说话时我只抓到了一个话尾"什么"，而我下意识地就把这个"什么"演化成最合情合理的"你在找什么"，于是就有了上面的那一段对话。

安静又诡异的气氛在房间里蔓延着，我不得不仔细地倒带，回想他问的那句话，然后，我很想用内衣带子把自己勒死。

江辰默默地站起来，往房外走去。我跟在他身后解释："你是我男朋友呀，我刚刚听错了，我以为你问我在找什么。"

他挥挥手："我知道了，不用说了。"

基本上作为一个刚被比喻为内衣裤的人，他的反应过于淡定，这让我不安，因为假如有人把我比喻成内衣裤，我的反应至少会……会比较……猥琐。

我看着江辰从沙发旁边拖出一个行李箱，拖进房间。我很惊奇，进门时光顾着感叹空调了，居然没发现沙发旁放了一个这么大的行李箱。

我傻傻地跟在他身后:"怎么会有行李箱,你明天要出差吗?"

"去帮我倒杯水。"他说。

"哦。"我颠颠地跑去帮他倒水。

江辰从行李箱里找出一瓶药,倒了两片就着水吃下去了。我忍不住抓了瓶子来看:维U颠茄铝镁片II,适应证:用于十二指肠溃疡、慢性胃炎、胃酸过多、胃痉挛等。

我问他:"你胃痛啊?"

"嗯。"他坐在床沿捂着胃。

"你晚餐吃太多了,还吃了我的那份。"我拿枕头递给他,"用这个捂着肚子,会舒服一点。"

江辰把枕头压在肚子上,皱着眉头:"把你的衣柜清出一层来,帮我把箱子里的衣服放进去。"

"好,我这就收,不然你躺下来睡一会儿吧。"我看着他皱着眉头脸色苍白的样子就觉得心疼得不得了。总有那么一个人,你看他痛苦时愿意以身代之。别说收拾个衣服了,收尸我都在所不辞。

我把衣柜最上层的衣服都拿下来,那一层我用来放一些平常不常穿的衣服,反正江辰高,就把他的衣服都放上面好了。

等把我的衣服全部挪到一个袋子里,他的衣服也大半上了衣柜,我突然觉得好像有哪里不对,转过身去看江辰,他正躺在我床上闲闲地翻着漫画书。

我缓慢地眨了一下眼睛:"为什么你要放这么多衣服在我这儿?"

他放低漫画书,露出两只眼睛:"这样我就不用每次来都带换洗的衣服了。"

话是这么说没错啦……

"你会不会带得太多了一点啊?"我踮着脚把衣服往上放。

"你真矮。"他说,"丢几件衣服给我,我要去洗澡了。"

"你今晚还待在我这儿啊?"我转过头去问他。

他随手把漫画书一扔,走过来从我捧着的衣服里拣了两件:"好好收拾,我去洗澡了。"

说完他拍拍我的头,把衣服往肩上一搭,迈着大爷的步伐走出我的房间。

我有种所有问题都得不到他解答的困惑,是我的错觉吗?

江辰洗完澡出来只套了一条蓝色格子的长裤,头发滴着水,水珠滴答溅在肩膀上,再从肩膀滑向精壮的胸膛,再滚向线条分明的小腹。

我咽了咽口水:"那个,开了空调,你还是穿件上衣吧。"

"擦干了再穿。"他抬手抹了一把脸上的水,"你明天帮我买两条毛巾吧。"

"我柜子里有新的,我拿给你。"我很兴奋地从柜子里找出毛巾递给他，"我已经过过水了，很干净，现在就能用。"

"黑人牙膏？你能给我点不是赠品的生活用品吗？"他指着上面绣的小黑人头问。

我说："你就不能把它当作刺绣吗？就是图案特别了点。再说了，赠品从经济学的角度来看，最划算了。"

他嗤之以鼻："你最好是懂经济学。"

我郑重地点头："至少我懂胡诌学。"

江辰无奈地摇头，在床沿坐下："帮我擦头发。"

我爬上床，绕到他身后替他擦头发，他的头发很软，略带褐色，我用毛巾轻轻地揉着，除了我忍不住拔了他一根偏金色的头发被他瞪了一眼，整体气氛还算不错。

擦完头发我趴在他的肩膀上休息，擦头发这事可累人了。

夜里我睡得迷糊，隐约觉得有什么东西在我脖颈间磨蹭，我"啪"一巴掌揍过去后听到一声低吼："陈小希，你是女子拳击手啊！"

我迷迷糊糊地转过身去抱他："你半夜三更不睡觉干吗？"

"睡不着。"

"怎么会？"说着我眼皮又要合上。

然后脸皮传来一阵被拉扯的疼痛，江辰掐着我的脸："胃痛。"

睡眠不足很容易让人心生歹念的，比如说现在的我就想说胃痛你一边痛去啊,再骚扰我就让你这辈子都没机会胃痛。

幸好心底深处那个人性的部分一直在呼唤,我才勉强撑开眼睛问他:"我去给你倒水找药。"

说着就要爬起来,他把我拦腰拖住:"不用,你陪我聊天分散一下注意力。"

半夜谈心这事真的是,很让人伤脑筋的。

但由于我在女朋友这个身份上主打的都是善解人意,所以也只好提起精神应付他:"你想聊什么?"

他说:"随便聊。"

呃,做人要讲道理,你不能自己说要聊天却让我找话题,这种行为极其不负责任,极其令人讨厌,值得拖出去枪毙一百次。

我这么摩登且铿锵的女性,自然是不会主动找话题的,所以我说:"你今天有没有做手术?"

"没有,我今天都在门诊。"

"哦。"我想了想又说,"你觉得胡染染漂亮吗?"

"漂亮。"

"多漂亮?"

"比你漂亮。"

我掐住他腰上的肉拧了一圈:"我才是你故事的女主角,讲话给我客气一点!"

他用力搂紧了我,像要把我压碎的那种紧,逼得我不得不松了掐着他肉的手。

我说:"你觉得她的漂亮足够让男人原谅她的过去吗?"

我觉得女人如果漂亮到一定程度,会形成一种理所当然的魔力,这种魔力会让人忍不住原谅她做的一切坏事。比如说胡染染就是美成一个狐狸精的模样,所以她真的是狐狸精这件事其实属于天赋人权。

江辰沉默了一会儿,说:"对我来说不够。"

"那你觉得吴柏松会跟她分手吗?"

"分手了关你什么事?"

你看这话说的,这年头房价、油价、肉价、蒜头价、绿豆价,毒奶粉、毒疫苗、毒洗发精……都被号称没我什么事了,好朋友分手总得有点我的事吧,不然我对社会也太没贡献了吧。

我说:"当然关我的事,他们分手的话我得去安慰受伤的吴柏松呀。"

没错,你没有听错,我也没有说错,我就是嘴巴贱,我就是喜欢撩得江辰火冒三丈……但应该是我表现得太明显,江辰完全没有正常邪佞腹黑男主该有的反应,他既没有把我按倒用嘴堵住我的嘴,也没有撕破我的衣服。

他说:"陈小希,你下次再不收敛一点,我比较容易被激怒。"

人太聪明不好,生活会少很多情趣的。

既然逗不到他,我干脆就认真跟他探讨起来:"你真的觉得他们会分手?"

"不一定。"

"为什么?"

"因为我不是吴柏松。"

……

如果一个人跟你说我要跟你聊天,但是他回答你的每一个问题都把你逼到"下一句我能接什么"而冷汗直流的地步,你是会想杀了他、宰了他还是毙了他呢?

我叹了口气重新说道:"那如果是我的话,你会不会原谅我?"

不要怪我俗,大部分女人都喜欢比较,问了你觉得这个人漂不漂亮,下一句就是那我漂亮还是她漂亮。

江辰沉默了有一个世纪那么久,然后说:"会。"

我愣住了,因为我本来已经做好准备承接像"当然不会!我会宰了你!我希望你得病死掉!"之类的刻薄话,他突然蹦出这么一个字,让我实在手足无措,让我只能像个傻瓜一样喃喃地追问:"为什么?你不是说我没她漂亮,为什么?"

他吻了一下我的额头:"因为够爱。"

我不知道别人谈恋爱时能够听到多少动听的情话,反正我是一句也没有,所以我听到时首先是怀疑我的耳朵,然后我把这四个字反复仔细地咀嚼斟酌,最后确定了这是一句情话,这才开始迟来的感动,脑袋剩下大片大片轰隆隆的空白,只觉得胃痛呀,深夜呀,掏心掏肺的情话呀,实在是太给力了!

就在我沉浸在情话所营造出的粉色泡泡世界里时,突然觉得睡衣被掀了起来。

我的粉色泡泡"啵"一下被戳破,忍不住翻了个白眼:"江辰同学,你的手能不能不要乱摸?"

"我没有。"

我拍了一下他贴在我腰上摩挲着的手:"那这是什么?"

他的语气很严肃很认真:"我不是乱摸,我是很有目的性地在摸。"

我又翻了一次白眼:"你胃不疼了?"

"还疼,聊天没见效,做点别的事情分散一下注意力。"

【未完待续】

Staread
星文文化

致我们单纯的小美好

赵乾乾 著

下册

江苏凤凰文艺出版社
JIANGSU PHOENIX LITERATURE AND ART PUBLISHING

目 录 / CONTENTS

第十六章　　　　　　　　/001

第十七章　　　　　　　　/011

第十八章　　　　　　　　/036

第十九章　　　　　　　　/050

第二十章　　　　　　　　/066

第二十一章　　　　　　　/079

尾声　　　　　　　　　　/100

番外

他们的初识　　　　　　　/104

他们的年少　　　　　　　/109

他们的大学　　　　　　　/168

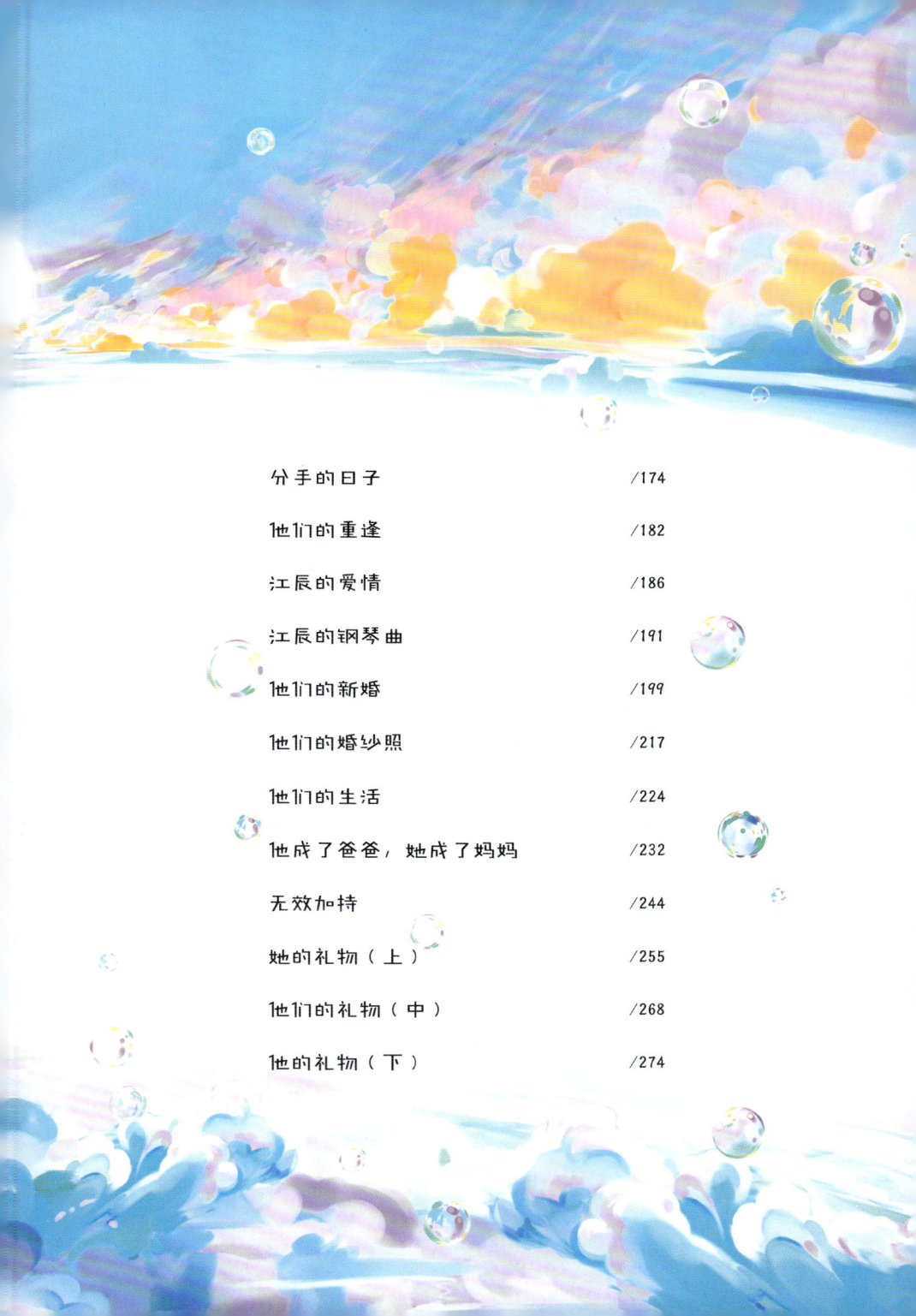

分手的日子	/174
他们的重逢	/182
江辰的爱情	/186
江辰的钢琴曲	/191
他们的新婚	/199
他们的婚纱照	/217
他们的生活	/224
他成了爸爸，她成了妈妈	/232
无效加持	/244
她的礼物（上）	/255
他们的礼物（中）	/268
他的礼物（下）	/274

你怎么老是忘记我很爱你?
我很爱你,所以这个世界上其他女孩子都不关我的事。

第十六章

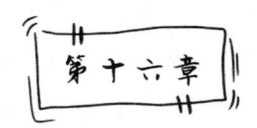

　　我神奇地发现，这一个星期里，我家里慢慢地出现了一些前所未有的异象，比如说浴室里的刮胡刀，比如说卧房里的医学书，比如说厨房里一夜之间全部消失了的方便面，比如说饭桌上那一块形状诡异的骨头……

　　当我看到那块骨头堂而皇之地出现在餐桌上时，我决定不能再姑息养奸，再这么下去他非得把他家都搬过来不可，于是我拎着骨头气冲冲地跑到正用笔记本电脑写学术论文的江辰面前，把骨头往电脑桌上一丢："这是什么？"

　　他侧头瞄了一眼，平静且认真地回答我的问题："骨头。"

　　他的淡定浇灭了我大半的气焰，但我还是强迫自己装出有气势的样子："我知道这是骨头，我是说它为什么会出现在餐桌上？

你不要以为我没有发现你偷偷地把你的一些东西搬到我家里来！"

江辰的手指离开键盘，很无辜地转头看我："我没有这么以为。"

啊？没……没有吗？

我觉得我像一个鼓鼓的气球，而江辰手里有针，伸手一戳，我满肚子的气就"咻"一声一泻千里。

他看我半天不讲话，就要转过身去继续对着电脑，我连忙说："那……那你怎么可以把你的骨头模型放在餐桌上呢？"

江辰皱着眉头看一看骨头，又看一看我，说："如果我没认错的话，这是昨晚我做的排骨汤里的骨头。"

解释一下，昨晚我心血来潮想喝莲藕排骨汤，上网查了食谱，出去买了食材，等到江辰下班回来，我就连哄带骗地让他看了食谱，再连哄带骗地让他动手熬汤。所以说，男人还是要训练的，狗都能训练了，何况……没有何况。

江辰熬了一大锅汤，喝剩一大半，于是我今早就热了当早餐，江辰咕噜咕噜喝了两碗就说他先下楼在车里等我，我把剩下的都喝完了，喝完后我看着锅底那几块大骨头，觉得如果我不把它们啃干净，一定会便宜了房东养的那条每回见到我吠得特别大声的狗。可是我才啃干净一块骨头，江辰的夺命连环 call（电话）就来了，他说："你到底在磨蹭什么，再不下来我不送你去上班了。"

我这人催不得，一催就手忙脚乱百般出错，所以我一着急就把桌上的砂锅和碗都扫到地上去了。好不容易才把地上收拾干净，就被冲上楼的江辰拎出去了。所以那块被我啃得干干净净的骨头就留在饭桌上烘干了一天，而日理万机的我根本已经忘了早上的小插曲，所以……

"哈哈。"我连声干笑，"好像真的是……"

我见他脸色不好看，就赔着笑脸夸他："这样你都能认出来是昨晚的骨头，你……你跟它很熟嘛。"

其实我本来是想夸他"真不愧是医生"的，但他瞪我一眼我就开始胡言乱语了。

江辰一愣，抿出一个酒窝："还好，我跟你也挺熟。"

说完他又回头敲他的论文了，我坐在床沿苦苦回想，我原来是想兴师问罪来着？

因为想不出来，所以我走过去从背后把下巴搁在江辰的肩膀上发呆。因为所以不是这么用的，但我高兴这么用，你奈我何。

江辰侧头亲了我脸颊一下，然后就无视我的存在了。

我拉了拉他的耳朵，随口说："你每天这么累，你一个月工资多少？"

他拉开电脑桌的抽屉，拿出他的钱包，抽出一张银行卡："我的工资卡。"

"啊？"我接过来，挠一挠头，"我又不是提款机，你给我一张卡我也看不到你一个月多少钱啊。"

江辰一副很无奈的样子："我上缴工资行了吧，密码是你手机号码后六位数。"

"你的密码为什么是我的手机号码?"

"刚改的,你太笨,怕你记不住。"

"可是你为什么要把银行卡给我?"我的心在拿和不拿中挣扎。

"因为你每天在我耳边念叨水电费很贵。"

我脱口而出:"那你回你那儿住啊。"

江辰不说话,安静地看着我。

我懊恼得想咬下自己的舌头:"我……我是说你最近都住我这儿,你那边会……会落满灰尘。"

同居在这个时代早已不是什么了不得的大事,只是……只是我也说不清为什么,总觉得这样不好,大概是因为还没得到双方父母的首肯,总觉得做什么都名不正言不顺。好吧,我这人有个毛病,矜持。

江辰扯一扯嘴角:"我知道了,难为你惦记着我家的灰尘。"

我不知道该说什么,只好冲他讨好地笑:"你继续吧。"然后低眉顺眼地退出房间,到客厅看电视,声音开得很小,也没看进去多少,只是耳朵拉得老长,想听房里的动静。

过了半小时,里面传来电脑的关机音乐,又过了五分钟,江辰提着电脑包出来了:"我回家了。"

我站起来,咬一咬下嘴唇:"开车小心点。"

江辰的脸色一阵黑一阵白,瞳孔深处像是有两簇烈火在燃烧。

第十六章

门被摔上,发出巨大声响。吓得我缩了缩肩膀,这么大的脾气呀……

我去闩好门,靠着门掰着手指算我们重新在一起的日子。三个多月了,从夏天到秋天,从开空调到盖秋被,他怎么不提一下跟我回去,让我给我爸一个交代,或者带我回他家,让他妈羞辱我一顿什么的。

我在脑海里幻想着,他妈如果再看到我会说什么。嗯,大概是你怎么这么阴魂不散之类的,我应该怎么回答她呢?因为你儿子是招魂大师?哈哈,过干瘾。

门铃响起时我的屁股才刚沾上沙发,从猫眼里看出去,江辰的脸凹凸扭曲,可爱得很。

我边开门边扬声说:"不是要回家哦,还来干吗?我今晚说什么都不会收留你的。"

我承认我有点得意,觉得难得江辰你也有低声下气回来的时候,堂堂江辰呀堂堂江辰。

只是当我见到他身后跟着的两个人时,我笑不出来了,嚅嗫着叫道:"爸,妈。"

我爸黑着一张脸,我妈笑眯眯地过来牵我:"我们刚刚在楼下遇到了小江,就叫上他一块儿上来了。"

"妈,你们怎么就来了?这么晚,怎么不先给我打个电话,我好去接你们啊。"我偷瞄了一眼江辰,表情还算镇定。

"还不是你爸,硬要上来看你,还说你工作忙就别让你来接了,哪知道今天路上塞车塞这么久,搞得这么晚才到。"

骗人,我看城市晚间新闻说今天交通状况异常良好。年纪一大把了还玩突击检查,过分了。

我妈拉着我往厨房走:"发什么呆,去倒水给你爸喝。"

一进厨房我妈就小声地嘱咐我:"你家里留了什么男人的东西,快点去藏起来,别让你爸看到了。"

我吓一跳,话也来不及讲就闪进房间,去把衣柜里江辰的衣服扫进袋子里塞到床底,再闪进厕所去把江辰的牙刷、毛巾、刮胡刀全部扫进塑料桶,用一个脸盆盖住了塞到洗手台下面。然后又想起阳台上还晾着江辰的衣服,去阳台就势必要经过客厅,收了衣服进来怎能躲过坐在客厅的我爸和江辰?真是急得我挠头跺脚不知道怎么办。

于是我又回厨房去问正在找茶叶泡茶的我妈,她鄙夷地说:"你的衣服收了抱进来,小江的衣服收了丢下楼。"

果然姜还是老的辣。

我顶着我爸狐疑探究的目光干笑着往阳台走:"妈说衣服晚上要收进来,不然被露水打了不好……"

收了衣服,我趴在阳台上仔细斟酌要往哪个方向扔,只是天色太暗,我家又住得太高,实在拿不准这衣服飘下去会不会砸在谁的脑袋上,别的好说,要是内裤砸在人家脑袋上,那就真是太不好意思了呀。

大概是我在阳台磨蹭了太久，里面的人已经开始交谈，我听见低低沉沉的声音，好像是我爸和江辰正在说什么，我猫低了身子凑到阳台门旁偷听。

"你跟小希分手那么久，如果不舍得，为什么早不来找她？"我爸的声音听得出来带着一点火气和一点故作威严。

爸，您问得真好。

江辰的声音压得很低，但可惜了我住的贫民窟是没什么隔音可言的，所以我听得很清楚，他说："叔叔，您也年轻过，年轻有时也就是赌那么一口气。"

我爸一声冷哼："你这口气赌得可真久。"

"是我不懂事。"

"既然赌气，你们又是怎么和好的？"这声音是我妈，果然比另外两人要有气势得多。

"叔叔住院的那次，小希打电话给我，后来我们又联系上了。"

"也就是说，是我们家小希先找你的？"我爸说。

"不是的，其实是我先假装误按手机拨通她的电话，我本来以为还得多装几次按错号码她才会回我电话的，只是没想到会碰巧遇到您的事。"

"小希知道吗？"

"不知道。"

"为什么不告诉她？"

"赌气。"

我一时五味杂陈，赌气、赌气，赌什么啊赌。

我妈发出嘿嘿的笑声，我爸还在锲而不舍："你这么爱跟小希赌气，以后过日子也不会让着她，我不能把她交给你。再说了，你家里人也没那么好伺候。"

"叔叔您请放心，我有分寸，不会让小希难过，我会好好对她的，我爸妈那边我也会处理的。"

"哼，光凭一张嘴谁不会说。"老实说，我爸听起来很无理取闹。

"那么叔叔希望我怎么证明给您看？"江辰口气诚恳镇定，我怀疑他是病人家属对付多了，经验丰富。

"你先给小希坦白打电话这件事吧。"我爸说。

"就这个？"江辰显得很困惑，其实我也觉得很困惑。

"对！"我爸答得斩钉截铁。

"可是小希站在阳台听了很久了。"江辰似乎有点困扰。

我把江辰的衣服迅速往楼下一扔，抱着我的衣服赔着笑走进客厅："呵呵，阳台空气好，站着腿脚好。"

我爸和我妈住了三天，嫌房子实在挤得很就回老家了。江辰这几天下了班就乖乖到我家帮着我妈做一些洗菜择菜的事，陪着我爸看球赛、下棋，十足的孝顺乖孩子模样，只是私下见了我总给我脸色看，大概还在气那天我赶他回家的事。

第十六章

今天一早进公司，傅沛就兴高采烈地跟我们说，把上两个月拖欠的工资都给我们发了。最近公司总接不到大单子，我和司徒末看在眼里都不多说什么，司徒末不等钱花，我勉强能熬，所以没必要为难公司，"公司是我家"这种话太矫情，但我们仨就是这公司的元老，换句话说，这公司的规模，也一直没扩大过啊……算了，用司徒末的话说就是，我们对这公司的感情就像是对自己生养的孩子，长得再丑也只能忍了。

下班时我经过提款机，就想顺便看一下工资，但卡插进去密码老不对，眼看再输一次就要吞卡，我把卡退出来才发现是江辰的卡，于是又插进去，输入手机号码末六位数，然后活生生被里面的数字吓趴在提款机上了，只希望路过的人别以为我在非礼提款机才好。

我找出手机打给江辰，嘟嘟的声音响了很久才被接起来："干吗？"

"没事不能打电话给你啊？"

"到底什么事？我很忙。"

"没事。"我没好气地说。

"没事我挂了。"

于是电话"咔"一声就断了，小气鬼啊。

我本来想问他什么来着？哦，问他账户里的钱是从什么时候到什么时候的工资，如果是两三个月的，我立马回去戳破家里的保险套，怀一个他的儿子嫁给他。

可惜电话被挂了呀,脸皮薄得跟甩饼一样的我,还是过十分钟再给他打电话吧。

不过才走了几步,手机又在包里响了,我设给江辰的个人铃声,五月天的《如烟》,重复那几句——"七岁的那一年,抓住那只蝉,以为能抓住夏天,十七岁的那年,吻过他的脸,就以为和他能永远,有没有那么一种永远,永远不改变,拥抱过的美丽都再也不破碎……"

"陈小希!"随着一声气急败坏的怒吼,背后有人拉住了我的马尾辫。

我转头,江辰一手拉着我的辫子一手晃着手机:"你干吗不接我电话?还有你戳在路中央发什么愣?"

"你怎么会在这里?"我捂着后脑勺,"别拉我头发。"

他说:"你刚刚打电话给我时我就在这附近了。今晚大学同学聚会,都让我带上你。"

"刚刚在电话里你很凶地问我干吗?还挂我电话?"我拎着他衬衫的领子说,"老娘不乐意陪你聚会。"

他"哦"了一声表示收到,拿开我抓着他领子的手,转身就要走,我连忙抓住他的衬衫袖子,"开玩笑的啦,我去我去。"说完还主动把手塞到他手掌中去,"走走走,有哪些人会去?大师兄会去吗?"

江辰瞪了我一眼:"你管他去不去。"

第十七章

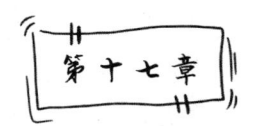

大师兄比我们高两届,当年跟江辰同一间宿舍,他的长相搁现在看绝对是一个锥子脸花美男。但由于当年我们普罗大众的审美还未和韩日两国接轨,导致我们都无法欣赏他的美,从而一致认为他长得尖嘴猴腮,还给他取了个好听的名字叫"美猴王",但成天美猴王、美猴王地叫着有点侮辱猴,所以后来我们就都改叫大师兄了。

我和大师兄大学时关系不错,因为他大学时的女朋友就是我们宿舍的王晓娟,还是我牵的线,我很抱歉。王晓娟是出了名的大小姐脾气,大师兄被整得叫苦连天却也甘之如饴,每回他被折腾惨了就来找我诉苦,说陈小希早知道我就追你好了,我把你从江辰手里抢过来。我说是吧,后悔了吧,我也觉得我配江辰有点浪费。然后我们就相对大笑。这叫两个嘴硬的穷人在炫富。

　　大师兄毕业之后去了一所中学当校医，刚开始还常回学校来看我们，当然主要是看王晓娟。后来王晓娟跟富二代跑了，他就没再出现过了。

　　我常在江辰面前缅怀大师兄，说大师兄怎么就消失了，王晓娟怎么就不知道好好珍惜他呢，以后哪个女的要是嫁给了他，真的是祖上积德。有次讲得江辰不耐烦了，说陈小希你以后再在我面前啰唆他一句我就掐死你。

　　聚会约在一家KTV，门一推开震天的音乐就滚了出来，好几个尖锐的声音在狂吼："死了都要爱，不淋漓尽致不痛快……"江辰苦笑着摇头把手盖在我的耳朵上，嘴巴动了动，不知道说了什么。

　　我眼尖，一眼就看到"死了都要爱"的人里面有一个是大师兄，便扯着江辰的手摇晃："大师兄。"

　　他给了我一个不屑的眼神。

　　"观众们注意了，班长伉俪驾到。"拿着麦克风的人突然说，全部人齐刷刷地看向门口，一时口哨声欢呼声四起。

　　我挥手大吼："同学们辛苦了，我又把你们班长拿下了。"

　　哄堂大笑。

　　江辰揽住我的腰推着我往里面走，沙发上已经七七八八坐满了人，左挪右挪才拨出两个位置让我们坐下。我才坐下就被旁边的人搂进了怀里,"啵"一声亲在脑门上:"小希,我亲爱的小希。"

我把人推开,再把她的脸抬起来,然后大叫着又抱上去:"雪人!雪人!"

江辰拉着我的领子把我扯开:"你快把雪静勒死了。"

我和江辰他们班同学的关系特别好,甚至好过我自己班里的同学,而雪静无疑是和我最好的一个,因为她说我有利用价值……雪静是江辰他们班挂名的宣传委员,挂名是因为他们班如果有什么活动,宣传海报和传单向来都是我做的。

雪静捏着我的脸骂:"你还有脸来?跟江辰分手了,连我的电话也不接是吧?"

我手在身后扯江辰:"救命。"

他拍开:"活该。"

突然音响里传出一声尖锐刺耳的电流声,大概是谁的麦克风对到了音箱。"砰"的一声,原本欢欣鼓舞唱着歌的大师兄不知道为什么突然把麦克风往地上一掷,骂咧咧地急冲向厕所。

我不解地看着雪静,她冷笑着指着大师兄跑去的方向:"死了都要爱,这种是爱了都得死。"

我想追问,江辰却突然附在我耳边问:"你晚餐还没吃,我叫碗牛肉面给你?"

我捂着耳朵转头瞪他:"很痒,我要加很多香菜。"

他敲了一下我的头:"你当餐厅点菜啊?"

我转回头去继续问:"大师兄怎么了?"

雪静端着满满一杯啤酒在吹上面的泡沫，漫不经心地回答我："冲向厕所还能是为什么，释放内存呗。"

"释放内存？"我一时没明白过来。

她给了我一个你怎么这么笨的眼神："人的排泄物不就等同于电脑的内存嘛。"

电脑闻言泣不成声。

音乐换成缓慢的抒情歌，有人在唱那首《最浪漫的事》，但由于我刚被雪静普及了一下电脑知识，所以那句"我能想到最浪漫的事，就是和你一起慢慢变老"，我怎么听就怎么像"我能想到最浪漫的事，就是和你一起卖卖电脑"，这悲催的人生……

牛肉面很快就端了上来，桌子太低我干脆蹲在地上吃，边吃边跟雪静东拉西扯些有的没的。雪静说她毕业后没当上医生，跑去当了药厂业务，最近刚辞职，跟朋友商量着做点小生意。

当我们在为青春逝去这等感伤的事情感伤不已时，江辰在背后用脚尖踢我的背："快吃，面糗了。"

我多吞了几口面把碗一推："我饱了。"

坐在雪静旁边的李大胖凑过来："剩这么多真可惜，给我吃。"

江辰端起来："我没吃晚饭。"

李大胖失望地大口叹气："你没吃你怎么不点啊？"

雪静说："你想吃你怎么不点啊？"

"我在减肥。"

江辰三两下就把面吃完了，碗搁桌子上时我突然想起："你不是不吃香菜?"

他拉我回沙发上坐:"你蹲上瘾啦?"

我嘿嘿地笑:"让你一说我脚还真的很麻。"

正说话间,大师兄从洗手间出来了,笑靥如花地朝我们走来。大概是因为这几年都跟中学生混,他的脸蛋出落得真是美丽与青春兼而有之。

他路过一条条大腿,最终停在我和雪静中间,颐指气使地说:"你们两个,给大爷挪点空间出来。"

我和雪静不约而同地选择了无视他。

"你们两个死丫头,看我一屁股把你们坐成标本!"他说着就转身背对着我们要跳坐下。

江辰手疾眼快地把我一拉,我大半个身子都坐在了他身上,而旁边传来雪静的鬼叫:"挤什么挤!找死啊!"

我正想伸手去帮她推开大师兄,江辰两手扶住我的腰一提,我就彻底坐在了他的大腿上。我一离开沙发,自然就空出了一个位置给大师兄坐下。也就是说,大师兄在江辰的协助下,不费吹灰之力就把我的位置抢走了,这让我很不满。

我挣扎着要跳下去跟大师兄理论,江辰却箍实了我的腰不放:"坐好。"

我正想抗议,转头却见他皱着眉沉着脸,虽然不知道为什么,我还是乖乖坐好,摆出正襟危坐的样子。

大师兄端起桌上的啤酒,朝我们举了一下杯,仰头干了,晃着杯底挑衅地笑。

我摇着食指:"大师兄你不应该哦,喝完酒了就要把杯子放下,晃来晃去容易打破。"

他做出一个要拿杯子扔我的动作,然后张开手臂说:"小希,多少年没见了,快来给大师兄抱抱。"

虽然他这样的行为很不大师兄,很二师兄,但我还是扭着屁股捏着嗓子配合:"不嘛不嘛,人家就不嘛。"

一群人同时露出作呕的表情,我对此很有成就感。我这人在熟悉的环境中偶尔会表现得比较活跃,积极炒热气氛,学名叫作间歇性人来疯。

江辰环在我腰上的手突然收紧,紧到我怀疑他是不是想把我的胃勒到可以从嘴里跳出来。

我诧异之下转头去看他,这里要提醒一下热爱扎马尾又常有机会坐在男性友人腿上的女性朋友,头不要乱转,非得转也不要转太快。因为以我的经验,身后的人会被你的马尾很用力地甩到,然后他会生气。

江辰同学生气了,但是在场的人除了我没有人知道,因为他面部表情依然平静,手却硬生生地把我的老蛮腰勒成了小蛮腰。

我拍着他的手小声说:"我就说要把头发剪短嘛。"

"剪头发?"大师兄不知怎么就听到了,"你以前短发时那股清纯劲儿啊,真是,啧啧啧……"

后面那三个"啧"字听起来意味不明,但我从他的面部表情判断是褒义，所以我就摸着头害羞地笑。

大师兄突然伸手要来掐我的脸，我想他是这几年来掐多了小妹妹们的脸就养成习惯了。

我躲闪不及眼看就要被掐，突然江辰松了搂着我的手，"啪"一声打开了大师兄的手："少动手动脚。"

气氛一瞬间有点尴尬，我打着哈哈："可不是，我名花有主。"

大师兄搓着手一脸猥琐："名花虽有主，我来松松土。"

"喂，不好笑。"雪静从桌上抓了一把瓜子扔向他。

他们两个闹了起来，我靠在江辰耳边小声地责备："你今天到底怎么了？大师兄就是闹着玩而已。"

江辰冷着脸不说话，我不是很明白他为什么生气，但猜得到跟大师兄有关，或许是吃醋了。虽然根据我以往的经验，江辰是个几乎不吃醋的人，但他前阵子才莫名其妙地大吃吴柏松的飞醋，所以我也不能排除他是不是突然想在吃醋的道路上奋起直追、迎头赶上。

他们系似乎常聚会，所以大家相处起来并不生分，闹了好几个小时，最后有人朝江辰伸手，他从钱包里拣了一张信用卡扔给那人。这似乎是大学时养成的习惯，那时候他们班聚餐，作为管班费的人他就习惯了付账，一年下来他常常要倒贴不少钱给班费。

签单时江辰瞄都没瞄金额，倒是我偷瞄了几眼，快两万。

出了KTV后大家都说要去吃夜宵，大师兄挺着胸膛："夜宵归我。"

一阵欢呼。

我和江辰跟在人群后面，我小声问他："喂，我今天看了你的存款，里面的数字是你多久的工资？"

他没好气地说："不记得了，大概半年多。"

我估算了一下，他的工资很高，但也未高到丧心病狂的地步，所以刚才他眼睛眨也不眨地刷掉快两万这件事，让我觉得有点难以理解。在我们家，我爸只要买超过两千块的东西就必须得和我妈商量，我以为这就是伴侣间对待金钱应该有的态度。

我扯了一下他的衣服："你刚刚刷了快两万块出去。"

他说："不行吗？"

"没有。"我松开他的衣服，说不上为什么情绪突然有点低落。

前面有人转头招呼我们："班长，你们别慢吞吞的。"

江辰揽着我的腰跟上去。

夜宵吃的是烧烤和砂锅粥，我才吃了两串烤鱿鱼须，大师兄就嚷着啤酒瓶说要玩真心话大冒险。多少年过去了，真心话大冒险依然在社会集体娱乐中扮演着重要的角色，这个游戏长命百岁的程度真是令人匪夷所思。

啤酒瓶转了三圈，瓶口对准了雪静停止了，大师兄说："真心话还是大冒险？"

"大冒险。"雪静说。

大师兄沉吟了一下，说："你过去跟那边独自垂泪的男人说，先生您是否失恋，可否容在下把胸脯借你靠一靠？"

……

都说了学医的都是流氓。

雪静一撩头发说："看我的。"

我们一群人默默地看着她风情万种地走向那个边喝啤酒边掉泪的伤心男，两分钟后，那个男的挂着眼泪鼻涕一脸将信将疑地朝雪静靠过去。雪静一把推开他，万般委屈地大叫："臭流氓！"然后风情万种地回来了。

错愕吧，难堪吧，醉汉，人生就是这么的跌宕。

酒瓶在桌上转了一圈半，瓶口指着大师兄，雪静奸笑："真心话还是大冒险啊？"

大师兄摸着下巴："真心话吧。"

雪静挑着眉毛开始表演若有所思。

他们俩的互动让围观的群众很忧心，作为群众的杰出代表，我咬着烤鸡柳说："医学系的，我是纯洁的艺术系，请注意一下尺度。"

喂，都露出鸡鸣狗盗的表情是为何？

雪静喝下一口啤酒平静地说："那就先来个热身的吧。"

众人翘首以盼。

她说："你觉得爱情重要还是金钱重要？"

众怒难平，雪静在众人竹扦和骨头的攻击下，只好把问题换成了："谈谈你的一个春梦对象。"

这就对了，世界这么乱，装纯给谁看？

于是大家敲着盘子起哄："快说，快说，快说……"

作为人类灵魂表达者——艺术系的代表，我不便随便跟着这群凡夫俗子起哄，所以我低头优雅地用舌头剔着鸡翅尾上的肉。

"我昨晚倒是做梦了。"大师兄说。

"梦到谁？"

"小希。"

"啊？"平地一声巨雷，我叼着鸡骨头抬头。

江辰"啪"一声把筷子拍在桌上，我想如果这是本武侠小说的话，那筷子早就碎成粉末了，风一吹还会悠扬地飘。可惜他的动作只震得我面前的鸡骨头跳了跳，所以这是言情故事啊。

当然惊讶气愤的不止我和江辰，雪静拍着桌子首先就开骂了："你没听过朋友妻不可戏吗？"

大师兄一脸无辜的样子："我是提醒小希抬头，免得错过我精彩的发言。"

他被扔了一脑袋的餐巾纸后嘻嘻哈哈地讲起他梦到学校里的音乐老师，说是梦到她穿着吊带裙在月光下拉小提琴。

我随着他描述的语言想象了一下，猥琐和高贵完美结合，精彩绝伦。我用手肘撞了一下江辰，小声地问："你梦到过谁？"

我脑海里的设定是：江辰用气音发出一个"你"字，然后这个音节传到我耳朵里就百转千回了起来，然后我就脸红了，然后我们就在大庭广众下达到了偷偷调情的乐趣。

江辰却突然站了起来，端起面前的啤酒一口气喝得见了底，说："我明天一早有手术，先回去了，你们尽兴。"说完也不给一桌子人挽留的机会，拉起我就离开了。

出了门江辰拦了出租车就把我往里面塞，我还没坐稳，他也挤了进来，挤得差点撞到车窗。

车走了五分钟，我终于忍不住问出那句忍了整晚的问题："你今晚到底怎么了？"

"没事，累了而已。"他闭着眼说。

我还想说什么，手机响了："喂，大师兄呀。"

"你们没事吧？不好意思，我刚刚的玩笑开得过火了点。江辰该不会生气了吧？"

其实我不喜欢他讲这话的语气，什么叫"该不会"？他这话委婉地暗示了如果江辰生气就太小气了的意思。而作为帮亲不帮理的忠实拥护者，我认为江辰无论做了多不合理的事，都轮不到外人来跟我叽叽歪歪。但我还是很客气地回答："没有，他只是最近忙，有点累而已。"

你看这就是成长，难免虚与委蛇。

他说："那就好，改天我请你们俩吃饭啊。"

"嗯，好。"我挂了电话却想不起来原本要跟江辰说什么来着，只好也学着他双手交叉在胸前装若有所思。

"你别跟大师兄有太多接触。"他突然睁开眼。

我不吭声,但在心里忍不住反驳,吃醋吃成这样也过头了点吧?

他见我不理他,伸了手过来戳一下我的手臂:"你听到没?"

我转过脸去看窗外,打算以沉默来表示我对他这个无理要求的抗议。

只是我没料到这一沉默居然沉默了一路,直到车到了我家楼下,江辰也是一句话都不说,甚至没有下车的意思。于是我下车,很生气地甩上了车门,换来出租车司机的两句诅咒,我气冲冲地上了楼。

上楼后我愈想愈不解气,决定大逆不道地打电话找江辰吵架,电话一接通我开始语重心长地吼道:"江辰,你不能用这种态度对待我,我是你女朋友,你要用温柔与爱包围我。"

电话那头一阵沉默,半晌才说:"我用什么态度对你了?"

我发现我还真具体形容不出来他的态度,只能硬着头皮说:"反正你的态度不好。"

"因为我让你别跟大师兄联系?"

"也不是。"

"那是怎样?"

我用手指卷着长长的手机链,想撂两句狠话又不是很敢,犹豫再犹豫居然就鬼使神差地把电话挂了。挂了电话后我才意识到我今天真是胆儿肥了,酒壮怂人胆啊酒壮怂人胆,虽然在江辰的阻拦下我只抿了两三口。

手机很快就响了起来,我看着屏幕上不停闪烁的"江辰",咽了咽口水决定不接。

十分钟后,手机又开始闪着江辰的名字,我觉得我应该适时重振一下女性自尊了,于是我一接起电话就气运丹田地吼了起来:"电话断了是我不小心按到的!没接你电话是我上厕所了!"

临阵脱逃是我的业余爱好。

江辰在电话那头冷哼了两声:"开门。"

"啊?"我反射性地朝门口走去,"你不是有钥匙?"

打开门他站在外面,瞪了我一眼:"忘带了。"

他绕过我走进门,瘫在沙发上指挥着我:"去给我找换洗的衣服。"

我"哦"了一声往房里走,走了两步觉得不对劲又调转脚尖走回他面前:"你刚刚不是回家了?"

他拨开我去拿遥控器:"你管我。"

我叉着腰又戳到了他面前:"行!我不管你,你也别管我!"

"哦?"他瞟我一眼,突然伸脚到我膝盖后面一勾,我脚下一个不稳扑倒到沙发上,他双脚盘住我的腿,全身重量都压在我身上,压得我上气不接下气。

"你刚刚说谁不管谁?"他把头埋在我的颈窝,竟然就贴在我的脖子上缓慢地眨着眼睛,长长的睫毛一下一下刷在我皮肤上,又麻又痒。

我闪躲不开那种痒痒麻麻的感觉,只好缩着脖子求饶:"隔壁老王说不管隔壁老李的太太了。"

他把头埋在我的颈窝低低地笑："陈小希，住你隔壁很倒霉啊。"

我缩脖子都快缩成王八了，没好气地说："真的很痒，你快起来。"

他用下巴上的胡楂儿蹭了蹭我的脖子和脸颊，然后抬头挑衅地看着我，眼睛因为蕴满了笑意而显得水光闪闪。

我一时被他难得的孩子气吓得三魂没了七魄，愣愣地用商量的语气跟他说："那个，我们在吵架，你能不能先起来？"

他迅速地从我身上爬起来，一副什么事情都没发生过的样子："我去洗澡，你找好衣服后拿来给我。"

我躺在沙发上维持着被压的姿势发呆，直到浴室传来哗啦啦的水声，我才慢吞吞地起身去帮他找衣服。

我敲了两下玻璃门，江辰开了一条缝伸手出来接衣服，热气腾腾地从门缝里冲出来扑了我满脸，我还在抹着脸上的水汽就听到手机在响，同时浴室里传出江辰的声音，说洗发精快用完了，要记得去买。

我随便答应着去沙发上找手机，发现响的是江辰的手机，看了一下来电显示是"大师兄"，我犹豫了一下还是接了。

"江辰，上次跟你说的事怎么样？"他劈头就问。

我说："我是小希，江辰在洗澡，我让他待会儿回电话给你？"

"嗯，好。"他反常地没多说什么就挂了电话。

我正想把电话放回沙发上它又响了,还是大师兄:"怎么了?"

他支吾了一会儿才说:"小希,你和江辰住一起?"

"嗯,算是吧。"我说。

他沉默了片刻,说:"我有一件事想请江辰帮忙,举手之劳而已,而且有报酬的,你知道江辰这人不是很愿意赚这些钱,不过我想你们如果要结婚什么的,钱还是很重要的,所以你看看能不能帮我说服江辰帮个忙?"

我下意识地拒绝:"大师兄,你又不是不知道,江辰不会听我的话的。"

"小希,谁都知道江辰表面上一副不理你的样子,其实最听你的了,你就跟他说你想住个大房子什么的,他就会想办法满足你的要求了。你放心,我说的这事一定不违法的,真的。"

"那是什么事?"我忍不住好奇。

"我就是让他开几张医院证明的病假单给我而已。"

"几张病假单就能让我们买大房子?"我翻白眼,"算了,不管你要他帮你什么,只要他不想答应我都不会帮你劝他,我们不缺钱,而且重点是我也不想住大房子,大房子你来打扫啊?"

手机那头一阵沉默,在我开始内疚刚才的话会不会说得过分了点时,大师兄突然说话了:"陈小希,你现在是不是特看不起我?你是不是觉得我没有你们纯粹高贵?你没试过女朋友因为你买不起名牌而跑掉吧?你没试过缺钱的滋味吧?"

我叹气,强忍下想说"我的确没有女朋友跑掉的经验,因为我是女的,哇哈哈……"的冲动,我说:"三天只吃两碗泡面,为了躲房东上门催租每天凌晨一点回家,公交车路程只要少于三站就用走的,晚上冷得只能把所有衣服堆在身上,我算不算缺钱?不是只有你的难处才算难处的。"

话一说完我就把电话挂了,不敢随便挂江辰电话,挂别人电话也算过个干瘾。

"你什么时候缺钱的?为什么不来找我?"

我转过头去,江辰穿着白色长袖T恤和蓝格子睡裤,脖子上还搭了一条毛巾,皱眉看我。

我说:"没有啊,我随口瞎掰的。最看不惯这种以为全世界他最惨、全世界都欠他的人了。"

江辰望望天花板:"陈小希,你能去我们医院一趟,让我拍个片研究一下你大脑的构造吗?"

我跪趴在沙发靠背上回答他:"可以啊,可以啊,如果你们付费的话。"

他抽下脖子上挂的毛巾扔向我:"刚刚谁跟大师兄说不缺钱的?"

毛巾砸在我脸上,我扯了下来,招手让他过来擦头发:"不缺钱的是你吧,刚刚一刷就刷了两万。"

"你对那两万很耿耿于怀嘛。"他边朝我走过来边说。

我耸耸肩:"也没有,归根到底是你的钱,你爱怎么花怎么花,我只是仇富心理。"

江辰侧坐在沙发上,我跪坐在他身后有一下没一下地帮他擦着头发:"对了,大师兄真的只是让你替他开几张病假单?"

"让我开一本,不是几张,况且就算是几张我也不准备开给他。"

我分开五指,插到他头发里捏一捏头发看还有多湿:"为什么?"

他偏一偏头:"还没干,继续擦。"

"哦。"我把毛巾盖上他的脑袋揉了几下。

"他这次让我帮忙开病假单,下次就不知道是什么了,可能是让我用医院的名义购入高价药之类的事情,而到时候我因为跟他已经有过这种交易,而不得不再和他合作。浑水只要你蹚进去了,就再也干净不了。"他停顿了一下,"这些事情我本来不想让你知道的,你只要负责傻乎乎地过你的日子、看你的漫画就好。"

我脑门滑下三根黑线,用手指戳一戳他头发中间的发旋儿:"你才傻乎乎地过日子。"

"喂,我的信用卡也放你那儿吧。"他突然转过头来说。

"啊?"我一愣,"为什么?"

"下次能刷多少钱由你决定。"他拉下毛巾,"头发干了。"

他说完就起身走向房间。

我愣愣地看着他一副落荒而逃地朝房间奔去的背影,心想这孩子怎么这么别扭呢,你妈妈没教过你爱要大声说出来吗?

好吧,落荒而逃的狂奔背影是我自己塑造出来的情景,我觉得这样比较适合他此刻的形象。

夜里我手机短信嘀嘀地响个不停,我实在困得厉害,就在爬去拿手机的途中趴在江辰身上睡着了。第二天起来江辰碎碎念着半边身体都被压麻了,血液不流通要截肢了之类的。

在他送我去上班的路上,我掏出手机看时间才想起昨晚的短信,翻开来看竟然是大师兄发的。我晃着手机跟江辰示意了一下:"大师兄的短信。"

他瞥了一眼:"没什么事别回他。"

我耸耸肩:"发了好几条啊。"

我一条一条翻开,为了表述得流畅以及行云流水,我就不特别强调第几条第几条了,总之很多条。加起来是一篇小学六年级学生作文的长度,就情感而言,比情书大全要更贴近生活,就内容思想而言,有对过去的追溯、现在的彷徨以及未来的绝望,就标点符号而言,该用的都有用,不该用的都没用……我到底要不要说内容呢,要的要的。

"小希,我还记得开学第一天,我那时在厕所,听到宿舍里有一个清脆的女声说我来帮你擦床板好不好。我出来时,江辰在挂蚊帐,你在蚊帐里面擦床板,你隔着蚊帐朝我挥舞着抹布说同学你好啊。我当时心里就像被什么撞了一下,你一离开,我就问江辰你是谁,他说是他女朋友。很久以后听你在讲你追江辰的光荣血泪史时,我才知道被他骗了。我去质问他,他倒是很坦然,说你本来就应该是他女朋友，时间是前是后没什么大不了的。"

看到这里，我忍不住侧头看了一眼江辰，他察觉到我的视线，回扫了我一眼，莫名其妙地说："干吗？"

"没有。"我低头继续看短信。

"不过我也没有多喜欢你，至少认识了你宿舍前凸后翘的王晓娟后我更喜欢她。我老是跟你开玩笑早知道就追你了，其实我是在享受每次讲这话时江辰沉下脸的那一瞬间，让我有一种报复的爽快。知道你们分手时我还买了一瓶红酒回家配电影庆祝，我想说等一阵子你忘了江辰我忘了王晓娟我们就凑合着过，不过我能忘记王晓娟，你却不可能忘了江辰。还有我提的那件事很对不起，这些年过去了，你们都没变，变的只有我，我有时也会吓到，我是怎么一步一步把自己逼成现在这个连自己都不齿的样子，你大概也无法理解我让你去劝江辰时内心有多天人交战。打了这么多严肃的内容，真的很不像我。最后，希望你们能因为我的短信而吵吵架分分手。"

"另外，如果你们结婚了就不要通知我了。"

我握着手机，一时情绪有点低落，他说得其实不对，谁都在变，谁都没有过去的那个自己纯粹，这是谁也没有办法的事，就像吃了东西就一定得拉出来一样。不要揍我，请用医学的角度来消化我的比喻……呃……我说的消化意思是理解……理解。

我问江辰："你觉得我有没有改变？我指的不是外表，是行为。"

"有。"他漫不经心地说,"你以前一碗米饭吃不完,现在能吃两碗。"

这位先生,你是来搞笑的吧。

我若有所思地看着江辰:"我昨晚一度怀疑你是吃醋来着,后来因为有别的原因我就忘了问你,所以我现在问你,你昨晚吃醋了没啊?"

他面不改色:"没有。"

"没有哦。"我挠着脖子自言自语,"可是大师兄发短信跟我告白了。"

一个急刹车,我向前扑去,又被安全带勒了回来,后脑勺撞在车座上咚咚响:"干吗啊?"

"红灯。"他扬了扬下巴让我看窗外。

我抬头盯着红灯看了一会儿,觉得它闪在空中真像魔鬼的一只眼睛,低头才发现手里的手机不见了,转头看江辰,发现他正一脸不屑地看着我的手机。

我傻住,他这行为太令人不齿了,光天化日之下偷看良家妇女的手机短信,光天化日呀光天化日!我敢怒不敢言呀敢怒不敢言!

几十秒后绿灯亮了,他把手机扔回我怀里,用平淡而又略含不屑的语气下了两个简短有力的评语:"无聊,乱七八糟。"

我看他评价得如此义正词严,也深深检讨起自己来,我看完短信已十分钟有余,却一直未能发现其无聊和乱七八糟的本质,我有罪。

两分钟后江辰问我:"你在想怎么回他短信?"

我摇头。

又过两分钟,江辰又叫我:"陈小希?"

"干吗?"我很不耐烦地瞪他。

他搭在方向盘上的右手跷起一根食指,指向我右侧的窗外:"买茶叶蛋。"

我熟练地从前面放杂物的地方掏出硬币,然后按下车窗,伸出头和手:"阿姨,六个茶叶蛋。"

"好的。小姑娘又变漂亮了啊。"阿姨一边利落地往塑料袋里装茶叶蛋一边夸我。

我嘴甜地顺着她的话讲:"看您这么年轻漂亮,就知道我变漂亮是吃您的茶叶蛋吃的。"

"哎哟,小姑娘的嘴真甜,我多送你一颗茶叶蛋。"

"谢谢阿姨。"我扭过头对着江辰得意地笑。

他笑着摇头,一副"真是受不了你"的样子。后来我剥茶叶蛋给他吃,一共七个他吃了五个,平时买六个他只吃四个的,这个剥削别人谄媚奖品的家伙!

车停在我公司楼下,我道完别就想开门往外冲,江辰突然拉住我:"坐好。"

我不明所以地坐好,他抽出几张湿纸巾,拉过我的手一根手指一根手指地缓慢帮我擦着:"剥了茶叶蛋,你到公司一定不记得洗手的。"

我吸了一口气在胸腔不敢吐出来,直直地盯着他细长的手指捏住我短肥的手指细细地擦拭,湿纸巾拂过皮肤有一种古怪的湿润感。我居然有种受宠若惊的感觉,那种受宠若惊就像原本是班里最不起眼的孩子,却突然在某一天被老师叫住拍着肩膀温柔鼓励。但我是那种想敲开老师脑袋看看他是不是被外星人入侵了的孩子,我对突如其来的幸运总是无法心安理得地享受。

所以我说:"江辰。"

"嗯?"他头也不抬。

我吞吞吐吐地试图用最温和的语言询问:"是不是……是不是那盒湿纸巾快过期了……你想用完啊?没关系,你可以拿给我,我放在办公室里用,擦擦桌子什么的,过期也不怕。"

他缓慢地抬头看了我一眼,那小眼神之复杂之温柔之千言万语……然后他又缓慢地低下头再抽出两张湿纸巾,拎起我另一只手擦。

我安静地看着他低头认真的样子,一时间有点时光穿梭的恍惚,回到那个时候,穿着白色蓝边校服的我和他。

高二那次,我在操场把江辰的钱丢了一地后,我就单方面对他发起了冷战,我那时非常心灰意冷,觉得我再也不要死皮赖脸地缠着江辰了,甚至还威胁自己说,要是再去找他我就打电话报警自首,让警察抓我。

我就这么忍着内心的煎熬躲了他一个星期左右，碰到他迎面走来我会立马绕道走，实在绕不过了就蹲下来假装绑鞋带。直到有一个黄昏，我妈让我去打酱油，我蹦蹦跳跳地拎着酱油瓶往外跑，在巷子里硬生生地撞上背着书包回家的江辰，我一低头发现脚上穿的是我爸的拖鞋，我那时可恨我爸了，心想究竟是一个什么样的爸爸，才会穿一双没有鞋带的拖鞋？

仓皇之下我掉头狂奔，由于拖鞋不合脚，左脚踩右脚，我就挥舞着酱油瓶扑倒了。

是江辰把我扶起来的，他让我坐在他家院子大门的门槛上，然后他问我："哪里疼？"

我垂着头伸出左手手掌："流血了。"

他从书包侧袋拉出运动水壶，拧开就把水往我手上倒，我条件反射地想把手缩回来，他用另一只手握住我的，呵斥道："别动。"

然后他把校服外套的袖子拉长，套在拇指上替我擦去掌上的血水："还好没进碎玻璃，被沙子擦破皮了，我把沙子都冲掉了，你回家记得擦红药水。"

他低头轻轻地往我伤口上吹气，热热的风拂在皮肤上，我可以感觉到热气"唰"一下从手心蔓延到我的脸上。

"还有没有哪里受伤？"他抬头问我。

"没有了。"我摇头。

他不信，拉了我另外一只手看，然后蹲在我身前不由分说地就把我的裤管撸到膝盖以上。

我心跳如群魔乱舞,我娇羞得泫然欲泣,因为我小时候看过一部甄子丹主演的电视剧叫《精武门》,里面有个日本女孩子叫由美,她说过,如果被男人看到脚,就要嫁给他。

我当时看着江辰皱着眉很认真地观察着我膝盖的样子,就对自己说:你看老天爷安排这部电视剧的播出以及这件事的发生,绝对不是偶然的,它是在暗示你们未来的发展,你就不要再为一点小事斤斤计较了,要知道天命不可违。

然后,我就单方面决定我们和好了。

那个穿着白校服的江辰和眼前穿着白衬衫的江辰重叠,眼前的江辰突然抬起头:"陈小希,我可以相信你会处理好短信的事吗?"

我大概用了五秒才反应过来他在说哪件事,立马拍着胸脯保证:"我一定妥善处理,不留后患!"

我心里的想法是:"我们的感情如此牢固,并没有因为苏锐、吴柏松以及张倩容而出现任何的松动,所以就更不能因为莫名其妙的大师兄而出什么岔子了。这道理就好比神农尝百草,如果最后没有被断肠草毒死的话,当然更不能因为喝水呛死。白蛇好不容易报恩成功,当然不能被抓去煮蛇羹,梁山伯、祝英台好不容易化成蝴蝶双宿双飞,当然不能被捉去做成标本。

江辰凑过来用唇轻轻碰触了一下我的嘴角:"很好,快去上班吧。"

我乐滋滋地摸着嘴角去上班,但老是隐隐约约觉得怪,为什么那么多次我剥茶叶蛋也不见江辰替我擦手呢?还有他每次突如其来的温柔,总是在温馨之余又让我觉得毛骨悚然。我果然无法心安理得地享受突如其来的幸运。

第十八章

　　上班这事有时会变得非常乏善可陈，好吧是我客气了，是常常非常乏善可陈。但是今天不是，今天有个客户让我想骂脏话，想尖叫着跳起来把电脑一脚踹烂，想顺着网线爬到他的电脑，从他的屏幕上以贞子的姿势爬出来，一手扼住他的脖子，提起来，然后摔在墙上。

　　这个客户让我修改了二十三次设计稿，其中有十次是让我把他们产品图的背景颜色换了，比如说从"#0bdb41"的绿色换为"#09dc3f"的绿色，而这两种颜色谁敢说他用肉眼能看出差别，我就用圆规戳瞎他。

　　傅沛在办公室里喊"陈小希，给我泡杯咖啡"时，我透过敞开的门冷冷地瞪了他一眼，他就连滚带爬地跑出来给我泡了一杯咖啡。

他把咖啡放在我桌子上说:"你别生气嘛,这个客户的产品市场很大的,要不是因为他难缠到了人神共愤的地步,这个设计也轮不到我们公司。你辛苦了,我去给你买蛋挞当下午茶!"

司徒末一听立马探头出来喊道:"我也要蛋挞!"

傅沛阴恻恻地看了她一眼:"哦,是吗?会计小姐,那你要不要把昨天我让你做的账交上来呢?"

司徒末缩回了电脑前。

傅沛一走,司徒末就说:"一堆烂账一天怎么可能做完!我要打电话给我老公哭诉。"

我在旁边笑,听着她打电话跟她老公撒娇:"老公老公,你快点发明个可以把讨厌的人绞成粉末的机器,我要绞了傅沛泡水给你喝……我哪里恶心了,我是给你补身体……"

我想了想,也摸出手机打给江辰,难得电话很快就接通了,因为我打给他的电话常常出现被别人接听的情况,所以我小心翼翼地说:"喂,江辰吗?"

"怎么?"江辰讲话一直很有特色,清晰简短带点冷淡。

我绞着手机带子:"没有啦,只是有一个客户很讨厌。"

"在忙,等下回你电话。"他说完,然后"咔"一声,手机里就传来嘟嘟的断讯音。

我只好收起手机,而司徒末还在有一句没一句地跟她老公抬杠,我偏头看了一会儿她脸上洋溢的张牙舞爪的幸福微笑,也跟着笑了笑。

　　总说幸福是相似的，不幸却是多样的。其实我觉得不是，不幸有很多种，幸福也有很多种，只是能让你幸福的却只有那个人。

　　你看司徒末的老公能陪着她一直聊是幸福的，江辰毫不见外地挂我电话，我觉得也是幸福的。算了，说多了好像我是变态受虐狂似的。

　　十分钟后手机在包包里响了，我以为是江辰，手忙脚乱地找出来一看却是傅沛，他说他临时有事要出去，蛋挞买了放在大楼警卫那里，让我去拿。

　　我把手机拿在手里，跟司徒末交代了一声就下楼去取蛋挞了。

　　警卫是个五六十岁的退伍军人，很幽默很慈祥，我和他聊了两句，还劝他尝尝蛋挞。他说："你们这些女娃儿吃的东西甜甜腻腻的，拿走拿走。"

　　我等了两分钟的电梯有点不耐烦了，心想反正公司在五楼就爬楼梯算了，正呼哧呼哧爬到一半手机又响了，这次倒真的是江辰了。

　　"喂，你忙完了啊。"我一边爬楼梯一边说，"刚刚在忙什么啊？"

　　手机那头沉默了好一会儿，我都爬了四五级楼梯也没等到回应，于是狐疑地又追问："江辰？江辰？"

　　"喀。"他轻咳了一声，语气有点不自在和严肃，"你在干吗？"

　　"爬楼梯啊。"我老实地回答他，"怎么了？"

又是一阵沉默,我莫名其妙地在原地站住,忍不住也跟着严肃了起来:"怎么了,发生什么事了吗?"

"呃……你很喘。"他说,停顿了一下,"听起来很像……"

"很像什么?"我一头雾水。

"在床上。"

我原本已经抬起要跨上一级楼梯的脚默默地收了回来,对着楼梯间的窗户,看着镜子里反射出我的样子,我戳在楼梯上面红耳赤。

"你脸红了?"

"没有!"我斩钉截铁地回答。

他沉默了两秒钟,然后开始持续不停地低声笑:"哈哈……脸红了……哈哈哈……"

我气得咬牙切齿:"江辰!我要杀了你!"

于是我在他停不下来的笑声里慢慢地、一声不吭地、大气不敢喘地爬回了公司。

我把电话夹在肩膀和耳朵上听着江辰断断续续的笑声,招手让司徒末过来吃蛋挞,司徒末用嘴型无声问我:"男朋友?"

我笑着点点头。

"陈小希,傅沛都不爱我了,他现在只爱你……呜呜……蛋挞也只买给你吃……呜呜……"司徒末突然笑着用哭腔大声说。

耳边江辰的笑声戛然而止,我瞪着司徒末:"司徒末!信不信我掐死你?"

她摇头晃脑地对我扮鬼脸。

我最后狠狠地剜了她一眼,捧着那盒蛋挞走回自己的办公桌坐下:"你别听我同事胡说哦。"

我捡起一个蛋挞咬了一口:"她很无聊的。"

江辰说:"嗯。你刚刚说客户怎么了?"

"那个死客户吹毛求疵得要死,老是让我不停地改稿,改的又都是一些无关紧要的东西,我真是气都气饱了。"我泄愤地把手上的半个蛋挞一口气塞到嘴里。

江辰说:"气饱了你还能吃蛋挞?"

"这不就是个比喻嘛,我喀喀喀……我……喀喀……"我被蛋挞外层的酥皮屑呛得咳个不停。

他呵斥我:"别说话。"

等到我的咳嗽渐渐平息,手机里传来长长的一声叹气:"我挂电话了,吃个东西都能呛成这样,那个蛋挞别吃了,不咳嗽了喝杯水润一下喉咙。"

电话又"咔"一声断了。我可以想象得到江辰翻着白眼无语问苍天的样子,他就算是很不耐烦的样子也是很可爱的呀。

下班后傅沛说请吃第一顿迎接冬天的火锅,下楼时我居然在公司楼下看到一辆车,很像是江辰的。但由于江辰的车就是普通的银色小轿车,长得实在大众脸,所以我踌躇了一下才对司徒末和傅沛说:"好像是我男朋友的车,我过去看看。"

傅沛吹了个口哨："奥迪A5，陈小希，你男朋友收了不少红包吧？"

"所以四个圈是奥迪？我一直叫这种车奥运车耶。"司徒末说。

我忙不迭地点头，有种找到知己的感动："对啊对啊，奥运五环旗缺一个圈嘛。"

傅沛翻了个白眼："真是受不了你们俩，没听过一句伟大的话啊，我们要努力奋斗，为了你的迪奥我的奥迪。"

司徒末和他辩驳着奥运和奥迪其实也只有一字之差，我在旁边瞎附和。直到车缓缓开到我们身边，车窗降下，江辰坐在里面喊道："陈小希，过来。"

"咦，真的是你呀。"我连蹦带跳地跑过去，"傅沛说这车很贵，我还想说那我应该是认错了。"

江辰下车，伸手："你好，我是江辰。"

我一愣，心想这是演哪一出啊，只好配合地伸出手去，还没握上就被谁从身后莫名其妙地推了一下头，抬起头时傅沛已经和江辰的手握上了："你好，我是傅沛。"

我摸着头瞪傅沛："我这毕加索的脑袋也是你能推的？"

傅沛说："你的脑袋倒是真的很抽象。"

我朝他挥挥拳，江辰拉我让我站他身边。他跟司徒末也握了手，还笑着说了句"久仰大名"。

寒暄完毕，我跟江辰说："你今天怎么有空来？我们正准备去吃火锅呢，老板请客。"然后我问傅沛和司徒末，"我能带家属吗？"

"当然。"

于是在我和司徒末的怂恿下,我们一行人来到号称本地最贵的火锅城,点的是鸳鸯锅,清汤那边是特地留给江辰的,他胃不好,吃不得辣。

江辰其实喜欢吃辣,但是一吃就胃痛,无一例外,比我爸一吃海鲜就拉肚子还灵。

当他偷偷把筷子伸向辣的那一边时,我适时地觉得喉咙有点发痒,也就顺势干咳了两声,就是不知道为什么敏感的江同学会一脸心虚地把筷子收回来了。

"末末宝贝,帮我递一下那个酱。"傅沛说。

司徒末白他一眼:"是要跟你说多少次不要叫我宝贝你才听得懂?自己拿。"

傅沛又改来哀求我:"小希,亲爱的,替我拿一下酱吧,我一手牛肉一手羊肉正涮着呢,待会儿我分两片给你。"

江辰拿了酱汁拧开倒在傅沛碗里。

傅沛笑眯眯地道谢:"江辰,听说你和小希的老家是一个地方的啊,你们那里叫什么来着?"

"Z县。"江辰说。

傅沛"哦"了一声,又随口说:"你们那里是怎么样的呢?"

我一听,觉得当然要趁机夸奖一下我的故乡。故乡的风土人情,在一般文学作品中,大家都对故乡有着极其深厚的感情,详情请参照以沈从文的一篇带动湘西凤凰古城旅游业发展的《边城》。

可是我还没来得及组织好语言，江辰就开口了，他说："哦，我们那儿是个小地方，我们那里的人不随便叫人亲爱的。"

此话一出，有尴尬，有震惊，有大快人心。

江辰他……他竟然趁着大家还在回味那句话，默默地从辣锅那边捞了两片白萝卜。

江辰吃完火锅送我回家后，说他得回医院值班，我对此感到万分惊奇，我说："难道你特地跑来是为了蹭饭吃？"

他很酷，反问："不行吗？"

我大力地表扬了他这种会过日子的行为。

他是早上五六点回来的，天色黑中泛青，我还在睡，他压在我身上用脸颊和鼻子在我脸颊、脖子、肩膀来回磨蹭，我勉强撑着眼皮拍拍他的头问："累不累？饿不饿？"

说完不等答案，我倒头就睡，再无任何记忆。

七点半闹钟响时我惊醒了，发现江辰趴在我身上睡着了，他一定是故意的，为了报复我昨晚不小心压着他睡觉。

我好不容易把他挪到床上，帮他解了衬衫的两颗扣子，脱了他脚上的袜子，然后打着哈欠去洗脸刷牙。

在电梯里遇到傅沛，他一副萎靡不振的样子，我跟他解释："昨天的事不好意思啊，你别介意，江辰那人讲话就那样，他没恶意的。"

他揉着眉头:"你家那口子怎么说我还真无所谓,只是昨天送司徒末回去的路上,被她嘲笑了一路,送到门口时遇到顾未易,她迫不及待地把事情说给顾未易听,我又被顾未易嘲笑了一番。"

顾未易是司徒末的老公,而傅沛是司徒末的初恋男友,傅沛和顾未易是大学室友。据说当年傅沛对待感情问题的态度比现在更浑蛋,属于"万花丛中过,沾花沾叶沾粪肥"那种人。所以司徒末对他死了心,改投入顾未易的怀抱。傅沛猛然醒悟浪子回头,而司徒末去意已决……总之他们之间有过故事,谁是谁非我不怎么清楚,但司徒末和顾未易成了一对,这倒是可以知道在他们的故事里傅沛绝对是个配角,而千错万错都是配角的错。

傅沛对着电梯的镜面扒了两下头发:"陈小希,你说生活如果是小说的话,我是不是得罪作者了啊?"

我摸着脖子但笑不语。

中午休息时我打电话给江辰,他说他已经回去上班了,竟然在电话里用低低的嗓音很庄严地跟我宣布他胃痛。

我说:"胃痛你就把昨晚偷吃下去的两片辣萝卜片吐出来。"

他说:"不吐,好不容易才有机会偷吃上一点辣的,要回味三天。"

我无奈:"你记得吃药。"

他说:"啰唆,我忙去了。"然后挂了电话。

我有时会被江辰偶尔出现的这种无意识的小耍赖情况唬住,

就像大学时有一次我和他闹别扭，我从网上买了一套橘红色的情侣装，他说什么都不肯穿，我那个气呀，主要是因为衣服是用钱买的，不穿就是糟蹋钱。我就天天在他耳边唠叨耍赖，我说不陪你晚自习了，除非你穿那件衣服；我不帮你打饭了，除非你穿那件衣服；你别拉我手别搂我腰，除非你穿那件衣服……

有一天他被我烦腻了，在帮我写证券技术分析作业（选修课）时，突然把笔一丢学着我的语气说，我不帮你做作业了，除非你别再逼我穿那件衣服。

我看着他那气鼓鼓的小脸，觉得哎呀，他怎么这么可爱，哎呀，穿上我那橘红色的情侣装会更可爱啊。

不过我让步了，因为我母性大发，觉得必须让江辰这点小小的愿望成真，所以衣服就压箱底了。

当然江辰不会承认他也有耍赖的时候，他说他只是模仿我的行为，这叫"师夷长技以制夷"。

我说你就嘴硬吧。

他说："我是啄木鸟。"

江辰是我的软肋，他扮酷是帅，耍赖是帅，嘴硬是帅，甚至讲冷笑话也是帅。

下午傅沛带来了那个刁钻的客户，这是我和那个客户第一次见面，我以为以他尖酸刻薄的程度，他至少应该长得与众不同一点，不管是与众不同的丑还是与众不同的美，总之应该让人一眼就记住,说"啊,这不是个好人"之类的。但是他只是个三十来岁的男人,长得再普通不过,而且还很憨厚老实的样子。这让我觉得很难过,你说你长得人畜无害又何苦这么吹毛求疵?

出人意料地,客户夸奖了我,甚至说他很喜欢我画的插画。他们的产品是一款点读机,我们公司负责说明书封面封底的设计,我手痒在封底画了一幅四格漫画——第一幅,一个戴着黑框眼镜看起来很凶的老师站在点读机上指手画脚;第二幅,一个坐在课桌旁手托着下巴翻着白眼的小朋友;第三幅,小朋友伸出手指点了点点读机;第四幅,老师像一个被针扎了的气球一样"咻"一下飞远了。

他说他们公司将针对这一系列的点读机出一些周边产品,像是一些小本的漫画,问我有没有兴趣接漫画,一切将会完全按照我的意愿来画,按照漫画出版规格来做。

我震惊了,眨着眼睛望着傅沛,傅沛笑着点点头,替我把话题接过:"阮先生,那我们来聊一聊这次合作的价格吧。"

我很快被傅沛找了个借口赶出了办公室,他说我那副天上掉馅饼的模样很不像艺术家,而艺术气息将会影响价格的走向,简而言之,就是我傻乎乎的模样会影响他把我吊高来卖。

我出了办公室门就给江辰打电话,因为兴奋而显得语无伦次,幸好江辰能听懂,无论我怎么胡言乱语,他总是能听懂的。

他说:"陈小希,你最想做的事要实现了,你这么多年无所事事看的漫画也没白看啊。"

  我一直在傻笑，他说："好了好了，别笑了，下班后我带你去庆祝。"

  下班时间他真的准时地出现在我公司楼下，我上车第一件事就是扑向他，我搂着他的脖子在他耳边尖叫："江辰，江辰，我会出漫画书耶！我会出漫画书耶！"

  他掰着我的手："好，但你也别把我勒死啊。"

  我不管，把他的脖子勒得更紧了，冲着他的脸又是亲又是啃的，不亦乐乎。

  蹭了他一脸口水后，我心满意足地坐好，系上安全带，他问我："想去哪里吃饭？"

  "本来他们说一起吃饭庆祝的，但傅沛一听到你要来他就发怵，哈哈。"我说。

  他耸耸肩，理直气壮地说："我看你和司徒末都不是很喜欢他对你们的称呼，我不过是纠正他对同事的称呼而已。"

  我捶了他一拳："去吃东北菜好不好？我想吃饺子了。"

  "嗯。"

  在等待菜上桌时，我看到了吴柏松带着胡染染进来了，我们坐的位置偏又刚好被一根柱子挡住了，所以我看到了他们，他们却没有看到我们。

  江辰也看到他们了，摇着头跟我说："吃饭，别过去。"

他们在离我们不远的地方坐下，我听见胡染染说："别点太多，吃不完浪费钱。"

我想起那天她在宴会上穿着红花青底的旗袍，用嘲讽的口吻说着她飞到哪个国家吃什么东西，还有她怎么吃那些粒粒饱满的鱼子酱。那时她眉梢眼角有一种惨白的风情，却远没有现在低眉顺眼地说着浪费钱美丽。

我想女人愿意为了男人省钱，至少要比只想花他的钱要爱他吧。

然后一盘一盘不同口味的饺子上了桌，我内疚地跟江辰忏悔："早知道就别每种口味点一份了，显得我很不会持家。"

江辰夹了个饺子塞到我嘴里："吃吧，啰唆。"

他塞进来的饺子是白菜馅儿的，一咬下去喷了我满口的汁，他苦笑着拆纸巾让我擦嘴。

我们离开时，吴柏松和胡染染还在吃。我把剩下的饺子都打包了，未来将要过好几天吃饺子的日子了。

在回家路上某个等红灯的空当中，江辰突然漫不经心地说："哦，忘了跟你说，我爸妈明天来。"

要知道我原本是沉醉在我要出版一本漫画、这世界真美好的感动中的，这种感动甚至在看到胡染染和吴柏松时也觉得世俗不过是世俗，而爱情永远是爱情。但这样的感动就像阳光下五颜六色的肥皂泡，它不禁戳。

我沉默了很久很久,江辰把车停在楼下,车灯照得车前的路一片光亮。飞蛾、飞蝇、飞蚊等一切会飞的小昆虫都在光束里疯狂舞动,像是参加一场告别派对。

江辰握住我的手:"你在想什么?"

我不知道怎么回答他,我垂着头看着我们交握的手,轻轻地用食指揉动他食指指节的那根骨头:"我在想,你妈妈再见到我,还会觉得我配不上你吗?"

他沉默地握紧我的手,他不擅长安慰人或者调节气氛,所以这样的事必须由同样也不擅长的我来承担。

我摸着他的脸说:"这位先生,下次请不要再用'今天天气很好'的语气播报着'动物园的狮子跑出来咬死人'的新闻。"

他拉下我的手,眼神坚定地说:"我们不会重蹈覆辙。"

我笑一笑:"但愿。"

但愿。

但愿阳光总在风雨后。

但愿风雨过后有彩虹。

但愿人长久,千里共婵娟。

但愿雁字回时,月满西楼。

第十九章

夜里我做了噩梦,梦到一个空房间里只有我和江辰的妈妈面对面坐着。他妈一脸高深莫测地盯着我看,像在看一条被她捏在食指和拇指间的虫。

我惊醒,江辰在身旁睡得正酣,月光从窗外透进来,给整个房间都披上了乳白色半透明的薄纱。

我伸手轻轻拨开贴在江辰脸颊的头发,小声地说:"其实我真的怕你妈,怎么办?"

他依然沉睡着,我叹口气坐到床边,用脚找了很久的拖鞋都没有找到,才想起我是被江辰直接从浴室扛到卧室的。

我到厨房倒了一杯水,到浴室门口找到拖鞋,趿拉着拖鞋到阳台看着路灯喝水。天色将亮,上次江辰被我丢下去的衣服还散落在三楼那家人支出来的篷布上。江辰知道后吓唬我说要把我的衣服都丢了。我手里有他的银行卡，所以我一点也不害怕。

"小希。"

我回头，江辰抱胸倚着阳台门，黑暗中我也看不清楚他的表情，他说："在想什么？"

这是今晚他第二次问我在想什么，而我依然在想，他妈会不会觉得我配不上他。

我摇摇头道："做噩梦了。"

他走过来从背后环住我的腰说："梦到什么？"

"妖魔鬼怪。"

他搂紧我，暖暖的体温缓缓地从他身上渡到我背上，他说："陈小希，你不能害怕了就跑。"

我开玩笑道："那要看你妈这次的火力程度了。"

他突然抬手用虎口卡住我的下巴，用力掰转过我的脸，从我身后侧吻了上来。我能感觉到他的不安，他的舌尖探进来时还带着微微的颤抖，这样的颤抖像是带着细小的电流，那电流吸引着我靠近一点，再靠近一点。

唇舌辗转间，我听到他恶狠狠地说："陈小希，你这次再跑的话我们就没有下次了，我说到做到。"

我想说，这位先生您是怎么做到贴着我的嘴还能讲出这么一大段话的？我还想说，这位先生您用这么激烈霸道的表达方式跟您一贯冷漠淡定的形象不符，您这样的表现显得角色不入戏，很不敬业呀。

江辰松开我时,我必须攀着他才能稳住发软的脚,他捏捏我的脸说:"你的眼睛里都是雾气。"

我没明白过来,主要是这句话和上一句话表达的内容差距太大,他思维太跳跃,我有点跟不上。

第二天上班时我都是在浑浑噩噩中度过的,甚至连傅沛跟我说他把出版漫画的事谈成了,还谈了一个很不错的价钱时,我也仅仅是扯了一下嘴角,表示我其实很开心只是面部表情不行。

快下班时我接到江辰的电话,他说他现在走不开,让我去机场接一下他爸妈。这让我觉得很不合理,不合理的地方在于接他们的地点——机场,什么样的人会在两地就是"起飞——唱一首流行歌——降落"这样的距离下选择飞机这样的交通工具?答案是:生怕别人不知道他们有钱的有钱人。

傅沛很好心地送我到机场,当然我觉得他可能是预感到我将会成为漫画界一颗冉冉升起的新星,所以他现在必须巴结我。

我在见到江辰的爸妈之前一直是很紧张的,甚至几次紧张到一深呼吸就有作呕的冲动,我还自我安慰说,实在不行就假装怀孕吧,她不要儿媳妇总不能不要孙子吧?或者说一见面我就为当年的年少无知做一段声情并茂的忏悔……总之我心里做了很多的自我建设,告诉自己千万不要因为她而觉得受伤,要坚持巴结的原则,她打完我左脸我就凑上右脸去……

但在我看到他们的那一刻，我彻底释怀了。打个比喻，我原本指望她对我的厌恶是扇一巴掌就能解决的，没想到她觉得必须腾空飞踢我才能解恨，而我又不愿意被飞踢，所以就算了吧。

用了这么个精妙的比喻，我还没有说清楚具体发生了什么事。具体就是江辰他妈带了一个女的，不巧的是那个女的我认识，并且在很长一段时间内都痛恨着，那个女的叫李薇。她高中时期一直以阴魂不散的姿态在江辰身边晃悠，每每让我见了就觉得，哎呀这女的怎么比我还不矜持啊！

我相信江辰他妈不会神通广大到知道我在心里默默地讨厌着李薇，但我也相信江辰他妈不会无聊到带着李薇来参观这里的城市建设，最重要的是我确信江辰他妈看我的眼神里并没有一种我们称之为善意的东西。

但虚与委蛇是必须的，我毕恭毕敬地说："叔叔、阿姨好，我是陈小希，江辰有事来不了，让我来接你们去医院和他碰面。"

江辰他爸点点头道："你好。"

江辰他妈从鼻孔里发出介于"嗯"和"哼"之间的一个微妙音节。

倒是李薇很热情地来拉住我的手："小希，好久不见，你变漂亮了。"

我干笑道："你还是这么漂亮。"

我阴暗地认为她说"你变漂亮了"是在暗示我以前很丑，所以我理所当然地更讨厌她了。

虽然我讨厌李薇，但我还是不得不承认李薇很漂亮，她的漂亮还透着那么股聪明劲儿。用司徒末评价她老公的美女科学家同事的话来说就是：美貌与智慧并重的女人，最招人讨厌了。

在出租车上，我努力寻找了两个得体的话题，想要跟长辈拉近距离，这两个话题分别是坐飞机会不会晕机和飞机餐好不好吃。其实我还有很多话题的，像是空姐漂亮吗、身材好吗，空少帅吗、腿长吗？但鉴于他们对我前面两个话题的参与热情不高，我也就没再多说什么。

快到医院时，我打电话让江辰来大厅等，但我们到了大厅还是没见到他，于是我又给他打电话，他说在过来的路上。

一分钟后，穿着白袍的江辰出现在大厅，他的视线扫到李薇时停顿了一下，询问地看向我，我耸耸肩。

江辰和他爸妈似乎也有点疏离，不过这个可以理解，江辰的脾气怪，他家二老更怪。

简单说了几句话，江辰他妈说："找个地方吃饭吧。"

江辰脱了白袍递给我，我把它叠好了塞在包包里，他接过李薇手里的行李袋，这个行李袋一路上李薇揽得死紧，生怕我冲上去拎了就跑似的。而且行李袋很大，我怀疑里面藏了一具死尸。

路上江辰小声地跟我解释，李薇的爸爸是我们镇里的教育组组长，和他爸是好朋友。这个我明白，班长组长什么的一般都是好朋友。

吃饭时江辰他妈好像突然想起了我的存在似的，说道："陈小姐现在在哪里高就？"

"叫她小希就可以了。"江辰抬头说。

我忙回答道:"在一家设计公司。"

"外企还是国企?"

我吞一吞口水:"民企。"

"哦,规模如何?"

我说:"三个人。"

在场的人除了江辰都停了筷子诧异地看着我,这让我怀疑我刚刚是不是口齿不清地把"三个人"说成了"杀了人"。

半晌后江辰他妈又说:"陈小姐有没有考虑过换工作?"

我觉得她比较想问的是"陈小姐有没有考虑过换男朋友"。可是不好意思呀这位太太,我缠了你儿子太多年,半途而废的话会显得我为人很没有毅力啊。

于是我摇摇头:"没有。"想一想又补充,"我很喜欢这份工作。"

她已经不再费心掩饰她那鄙视的眼神,直接忽略我对江辰说:"江辰,李薇辞职了,准备考你们学校的研究生,所以打算在这里住一段日子,你那儿反正空了一个房间,让她住你那儿,你李叔叔他们也比较放心。"

江辰头也不抬:"不方便。"

"怎么不方便?"她"啪"一下把筷子拍在了桌子上,声音之大让我怀疑她内力深厚,我甚至怀疑等一下服务生收拾桌子时,必须把筷子从桌子里抠出来。

因为我在胡思乱想,所以做和事佬的良好机会没赶上,反而白白落在了李薇手里，对此我很痛心。

李薇笑着拉着江辰他妈的手："阿姨，您别生气，的确是不怎么方便，我住旅馆就好了，反正也不是多长时间的事儿。"

我在桌子底下踢了江辰一脚，他抬头疑惑地看着我。

呃……其实我也不知道为什么要踢他，只是突然觉得气氛到了。

江辰他妈不依不饶："怎么不方便了？你和李薇从小一起长大，长辈们都信得过你们，而且让一个女孩子独自住旅馆太不安全了。"

我秉承着机不可失的精神立马跟着话尾拍马屁："是啊，非常不安全。"

不过似乎我的身份不适合讲这样的话，因为我一讲完饭桌上又陷入了沉默，于是我缩缩头决定接下来打死都不说话。

"你也不想想房子是谁买的？"江辰妈拍着桌子，"难道我连邀请朋友来住的资格都没有吗？"

江辰不再说什么，只是把我挂在椅子上的包包拿下来，从里面找出他家的钥匙，然后递给李薇："我妈说得也没错，你一个女孩子家住外面的确不安全，这是钥匙。"

情况急转直下，江辰突如其来的通情达理让还在表演火冒三丈的江辰妈也愣在当场。

江辰又从口袋里掏出车钥匙递给李薇："我记得你有驾照，有辆车出门方便点。"

李薇这下不敢伸手接了，用求救的眼神看向江辰妈，江辰妈又看向江辰爸，江辰爸沉声说："江辰，你这是干什么？"

江辰把钥匙放在李薇手边，语气倒是很平和："这本来也不是我的车。"

我的心都提到嗓子眼了，手在桌子下拼命扯着他的衣摆，心想你要叛逆什么的，也不要挑我在场的时候啊，这不知道的人还以为是我怂恿你的呢。

他握住我的手看了我一眼，这一眼意味深长，但我没明白过来，等到我明白过来时已经来不及阻止了。

他说："爸，妈，我跟你们说过了，小希是我女朋友，我现在跟她住在一起，我们想结婚，希望得到你们的同意。"

"我不同意。"江辰他妈说。

我心想我也不同意啊，我还没被求婚呢。

江辰握紧了我的手："不同意也没关系，当年我考大学选专业你们也不同意，而且你们也不同意我当医生。"

我的心情介于"拜托你闭嘴别害我了"和"站起来鼓掌说好帅"之间，很矛盾。

眼看江辰的爸妈就要发飙，却传来两声敲门声，服务生进来问："有什么可以帮到您的？"

我这才发现包厢里的服务灯是亮着的。

"买单。"江辰递给那服务员一张信用卡，一直在我包里的信用卡，不知道什么时候到了他手里，他是扒手吗？

服务生退出去后，江辰说："李薇，钥匙我都给你了，吃完饭就麻烦你送我爸妈回去休息。我今晚有手术，明天休假再带你们出去逛逛。"

　　说完他也不管他妈拍着桌子说"你给我坐下"，一把拉起我说道："送我去坐地铁，我没有地铁卡。"

　　我一边被他拖着走，一边回头："叔叔阿姨再见。"

　　江辰走在前面，我在身后攥着信用卡亦步亦趋地跟着，走了二十来分钟，他停下脚步，我加快了脚步走到他身旁和他并肩。

　　他牵着我的手缓缓向前走："陈小希，我小时候他们经常吵架。"

　　我安慰道："我爸妈也常吵架，我妈还说有弄死我爸的冲动。"

　　他低头看了我一眼："你瞎掰的吧？"

　　我摸摸脖子："这你都能看得出来。不过我想说，你刚刚那种表现，让我感到压力很大啊。"

　　他不理我，继续说道："常常是我在琴房练琴，他们就在外面互相诅咒，拼命地辱骂对方的祖宗十八代，或者拼命地用言语侮辱、质疑对方。作为和他们是同样祖宗又是他们下一代的我，感到压力很大。"

　　我抬手拍拍他的肩膀："贫嘴不是你的风格，不能帮你塑造出一个放荡不羁的形象。"

　　他掐了下我的脸："真烦，你说他们怎么不离婚呢？"

我实事求是地分析:"离婚的话他们对上级不好交代。"

他笑了:"你是怎么知道对上级不好交代的?"

我说:"我小时候觉得我妈很凶,劝我爸娶别人,他跟我说对上级不好交代。"

江辰又伸手来掐我的脸:"怎么天大的事到了你那里都会变得很搞笑?"

这大概就是传说中的——天赋。

"走吧,咱们坐地铁回家。"江辰松开牵着我的手,揽着我的肩,"我没钱没地铁卡。"

恰好是下班时间,地铁里塞得跟沙丁鱼罐头似的,我后背抵着车厢壁站着,江辰站在我面前,双臂撑在我身体两边,替我把人群阻挡开去。

我仰头看他,眯着眼睛一直笑,他被我笑得莫名其妙:"干吗?"

我说:"嘿,电视里男女主角如果在拥挤的车上,一定会有一个这样的姿势,用身体挡开人群,你好浪漫啊。"

他一脸"真是受不了你"的表情。

我站直,倾靠过去笑眯眯地搂住他,脸贴在他胸膛上,双手在他腰后交握。

我说:"江辰,我可不可以不陪你爸妈,我明天得和客户商量漫画内容,而且很久没被人看不起了,我得缓缓。"

其实我是觉得明天我在场的话,场面不知道又要多尴尬了,还不如别去扫兴。

他点头："可以。"顿了一顿，他又说，"委屈你了。"

我摇头，看着他的眼睛："江辰，我好爱你啊。"

他有点不自在地别开眼，低声发出一个"嗯"的声音。

过了五分钟，他突然低头问我："怎么办？我现在没房没车了。"

我假装很认真地沉思起来，过了一会儿才笑着说："这样吧，你忍我好吃懒做，我就忍你没房没车。"

他笑着低头用他有酒窝那边的脸颊，轻轻地蹭了一下我的脸颊。

还差两站到家时江辰的手机响了，他从外套口袋里掏出来看了一眼又塞了回去。我伸进他的口袋把手机找了出来，接通了举到他耳边。

他低头瞪了我一眼，不情不愿地对着手机叫了一声："妈。"

然后是长达五分多钟的沉默，在嘈杂的地铁里我只能勉强听到像是"死""滚"之类发音简短感情色彩丰富的字眼，可能是小学时造句的作业做多了，我根据他妈平时的行为作风，用我现在听到的只言片语造了一些句子："你让那个死女人滚！要么我死，要么她滚！死人，是不会滚的……"好吧，我小时候造句常因为异于常人而被老师批评。

最后我听到江辰沉声道："我不会听你的话的，就这样吧，我现在有事。"

我要是这么跟我妈讲话,她会把我塞回肚子里。

江辰大概气坏了,他挂掉电话后把手机往我外套口袋里一塞,再也不发一言。

我摸着口袋里的手机心里一阵忐忑:我要不要提醒他这是他的手机呢?他会不会恼羞成怒说手机不要了,然后就便宜了我那颗想换手机的心。

地铁到站时我推了推江辰说到了,他拉着我的手随着人潮往外涌动,我们一度差点被人潮冲开,后来江辰干脆拉了我圈在怀中往前走,好不容易逃出地铁口,江辰松开我,叹了口气道:"没有车看来还是不行的。"

我嘲笑他:"少爷,您有多久没坐过地铁了?大学时也不见你抱怨过。"

他不以为意:"大学时要是没有我,你都不知道要在地铁和公交车里哭几回。"

我拉着他袖子的手指忍不住捏紧了一些。

我们都是从小地方到城市里来念大学的,我们那里一踏出大街就有笑容憨厚的大叔骑着看起来会散成一摊零件的摩托车问你:"孩子要去哪里啊?"所以大学时我看到蜘蛛网一样的道路和地铁路线就傻掉了。于是我无论去哪里都跟着江辰,他负责带着我在那些复杂的地铁线中来回转换,我从来都不用花心思去想哪条线到哪里，从来都不需要担心坐错方向。

　　毕业后刚开始工作那阵子，他还特地带着我坐了趟公交车和地铁，从他实习的医院到我住的地方，再从我住的地方到我公司，再从我公司到他实习的医院。而且他还编了一段口诀让我记住——"医院公司，过马路304；家里公司，过马路507；家里医院，过马路216"，他说："你要记住，口诀里的地点倒过来时坐同样的车，但是不用过马路了。"我说："知道了知道了，我哪里有那么笨。"虽然知道了，但我偶尔还是会坐错，坐错后就随便找个站下车然后觍着脸打电话给江辰，让他来领我回去。

　　再后来我们分手了，我换了公司和住的地方，自己小心翼翼地在本子上记了每一条路线，但还是经常坐上反方向的车。某次加班回家，一上公交车我就开始抱着车柱子打盹，醒过来时发现公交车路过的地方我完全不认识，情急之下我掏出手机想打电话让江辰来救命，在按下拨出键的那刻我猛然醒悟过来，抱着柱子就开始疯狂地流泪，不知道的人还以为那柱子是我失散多年的至亲。

　　那时我身旁站了一个头发染得像夏日雨后彩虹的女孩子，她嚼着口香糖悲悯地看着我："你没事吧，是不是哪里疼啊？"

　　我说："我坐错车了。"她听完一愣，然后也快哭了，她说："你害我把口香糖吞下去了。"

　　然后我也一愣，接下来我就盯着她一直哭，眼泪与鼻涕齐飞的那种哭法。我说："对不起，我不是故意要害你把口香糖吞下去的，不然我赔你一条口香糖好了。对不起我不是故意要坐错车的。对不起我现在才想起来，我真的没有人可以依靠了。对不起我不是故意要哭的，对不起你不要怕我，我真的不是神经病。"

那个彩虹女孩在听到"神经病"这三个字时默默地往旁边挪了几步，停站时车门还没完全开启她就掰着车门飞奔了出去。

我叹了口气，如果时光能倒流到那个时候，我真的很想心平气和地跟那个彩虹女孩解释，解释我突如其来的无助，解释我突如其来的想念，解释我真的不是神经病……

人生啊，有时很难衡量，是从来没有得到过更痛苦还是得到了又失去更痛苦。我松开了江辰的袖口，抓住他的小指晃了两下，总归还是失而复得比较幸福。

江辰反手微微用力握住我的手："别晃。"

我撇嘴，扭头看到路旁有卖烤红薯的："你看，烤红薯。"

"哦。"他说。

我停了脚步不肯走："我想吃。"

"不干净，烧烤致癌。"他又说。

我明显看到烤红薯的大叔表情一僵，一副要丢火炭过来的模样，只好先掐着江辰手臂的肉拧了一圈："胡说，烤得那么香，你现在就去给我买。"

小时候，我要是因为揍了别人家小朋友被投诉，我妈肯定抢在人家的妈妈开口前就对我进行一番打骂，她说那叫先下手为强，这样人家妈妈就不好意思多说什么。我倒是觉得人家妈妈是怕一开口撩起我妈的脾气，我妈会失手把我打死。

江辰一脸无法置信地看着我，我觉得他是没料到我这么温柔得能掐出水来的人也会家庭暴力。

我恶狠狠地瞪他："给我买红薯！"

"买就买，发什么神经。"他一边嘟囔着一边掏钱包，"老板，麻烦给我两个烤红薯。"

老板用纸袋子包了两个红薯递过来，末了还不忘强调两句："我的红薯吃了强身健体，什么致癌都是胡说八道。"

江辰一愣："不好意思，刚刚吓唬我女朋友来着。"

拿到热腾腾的红薯后我坚持要边走边吃。江辰说："你就吃吧，离我远点，我不想让别人知道我认识你。"

我一剥开红薯皮，一股香喷喷的热气就扑进鼻腔，一口咬下去只觉满嘴绵绵密密都是红薯的香气。

我举了红薯到江辰嘴边："很好吃，你吃吃看。"

他避开，拿着手里的红薯给我看："难道我没有吗？"

"咬一口嘛。"我劝他，"真的很香，你现在不吃的话此生一定都在悔恨中度过，相信我。"

他拗不过我，最后只好勉为其难地咬了一口，只是这一口就咬去了我大半个红薯，心疼死我了。

回家的路程走路也就十分钟，但我为了把两个红薯都吃下去，硬是走了二十多分钟还没走到小区门口，江辰火了："你自己在路上吃吧，吃完了记得回家。"然后他就气冲冲地回家了。

我带着满足幸福的微笑在楼下把红薯吃完,其间还引得三楼黄太太的女儿在地上滚了一回,说妈妈我要吃她的红薯。

罪过罪过。

回到家时江辰在看球赛,我扑上去揍他:"谁让你丢下我就跑?"

他不躲不闪,笑着任我又掐又咬:"反正你死活都会跟上来。"

这种被吃定了的感觉实在很叫人气馁,可是我又有什么办法呢,也许所谓爱情也不过就是那样一种心情,那样力不从心无可奈何,运气好的甜蜜,运气不好的伤心。

我枕在江辰的大腿上,用手指摩挲着他的下巴,没想到他看上去干干净净的样子倒是有胡楂,摸上去刺刺的却不扎人。感觉就像是小时候偷偷打开爸爸的工具箱,摸到那被爸爸用旧了的砂纸。

江辰低头把视线从电视上移到我脸上,若有所思地看了我一会儿,才说:"你这样躺着,脸好大。"

……

我记得有那么一种说法,如果一个男生很喜欢很喜欢一个女生,他就会忍不住想要欺负她,看着她哭丧着脸的样子,他就能够得到一种心理上莫名其妙的变态满足。我决定以后就坚信这样的说法一百年不动摇,不然日子真的没法过了。

第二十章

第二天我照常上班，江辰去陪他爸妈和李薇，其间他打过电话给我，说是在一个什么园看雕塑，我一听"雕塑"这两个字骨子里的艺术细胞就开始狂吼叫器，假设我的艺术细胞是有嘴的。

我问江辰说那是什么样的雕塑，他说人、动物。

我又问他说那用的是什么材质，他说金属、石膏。

我又问他那线条优美吗，他说不是直线。

我最后实在无奈，只好跟他说让他跟我讲他你印象最深刻的一个雕塑。他说有一个仰头下巴朝天的屈原铜像让他印象很深刻，因为颜色很跳脱。

我一听很兴奋，追问说颜色怎么个跳脱法。他说整个铜像是金铜色的，但是在屈原扬起的下巴上有一圈灰白色。

我沉吟了一下，向他解释那是为了突出屈原的胡子，在艺术的表达中，衬托是很重要的一种手法，你看到的是一整个屈原的铜像，说不定那个艺术家其实就是用一整个铜像来突出那一圈灰白色的胡子，也许就是一个象征，象征真理不畏岁月风霜之类的。

江辰说："陈小希，你让我认识到了艺术真的是相通的。"

我谦虚地说："哪里哪里。"

他又说："艺术家真的挺不容易的，为了象征你说的那个主题，他大概想了不少办法，才能让鸟和鸽子天天在屈原的下巴上拉屎。"

……

今天因为漫画书的事开了一下午的会，我这一生最恨的事情就是开会。我总觉得一群人傻坐成一个圈，中间至少得点个篝火什么的。

我们公司从来不开会的，实在是由于才三个人，傅沛也没脸说出"开会"这两个字，但是对方公司就不同了，我们到他们会议室时吓了一跳，密密麻麻地绕着长圆桌坐了一圈，外围还稀稀疏疏地坐着几个拿着大黑本子的秘书模样的女孩子。

会议又臭又长，对漫画的设想讲了一大堆，然后搞半天与会人员连一个知道怎么用修图软件的人都没有，不过就是走个过场，反正我最后画出来的漫画里有个道具是他家的点读机就好。

开完会，傅沛主动提出要给我更新办公装备，说把电脑、扫描仪和手绘板什么的统统给我换成最新的。虽然我画漫画习惯用笔先画好再扫描到电脑里上色,但是对于可以浪费公款这事我还是十分热衷的。

因为开完会差不多也到了下班时间,傅沛干脆决定送我回家。

我没料到我会在家门口见到倚门低头抽着烟的吴柏松。

听到脚步声,吴柏松抬起头,他这一抬头吓得我倒退了两步。两三天前我见到的还是春风满面的他,怎么一下就胡子拉碴、萎靡苍老得好像被腌过的萝卜干?

我大概可以猜到发生了什么事,只好强装平静:"你等很久了吗?怎么不先打个电话呢?"

他说:"打了,你没接。"

我掏出手机才发现下午开会被我调成静音了,忙解释道:"我调成静音忘了调回来。"

然后一边掏钥匙开门一边招呼他:"进来前先把烟熄了,你怎么看起来这么憔悴?"

吴柏松一进门就坐在沙发上一动不动,我找出茶包泡了杯热茶塞进他手里,然后用最知性最善解人意最不八卦的语气问:"你怎么了,发生什么事了?"

他盯着手里的茶:"染染要和我分手。"

我咬了咬下嘴唇,深吸一口气问:"还有呢?"

"还有你不是都知道了?"他抬头看我,"你是用一种什么心情来看待我这段感情的,看好戏?"

我压住火气:"如果你非得这样说话,我觉得我就没有必要再听了。"

"对不起。"他叹口气,"我不是针对你。"

我摆摆手:"那接下来你有什么打算?"

"我不想分手。"他说,"染染说那个人已经开始怀疑,她很怕他知道了会对我做出什么事,你知道那个人……"

我知道,而且我爱莫能助。

我们陷入一阵沉默,最后吴柏松眼睛一亮:"我带她走,回新西兰。"

我指出他忽略了最重要的一点——胡染染会不会跟他走。

他说:"她为什么不会跟我走?"

我说:"因为她的家在这里,她的爸妈在这里,她不敢保证她跟你走了之后,她家里的人会不会因此遭遇什么事情。"

吴柏松眼里的光芒慢慢地黯淡下来:"我连自己的女朋友也保护不了,我是不是很没用?"

我是真的不知道怎么安慰他,平时用来对付江辰的那一套无厘头在这里似乎也不是很合适。你想想看,这时候我要是说其实你也不是很没用,至少你还会说英语之类的,我想他可能会用手中的热茶泼我吧。

场面陷入他一个劲儿地自怨自艾,而我一个劲儿地重复说着"不会不会你想太多了",然而最悲哀的是我们都知道这样的对话对目前的情况不会有一丝一毫的帮助，但我们能做的却只有这么重复着。

江辰进门时就看到两个双眼无神的人坐在客厅发呆，他跟吴柏松打完招呼后走过来拍拍我的头："怎么不接电话？吃饭了吗？"

我这才意识到，我们俩相对无言地坐了有两个小时，而我们完全没有想出解决的方法来。

吴柏松站起来说他要回去了，江辰拍拍他的肩膀说："走吧，先去吃饭，吃完饭再走。"

我们在楼下的川菜馆吃的饭，江辰已经陪他爸妈吃过饭了，我点了一份酸菜鱼，吴柏松叫了一打啤酒，我和江辰都陪着他喝酒，因为这时我们唯一能做的也只剩陪伴了。

两杯啤酒下肚后，吴柏松开始说要放弃了之类的丧气话，甚至开始说其实他也没那么爱胡染染，胡染染也不值得他要死要活之类的话。

我们有满腔愤慨却又无言以对，只好继续灌酒，江辰胃不好我不让他喝太多，吴柏松忙着絮絮叨叨酒也没喝多少，于是下场就是我莫名其妙地喝到眼前出现了两个江辰和两个吴柏松。

但我的意识其实很清醒，只是行动有点迟缓，我扶着江辰的肩膀，把大半的重量都转移到他身上，然后眯着眼听他们的对话。

江辰跟吴柏松说："我知道你还会再找到爱的人，但都不是这一个了。我不知道你能不能就那样过日子，我试过是不能，那种感觉很奇怪，我不知道怎么形容给你听，不会有什么撕心裂肺的疼痛，但就是难受。我们医学上有一种说法叫疼痛数字量表，把疼痛分为0到10一共十一个数字，10是最剧烈的疼痛，0是无痛，那种难受就是零点几的难受而已，但是它属于持续疼痛，它时时刻刻提醒着你它的存在。"

吴柏松哭丧着脸说："你能不能打个我听得懂的比方啊？"

我拼命想点头说，吴柏松我们真的是知己呀，对话上升到专业角度这件事实在是很困扰人呀。

江辰扶了扶我歪在他手臂上的头，才说："就像是你一直把一件套头的毛衣前后穿反了，你总隐隐觉得不自在，觉得脖子勒得慌，而这种难受微不足道，但你就是没办法忽略。"

我第一次听到江辰这么具体地谈到感情，虽然无论他的疼痛分级比喻还是他的套头毛衣比喻都是相当地冷门，但是我依然觉得很感动。我清晰地意识到想要向他表达我的感动，但是我被酒精麻痹了的身体明显不支持我的感动，因为从我嘴里吐出的每个字都只是酒鬼的模糊呢喃，而我想抱抱他的动作最后也只是演变成醉瘫在他身上吹着酒气。

后来吴柏松说了一句废话，江辰也附和了他那句废话，那就是"小希喝醉了"。

小希，也就是我本人，身体喝醉了但是精神没醉，事实上我还在异常清醒地看着这个世界，只是他们都不知道。

出了饭店吴柏松说他要走了，然后他就走了，萧瑟的影子被街灯拉长缩短，我真的很抱歉啊朋友，我帮不了你。

江辰蹲在我面前，拉了我的手让我伏上他的背，他说："小醉鬼我背你回去"。他那样柔软的语调，我是真的没有听过。

回家的路不长，江辰走得很慢很平稳，我拉了拉他的头发，咬了咬他的脖子，他只是笑着，怕我往下滑而把我托着往上颠了颠。我用食指去戳他笑出来的酒窝，又换中指去戳，换无名指换小拇指换大拇指，他不躲也不闪，只是酒窝笑得更深了。

路上的风吹散了一些醉意，到家时我已经能够清晰地说出"到家了呀"这样洋溢着欢欣的句子。

但我猜我喝醉这件事深深地取悦了江辰，他就像一个拿到新玩具的小孩，兴奋之情溢于言表，他小心翼翼地把我放坐在沙发上，然后蹲在我面前问我："陈小希，你喝醉了？"

"是呀。"我很配合。

他又说："你知道我是谁吗？"

"知道呀。"

他说："我是谁？"

"男朋友呀。"

他笑，捏了捏我的脸："你男朋友叫什么名字？"

"江辰呀。"

他说："你现在说话可不可以不带'呀'？"

"可以呀。"

他笑着凑上来亲我的唇，贴在我的唇上说话："你知道你在说什么吗？"

"知道呀。"

他又是大笑。我想他应该也喝醉了,不然怎么会察觉不到这段对话有多傻?

后来江辰问我:"你想睡觉吗?"

我说:"不想呀。"

他说:"不累就陪我坐一会儿吧。"

我说:"好呀。"

江辰坐在地上,头靠在我腿上,他说:"你每次喝醉了都特别乖巧啊。"

我说:"是呀。"

他又笑。

他说:"陈小希,如果我趁你喝醉了向你求婚,会不会显得很卑鄙,乘人之危?"

我说过我是一个清醒的醉鬼,所以我清晰地知道我心里暗暗期待了很久他的求婚。我妈说了,男人对女人最高的赞美就是向她求婚。好吧,这句话不是我妈说的,我忘了是谁说的,我喝醉了,不要对我有太多不切实际的要求。

我压下紧张得想吐或者是喝多了想吐的感觉,认真地说:"不会呀。"

他点点头:"哦。"

我搓搓耳朵,满心期待着他的下一句话。

没有。

没有下一句话。

江辰打了个哈欠，然后趴在我的膝上盖，闭上了眼。

我眨了眨因为酒精充血而视线迷蒙的双眼，很是不解。在我的设定里，江辰这时就应该打蛇随棍上地向我求婚，然后我就仰起我高贵的头颅说我考虑一下呀。然后他说有什么好考虑的，你喝醉了就赶快答应吧。然后我就说好呀。然后这一切看起来虽然比较不矜持但都是酒精在作祟。

我觉得江辰的行为不符合上下文的对话逻辑，于是我打了个酒嗝，拍拍他的脸说："求婚呀。"

他睁开眼睛看我："你吗？"

"是呀。"

"好，我答应了。"他说。

……

我感到异常气愤，这段对话里主语宾语的胡乱省略，导致脑子虽然很清醒但依然属于喝醉属性的我完全没办法理解过来，于是我揪着他的一小撮头发说："听不懂呀。"

他拍开我的手站起来，坐到沙发对面的茶几上，然后凑近我的脸，近到我能看到自己在他瞳孔中缩成一个小小的像。

他说："陈小希，你刚刚跟我求婚了，因为是你所以我答应了，你明白了吗？"

我恍然大悟："明白了呀。"

他灿烂地笑着："那你高兴吗？"

"高兴呀。"我跟着他笑。

他赞许地拍拍我的脸:"真聪明。"

我隐隐觉得事情有点不对劲,但自从幼儿园那个教画小花朵的老师退休了后,我就再没有得到过这么真心实意的夸奖了,所以我就更高兴了。

次日清晨我醒来,躺在床上忍着宿醉的头疼,回想着昨晚的事情,然后转头看看在一旁睡得正酣的江辰,我伸出食指细细地感受他的轮廓,人睡着了看上去或多或少都比平常多一点孩子气,那点孩子气在江辰沉睡的脸上显得那么恰如其分。我看着都忍不住叹气道:"你说你这么英俊美好,但骗起傻乎乎的我来怎么就这么毫不手软呢?"

我买早餐回来时,江辰正在沙发上看晨间新闻,他漫不经心地扫了我一眼:"我还以为你逃婚了。"

我假装听不懂,晃着手里的早餐说:"吃早餐了。"

他把遥控器一丢,趴在沙发椅背上得意扬扬地说:"陈小希,你昨晚跟我求婚了,你少装蒜。"

我剜他一眼,沉着脸不吭声。

他笑着说:"我在抽屉里看过你的户口簿,我的也在我手上,不如我们请一个小时假,去民政局当今天第一对结婚的人,替他们开个市?"

我木着脸说:"你在说什么?吃早餐了。"

他穷追不舍:"你少装作什么都没发生,我知道你记得。"

你知道个屁。

你不知道求婚是我人生中最重要的一件大事,你不知道我在脑海中幻想过音乐、鲜花、戒指、下跪、眼泪,你不知道我在心里细细地描绘过每一个表情动作音调语言,你不知道不管我怎么幻想,不管求婚这事最后会怎么发生,求婚都应该由你来做,你来!

回想起我们这一路走来,总是我在他身后很努力地追赶,身边的人没几个看好的,总在我耳边说"女追男隔层纱"这样的话,仿佛他就是顺便接受了我的感情似的。其实不是的,他们不知道我在他身上花了多少心思。为了不错过和他一起上学,我每天早上六点就等在巷子口;为了能够用艺术加分和他考上同一所学校,我每天都很努力地画画,家里我的床底至今都堆满了我的素描;为了能和他在一起,我假装看不懂他妈妈瞧不起我的眼神……

而他连一个让我觉得受到万分珍惜的求婚都不给我。

我愈想愈觉得委屈,眼眶一热眼泪就哗哗地往下流。

江辰似乎是被我吓到了,单手撑住沙发一跃就翻过了沙发靠背,他跑过来抱我:"怎么了,发生什么事了?"

我躲开他替我抹眼泪的手,推开他的怀抱:"我不跟你结婚,我不嫁。"

他皱着眉头说:"你怎么回事?"

我张了张嘴，却不知道怎么说，只能一味地哭。我还记得江辰的那个套头毛衣理论，我也相信他爱我，但是我无法跟他解释我那突如其来的心慌，我害怕，害怕因为最初是我先说喜欢，所以永远只能由我主动；我害怕，害怕因为我先迈出了那一步，所以他会理所当然地觉得每一步都应该由我来迈；我害怕，害怕我爱他比他爱我多很多……

他再次试图伸过手来抱我，我摇着头一步步地退后，直到后背抵上了门。

江辰像是忍耐什么似的深吸了一口气："你这样是因为我妈吗？我妈那边你不用担心，我已经跟她说清楚了，她那人雷声大雨点小，我的事情她也拗不过我。再说了，我们结婚后不和他们住，他们也影响不到我们。"

原本我最担心的问题现在反而成了我最不关心的问题，我在生气我在难过，我管你妈要你娶谁。

人一难过就很容易钻进死胡同，我看着江辰皱眉头的样子，就觉得他一定是讨厌我了，他一定是觉得我无理取闹了，他一定是要分手了。不知道谁又说过，女人提一百次分手都抵不上男人提一次。虽然这句话有试图从分手数量上贬低女性情商的嫌疑，但江辰他不要我了……

意识到这一点，我发现是谁求的婚也已经不重要了，人生真的是瞬息万变，你以为重要的，下一秒有可能就没那么重要了。

我觉得天旋地转，我的背抵着门慢慢下滑："我不要分手……

你别生气……"

　　江辰随我蹲下来,他显得很困惑,不停地问我:"你怎么了,你怎么了?"

　　"我头痛。"这是我失去意识前说的最后一句话,如果我早知道我说完这句话就会晕倒,我会说"我们结婚""我嫁给你""我现在真的在跟你求婚了"。

　　可惜没有"如果",没有"早知道",没有"从头来过",没有"时光倒流",人类遣词造句的逻辑很怪,常常使用这样无法改变事实但是又无可奈何的词,仿佛可以安慰到谁。

第二十一章

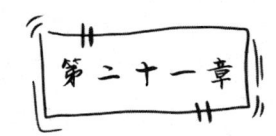

我醒来时在医院,我下意识地看了看床周围,很失望地发现没有电视里常演的男主角趴在女主角床边累得睡过去的场景。于是转着头四处找手机,没找着,倒是脑袋晃动了几下就晕得很。

我想抬手揉一揉额角,手一抬就觉得手背隐隐作痛,伸到眼前一看,才发现手背上多了一个泛着青色的针孔,看来是打过点滴了。

五分钟过去了,我还在克服刚醒来的那种眩晕感,病房门被推开了,进来的是一个有点眼熟的护士,她说:"江医生的女朋友,你醒了啊?"

我想我的眼睛是睁着的,如无意外的话就是醒着的,当然我只是点了点头,很配合地说:"刚醒。"

"江医生开会去了,让我过来看着你。"她解释道。

"我怎么了?"

"低血糖,怀孕了。"

我当场三魂没了七魄,颤抖着问她:"什……什么?"

"低血糖!怀孕!"她提高了音调说。

我的心情很复杂,我才和江辰吵完架,一转身就怀了他的孩子,我这肚子也太不争气了吧。

"喂,你要当妈妈了,高兴一点吧。"护士说,"笑一个。"

我还在五味杂陈,哪有工夫为她表演笑一个:"你去帮我叫江辰来,我有话和他说。"

她很不情愿的样子:"你先笑一个,表示你很高兴,然后我就去替你叫江医生。"

我狐疑地看着她,表示姐姐我觉得你行为有点古怪哦。

她被我看得有点心虚,干笑两声,突然对着门外跺脚大叫:"苏医生,你进来啦!"

门被推开,幽默大王苏医生慢悠悠地踱进来,用一种恨铁不成钢的口气教训着小护士:"你真的很没用,这点事都办不好。"

她笑着跟我打招呼:"嗨,小希,其实你只是低血糖和宿醉,还有轻微的感冒而已。不过我们刚刚打了个赌,猜如果骗你说你怀孕了,你是会哭还是会笑。她赌笑,我赌哭,结果你竟然不哭也不笑,太没意思了。"

啊哈,为什么我对苏医生的行为感到不悲不喜,甚至不生气？

"开个玩笑而已，你不会生气吧？"苏医生说，"还是你现在很失望啊？要不要哭一下？"

我揉着手背上的瘀青："你们的赌注是什么？"

"十次值班。"苏医生说。

"你们一个医生一个护士，怎么替换啊？"我问。

苏医生的回答简单明了："她男朋友是骨科的医生。"顿了一下又补充道，"她还有个哥哥，和江辰一个科室。"

我沉吟了一下，笑眯眯地说："一半一半，如何？"

"成交。"苏医生抢答。

小护士傻乎乎地看着我们，脑门上冒了一堆问号。

我干咳了一声，开始把手伸到被子底下掐自己的大腿，两秒钟后，我泪流满面地说："我……我哭了……"

小护士这才反应过来，跺着脚控诉："你们狼狈为奸！我诅咒你们低血糖！"

我擦干眼泪，觉得很自豪，我流几滴泪就替江辰换了五天的值班，我真是贤妻良母。

小护士念叨着她死定了之类的话，哭哭啼啼地离开了房间。

"既然只是低血糖，那我什么时候能够出院？"我打断苏医生，她正兴致勃勃地盘算着哪几天可以不用值班。

她说："这我就不知道了，等江医生回来跟你说吧。"

"哦。"我点头，只觉得因为低血糖就把我留在医院里显然有点夸张。

不过直到中午我都没见着江辰,我不知道他的会为什么开这么久。午饭是苏医生买来和我一起在病房里吃的,她带来的午饭难吃得离谱,而她一如既往地用她那无厘头的玩笑来轰炸我,我这一顿饭吃得真是无比艰难。

才吃完午饭,吴柏松竟然来看我,他说他早上打电话给我,是江辰接的,说我低血糖晕倒进了医院,所以他就来看看,顺便嘲笑一下低血糖住院的白痴。

他的笑容有一点点虚弱,讲话的同时一直躲闪着我的视线。我的心一点点地往下沉,最后忍不住问他:"到底发生什么事了?"

"胡染染走了,和那个人去国外度假了。"他说。

"等她回来。"我说,"或者你去找她。"

他摇头:"不了,我申请调回新西兰了,事实上总部一直想把我调回去,之前我没答应而已。"

"所以你答应了?"

"是,后天就走。"

"所以你是来告别的?"

"是呀,此次与君别,不知何日能再相见!"他又是勉强一笑。

我鄙视道:"洋鬼子别学人讲话文绉绉。"

然后我们都假装被对方逗笑了。

沉默着对视了一会儿,我终于还是忍不住了:"你记不记得你

第二十一章

跟我说过,爱情如果不能战胜一切,怎么好意思叫爱情?"

他叹了一口气:"那么我和染染之间就不叫爱情了吧。江辰的话我想了一整晚,觉得我对染染没有那种非要不可的感觉,事实上我从来没有对谁有过非要不可的感觉。我都是这样的,如果爱很难,我就不爱,也不觉得遗憾。"

他眼神中似乎有什么一闪而过,但很快地他垂下眼掩饰了过去,自嘲道:"你一定不知道,高中时我喜欢过你,但我从来没想过为你留下。"

我惊讶得把嘴张到可以塞下一个拳头。

吴柏松拍拍我的头:"看你吓的,跟你开玩笑的。你明天别来送机,你也别怂恿胡染染做出追来新西兰之类的白痴桥段,我想要的是更简单的感情。"

不好笑。

我本来想咬牙切齿地批判他:"吴柏松,你就不是个男人!"

但转念一想,他是不是男人这事从生物学的角度来说是由 X 和 Y 染色体说了算,我说了还真不算,于是我就不说了。再者,吴柏松是我的朋友,胡染染不是,我这人护短。

最后我跟他说:"你回去要是觉得后悔了,千万不要因为拉不下面子不回来。"

他俯身轻轻地抱了我一下,说:"结婚时记得给我寄喜帖。"

我趴在窗户上看着楼下的吴柏松渐渐走出我的视线,上次送他上车,一别就是八年,这次又不知是多久,有些朋友就是这样,各自陪彼此走一程,然后分开,然后想念。

我躺回床上看了一会儿天花板,然后迫切地觉得我想见到江辰,于是就从床上爬起来出去找江辰。

我在医院里晃了一圈,也去了他的办公室,但就是没找到他。我突然就觉得害怕,这么小的一家医院,我真的就找不到他了。我想起江辰曾偶然跟我说过,他说:"陈小希,世界不是像你家厕所那么小,我能找到你很不容易。"

那时我觉得他真的很大言不惭啊,虽然我家厕所真的不大,但是明明是我先找到他的。

说到厕所,我得顺便去上个厕所。

在很多故事里,厄运的来临总是会有一些提前的征兆,或者是天阴沉得很,或者是鸟叫得凄厉,或者是电闪雷鸣,或者是……总之,就是异常。事实上,如果硬要牵扯关联,每天都有和往常不一样的地方。比如说今天,现在,我就看到厕所的瓷砖上有两只爬得异常快的蚂蚁。

就在我准备开门出去时,听到门外有说话的声音,于是我开门的手又收了回来。我这人有个毛病,不喜欢在厕所里碰到人,觉得尴尬,毕竟厕所这种地方不算适合友好见面的场所。

于是我就傻愣在小隔间里观察那两只飞奔的蚂蚁,它们爬行的速度太快了,我有点怀疑它们是一公一母,正在私奔。

外头的人似乎在打电话,混着水龙头流水的声音我听得不是很清楚,但声音很熟,有点像今天一直在轰炸我的苏医生。

过了十几秒,水声戛然而止,我听到她说:"酥老头,让你快点办妥苏锐出国的手续你不办,现在怎么办?按苏锐那古怪的脾气,非跳楼不可。"

我先是反射性地在心里吐槽,毕竟说到脾气古怪,酥老头和苏医生怪的境界就跟中国跳水和中国乒乓球在国际上的地位一样遥遥领先。

然后我开始奇怪,苏锐为什么要跳楼,莫非他对我情深似海,久久不能忘怀?魅力四射什么的,真是困扰人啊……

她接下来的话满足了我不要脸的猜想,她说:"你也知道苏锐那么喜欢小希,他一直吵着要来找她玩。"

我闻言对着那对儿已经从瓷砖飞奔到门上的蚂蚁羞红了脸。

"不能让他知道。"她下一句是这么说的,带着一声轻叹,"小希的情况暂时稳定了,但怕是会愈来愈严重。"

像是电线突然被剪断,满室亮堂的白炽灯瞬间熄灭,周围变成无穷无尽的黑暗。我觉得眼前一暗又一晃,脚像是踩在了棉花上,软软地就想往地上瘫,幸好扶着门稳住了身子。我弄出的声响打断了苏医生的对话,她安静了一会儿,问:"里面的人没事吧?"

我深吸了一口气,捂着嘴低声回答:"没事。"

她"哦"了一声,继续讲电话:"你千万别告诉他,总之动作要快点,把他送出国去念个几年书,回来后他也就忘了。也别送去法国了,看看哪个国家的签证好办就送去哪个国家吧……嗯,酥老头你的头到底是老还是酥?用点脑子行不行,英国的签证也不好办……"

她的声音和着嗒嗒的脚步声渐渐远去,我扶着门的手抖得厉害,松开扶着门的手,我发现掌心压了两个小黑点,刚刚那两只飞奔的小蚂蚁,惨死在了我手上。

都是生命,而生命的定义之一就是无常。

生与死这样的话题,即使是在小说、电视里看到过一千遍一万遍,我也从来没有认真想过有一天将会降临到我身上。我以为的是,我会慢慢看着我和江辰的脸爬上第一条皱纹,然后到第二条、第三条,到最后数不清,和他互相嘲笑彼此的脸被岁月的蜘蛛织上了网。

但命运就是这样,它挡在你面前正对着你的鼻子踹上一脚,而你只能以手背一抹鼻血,咬牙前进。

我坐在床沿闭上眼睛,恐惧、茫然、无措、死亡,这些具有消极色彩的词语如同狰狞的怪兽,张牙舞爪地要把我吞噬。

我不知道我呆坐了多久,在铺天盖地的恐惧后,我竟然平静了下来,也没什么了不起,大不了打针吃药,大不了就去那个被描绘得很美好的地方,用几十年的时间等江辰的到来。

空荡荡的寂静中突然传来吱呀的开门声:"江医生的女朋友,你跑哪儿去了?我到处找你。"

我张开眼睛,是刚刚被我和苏医生骗了的小护士,她已经凑到了我面前,在我眼前挥着手掌:"你没事吧,怎么看起来这么苍白?"

我摇头:"你找我干吗?"

她有点结巴:"给……给你换病房。"

"为什么要换病房?"我木然地问。

她结巴得更厉害了:"呃……我也不知道……江医生……说换的。"

我不想为难她,于是点头:"走吧。"

她领着我走过一条长长的走廊,一路都在用一种诡异的眼神偷瞄我。我几次想问她,最终还是没有问出口,我想我需要江辰来告诉我,我需要他。

我很自私,我不能像伟大的女主角那样一听到自己有什么病就找借口分手,然后自己躲起来治病,我要和江辰共度一生,我需要他和我一起面对一切,我也相信他能够和我面对一切,如果他不能够,那我就不要。

护士领着我到了走廊的最后一个房间,门是关着的,她也不推开,只是抬手敲了几下后就把我推到门前:"进去啊。"

我莫名其妙地推门进去,江辰站在两张病床中间,双手捧着一个巨大的纸箱,姿势有点像古装剧里准备向皇帝献上人头的刺客。

我站在原地不动,江辰注视着我,眼神温柔:"陈小希。"

"嗯?"我吐出一个带着哽咽的字，其实我现在只想扑进他怀里大哭。

他笑出一个深深的酒窝："嫁给我好吗?"

我困惑地眨了眨眼睛，悬在睫毛上的泪就滚了下来。我没料到他会求婚，因为根据我有限的常识分析，一般人不会抱着纸箱求婚，即使真有抱着纸箱求婚的，纸箱上也不会写着"抛弃式无菌注射器"。

面对这样随性的求婚，我愣了半晌不知该给什么反应，倒是泪水比我机灵得多，滚滚不绝。

"都说你哭是因为我没有向你求婚。"他还是捧着那个纸箱。

我抹着眼泪问："谁都说?"

"以苏医生为首的女性同事。"

"可是我生病了。"我说。

他皱眉："所以呢？你别顾左右而言他，我们先解决求婚这件事。"

"如果我死掉呢?"我低头轻声地说，"生病很容易死掉的啊。"

"别乱说话!"他突然提高音量，吓得我后退了两步。

江辰长叹一声后把手里的纸箱往床上一搁，走过来立定站在我面前，然后弯腰偏头，对上我低垂的视线："那也没有关系，我们找到了很多人一直找不到的爱情。"

我推开他凑得很近的脸："你怎么会讲那么煽情的话?"

他笑着拉住我的手："她们教我说的，求婚都要说这样的话。"

我继续抹眼泪："可是我害怕。"

"一切都有我，有什么好害怕的。"江辰拉下我揉眼睛的手，"好了，再揉眼球都揉下来了。"

江辰之于我，仿佛就是一种信仰，他说了没什么好怕的，我就真的觉得没什么好怕的。只是我想象了一下他描绘的场面，觉得眼球揉到掉下来这件事还是很可怕的。

他用一只手抓了我两只手在掌中，另一只手抬起来看手表："好了，你快点答应，我待会儿有个手术。"

我这人催不得的毛病我也不是第一次说了，所以他一催，我就点头："哦，好啊，那你快把戒指拿出来。"

他回头抱起那个"抛弃式无菌注射器"纸箱走到我面前："打开。"

我犹豫了一下还是说："你要是没有买戒指就算了，不要用针给我扎出一圈戒指，这种血腥的浪漫我欣赏不来。"

他瞪我一眼，我乖乖地去撕纸箱上的封箱胶带。

纸箱打开，箱子里缓缓升起三个乳白色的手掌状气球，每个气球都有脑袋那么大，都竖着五根手指，看起来要多诡异有多诡异，气球底下长长的绳子上系着一张卷成棍状的纸条和一枚戒指。

我有点傻住，看着气球慢慢地升到天花板就停住了，剩下那根绳子系着戒指和纸条悬在我和江辰中间。

虽然我心里很想先去解下那枚戒指，但是我觉得这样会显得我太物质了，所以我就先去解纸条。

摊开来看是连着好几页撕下来的处方笺，我翻了一下，上面空白无一字，我不解地看着江辰："空的？"

他说："不然呢？"

我火了："什么都没有写你系在上面干吗？"

"保持平衡，不然气球升得太快。"他笑，带着恶作剧成功的得意。

后来江辰解下了戒指套在我手指上，那是一个样式很简单的白金戒指，波浪形的指圈，中间嵌了三颗小小的碎钻。

戴完戒指后，我看着他，他看着我，突然觉得有一点害羞，于是我推一推他："你不是有手术？"

他摇头："我骗你的，你这人不禁催。"

"哦。"我低头轻轻地转动着左手无名指上的戒指，据说那里有一条血管通向心脏，"你什么时候准备的这些东西呀？"

"今天早上。"说着他拉我往病床上一躺，搂我在怀里，"累死我了，又要买戒指又要搞什么浪漫。"

我强忍下"所以你称这为浪漫"的吐槽，指着还飘在天花板上的那三个诡异的气球说："你去哪儿买的气球？"

其实我想问的是"你去哪儿买的这么丑的气球？"但鉴于我现在生病了，处于需要积德的状态，所以我就省略了一些修饰词。我想他能够在那么多花花绿绿、形状各异的气球中找到这么丑的，也是难能可贵。

江辰说："我哪有时间去买气球，早上开会又有门诊，中午才挤出时间去买戒指，回来刚好遇到李护士，就是刚刚带你过来的那个护士，她说每个女人都期待一个浪漫的求婚。我想了半天，只好拿了几副橡胶手套想办法打了些氦气进去。"

我乍一听觉得很随意，过了几秒反应过来才觉得妈呀，什么叫"打了些'害气'进去"？

于是我问他："害气是什么气？为什么不打无害的气？还有气球为什么会飘起来？"

他很无语："陈小希，你高中化学课都在睡觉吗？氦气是一种比空气轻的惰性气体。"他说着拉着我的手用食指在掌心边写边说，"上面一个空气的气字，下面一个辛亥革命的亥字，不是害怕的害。"

我看着顶在天花板的那三只肥手掌："江辰同学，你能不能不要用这么冷淡的语气介绍这么与众不同的气体？而且，你去哪里找的氦气？"

"医院的核磁共振设备需要氦气。"他说。

我"哦"了一声，并不准备追问，因为我说过了，当对话上升到专业角度时，我就听不懂了。

江辰打着哈欠："我睡一会儿，两点叫我起来上班。"

午间的阳光挤过百叶窗，落了一些光斑在他脸上，我觉得脸上干了的泪痕有点发痒，就把脸埋在他手臂上蹭了两下。他翻身把我搂在怀里："别闹，我都睡着了。"

他当然没有睡着，我当然也有很多话想要问他，但是我还是顺从地选择了窝在他怀里安静不动,因为我不知道我还有多少次机会可以乖乖听他的话。

后来我睡着了,再后来我被江辰摇醒,他的脸因为凑得太近而被放大了很多,我甚至可以看到他眉间拧起的"川"字上有细细的绒毛。

"梦到什么了?还是哪里疼?怎么哭了?"他说。

"没有啊。"我一开口才发现,我的声音沙哑得很,伸手一摸脸竟满手的泪水,只好信口胡诌,"梦到求婚的事。"

我真的不记得自己梦到什么了,只是醒来后还残留着那种悲怆到无法言说的心情。

江辰叹着气帮我擦眼泪:"我以前怎么没发现你这么爱哭啊?没求婚你也哭,求婚了你也哭,你到底想怎样啊?"

我不想怎么样,我想健康,我想陪他到他再也没有英俊模样。

擦完了我的眼泪后,江辰无奈地看着自己衣服前襟那一大片泪迹:"陈小希,你属水龙头的啊?"

我抽着鼻子回答:"十二生肖里面没有水龙头。"

他似乎已经被我磨到没了脾气,苦笑着说:"你就在这个病房待着休息,我已经帮你请了假,我得去上班了,下班后我过来找你。"

他出去时还臭着脸把天花板上那三个塑胶手套气球扯了出去,他的解释是:"得处理掉,被别人看到了不好。"我还听见他小声地嘟囔了一句"浪漫个鬼"。

下午我还是断断续续地睡觉,梦很多,也有把自己哭醒的那种梦。

这里要提一件事,在我睡觉时苏医生来看过我,她进来得很匆忙,像是身后有鬼在追她。

"你快点听我的声音。"她说。

我从床上弹起,她的声音又尖又细,像是动画片里坏女人的配音。

"哈哈哈,我的声音多有趣。"她说,"我刚刚用针戳破了江辰的手套气球,我特别喜欢感受气流从针孔吹进鼻孔的感觉,没想到江辰里面灌的是氦气,哈哈哈哈。"

虽然我也觉得她的声音很好笑,但我还是不懂:"为什么你的声音会变成这样?"

"人吸入氦气声音会变尖细啊,因为声音传播的介质改变了,声音震动的频率改变了。哈哈哈,我的声音好好笑啊。"她自己边解释边捧腹大笑,"哎哟,笑死我了,我特地跑来分享给你听的,我对你多好啊,哈哈哈哈。"

我嘴角抽搐了一下:"是哦,谢谢你。"

直到她离开很久,我的耳朵里还萦绕着她那又尖又细的笑声,像是白雪公主的后妈跑到我耳朵里拼命奸笑似的。

江辰不到五点就来了,他的手臂上搭着外套,偷偷摸摸的样子很可爱,他说我们溜回家吧,主任说要开一个很无聊的会。

我愣愣地问他:"可以回家吗?"

他边脱白袍边说:"可以,就是一个关于元旦联欢之类的会,没什么事。"

"可是,我不用住院吗?"我问。

他脱衣服的动作停了下来,疑惑地看了我一眼:"你为什么要住院?"

我也疑惑地看回去:"我不是生病了吗?"

"小感冒也要住院?"他说,"你那么喜欢医院?"

我用力地眨了眨眼睛,努力地转动因为睡太多而特别迟钝的脑袋,然后突然抓住他的衣服:"苏医生!苏医生下班了没?"

"不知道,她又不跟我同一个科室。"他拍开我的手,把白袍脱了下来。

我二话不说拔腿就往外跑,横冲直撞地找到了骨科,苏医生正趴在桌子上摆弄着几根骨头,见我来了,就挥舞着骨头招呼我:"小希,你看这是胫骨,就是小腿上的骨头,不知道这人死了多久。来,给你摸摸。"

我默默地后退了两步:"我有事问你。"

"什么事?"她屈起食指敲那根骨头,"不知道炖汤还有没有味道?"

我又默默地后退了两步,虽然我知道这动作一定能引来她哈哈大笑说"开玩笑的",但我实在是忍不住。

她果然哈哈大笑说:"哎呀,这是塑料的,我怎么会拿去炖汤?"

我配合地扯了一下嘴角,决定单刀直入地问她:"我中午在厕所听到你和你爸爸在打电话,说要把苏锐送出国的事。"

"是啊。"她挠了挠头,"怎么了?"

"为什么要把他送出国?"

"因为小蜥快死了,我怕他难过。"

嗯!重点就在这里了。

"谁是小希?"我追问,因为讲话速度太快还差点闪着了舌头。

苏医生显得很困惑:"苏锐养的宠物蜥蜴苏小蜥啊,你不是见过吗?苏锐还说你以前和小蜥很合得来。"

啊!呀!哇!噢!哈!呵!

我用力地抱了她一下,然后转身奔回刚刚的病房,江辰已经换了外套,正盘腿坐在床上吃着什么东西。

我尖叫着扑向他:"江辰!江辰——"

他被我压得一声闷哼,为了撑住不往后倒,手里的东西撒了一地。

"你搞什么?"他说,"红枣都掉了。"

我搂着他的脖子又想笑又想叫,最后实在不知道要怎么表达我那种死而复生的兴奋,只好冲着他脖子狠狠地咬了一口。

出租车上。

我一边哼歌一边吃着红枣。红枣是江辰的病人送的，说是自家产的。

江辰捂着脖子离得我远远的，还不时用幽怨的小眼神瞅我。我不好意思地给他赔不是："哎呀，我不是故意的，你坐过来一点，我不会再咬你了。"

他不理我，捂着脖子别过头。我挪过去抱住他的手臂："对不起嘛，不然你咬回来？"

江辰白了我一眼："你属狗。"

回家后我把自己闹的大乌龙自嘲地跟江辰说了一遍，他听完之后并没有如我所料地骂我或者嘲笑我，只是沉默一会儿后拨开我搂着他脖子的手："我去洗澡了。"

他洗完澡出来也不搭理我，坐在电脑前噼里啪啦地把键盘敲得很响，我说了一句"别把我的键盘敲散了"，换回他一个凌厉的眼神。

我洗完澡出来时江辰坐在床沿，一副很深沉地思考着什么的神情，那眼神不知道落在哪里，若有所思的模样美好得像是某个电影里精心设计好的场景。不过这样的神情如果发生在我身上就会有一个比较通俗易懂的词语来形容——发呆。

我爬上床，从背后搂住他的脖子："你在想什么？"

他侧头看了我一眼："想如果没有你。"

我一愣，然后逼自己装出嬉皮笑脸的样子："那你就可以找个比我高一点，瘦一点，漂亮一点，聪明一点，温柔一点，懂事一点的女孩子了啊。"

说完我觉得很后悔，实在是显得我有太多需要提升的空间了。

江辰伸手拍拍我压在他肩膀上的头："是啊。"

他这两个字又彻底摧毁了我的泪腺，我觉得我今天担惊受怕了一整天，怕不能陪他一直到老，怕再也不能爱他，怕他在这个世界上孤单……但于他，却只是"没有了你，我可以找更好的人"而已。

"怎么又哭了？"他的语气很无奈。

我趴在他背上，又是眼泪又是鼻涕地往他衣服上蹭，边蹭边骂："你这个没有良心的，我做鬼也要缠着你一辈子，浑蛋。"

他想站起身，我紧紧勒住他的脖子不放，他也不管，就让我用一种八爪鱼的姿势半挂半夹地黏在他背后。

"你要去哪里啊？"我抽噎着问他，努力不让自己从他身上掉下来。

他不理我，半背半拖着我径直走向浴室，挤了牙膏在牙刷上，邀请我："要不要刷牙？"

我挂在他背上，义正词严地拒绝道："不要，你浑蛋。"

他抬眼从镜子里瞟了我一眼："你骂够了没有？"

"没有。"我说着又想哭，一边哭一边骂一边用头撞他的背，"你没良心，你不是人，你要找更好的现在就去找，你去找，去找，去找，不用等我死掉。"

江辰叼着牙刷，满嘴泡沫口齿不清："我快内伤了，这位太太。"

"你浑蛋，我都哭了。"我说着下意识松了一只手想去揉眼睛，手一松另一只手的力气吊不起我整个人的重量，于是又手忙脚乱地要去勒江辰的脖子。

为了避免被我勒死或者我把自己摔死，江辰只好丢了牙刷来托住我，一阵手忙脚乱后，除了他被我勒出一道红痕，我们彼此都性命无忧。

我闹了这么一出后有点怕惹毛他，就乖乖地下了地，却发现因为刚刚是挂在江辰身上过来的，所以此刻我是赤着脚的，冬天的瓷砖地面踩上去可不是一般地凉，我踮着脚尖"咻"一下蹿回房间跳到床上，裹着被子在床上滚了一圈，把自己包得像个粽子似的。

江辰进房时手里拿着一条湿毛巾，硬是把我的脑袋从被子卷里抽了出来，把毛巾盖在我脸上使劲地揉搓了一阵："哭得眼睛跟核桃一样你就高兴了啊。"

我被卷在被子中间动弹不得，只好让他用可以把我五官搓平的力度替我抹脸。

他用完毛巾后随手一扔，毛巾就挂在了椅背上，我捧着被他搓得生疼的脸抱怨："皮都快破了，你想找新的也不用给我毁容啊。"

江辰把被子一抽，我顺着被子骨碌滚了几圈，失去了被子，冷空气立马包围了我，我忍不住缩成一团，正好就被江辰团成一团塞进了他抖好的被窝里。

我还没躺好他就把灯关了，我说我还没刷牙呢，他说你常忘记刷牙。我抗议说可是我现在没有忘记啊。

他说那你怎么老是忘记我很爱你？我很爱你，所以，这个世界上的确是有比你高、比你瘦、比你美、比你聪明、比你温柔、比你懂事的女孩子，但是那都不关我的事。

黑暗中我用力眨眼，逼回已经盈在眼眶的泪意，我说江辰同学，下次最重点的话你放在最前面说好吗？我哭那么久也是会累的啊。还有啊，这个世界上才没有比我高、比我瘦、比我美、比我聪明、比我温柔、比我懂事的女孩子呢，没有。

尾声

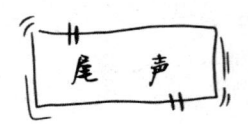

江辰他爸还是不喜欢我,他妈比他爸更不喜欢我,还有李薇也依然住在他家的房子里准备考研究生。江辰在烦恼在职考博士的事,我每天又要上班又要赶漫画,生活有时让人烦躁得想上蹿下跳地骂脏话。

但我是江太太了呀!

* *

小希:"你说我们要孩子的话,生男还是生女?"

江辰:"不是我说了算,从医学上说……"

小希:"打住,你再啰唆医学,我就生个捣蛋鬼给你。"

江辰:"那这孩子随妈啊。"

小希："……"

小希："如果我不孕不育怎么办？"

江辰："从医学上来说，不孕不育治愈的可能性是很大的。"

小希："治不好呢？"

江辰："就治不好呗。"

小希："你会不会跟我离婚？"

江辰："傻瓜，我干吗跟你离婚？"

小希："呜呜呜，你真的很爱我对不对？"

江辰："不是，我讨厌小孩。"

小希："……"

【正文完】

番外

他们的初识

陈小希觉得，自己大概从一出生就认识江辰了，她妈妈也许还曾抱着穿开裆裤的她在同样也穿开裆裤的他面前走过。

但其实她想太多了，陈小希婴儿时期的大部分时间都在外婆家，三岁之后才正式跟着父母一起生活，而陈小希家原来也不住在江辰家对面，她五岁的时候，爸爸才分配到单位的房子——一套两室一厅的商品房。

分到房子那天，家里洋溢的喜悦即便是不谙世事的陈小希也感受得到，所以她趁机摔碎了一个碗庆祝，而她爸趁机揍了她一顿庆祝。然后陈爸爸蹬着自行车，载着老婆和陈小希去看新分配到的房子的外墙。五岁的江辰正在家门口玩鞭炮，他远远地看到了一辆自行车前面的横梁上坐了个挂着两管鼻涕的女娃，他觉得流鼻涕的小孩最脏了。

　　陈小希其实挺冤枉的，她不算特别脏的小孩，至少她不是在地上捡到东西就往嘴里送的那种小孩，她会装模作样地吹吹灰再往嘴里送，还有她平时不流鼻涕的，那鼻涕是被爸爸揍了之后才哭出来的。鼻涕总是伴随着眼泪一起出现，就像闪电总是伴随着雷声，属于自然现象，而人是不可以瞧不起自然现象的。

　　但是被冤枉也没关系，对漫长的人生来说，被冤枉不过是常态。

　　后来，他们就各自长大了。虽然偶尔遇到，因为彼此的父母不是朋友，所以也不会一起玩，唯一有过一次的深刻交流，大概是在小学一、二年级暑假的时候，陈小希在巷子口滚弹珠，江辰学完钢琴回家，陈小希问他："班长，你会玩弹珠吗？你有弹珠吗？"

　　江辰看着这个平时很少交流的同学兼邻居说："不会，没有。"陈小希小朋友心想，他好可怜啊，就说："好可怜啊，那我们一起玩吧，我可以教你。"

　　可怜是一个很奇妙的情绪，谁都喜欢可怜别人，但谁都不喜欢被别人可怜。

　　于是小小的江辰愤慨了，指着陈小希的鼻子说："你才可怜，你数学考了28分。"

　　说起这个28分，其实不是陈小希的真实水平，只是考试前一晚躲在被窝里看了一个晚上的《哆啦A梦》，第二天考试才写了几道题就睡着了。但是陈小希为人大度,觉得 28 分既然是自己考的,也没什么好辩解的。

虽然话不投机,他们还是蹲在一块滚弹珠了。那天江辰作为一个弹珠界的新手,赢走了陈小希的所有弹珠。

回到家后,江辰把弹珠在肥皂水里泡了一晚,第二天兴致勃勃地揣在口袋里,想去巷口"偶遇"陈小希。他到那儿的时候,发现陈小希和一个不知道哪里冒出来小屁孩玩着跳格子。

他正想掉头回家,陈小希见了他拼命招手:"班长,班长,一起玩啊。"

在陈小希心中,江辰跟他玩过弹珠了,现在他们就是好朋友了。真高兴啊,这是她第一个班干部好朋友。

"我没空。"江辰只好加快脚步往外走。

"等我一下。"陈小希单脚从格子里蹦出来,对小伙伴说,"不算哦,我等下还从这里跳。"

一路小跑追上已经走出巷子的江辰。

"你去哪里啊?"

"去练琴。"

"练琴多无聊啊,一起玩吧!"

"你怎么知道练琴无聊?你又没有练过。"

小小的陈小希耸耸肩,学着大人的口气说:"没看过猪肉,也……"忘记了应该怎么说,又改口,"我学画画,有时候也很无聊!"

江辰懒得跟她辩解，径直往前走。

陈小希在他身后喊："那我等你练完琴回来一起玩！"

江辰气冲冲地走到钢琴老师家门口，才想起他今天不用练琴，想回家又不想遇到陈小希，在马路上绕了几圈热得受不了，他只好躲进书店翻书。一进门江辰就觉得倒霉，看店的是平时最爱赶翻书小孩的店员，那人正在玩俄罗斯方块，懒洋洋地看了进门的江辰一眼。

和外面热得变形的空气相比，天花板上缓慢转动着的吊扇带来的凉意让江辰决定就在这里混到回家吃晚饭。

店里没什么人，这是好事，找个不起眼的角落待着，估计店员也懒得过来赶他。走了几步，江辰才发现店里人少也不是好事，他口袋里的弹珠，随着他每一步走动，发出清脆的碰撞声，听到俄罗斯方块封顶的电子声，江辰用手按住口袋，缓慢地往角落里走去。

回家的时候太阳已经西斜，转进巷口前他停顿了几秒。

人早就不在了，地上粉笔画的格子也被脚印和自行车轮碾糊了。

他把口袋翻出来，弹珠一颗一颗地往外跳，掉在黄泥地上发出钝钝的声音。

江辰低头走到家门口。

"班长！"回过头，陈小希正端着个碗坐在楼梯上扒饭。

她跳到他面前说："你怎么才回来？还说一起玩呢，等到我们家都吃晚饭了。"

她的筷子在他面前挥了挥:"玩不成了,我就是等着跟你说一声。"

她脸上还沾着不明的黑色酱汁。

"知道了。"江辰点点头,开了门回家。

小小的江辰第一次知道了被等待的滋味,小小的陈小希还不知道,以后她要等这个人很多次很多次。

他们的年少

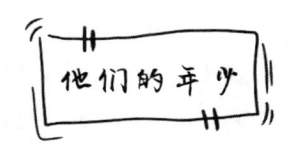

〈一〉

江辰实在不知道自己是怎么被对面那家的女儿缠上的，那个叫陈小希的女孩子，他对她的唯一印象就是她小时候嗓门特别大，无论他在家里叮咚叮咚地把钢琴弹得多响，都盖不过她在家里被她妈追着打的尖叫。

再大一点，他就很少听到她的声音从对面传来，世界顿时安静了许多。有时他从窗户往她家客厅看，总是可以看到她在看电视，有时还可以看到她笑得在沙发上打滚。

到他家里来拜访他爸的人络绎不绝，他并不喜欢那些人"公子公子"地叫他，这样的称呼让他觉得虚伪。

每次家里来了客人,他就躲在自己的房间里,看书、写毛笔字、睡觉,总之尽一切可能不让人知道他的存在。后来陈小希向他告白,他在躲客人时又多了一项活动,那就是躲在窗帘后看对面的陈小希。

他看着她走来走去,看着她打翻东西,看着她咬着笔头伏在桌上画着什么东西,如果天气热,他还可以看见她躺在地上,像烧烤架上的香肠一样翻过来滚过去……像在看一场无聊的哑剧,但人生很无聊,不如就再无聊点。

陈小希和他闹别扭的第二天出现在巷子口,用微微颤抖又拼命装成若无其事的声音说:"江辰,好巧啊,你也上学啊?"

江辰一愣,问她:"几点了?"

陈小希看了看手上的电子表,她是个刻度无能的人,一般都戴能直接显示数字的电子表:"七点。"

他点点头,自言自语:"还以为要迟到了呢。"

陈小希汗颜,她以前都是踏着上课铃声进教室的。

他俩一前一后地走向学校。陈小希叽叽喳喳地讲个不停,电视剧、漫画、老师、同学……江辰不搭理她,面无表情地往前走。他不说话到底是因为他本来话就不多,还是因为他知道了陈小希的心思后突然变冷酷了起来,陈小希不知道,江辰也不知道。

年少心思的最奇妙之处就在于他们也不知道自己在想什么。

他们是第一对儿到达教室的人,江辰管教室的钥匙,他开门时小希站在他身后，门一开小希忽然闻到一股泥土的味道，原来清晨的教室闻起来像刚翻了土准备插秧的水稻田。

江辰在座位上坐下，抽出几本厚一点的课本往课桌上放好，趴着睡了。

陈小希傻眼了，怎么跟她想象中不一样，标准好学生早早来教室睡觉？

她的座位在他的斜上角，她是三组的，他是四组的，她是三组组长，他是班长。

她从书本堆里挑出英语课本，翻开立起来，然后头埋在书后，偏头偷看江辰，看他黑黑的脑袋，和脑袋中间白色的发旋儿。她不知道那有什么好看的，但就是忍不住盯着看，忍不住心跳失序，为一块白色的头皮心跳失序，她也是够前无古人后无来者的。

宁静美好的时刻总是会出现一两个不识相的捣蛋鬼，捣蛋鬼是王达庄副班长。他进门的第一件事就是咋呼："陈小希，我有没有看错？"

陈小希傻乎乎地问："看错什么？"

王达庄："你啊，居然这么早！"

陈小希干笑两声："想起有段英文课文还没背。"

王达庄突然大笑："哈哈……你……你的英语课本拿反了。"

她转过头想瞪王达庄，恰好江辰也把头从枕着的胳膊中微微抬起，陈小希就恰巧直直地撞上了江辰略带点好奇探究的眼神，她头脑一热，居然就脸红了。

江辰望着她红得夸张的脸有点摸不着头脑，平时一般都不会脸红的人，现在脸红个什么劲儿？

同学们陆陆续续地到了，几乎每个进来的人都对陈小希在铃响前出现在教室的行为表达了程度不一的惊讶。陈小希这会儿才知道，原来自己也挺引人注目的。

第二天陈小希比昨天起晚了十分钟，匆匆赶到巷子口时正好见到江辰背着书包的背影，她缓下脚步，用力地吸口气平稳呼吸，然后跨着大步追上去："早啊！"

江辰被她吼得心跳重了一拍，不得不承认，陈小希是个很有精神的人，她那声震耳欲聋的"早"充分地向他揭示了这一事实真相。

这次他们不是最早到教室的，王达庄同学倚着栏杆对着他们笑："陈小希，你今天还背英语吗？"

陈小希觉得这人怎么这么讨厌啊，没好气地回他："关你什么事啊？"

王达庄也不生气，就是笑眯眯地说："我偶尔关爱一下同学。"

还是散发着泥土味的教室，江辰趴在桌子上睡觉，王达庄一直在课桌抽屉里翻找着什么。

陈小希抽出英语课本，才念了一句"What are you doing（你在干什么）"就觉得喉咙干涩，赶快换了语文课本开始"山不在高有仙则灵"地背了起来，陈小希在"苔痕上阶绿，草色入帘青"这里偷偷叹气……英语不够好啊，没脸在江辰面前读出声来，总觉得自己的发音不标准，而且土。

江辰有点烦躁，她的课文背得磕磕巴巴，实在严重地影响了他补觉。

第三天，陈小希特地起了个大早，在巷子口等了江辰很久，眼看要迟到了她才飞奔去学校，一路上还在担心着江辰是不是生病了。

她赶到了教室门口时已经上课了，陈小希垂着头对讲台上的老师喊了声报告，老师没好气地说进来。

陈小希一抬头就看到了坐在窗边的江辰，他低着头念课文，漫不经心地转着手上的圆珠笔，金属的笔帽在晨光中微微反射着光，在他修长的手指间旋转跳跃。

隔得很远，陈小希却觉得那点反光刺得她瞳孔微微发疼。

第四天，陈小希起得更早了，天刚蒙蒙亮就起床了，精神恍惚地靠着巷口还亮着的路灯打瞌睡。

江辰远远地就看到路灯下的身影，犹豫一会儿要不要掉头回家，最终还是走了上去。他路过她身边时她并没有发现，她睡得很沉，他走了好长一段路，一直没有等到她跟上来。

他到了教室趴着睡觉，一闭上眼睛竟是陈小希垂着头打瞌睡的样子：齐耳的短发垂到两颊边，头顶上不服帖的头发东一根西一根地翘得很倔强，整个人沐浴在路灯昏黄的光线下，泛着温暖的橘黄色。

江辰在睡着前迷迷糊糊地想，她的头发可真乱啊。

陈小希的早起计到第五天就彻底终结了,天太冷,冷到她那个悸动的小心脏也跳不动了。她从被窝里伸出手按掉闹钟,一再告诉自己,算了,都是靠缘分的,强求不来啊强求不来。

陈小希安心地睡到妈妈来叫她起床,匆匆忙忙地出了门居然遇到了江辰。她那个乐啊,就像是考试砸了,一心安慰自己考试在人生中一点都不重要,分数就是那浮云,然后卷子发下来,全班第一。

陈小希噙着"赚到了"的微笑,一路尾随着江辰来到学校。

江辰被她笑得背脊发凉,偷偷摸了几次脸上有没有粘饭粒,还偷偷低头看了几次裤子拉链拉了没。

进教室前陈小希忍不住拉了拉他校服的后摆:"皱了。"

江辰皱眉,难道她就为了这个,乐了一路?

〈二〉

那是中考结束后的暑假,七月底成绩就出来了,陈小希和江辰都考上了镇里两所高中里较好的那一所——一中,这样听起来好像没有气势,这样说吧,陈小希和江辰考上了镇里最好的高中——中!嗯,好多了,果然有时适当地省略定语是必要的。

江辰一考完试就去他外婆家过暑假了,成绩也没查,不过也没必要查,因为镇长儿子考了全镇第一名这样的消息很快就和"张三的儿子偷了李四的自行车""王五的女儿跟人跑了"这样的消息一起荣登菜市场八卦排行榜前三名。倒是陈小希,有大半个月都在担心自己不能和江辰念同一所学校,都担心瘦了。

知道了成绩后,陈小希就开始过上了无忧无虑的日子,既没有暑假作业,又和江辰考上了同一所学校,生活还能多美好?

放假的日子总是过得飞快,虽然陈小希一个多月没见到江辰,但也不是特别想念,大概是暑假的电视剧太强大,从《哆啦A梦》到《浪漫满屋》,陈小希日理万机呀。

这天陈小希正津津有味地看着大雄被胖虎踢进臭水沟,妈妈跑来说有人打电话找她,还说听声音像是个老师。她边嘟囔着哪个老师会打电话来,边走去接电话。

"喂,你好。"陈小希说,"谁……呃,哪位啊?"

"是我。"一道略带沙哑的声音传来。

小希皱起眉头:"李老师吗?"

李老师是学校里的美术老师,他的最大成就是画作曾经在镇政府里展出过,该老师是出了名的老烟枪,他的口头禅就是扯着破锣嗓子说:"你以为我在吸烟?其实不是,我是在欣赏艺术人生的吞云吐雾、虚无缥缈。"所以这个老师的外号就叫"艺术人生"。他最近好像趁着暑假想开个美术辅导班,一天到晚打电话到同学的家里谈艺术的层次,作为最无所事事的初中毕业生,自然是培养艺术层次的重点对象。

电话里一阵沉默,陈小希趁着沉默的空当拼命地想要怎么拒绝"艺术人生",但又不伤害"艺术人生"的艺术心灵。

在陈小希还没想出委婉的拒绝理由前,电话里又传出声音:"我是江辰。"

"啊?"陈小希一愣,下意识脱口而出,"江辰的声音怎么可能这么难听?"

又是一阵沉默,陈小希忍不住说:"你到底是谁啊?不会真的是江辰吧?"

"是。"

陈小希想着亡羊补牢,赶紧说:"不是,我不是说你的声音难听,我是说听起来很成熟、很有特色。"

"我知道了,你不用再说了。"江辰说。

陈小希很着急:"不是啊,我妈说这个年纪的男孩子处于变声期,你的声音真的不会特别难听,王达庄的声音听起来还像被鬼掐着脖子呢,你的顶多就像鸭子。"

一阵沉默后,听筒里传来一声叹息。

陈小希沮丧极了:"我不知道我在说什么,你还是说说你找我有什么事吧。"

"我还在我外婆家,明天你回学校拿成绩单和毕业证书时顺便帮我拿一下吧。"江辰说。

陈小希挠挠头:"原来明天要拿成绩单啊。"

"你该不会不记得了吧?"

陈小希干笑道:"现在记得了。"

"嗯,那你记得帮我拿,我挂电话了,拜拜。"

"等一下!"陈小希叫起来,"那个……"

"干吗?"

陈小希深吸一口气,说:"我是想说,虽然你的声音变得很……很那样,但是你放心,我是绝对不会嫌弃你的!"

"我会!"江辰古怪的公鸭嗓吼起来很有喜感。

电话"咔"一声被挂断,陈小希握着话筒,依然沉醉在自己不离不弃的伟大爱情中。

江辰挂掉电话后忍不住踹墙,谁的声音像鸭子了?谁嫌弃谁?

江辰的外婆端着切好的水果正要进来,老人家站在房门口看得云里雾里,她这温文尔雅全镇第一名的外孙为什么会突然踹墙啊?

半个月后,江辰站在巷子里,脚无意识地踢着小石头,他在等陈小希拿成绩单给他,听到她家那栋楼的防盗门"砰"地响了一声,他突然就咕噜一下把嘴里的金嗓子喉糖给咽了下去。

陈小希笑眯眯地把夹着成绩单的毕业证书递给他:"外婆家好玩吗?"

她故意把"你外婆"说成"外婆",偷来一丝亲昵。

"一般。"江辰低头翻开毕业证书。

陈小希站在他身旁偷偷地踮起脚尖和他比身高,一阵子不见，他好像又高过她许多。

江辰眼角的余光看见陈小希一直在旁边跟跳芭蕾似的踮着脚，他瞟她一眼说："干吗？"

陈小希傻笑："你好像又高了。"

江辰合上毕业证书："我要回去了。"

陈小希点头："拜拜，对了，你的声音康复了，虽然听起来比以前低沉了点，恭喜呀。"

"正常人都会恭喜我考了第一名，而不是恭喜我声音康复了。"江辰忍不住说。

陈小希很无所谓的样子："你本来就会考第一名，本来就会发生的事情有什么好恭喜的。"她停顿了一下，突然得意扬扬地笑，"倒是你应该恭喜我，我告诉你哦，我也考上一中了，说不定我还会和你同班呢。"

江辰早就知道了，事实上成绩一出来他就打电话给班主任了，他用顺便的口气问了有哪些人考上了一中，当听到里面有陈小希的名字时，他也不知道为什么自己会有松一口气的感觉。

江辰没有说恭喜，他说："看来一中今年的录取分数线低了。"

陈小希一点也没被打击到，反而心有余悸似的点头道："是啊是啊，比去年低了五分，还好低了五分，不然我差一分就考不上了，真是运气好啊。"

讽刺得让人家听不懂这事儿，真寂寞。

陈小希还在絮絮叨叨地念着她临交卷时还改错了两道数学选

择题，一道五分，两道就是十分。

江辰觉得刚刚误吞下去的金嗓子喉糖卡在胸腔上一阵一阵发着凉，他想打断她的话，回家喝杯水把喉糖咽下去，但是不知道为什么，看她讲得那么眉飞色舞，几次话到嘴边又作罢。算了，还是让她讲吧，他看过报道，说一般情况下宠物在太久没见到主人后的第一次见面总会显得特别热情的，虽然她不是宠物，但情感总是相通的。

陈小希讲到很累频频咽口水时，发现江辰丝毫没有要打断她的意思，于是只好深吸一口气，继续欢欣鼓舞道："这个暑假我去海边了，还捡了很多贝壳，我想做一幅贝壳画，粘好了给你看。"

唉，好累啊，江辰你怎么还不回家……

〈三〉

高一开学第一天。

陈小希很快就和同学们打成了一片，本来小镇就不大，班里原来就认识的同学不少，下课时他们一群人围在教室后面叽叽喳喳地讨论着昨晚电视剧的剧情。

而江辰坐在临时安排好的位置上，翻着刚发下来的新课本。

不知为何，陈小希觉得此刻江辰的背影看起来非常寂寞，当然寂寞是个矫情而有文化的词，陈小希这种大脑还没开发好的人是想不到的。她只是觉得，为什么他一个人坐在那里，不跟人说话也不跟人玩,太无聊了。于是陈小希"噔噔噔"地跑过去,装作哥们儿似的拍拍江辰的肩膀,厚着脸皮说:"江辰江辰,他们还在说我暗恋你的事呢,都猴年马月了,真没创意。"

江辰冷冷地瞟了陈小希一眼,身体微微一侧,躲过她拍着他肩膀的手。

他心情不好,昨晚他爸应酬回来喝得醉醺醺的,他妈死活不肯开门让他爸进房间,于是两人隔着门板就吵了起来,乒乒乓乓地砸着东西。真可笑,在外头都是有头有脸道貌岸然的人,一吵起架来什么不堪入耳的话都讲得出来。

陈小希是个还没学会察言观色的人,以为他在生气同学把他们扯在一起说嘴,便安抚他:"他们也只是开玩笑的,我们多纯洁、多坦荡荡啊。"

江辰冷笑一声道:"坦荡荡是吧,那你以后别往我书上别心形的回形针,别给我折一堆星星、纸鹤,我家没地方放。"

本来陈小希跑过去跟江辰说话就已经有无数双眼睛在盯着他们了,江辰一说这话,大家就开始哄堂大笑。

陈小希一时下不来台,勉强挤出一个笑容,嘴硬道:"呵呵,不要就算了,我只是在练习折纸,你家住得比较近就顺便送你了。"

"那下次顺便送我好了。"突然从教室后方传来一道阴阳怪气的声音,陈小希这才发现,王达庄居然也跟他们在同一个班,他穿着一件黑色T恤,坐在垃圾桶旁边,歪着嘴笑得邪恶无比。

陈小希很无聊地想着,他像朵垃圾堆里开出的邪恶黑莲花。

大部分男生也跟着起哄:"送我吧,送我吧,我房间大,多少都放得下。"

场面有点失控,陈小希呆呆地站在江辰的旁边,茫然地感到心慌和不知所措。

幸好上课铃很及时地响起了,江辰面无表情地说道:"快回座位。"

一切归于平静。

美术老师在黑板上用很漂亮的板书写着自己的名字,他并不知道,在上课铃声响起前,有一个女孩子在众人的哄笑声中手足无措地强颜欢笑。

这节课陈小希听得特别认真,她抱着心存感激的态度在听那个年轻的美术老师用热情洋溢的声音给他们介绍阴影的处理、角度的瞄准、画面的分割……

江辰和王达庄都有点心不在焉,隐隐觉得自己似乎有那么一点过分了,然后又理直气壮地安慰自己说她活该,谁让她自己惹上来。

放学后陈小希没有赖着要和江辰一起走,倒也不是她还在记恨之前的事,是班主任让她留下来,说是要跟她谈谈选班干部的事。老师们都喜欢陈小希这样的学生,热情乐观愿意为同学服务。

江辰走出教室门时微微侧头瞄了一眼陈小希,见她在手忙脚乱地收着桌面上的文具,他嘴角不露痕迹地往上扬了扬,继续往前走。走到楼梯口时，他又忍不住顿了顿脚步，啧，还不跟上来，收个书包要收多久？

"江辰，能不能耽误你几分钟？"

江辰回头，一个长发披肩的女孩子捧着一本书，微微地笑着等他回答。他在脑海中搜索了一遍，好像是他们班的："有什么事吗？"

"今天老师讲的这道数学题我不是很懂，你能不能教我一下？"她的声音很甜美，仰着头，一脸期盼。

江辰的眼神飘向了教室的方向，停了两秒又转回来看着眼前的女孩："哪道不懂？"

江辰讲完了题，知道了眼前这个女孩子叫李薇，现在和他同班，以前和他们一个初中的，她爸爸认识他爸爸，她喜欢猫和狗。

陈小希还没出来。

陈小希本来还满腔热血地等着班主任给她弄个班长之类的大官来当当，哪知班主任唠叨了半天，大手一挥，说你以后就是宣传委员，特点就是事多权少讨人嫌。她觉得特没劲，但班主任的面子还是要给，她只好装出一副千里马遇到了伯乐的样子，听着老师带她畅想未来，看着老师那张大饼脸和脸上的雀斑，她想到了芝麻口味的烙饼。

她漫不经心地看着窗外，太阳已经西斜，学生走得差不多了，操场笼罩在橘黄的光线中，像是动画片中总会发生点什么的放学后。然后她就看到了那个熟悉的背影，多少个日月星辰，她孜孜不倦地跟在这个背影后面，而现在，这个背影旁并排走着一个女生，瀑布流泻般黑长的头发，仰着小脸看着江辰说话。那女孩的小脸蛋嫣红嫣红的，不知道是因为夕阳，还是因为江辰。

〈四〉

江辰只觉得异常烦躁，昨晚做了一些乱七八糟的梦，老是梦到同一个乱七八糟的人。而这个乱七八糟的人现在正靠在电线杆上，手里捧着一个白色透明的免洗塑料杯，笑眯眯地用吸管喝着杯子里的豆浆。

"早啊。"陈小希咬着吸管打招呼，"比平时晚了一点，睡过头了吗？"

江辰瞟了她一眼，面无表情地往前走。

陈小希边忙不迭地跟上，边呼噜呼噜地吸着豆浆。

"你能不能不要在路上边走边吃东西？"江辰一边往前走一边嫌弃地说。

"哦。"跟在后面的陈小希扁嘴，心想怎么要求这么高啊，喝个豆浆都不让，为了他，她都不敢在路上吃棒冰了，现在连豆浆都不让喝，再这样下去她会因为营养不良而死掉的。

心里虽然这么想，但陈小希还是乖乖地把豆浆丢进了路旁的垃圾桶。

第三节课还没下课,陈小希闻着从食堂传来的若有似无的香味,感到自己饿得前胸贴后背,于是回头小声埋怨江辰:"都是你害的,我现在肚子好饿。"

江辰不理她,倒是英语老师在讲台上喊道:"陈小希,来回答这个问题。"

陈小希哭丧着脸站起来,手在桌子底下使劲地扯同桌静晓的校服。静晓也是一脸茫然,都快下课了,谁还会认真听课,于是她小声地说:"我没听。"

"What may T?"陈小希不假思索地回答。

英语老师倒是幽默,笑着问:"踢谁?"

陈小希一愣,喃喃地重复:"提水?"然后恍然大悟地说,"Carry water."

全班不约而同地一愣,然后哄堂大笑。

老师说了陈小希一顿,内容不外乎上课打搅同学,对不起同学,对不起父母,对不起同学的父母,最后才让她坐下。

陈小希红着脸坐下,掐了静晓一把:"你还笑。"

坐在后桌的江辰用脚在桌子底下踢了她一脚,她赶紧正襟危坐,可怜兮兮地迎接英语老师凌厉的眼神。

总算熬到了下课铃丁零零地敲碎了陈小希脸上好好学习天天向上的表情,老师前脚才踏出教室门,她就转过身跟江辰说:"真的很饿啊。"

"关我什么事？"江辰瞪她。

"你有东西吃。"陈小希眼巴巴地看他，最近情人节送巧克力的歪风邪气盛行，江辰的抽屉里总有一些不知廉耻的女同学放一些金莎、德芙之类听起来就很小资的巧克力，而这些巧克力的价钱顶陈小希两个星期的零花钱。

江辰往抽屉里一摸，还真摸出来一盒十六粒装的金莎巧克力，他低头又搜寻了一下，也没看到任何署名的纸条。陈小希实在很喜欢这样的做法，做好事不留名。

他慢吞吞地拆开包装，捡了一颗巧克力出来，递给他同桌贝游新："吃不？"

贝游新摇头："谁要吃这种甜腻腻的东西，我又不是女的。"

陈小希举手："我是女的，我是女的，给我吃。"

江辰拆着巧克力球金色的包装纸，还是那句话："为什么要给你吃？"

陈小希理直气壮："早上你让我别在路上吃东西，我把豆浆扔了，现在肚子饿了，所以是你害的。"

"哦，我怎么记得你丢进垃圾桶的杯子是空的？"

"你怎么……胡说！"陈小希心虚地反驳，很勉强地吞下那句"你怎么知道？"心想这人后脑勺长眼的吗？

江辰把巧克力丢进嘴里，嚼了一下，真的是甜到令人忍不住想皱眉，只是看陈小希羡慕嫉妒恨的表情觉得物有所值，逗她是江辰秘而不宣的一项诡异爱好。

陈小希看着那颗巧克力被他以如此不恭敬的态度扔进了嘴里，恨不得扑上去抠出来，逼他跟伟大的金莎巧克力道歉。

江辰最后还是受不了她那流浪小狗望着骨头的可怜模样，把整盒巧克力都推给了她，可还是忍不住加了一句"小心肥死"才觉得心理平衡些。

陈小希转身就和静晓抵着脑袋你一颗我一颗地分起巧克力来，江辰咕噜咕噜地灌了几口水，才对贝游新说："什么鬼东西啊，真甜。"

贝游新笑着说："你怎么老跟陈小希耍幼稚？"

江辰不以为然："配合她的水平而已。"

"江辰。"贝游新突然压低了声音，"那本小说你看完了没？"

江辰警觉地瞄了一眼前座的陈小希，低声说："忘了带来，明天还你。"

"少给我假装忘了，放学我去你家拿，很多人排队在等着借。"贝游新一脸心知肚明地笑道。

谁假装忘了？那本小说害得他一整夜都在做一些乱七八糟的梦，他一刻都不想多留。

"江辰。"陈小希突然转过来，笑靥如花，眼睛亮晶晶的像闪烁着阳光的水面。

江辰吓得不禁往后缩了缩，在梦里她就是这样笑的，像贴在僵尸脸上的符纸一样贴在他眼前，笑眯眯地一会儿大声一会儿小声地叫"江辰江辰"，真的是让人很烦躁。

"干吗？"他的语气自然是烦躁的。

陈小希莫名地被凶了一句，也忘了要说什么，只好默默地想"我刚刚想说什么来着"，又转了回去。

倒是吃巧克力吃得很开心的静晓很义气地帮小希说话："你凶什么凶啊？"

江辰当然不可能解释他到底在凶什么，跟别的女孩子似乎也没多少话说，他干脆装没听到，低头找下一节课的课本。

静晓趴在小希肩膀上咬耳朵，声音却是不大不小足够让后桌的人听到："小希，我跟你说哦，上次你来我家玩，我哥说你很可爱呢。"

小希抖动肩膀躲开静晓，笑着拍她："胡说，你哥都不搭理人。"

"你不就喜欢不搭理人的。"静晓说着还故意瞄了一眼江辰。

江辰不理静晓的调侃，倒是望了陈小希几眼，看她笑得耳根都红了，很开心嘛。

中午吃饭时，陈小希动了几下筷子就吃不下了，问身旁的静晓："有没有觉得吃太多巧克力后很腻啊？"

"有。"静晓把筷子一扔，把餐盘推到对面的贝游新面前，"我完全没动。"

贝游新一脸"赚到了"的神情，挪过她的餐盘，还问陈小希说："你用不用我帮你分担？"青春期男孩子的食量永远是个谜。

陈小希摇头:"我不吃的话下午很容易饿。"

"食量真大。"江辰下结论。

"你今天干吗老跟我过不去啊?"陈小希咬着筷子很委屈,虽然他平时也不给她什么好脸色,但是总觉得今天有在找碴儿的感觉。

江辰一愣,迅速转移话题:"你这样咬着筷子就不觉得嘴里都是木屑?"

他这么一说,陈小希忽然觉得嘴巴里真有木屑,呸呸地吐了两下舌头,吓得贝游新张开双手护着两个餐盘:"你别把口水吐过来啊。"

下午放学,贝游新跟着他俩一块儿回家,陈小希觉得奇怪,追问了半天得到的解释是江辰邀请他去家里玩。陈小希就彻底不平衡了,她和他做了十几年邻居,连他家院子长什么样都不知道,凭什么贝游新就能去他家玩。于是陈小希很婉转地向他们表达了她也愿意拨冗去江辰家玩的意愿,但他们都表示不欢迎。

可怜的陈小希觉得很失落。

贝游新盘腿坐在江辰家的客厅沙发上,啧啧称奇:"你家的影音设备看起来很高级啊,改天找兄弟们来你家看DVD,嘿嘿……"

"嘿嘿"两字百转千回,生怕人家不知道他脑子里在转些什么。

江辰从房间走出来,把书丢给他:"想都别想。"

"嘿嘿。"贝游新随手翻了翻书，"上次我借书给王达庄，那小子死活不肯还，最后还回来居然还偷撕了几页。"

江辰喝着水不接话，贝游新像是打开了话匣子："王达庄在意陈小希，你知道吧？"

江辰握着杯子的手忍不住收紧，突然觉得怒火中烧。

〈五〉

江辰和陈小希的家乡在海边，属于台风多发的区域，夏天常常有上课上到一半紧急停课疏散学生回家的事发生。

大概是高二那一年的夏天，或者是高一，记不真切了，总之那时吴柏松转学过来不久。超强台风"翡翠""珍珠"还是什么的，江辰也不记得了，反正每回听到台风的名字，他都忍不住感叹对天灾人祸的命名哲学也算天外一笔了，那逻辑就跟陈小希这人一样随心所欲。

那次他们才上完第二节，外面的风呼呼地吹，广播体操的声音夹着风声显得十分萧索，老师看这么大的风也不敢让学生出去做体操，只是强调着都不要出去，等通知，于是一班人在教室里大眼瞪小眼。

陈小希哭丧着脸转过来跟江辰说："怎么办？好可怕。"

江辰不以为意："你又不是没见过台风，有什么好怕的？再说还没下雨。"

话才讲完，豆大的雨就啪啪地砸在了玻璃窗上。

陈小希的脸更苦了，她又转过头去看邻组的吴柏松，他正对着她得意地挑眉。

陈小希小声地问江辰："那个，你相信笔仙吗？"

不等他回答，她又继续往下说："我其实是不相信的，前两天我看了一个恐怖片叫《笔仙》，跟吴柏松聊天时他说他请过笔仙，我不相信，我们就在体育课时试了一把，我们问了一些很无聊的问题，比如说问笔仙你是男是女之类的，最后吴柏松还问笔仙明天会不会下雨，它说会，他又问，明天会不会刮风，它说会……昨天明明是大晴天的，今天真的就刮风下雨了，而且我握着笔的手真的没有动。"

江辰扫了一眼她的手，玩笔仙？不如干脆手牵手出去走？

陈小希见他不吭声，以为他不信，于是又追问："你也觉得笔仙是骗人的，对不对？"

在陈小希心里，只要江辰说是假的东西就一定是假的，这样她也就可以不用怕了。

谁知道江辰面无表情地说："不知道，科学上有很多不能解释的东西，没遇到过的不代表不存在。"

白痴，他不知道有种东西叫天气预报啊。

陈小希心里很惶恐，如果要说她有什么信仰的话，她的信仰就是江辰，江辰就是她心中的神，她的神都不确定存在不存在的东西，那就是存在啦……她要被鬼抓走了啦……

江辰看着陈小希的表情千变万化，但是万变不离其宗的都是怕，他由衷地觉得开心。

陈小希小心翼翼地问："你不觉得鬼神什么的很无稽吗？"

江辰阴沉地说："不觉得，任何事物都有存在的可能性，鬼神之说也一样。"

像是配合他的话似的，外面突然传来"哐当"很大一声，大概有什么重物被风吹落了。

陈小希吓得缩了一下脑袋，可怜兮兮地说："待会儿如果停课回家，你可千万别丢下我先走啊。"

她会这么说，是因为江辰前科累累，常常她整理完书包一抬头，已经不见了他的身影，真怀疑他学过凌波微步。

江辰没好气道："你让笔仙送你。"

陈小希不理他，开始把桌面上的东西往书包里装，生怕待会儿江辰趁她收拾书包的时候先跑。

果然过了三四分钟，学校的广播开始传出校长那听上去就很斯文的声音："老师们、同学们，注意了，因为台风来袭，学校决定紧急停课，请同学们立刻回家，不要在学校或者路上逗留，请同学们回家的路上注意安全。"

他们离开学校的时候雨是停了，但风有越吹越猛的趋势，陈小希驮着特别沉的书包，为了能追上江辰的脚步而气喘吁吁。

江辰停下脚步回头看了她一眼，忍不住还是说了："你是白痴吗？"

陈小希想说不是,但又提交不出有力的证据,所以只能愣在原地以面对飞来横祸的态度消极地皱眉。

江辰伸手去提起她的双肩书包,她因为书包的重量减轻而拗了一下背后的两片蝴蝶骨。

两秒后,江辰面无表情地松手,突然重新加到肩膀上的重量和迎面吹来的狂风差点让陈小希摔一个倒栽葱,幸好她手忙脚乱地抓住了江辰的校服。

"知道重了吧?"他说,"还傻乎乎地多背了一堆课本。"

她稳住身子之后松开他的衣服:"吴柏松是怕我太轻了,被风吹走。"

刚刚她和江辰要走出教室时,吴柏松突然冲上来往她书包里塞了几本课本,说增加点重量才不会被风吹走。

"你从小到大遇到多少次台风了,什么时候被吹走过?"江辰只觉得无奈,怎么会有这么白痴的人。

"我当然知道我不会被风吹走。"陈小希振振有词,"可是吴柏松不知道啊,他是外地人,他们那里不刮台风的,他也是一片好心,我不能泼他冷水啊。"

江辰不得不承认,他对陈小希这样的解释感到很意外,一时也不知道怎么响应,只好哼了一声:"随便你。"

陈小希突然眼睛一亮:"不然你替我背书包,我替你背书包,我们手牵手走。"

她说出这句话是抱着"说一下也无妨"的心情,毕竟这个世界光怪陆离，什么事情都可能发生，人类上天了，人类造的星星也上天了……所以没什么是不可能发生的。

江辰不可思议地看着她："你还可以再不要脸一点。"

"可以吗？"陈小希瞪大了被风吹得有点干涩的眼。

江辰伸出两指，比了一个要插她眼睛的手势，陈小希笑眯眯地偏头躲了一下。

"走吧，笨蛋。"江辰拉着她书包的肩带往前拖。

陈小希被拉得脚步踉跄："唉，你慢点。"

长长的路上没什么行人，风里走着两个年轻的孩子，拉着彼此的书包带，讲话的声音被呼啸着的风吹得支离破碎。

江辰："你们还问了笔仙些什么问题？"

陈小希："很多啊。你真的相信吗？我后来一想，一定是吴柏松的手动了，他应该是之前看了天气预报，骗我呢。"

江辰："以你的智商能想通真是难为你了。"

他声音太小风太大，陈小希没有听清楚："你说什么？"

江辰："没有，你有没有问笔仙那个很重要的问题？"

陈小希脸红："我不好意思问，我也不敢问。"

江辰一头雾水："什么不好意思问，不敢问？"

陈小希："我怕问了笔仙你会不会回应我，它要是跟我说了你永远不会回应我的话，那我就不能再对你好了。"

江辰转过头去看她："为什么不能？"

陈小希看着他很认真地说："那样太难过了，我可能就得放弃你了。所以我不想知道，你也别跟我说你永远不会回应我这样的话。如果我有一天跟你说，江辰你就跟我说让我死心吧。那是气话，你别当真，你到时别真的对我说那句话。"

江辰看着她眼睛的深处，影影绰绰觉得像是有什么东西轻轻地拨动了心里那根弦，他有点不自在地别开了视线："嗯。"

两人一起沉默地迎风走了一会儿，江辰突然说："其实我说问笔仙的问题，不是你想的那个。"

"啊！那是什么？"

"白痴能不能治。"

"陈小希，别把嘴张那么大，风进去了。"

〈六〉

陈小希不喜欢李薇，因为李薇和江辰一样厉害，还因为李薇漂亮聪明，会弹钢琴，高二那年元旦晚会，她还和江辰代表班里报名了一个四手联弹的节目参加学校比赛。

她还记得那天她站在台下，看他们并排坐在钢琴前面，一个眼神交会后四只手二十根手指开始在钢琴的黑白键上面翻飞跳跃。虽然他们穿着校服，但是一恍神间陈小希觉得他们好像穿上了婚纱礼服，在明亮的灯光下为来往的宾客弹奏他们的乐曲——《我和我的祖国》。

那个节目拿了优等奖，理由是钢琴弹得好，境界也高，最后颁奖的校长还用了"好一对金童玉女"这样的句子来夸奖他们。

那种站在台下仰望别人的感觉很难受,就像他们同在一个光亮的世界,而她独自一人在一个黑暗的世界里看着他们,遥不可及,很孤独。

她那天没有跟江辰一起回家,事实上她有两个星期都没和江辰一起回家了。那阵子江辰和李薇要留在学校练琴,陈小希等过他一次,他们练到天都黑了,她还和江辰一起送了李薇回家。一路上他们两个都在讨论哪里弹错了,哪一个四分之一的拍子可以滑过,陈小希听不懂,她只知道苍蝇拍,那个顾名思义是用来拍苍蝇的。有过那种总插不进别人对话中的感觉的人都知道,那种滋味很难受。况且陈小希经历了这种难受后,回到家还要因为晚回家而被妈妈批斗,这事比双刃剑还双刃,所以她就跟江辰说,她要早点回去吃饭,然后她就早点回去吃饭了。

江辰领了奖后就径直回教室了,教室里空荡荡的,一个人都没有。同学们有的回家了,有的还在礼堂里看颁奖。他把奖状往课桌抽屉里一塞,随便找了本课外参考书翻了起来,翻着翻着突然想到什么似的,抬头看了下陈小希的桌子,没有书包。他仔细回想了一下,刚刚在台上他好像看见她背着书包站在下面。台下那么多人,他是怎么认出她的?不知道,很久以前他就能在人群中一眼找出她了,好吧,或许不是一眼,但扫过几眼后总能准确无误地找出她的位置,顶着那头比别人乱上一点的短发,像傻愣愣扎根在人群中的一根萝卜，那么显眼。

所以她背着书包出现在礼堂的意思就是，她看完颁奖会直接回家？再回想一下他刚刚从校长手里接过奖状时扫了一眼台下，那时他是没有看到陈小希的。

江辰把书塞回抽屉，拎了书包就往教室外走，可能因为大部分的学生都待在礼堂，所以放学的路上没看到几个学生，江辰走得特别快，但是直到回到家，他都没有看到陈小希。

江辰一进房间门就把书包甩在桌子上，然后就去拉开窗帘看对面楼的陈小希。她在家，坐在沙发上捧着一碗饭，正在边看电视边吃。他重重地拉上窗帘，倒头躺在床上发愣。门外传来两声敲门声，李阿姨的声音传来："小辰，你爸妈今晚不回家吃饭，饭做好了在桌上，你吃完了把碗搁碗槽里就好。我先回家了，待会儿再过来。"

"好，您慢走。"江辰说，想了想又跳起来开门，"阿姨，您待会儿不用特地过来了，碗我自己会洗。"

"这样啊，好吧。"

江辰一个人吃了晚饭，一个人洗了碗，窗帘拉开一条缝看对面的陈小希在和她妈耍赖。她每回吃完饭都会上演这么一出，和她妈耍赖谁去洗碗，赢的一直都是她妈，她却乐此不疲。

以后，她应该也会这么跟他耍赖吧，他也是会赢的，或许偶尔让她赢一两次，看她眯着眼睛得意地笑。

第二天,放学走出教室门时,江辰发现陈小希没跟上来,他微微侧头瞄了一眼,她正和后桌的女孩子兴高采烈地讨论着什么。他的脚步顿了一顿,但还是头也不回地走了出去。

陈小希用眼角余光瞄到江辰已经出去了,才收起灿烂的笑容把手里的漫画书塞给后桌:"反正就是很好看,你要看就借你。"

陈小希慢吞吞地把东西收进书包,慢吞吞地走出教室,走出学校,在学校门口的小卖部还买了根棒冰。以前她放学回家常常买的,而且为了不被她妈发现,她总是在吃完后仔仔细细地擦嘴、擦手指,后来她每天跟江辰一起回家就不好意思买了,毕竟偶尔也是要顾及一下形象。

只是没想到,她还是在家附近的路上遇到了江辰,他骑着自行车,看到她时一个急刹车大转弯停在她面前,车轮摩擦着地面发出急促的声音。

陈小希叼着棒冰,不知道应该做何反应。

江辰说:"陈小希,我买了自行车在试骑。"

其实自行车买了半个月有余了。

陈小希干笑道:"呵呵,你的自行车很好看。"

说完她想绕过他和他的自行车,江辰叫住她:"喂,你有没有想去哪里,我载你。"停顿了一下又说,"我想试一下这车载人好不好骑。"

她把手里的棒冰往路旁的水沟一扔,兴奋地回答:"我想去海边。"

"去海边干吗？"江辰瞄了一眼手表，还行，来回也不会很晚。

"就想去啊。"陈小希笑眯眯地说，"好久没去海边了。"

江辰耸耸肩："上来吧。"

临海小镇的风是带着微微的鱼腥味的，如果你味觉灵敏的话，迎面扑来的风吸进嘴里甚至还有咸咸的味道，陈小希躲在江辰背后，风吹得他的校服衬衫鼓鼓的。她一手拉着自行车后座一手去戳江辰背后鼓起来的衣服，轻轻地按它，它会瘪下去，松开它又鼓起来。

"你买了自行车，那你以后上学骑车吗？"

"不骑。"

"为什么？"

"不为什么。"

"哦。"

"陈小希。"江辰突然叫她。

"嗯？"兴致勃勃地戳着他衣服的陈小希抬头，把头伸到江辰腰侧，努力想要看他的表情。

江辰低头看了她一眼："坐好啊。"

"哦。"她缩头回来坐好，"你刚刚叫我干吗？"

"没有，想问你会不会骑自行车。"他说。

"会啊。"

一个急刹车，陈小希撞上江辰的背，脸颊撞在他的背骨上，年轻男孩子偏瘦的背脊撞得她颧骨隐隐作痛。

江辰回头笑着看她揉着颧骨:"你会骑,你来载我。"

"我不会载人啦。"陈小希委屈地说。

"那么笨。"

江辰又继续往前骑,陈小希还在揉着撞疼了的颧骨:"我的脸被你撞歪了。"

"本来就是歪的。"江辰说。

"你才是歪的。"陈小希捶了他的背一拳。

海边,略带橙色的海和天,海水翻滚着点点金光,沙滩也是金黄色的。陈小希尖叫着跳下自行车:"啊——大海——我来了——"

江辰把自行车停在路边,弯着腰上锁,左颊微笑着的酒窝因为弯腰这个动作而显得比往常都深。

江辰走到沙滩时,陈小希已经坐在沙滩上解鞋带了,他问她:"你干吗?"

"脱鞋啊。"陈小希说,"不然等一下回家鞋子里都是沙子,我妈会骂我的。"

但是她脱了一只鞋后突然停了下来,而且还打算把脱下来的那只鞋重新穿回去,江辰不解地看着她,问道:"干吗不脱了?"

陈小希拼命摇头:"这样好像不好,还是算了,我——啊——"

尖叫是因为江辰趁她不备,突然一下把她的鞋子从脚上拔下来,扔得远远的。

尖叫过后两人相对无言,一阵诡异的尴尬过后,江辰干咳了一声说:"陈小希,为什么你的袜子上有那么大一个洞?"

陈小希低头戳着露出洞的大脚趾:"我早上找不到袜子穿……所以我才说了不要脱鞋了嘛。"

〈七〉

依然是用"那是高×那一年"这样的句式开头,做惯了学生的人都有那么一个毛病,你想不起2005年在做什么,但把2005年这个概念换算为初一初二初三、高一高二高三这样的年级数,你就可以开启滔滔不绝地回忆了。

那是高三那一年的上学期,艺术考生陈小希同学必须跟着老师和同学坐四个小时的长途汽车,到从来没去过的地方,进行为期半个月的美术培训。

临走的前一天,陈小希在放学的路上问江辰:"我明天就出发了,你会不会来送我?"

"不会。"他说。

"哦。"陈小希掩饰不住失望的表情,"明天是星期天,反正你也没事,就来送一送我嘛。"

江辰没好气地说:"谁说我没事,我星期天要去参加物理竞赛。"

"呵呵，我忘了。"她挠挠头，"那你加油哦，考个第一名回来，没问题吧？"

"你说得倒是容易。"他瞪她一眼。

"当然容易，又不是我去考。"

江辰问："你行李都整理好了吗？"

"没有，我妈不肯帮我整理。"陈小希抱怨，"她说她要看电视剧没空，我该不会不是她亲生的吧？"

江辰笑："你自己不会整理啊？"

陈小希说："我就不信我妈不帮我整理！跟她拼了！"

吃完晚饭陈小希在房里收拾行李，她妈在外面对着电视剧抹眼泪。突然窗户被什么东西敲了一下，陈小希探头出去看，楼下站着一个人，正朝她的房间扔小石头，她吓了一跳，巷子的路灯太昏暗，她看不清楚那人的模样，她把头缩了回来，很快又伸了出去，小声地问："谁呀？"

"江辰。"楼下传来低声的回应。

"我马上下来！"陈小希连滚带爬地飞下楼梯，穿的还是睡衣和室内拖鞋。

"你跑那么快干吗？"江辰被她那脚不沾地的跑法给吓到了。

"我怕你跑掉嘛。"陈小希不好意思地说。

"我在这里，能跑到哪里去？"

"我哪知道你能跑到哪里去？我常常找不到你。"陈小希说。

江辰很无奈,她黏他黏得就差没跟他一起上男厕了,还说常常找不到他?

"你找我干吗?"陈小希笑得三八兮兮,"舍不得我啦?"

"脸皮真厚。"江辰从口袋里掏出几张扑克牌一样的东西,"这个给你。"

"什么东西?"陈小希接过来,就着路灯看,"电话卡,为什么要给我电话卡?"

江辰说:"我家里有很多这种东西,人家送的,我用不着就给你吧,你出门在外总要打电话。"

其实那些卡是他早上出门前请李阿姨帮忙买的,不过这个陈小希可以不用知道。

"我妈买了一张给我了。"陈小希说,"你给我那么多张,我打不完啊。"

江辰耸耸肩:"打不完就扔了。"

说完转身要回家,陈小希连忙叫住他:"等一下啦,那个,谢谢你。"

"嗯。"他说,然后又要走。

"哎呀,你别老是那么急着走嘛,你内急哦。"陈小希脱口而出后特别后悔,低着头解释,"我妈常这么说我爸来着。"

江辰默默地收回脚步:"你还有什么话要说?"

"也没有啦。"陈小希低头用左脚踩右脚,"只是要有一段时间不能和你说话了,有点舍不得。"

江辰在心里叹了口气，语气平淡地说："不是给了你电话卡吗？"

"啊？"陈小希惊喜地抬头，"那我能打电话给你吗？"

"电话卡在你手上，你想打给谁就打给谁。"

陈小希笑得眼睛都快看不见了："我天天都给你打电话，你不要不接我电话哦。"

"有什么好天天打的？我把我家电话线拔掉。"

"不要这样嘛，我保证每天只给你打一个小时。"

"一个小时？"江辰瞪她，"你以为我那么闲啊？"

"那半小时？"

"每天半小时，你《新闻联播》啊？"

"二十分钟？"

"不要。"

"十分钟？"

"不要。"

"五分钟？"

"不要。"

"喂，你故意的吗？都不要那你干吗给我电话卡？"陈小希跺脚。

江辰笑着反问："我不是说了我家里有很多，没人用吗？"

"我要回家了。"

"你内急？"

……

〈八〉

那是高考过后的暑假,已经确定了会和江辰上同一所大学的陈小希每天都沉浸在幸福快乐里。

收到录取通知书的第二天,陈小希就约了江辰出来喝冷饮,用的借口是,要问他去他们一起上的大学的车票怎么买。江辰在电话里回答的是"去车站买",但他还是出来了,陈小希把这归结为他很爱喝冷饮。

"你喝什么啊?我想喝水蜜桃冰沙,但是又想喝西瓜汁。"陈小希的手指在饮料单上划来划去就是做不了决定,"看上去这个香蕉奶昔也很好喝啊。"

"冰水。"江辰扫了一眼陈小希渴望的眼神,无奈地追加,"和西瓜汁。"

陈小希笑眯眯地招来老板,点了冰水、西瓜汁和水蜜桃冰沙。

饮料都上桌时,江辰只喝了一口西瓜汁就推到陈小希面前:"太甜。"

陈小希非常乐意地接受了那杯西瓜汁,喝了一大口后心满意足地眯着眼叹气:"果然西瓜汁比较好喝。"

"都是用粉冲的,不同味道的甜味剂而已。"江辰说。

陈小希小心翼翼地瞄了一眼坐在收银台的老板,幸好他没听到。如果有一天江辰被路人打死,她一点也不会觉得奇怪。

喝完两杯甜味剂做的饮料,陈小希觉得非常满足,有可能是说话时自己可以闻到西瓜和水蜜桃的味道,让她觉得很开心,也有可能是旁边站了一个人,而自己可以想象和他有着交集的未来,而觉得很开心。

"这么热的天气你非让我出来干吗?"从店里出来时,江辰伸手到陈小希面前挡了一下阳光,瞬间觉得不对劲,又立马缩了回去,而低头从书包里掏东西的陈小希却完全没有发现。

"晒太阳好啊,听说可以补钙啊。"陈小希从包里掏出一支笔,"我突然想起你都没有帮我写毕业纪念册,至少你在我书包上签个名吧,这书包我要收起来留作纪念了,我要去买个漂亮的单肩包,很淑女的那种。"

"无聊。"江辰不去接她的笔,迈开腿就往前走,"回家了。"

"喂,你不要那么小气嘛。"陈小希小跑着跟上,"回家干吗啊,也没什么电视剧看,多无聊啊。"

其实陈小希讲这话时是心虚的,有好多电视剧可以看啊,就算没有电视剧,无所事事地按着遥控器转台,也是人生一大乐事。只是这乐事跟和江辰在一起相比,又少了点。

江辰虽说要回家,但是走的方向却是去向书店的。

最后他们进了学友书店。陈小希想起她曾经躲在书架后偷看江辰和一个买水彩笔的小朋友对话,小朋友还画了一只像狗又像猫的动物在他的书上，想着就觉得异常搞笑，就跟在他身后笑个不停。

江辰被她笑得发毛，忍不住赶她："别跟着我，你去租书店那里待着，要走了我再叫你。"

"那你给我在书包上签名，我就不跟着你了。"

"不签。"江辰瞪了她一眼，一脸"你再跟着我试试看"的表情。

陈小希想说什么又不敢，一脸很落寞地走开了。

江辰看她情绪低落的样子，觉得似乎做错了什么，但又觉得纪念册、签名这样的东西是给会分开的人留的，他们不会，何必多此一举。

十几分钟后，江辰去找陈小希，发现她坐在地上捧着漫画看得正开心，因为怕笑出声音，她捂着嘴巴忍笑忍得眼睛里闪着亮晶晶的小东西。

果然……不需要太担心这家伙情绪低落。

江辰用脚轻轻地踢她的脚："走了。"

她抬头，笑盈盈的样子像是会传染似的，让他忍不住也扬起了嘴角，但很快又瘪了下去，因为他知道自己有个招摇的酒窝。

"你买了什么东西吗？"陈小希坐的姿势有点压着腿，站起来麻得她不得不靠着墙。

他晃了晃手中的一本书，陈小希仔细一看，是《本草纲目》，于是疑惑地问他："你又不是要学中医，看这个干吗？"

"爱好。"

"真奇特的爱好。"

"走不走？"

"腿麻，不如你把我打横抱回去？"陈小希觍着脸笑。

江辰横她一眼："不如我把你打晕了拖回去？"

……

"你们怎么在这里？"陈小希的后脑勺被什么打了一下，转头看到一个粉红色的气球，气球后面是一张气球也挡不住的大脸，正是高一时的副班长王达庄。

"打电话到你们家都找不到人，说是出去了。你们怎么遇到的？"

"我们……"

"找我们干吗？"江辰打断了陈小希的话。

"聚会啊，我昨天收拾东西时，发现我那里竟然还留了一部分高一的班费，就想说干脆出来聚会花光。我打电话给大家，发现大家都闷得发慌呢，就干脆约了下午聚会。"

陈小希说："你居然不贪污，看来胖的干部也有清廉的。"

王达庄想用手里的气球打她，陈小希一闪就闪到了江辰身后。

"一起走吧，已经有人在 KTV 等着了。"王达庄晃着手里的气球，"我买了一大袋气球，吹起来丢在地上很浪漫很有气氛。"

陈小希和江辰对视一眼，交换的信息是：这人是哪个年代的？

于是他们被拖去聚会了。真的来了不少人，密密麻麻地坐满了一个大包厢,一进门就嚷着迟到的要罚喝酒。

大家都是以前没有接触过酒精的孩子,第一次喝酒好像就往大人的世界迈了很大一步似的。

江辰的脾气是没有人敢劝他喝酒的,陈小希不一样,每个上来一句"不喝就是不给面子",她就莫名其妙地喝了很多杯。江辰几度要拦,都在众人暧昧的眼神下作罢。

聚会结束时,陈小希已经醉得连人都认不清了,拉着同桌静晓的手拼命地跟她说:"妈,我考上大学了,你答应了要给我买手绘板的。"

静晓也醉了,胡乱拍着陈小希的头一脸慈爱地说:"买,都给你买,妈妈还给你买很多漂亮的衣服。"

江辰在一旁看得一头黑线,慈母爱女的画面真是感人。

散场时,醉得严重的都安排人送了回去,最后只剩下静晓和陈小希。两个人搂得死紧,相依为命的样子让人觉得上前分开她们简直会遭雷劈。

贝游新将静晓拖了带走,最后就只剩下江辰和陈小希,还有体积占用空间很大但是存在感异常低的王达庄。

王达庄蹲到坐在沙发上傻笑的陈小希面前和她平视:"你站不站得起来?"

陈小希"啪"地拍了一下他的头:"王八蛋江辰。"

"啪"的声音在没有音乐的包厢里显得非常响亮,看来醉鬼完全没有控制力度。

替死鬼王达庄无言地站起身。

被骂"王八蛋"的江辰一点都不觉得生气,唯一遗憾的是觉得陈小希这一巴掌可以打得更用力些。

"我送她回家。"江辰上前一拉,陈小希就站了起来,攀着他的手臂站得倒是稳稳当当。

"我和你一起送她回去吧。"

王达庄过来要搀扶陈小希,陈小希一把拍开他伸过来的手:"你是谁?我没有钱。"

陈小希这话听起来是完全没有逻辑的,但我们可以从她醉后的行为模式推断出,她喝醉后表现出来的都是她平常渴望已久或者潜意识里的事物,比如说手绘板,比如说揍江辰。

"我送她回去就好。"江辰说,他讲话向来有一种让人忍不住会听从的诡异力量,王达庄虽然心里不愿意,但就是莫名地点头:"好,那就交给你了。"然后默默地离开了。

"可以走路吗?"江辰问陈小希,"还是要公主抱?"

"可以走路。"陈小希镇定地回答他。至此江辰终于确定她醉到不可救药了,因为她淡然地忽略掉了他公主抱的提议。

"那我们走吧。"

"好。"

"手伸过来我牵着你。"

"好。"

江辰牵着陈小希走了很远的路,她一直都很安静地跟着。

到巷子口时,江辰停下来问陈小希:"今晚发生的事你明天会不会记得?"

"不知道。"

"如果你记得,就打电话给我。"

"好。"

江辰俯身贴近,在陈小希的嘴上轻轻地吻了一下,准确地说,是在她唇上贴了一下。他也不知道自己为什么要这么做,没有对视,没有深情款款,也没有一道光打在她身上散发出天使的光圈,没有唯美的悸动气氛,但他就是突然觉得,可以这么做,想要这么做。

陈小希抿了一下嘴,缓慢地眨了眨眼睛,又打了个哈欠,酒气哈得江辰忍不住又笑出酒窝。

第二天,江辰没有等到陈小希的电话,而陈小希因为喝酒被她妈罚洗一个月的碗。她一直觉得自己好像有一件事忘了做,但是总想不起来。后来陈小希在书包里发现了《本草纲目》,哦,原来她忘了把江辰放在包里的书还给他了啊。

〈九〉

那是大一的寒假,陈小希已经回家有大半个月了,想江辰想得厉害。他上了大学后假期几乎都待在学校,总有这样那样的事可以忙。而陈小希则是一放假就飞奔回家，妈妈做了好吃的在等她回家，虽然每回都只有刚回家的头两天才可以得到皇帝般的待遇，但她也乐此不疲。

假期很好，除了想念。

昨晚陈小希打电话给江辰，问他什么时候回家，他说会等到快过年了再回去。陈小希哼哼唧唧地撒娇说很想念他，他也只是在电话那头笑，说没有你缠着我，我的日子过得很清静啊。

陈小希说："你都不给我打电话。"

他说："你自己说长途加漫游很浪费钱的。"

陈小希说："那你好歹晚上上网陪我聊聊天。"

他说学校网络断了。

陈小希又说："那你都不想我哦？"

他说："还好。"

挂了电话陈小希扁嘴委屈地碎碎念，只是眼睛里闪烁的还是笑意。

厨房里洗菜的小希妈忍不住摇头微笑，这傻孩子以为压低了声音就听不到了，也不想想老房子的隔音哪能挡住他们青春跳跃的快乐。

晚上陈小希去倒垃圾时漏接了江辰的电话，再打过去就一直没人接听了，也不知道怎么回事，大概是传说中玄而又玄的第六感，总之陈小希突然冒出似乎有什么事情将要发生的恐慌，所以她拼命地回拨,直到最后听到一个女声说"您所拨打的电话已关机"。

陈小希把手机握在胸口,安慰自己说,还好还好,不是一个女声说"您所拨打的电话已换女友"。可是她依然心慌得坐立不安,又怕他出了什么事,又怕他跟别的女孩子出去。有时真觉得自己对江辰的喜欢,到了令自己害怕的地步。

她在客厅来回走了有数十趟,最后因为阻碍到她妈看电视被扔了拖鞋。她躲进房间时手机响了,是一串陌生的号码。她的心咯噔了一下,接起电话来,是一个柔柔的女声。

"你好,你是江辰的女朋友吗?"

"是。"

"我喜欢江辰,我是学校模特儿队的队长。"

"哦,队长,你要收我进模特儿队吗?"

"跟你开玩笑的。"

陈小希其实没有开玩笑的心情,只是突然来这么一招,她脑袋短路了,只好随口说话,说完后反倒觉得自己很淡定,有正室的风范,还是个挺幽默的正室。

那个队长还说了很多乱七八糟的话,总结出中心思想就是,她认为自己比陈小希更爱江辰,更配得上江辰。

陈小希不知道要说什么,只觉得心乱,最后胡乱挂了电话,想了很久后,照着来电记录回拨。

"队长,你说你比我漂亮,可是我没有见过你,不然你给我发张照片过来?最好是素颜无修图的。"

那边沉默了很久:"你是神经病吧?"

"也不能这么说,我其实精神挺好的。你不给照片也没关系,队长你是名人,学校网站总能找到照片的,我会到学校论坛发帖子,表扬一下你的美貌,和你抢别人男友的爱好。"

陈小希讲完"咔"一下把电话挂了,觉得真舒畅。虽然她做不出这样的事,但吓唬吓唬对方也算出口恶气。

电话才挂,江辰的电话也来了,语气有点着急地问她怎么了。

"没事。"只是被你的崇拜者骚扰了一下。

"那怎么把我手机打到没电关机了?"

"你先打电话给我的。"小希还在想要怎么提刚刚那件事。

"你没接,我就去打球了啊。"

陈小希想起那个队长电话里就夹杂着啪啪的拍球声,觉得很不对劲的同时,还觉得自己像福尔摩斯,于是她用阴阳怪气的语调说:"刚刚啊,我们学校模特儿队队长打电话,要我跟你分手。"

"谁?"江辰的语气显得很困惑,"我们学校还有模特儿队?"

"你是真不知道还是假不知道?"陈小希有点不耐烦,"烦死了,老说我配不上你,你到底要配什么,仙女?"

电话那头的江辰沉默了很久,其实话一出口陈小希就被自己吓到了,但是吵架嘛,自然是挑难听的讲。

"我不认识什么模特儿队队长,我也从来没说过什么配不配的,你没有理由发火。"回过神来,江辰这样说。

"那她为什么会知道我的号码？"

"我怎么知道她为什么知道你的号码？"江辰莫名其妙，"你乱留号码给别人，怪我？"

陈小希也莫名其妙："我什么时候乱留号码给别人了？你还一天到晚勾引女孩子呢！"

"如果你要无理取闹的话，我没有时间陪你。"江辰有些不耐烦。

"你一天到晚没有时间陪我，那你干吗跟我谈恋爱，你忙去啊！"陈小希对着电话吼，"你去忙，你别来烦我！"

"谁烦谁。"轻轻一句话后，电话就断了。

陈小希吼得正上瘾，却被他轻飘飘的一句话给震住了，听着嘟嘟嘟的断线音也不知道要放下电话。

是她自己想吵架的，却一句重话都受不了。何况他说的还是大实话，的确都是她在烦着他。

陈小希不是不委屈，只是谁喜欢得多一点，谁就容易让步。于是陈小希回拨过去，没想到他居然又关机了。

陈小希真是恨死电信公司的关机提示音了。

"搞什么？"江辰边骂边急忙去捞掉进水桶里的手机。

手机在水里又响了一声，然后就是咕噜咕噜冒泡的声音了。捞在手里的手机"嗞嗞"地闪过一丝火花，然后彻底偃旗息鼓。

"嘿嘿，糟糕。"大师兄摸着头抱歉地笑，"谁搞了桶水放那里，我是问你要不要出去吃，学校食堂今天关了。"

"手机借我一下。"江辰说。

"欠费停机了。"大师兄说。

江辰不再说什么，只是拿着手机往外走。

"你要去哪里？"大师兄在身后问。

"修手机。"

"学校附近修手机的店关门了，现在是寒假呀，人家回老家过年了。"大师兄又说。

江辰听到了，但脚下完全没有停，手机修不了那就买张电话卡，至少给陈小希回个电话，不然她又该胡思乱想了。

没想到他出了学校，发现卖电话卡的那家店也关门回老家过年了，他实在没办法只好钻进一家网吧给陈小希发邮件和QQ："手机掉水里了，找我打宿舍电话。"犹豫了很久还是加了那句："我真的不认识什么模特儿。"

然后他玩了半个小时的游戏，也没等到陈小希上线，肚子饿就跑去觅食了。

吃完饭回到宿舍，见大师兄抱着宿舍电话在床上聊天，笑得眼睛都眯成了一条线："是啊，他不理我就出去了，饿死了，你来请我吃饭吧。"

隐约听到电话里有故作豪爽的女声，江辰停下了脚步，双手环在胸前看着大师兄，大师兄这才发现，笑容尴尬地僵住："他回来了，你跟他说吧。"

说完把电话递给江辰:"我去吃饭了。"

江辰面无表情地接过电话:"喂。"

"喂,是我。"陈小希的声音显得可怜兮兮,"你的手机怎么样了?"

"坏了。"

"能修吗?"

"不知道,手机店都关了。"

"哦。"

……

"你还在生气吗?"陈小希问。

"没有。"江辰随手拉了把椅子坐下。

"明明就有。"陈小希小声地嘀咕,"好了,没别的事了,拜拜。"

江辰听着嘟嘟的断线音倒是愣了,本来拉着凳子坐下就是准备跟她在"你生气了?——没有。"这样的问题上打持久战,她突然把电话挂了,让他莫名其妙地怅然若失起来。

陈小希挂掉电话,对刚下班回家的爸爸傻笑道:"爸,您回来了啊?"

"你在给谁打电话?男的女的?你才大一……"接下来自然是一番早恋危害身心、危害脑门、危害眼神、危害一切可以危害的器官的训话。她听完很坚定地对爸爸表示了"是呀,如果我早恋的话，那就真的太不是人了"。这话证明，小希同学是很孬的，同时也证明了她并不是很在意自己的人类身份。

第二天陈小希就被抓去外婆家小住，去得匆忙还忘了带手机，到了外婆家又不好意思用电话，老人家总是觉得长途电话收费是天价。陈小希想着算了，回去再跟江辰解释一下，反正他也老嫌她黏人，难得来一次外婆家就好好陪陪老人家。于是她每天陪着外婆练气功、上菜市场、遛狗什么的，倒也难得悠闲，觉得这日子缓慢得好像一首古老悠长的歌。

混了一个多星期，外婆开始烦她了，说你这小朋友没事也不和男孩子出去玩，每天跟我这个老太婆混，太没前途了。外婆之所以会这么说，是因为对面那家有个比陈小希大一岁的男孩子，外婆号称从小看这娃儿长大，人品非常好，就想乱点鸳鸯谱了。

陈小希被多念几次也觉得烦，而且外婆隔三岔五地让她去对面借葱、借蒜、借盐、借油，为了避免继续这样下去人家会怀疑外婆很穷或者爱贪小便宜，有乞丐的潜质，陈小希只好强烈地要求回家。

她是傍晚时分回到家的，行李一放就去找手机，手机几天没用，电量已经耗尽，找半天又找不到充电器，气得她在原地团团转。转完了她才想到，原来这世界上还有一种东西叫家用电话，于是马上飞奔去打电话到江辰的宿舍，半天没人接，又赶上吃晚饭了，只好吃了晚饭再说。

吃完晚饭，她被妈妈缠着聊了半天的外婆，基本上连外婆夜里起来上几次厕所都报告了她才得以脱身。陈小希进了自己房间打开手机，哗啦啦地进来一堆短信，打开一看，最近的一条是十分钟前江辰发的，只有两个字和一个惊叹号："下来！"

陈小希边往外跑边看短信，上一条短信是江辰二十分钟前发的："我在你家楼下，下来。"

小希心里念着死了死了，这么冷的天让江辰等了那么久，死定了、死定了……

江辰靠着巷子的围墙玩手机，幽幽的蓝光照得他的侧脸轮廓特别分明，像是用钢笔勾出的轮廓线，走近了还可以看到他的眉头微皱，脸颊上抿出一个深深的酒窝。他察觉到脚步声，侧眼扫了她一眼，又垂下眼去看手机屏幕。

陈小希停在离他有两只手臂长的位置就不动了，睁大眼无辜地看着他，她不敢走过去……陈小希脑海中浮现出八个字：死罪可免，活罪难逃。

僵持了几分钟，江辰把手机往裤子口袋里一塞："你干脆别下来。"

陈小希小幅度地转了一下眼球，心想我哪敢啊……

"我去我外婆家了，忘了带手机，我手机没电了。唉，你怎么知道我回来了？你又是什么时候回来的？你的手机修好了？"

陈小希试图解释一下，但又觉得前前后后的事情好像也不是一两句话能说得清楚的。

江辰倒是知道她丢三落四的性格，虽然心里明白这家伙就算真生气也不会完全不跟他联络，但还是莫名其妙地就把学校的事情都解决完赶回了家，这才从李阿姨嘴里知道，这笨蛋被抓去外婆家了。

陈小希见江辰不说话，只好主动开口："你什么时候回来的？"

"刚回。"其实他回来好几天了，但这两个字也不知道怎么就脱口而出了。

江辰看了她一眼："你站那么远干吗？"

陈小希像螃蟹般横着挪了几步，和他并肩靠在墙上。其实两人正式交往也不过三个多月，还有着一点诡异的不知道可不可以称之为暧昧的氛围，分别了一个多月，又给这氛围里添了点不自在。

陈小希搓搓手臂又挠挠头："好像有点冷哦。"

江辰低头看她，见她把头发挠得乱糟糟的，忍不住伸手替她把垂在颊边的头发钩回耳后："那回去？"

陈小希缩了缩脖子，他指尖不小心划过的地方像是有一串电流穿过。

"有那么冷吗？"江辰明显误会了她缩脖子的动作，伸手揽过她的肩，"你穿得跟粽子似的怎么还冷？"

"哪里像粽子？"陈小希抱怨着靠到江辰肩上，"呵呵。"

"傻笑什么？"

"没有，就好久不见了呀。"

"白痴。"

"呵呵。"

"还笑？"江辰偏头去看她，见她笑得眼睛都浮上了一层水汽，在黑暗中显得特别明亮。他也忍不住想笑，但又觉得傻，就推了一下她的头："不是说冷吗？回家吧。"

陈小希心里纳闷啊，这人怎么这样……个把月没见，怎么一见面就一直赶自己回去啊，走又舍不得，不走又不矜持，只好一咬牙："那我回去了。"

慢吞吞地走了两步也不见他追上来，她干脆就小步跑了起来，快到楼梯口时身后突然传来急促的脚步声，她一转身就被摁在了楼梯旁的墙面上。

陈小希没有反应过来，只是愣愣地盯着江辰T恤的领子，心跳得如鼓在捶。

江辰也不知道自己追上来干吗，只是突然觉得不能就这么让她回去，就追上来了，具体想说什么想做什么，也说不出个所以然来。

两个人戳在黑暗的空间里，面对面贴得有点近，空气里有灰尘的味道，但更多的是彼此的味道，熟悉且暧昧。

陈小希低头不自在地摸了摸鼻子，头发轻轻地扫过江辰的脖子。江辰没躲，只是忍不住眯起眼睛，想看清楚她的样子，但光线太暗实在是看不清楚,心里莫名地就觉得她变好看了,很顺眼。

既然这样了,就亲一个吧。

江辰正要低头,一直低头不说话的陈小希却突然抬起了头,踮起脚迅速地在他嘴角撞了一个吻,然后推开他的手臂,连跑带跳地上了楼梯。

江辰摸一摸被撞得隐隐作痛的嘴角苦笑,想到一块儿去了啊……

〈十〉

时间是十七点四十五分,陈小希挽着江辰的手在超市里晃荡。江辰两次提出,天气热,不要挽着手,但都被无视了。

当时针和分针在钟面上形成一条直线,并且构成一百八十度角时,我们除了可以感叹作者是一个对时间以及角度十分敏感的伟人,还可以预感,有事要发生了。

是的,有事要发生了。

陈小希兴奋地举起一盒包装得十分诡异的薄荷糖:"我想买这个。"

她有种诡异的癖好,看到包装好看或者奇怪的东西就忍不住想买,宿舍里堆了不少大大小小、乱七八糟的瓶子、盒子,被宿舍长偷偷扔掉不少。

江辰低头看了一眼:"你不是讨厌薄荷味的东西吗?"

"可是盒子很好看。"陈小希抓着江辰的衣服袖口晃,两眼闪着星星亮光,"你吃就可以了嘛。"

　　"不要。"江辰一口就拒绝了,她总做这种事,买一些乱七八糟的不用的东西,到月底就嚷着没钱吃饭,给她饭卡又不肯拿,很烦。

　　陈小希的眼神黯淡了下去:"不要拉倒,我给室友吃。"

　　"不准买。"江辰抽走她手上的盒子,放回架子上。

　　"我又没让你买给我,我用自己的钱,凭什么不准买?"陈小希有点难以理解,忍不住就顶嘴了。

　　江辰一愣,对哦……怎么就没想到他买给她就行了呢……

　　很多事情都讲究时机的,时机过去了,再怎么说都显得奇怪,再加上一点点的恼羞成怒,江辰脸一沉:"随便你。"

　　"随便你"这么随便的三个字,陈小希向来是不喜欢的,但再怎么不喜欢的话,从江辰的嘴里说出来,她除了接受也没有别的办法。这种被吃定了的委屈,就像雨天总也晾不干的毛衣,湿漉漉地发着幽怨。

　　走在即将不欢而散的道路上,江辰偷瞄了几眼低着头一声不吭的陈小希,几次想要牵起她的手,都因为拉不下脸而作罢。送她回到宿舍楼下,看她冷淡地说了句"我回去了",然后就头也不回地上了楼,跟平时的样子完全不同。平时她总要磨磨蹭蹭地说一堆话,还得演几遍"你回去吧,我看着你走,啊,你怎么真的就走了？回来呀，你得跟我说我看着你上楼啊"。

她的宿舍距离他的宿舍也就是五分钟的脚程，但他常常走不到半途就会收到她的短信，说一些无聊的内容，宿舍里谁打翻了颜料、谁的衣服泡了一个星期还不洗之类的，明明才见完面聊完天，她却总是能找到所谓的"刚刚忘了跟你说哦"的话题。

但今天江辰等了一晚上都没等到陈小希的短信或者电话，按照国际嘴硬惯例，江辰没有在等电话，他只是隔几分钟看一看手机屏幕上的时间而已。

第二天上午，因为两人上课的时间不同所以没见面，还不到中午陈小希就发了短信来，说她中午要和同学一起吃饭，顺便讨论课题。

下午上课时，她居然又发来了短信，说他们中午讨论的结果就是出去采风，接近大自然，三天两夜，即将出发，立马出发，已经出发。

江辰太错愕了，以至于脑海中瞬间闪过的都是陈小希平时八卦给他听的，谁谁谁一起出去做课题，回来就在一起了，谁谁谁原先都有男女朋友，一起通宵做版画就同时劈腿了……

他发了短信过去问她和谁一起，她回过来一串名字，有男有女，而有一个名字引起了江辰的注意，叫什么名字就别问了，留点隐私给人家。

陈小希在学校里也是有人惦记着的，只是她神经粗，加上全身心扑在江辰身上，所以自己一直有着行情不好的错觉。但江辰看得清楚，对于她在这方面的错觉和不自信，他从来就没有想过帮她纠正。他虽然不动声色，但他一直知道一个深刻的道理，所谓"不怕贼偷，就怕贼惦记"。

江辰给陈小希发了一个短信，内容是他和某某某最近也要和教授一起去参加研讨会。

这个某某某自然是个女孩子的名字，某某某自然是对江辰有着某种程度的不怀好意，但鉴于保护隐私的原则，我们自然也不能说她的名字。总之江辰这个谎言的目的就是，让陈小希忍不住每天打电话查勤，从而达到他也婉转地查她的勤的目的。

以陈小希的智商，自然是掉进陷阱里了。

就这样，即使是吵架后极其想要进入冷战期的陈小希，还是忍不住每天打电话给江辰，问他在干吗，还得顺便先报告一下自己的行程，以换来他几句简单的交代。

三天后，江辰去车站接陈小希，去之前他短暂地反省了他们吵架的原因，觉得自己有某方面的不足，所以他去超市把陈小希说盒子好看的那种薄荷糖的六个不同颜色包装的口味都买齐了，里面的糖果都倒给了宿管阿姨的孩子。那孩子虽然一嘴一句谢谢哥哥，但是看着他捧着六个空盒子走掉时的眼神，分明写着大人都是疯子。

见到陈小希时，她身边站着那个不便透露名字的某某某同学。

还有她的头发剪短了，看上去神采奕奕。

她正一脸严肃地和他说着什么，甚至没有发现江辰走过来了，等到面前的光被挡住时她猛地抬头，眼神中显现出一丝一闪而逝的错愕，然后瞬间炸开一个笑容，弯着眼睛，从眼尾溢出来一种显而易见的欣喜。

被这样的眼神看着，有再大的火，也瞬间熄灭了。

陈小希伸手去挽住他："你怎么来了？"

"过来买路由器，顺路。"江辰说。电子商场的确是在车站附近，但哪个是顺路的，就只有他自己知道了。

陈小希早已忘了先前两人之间的不愉快，紧紧抱着他的手臂："我跟你说，我们这次拍了很多照片，我们的班长还画了一幅很有灵气的油画，老师说啊……"

江辰看着她喋喋不休，还抽空对旁边那个一脸尴尬的某某某同学笑了笑。如果非要给他这个笑容下一个注解，那就是"我们家小希只要见到我就会这么兴奋，见笑了"。

某某某同学默默地退开，这两人看向对方时，眼睛里都是藏不住的闪亮，那是时间空间中都只能看得到彼此的存在，实在让人没有插足的余地。

陈小希陪着江辰去买了路由器，因为时间和线路的关系，回学校的公交车上很空，两人并排坐在最后一排，陈小希献宝似的给江辰看她这几天的画，还搭配一些自夸介绍，江辰扫了几眼就失去了兴趣，毕竟这画在他看来不会比解剖图有趣多少，倒是她因为低头翻素描本而垂在两颊的头发更能引起他的注意。

"你什么时候剪的头发？"江辰伸出手去，用食指挑了挑。

"前天。"

"为什么不告诉我？"

"为什么要告诉你？"陈小希一头雾水。

她这一反问，江辰瞬间意识到自己刚刚的问题特别具有怨妇气质，但是说出的话就是泼出去的水，除了硬着头皮装理直气壮也没别的办法，所以他说："你的头发是我的。"

话才说完，陈小希就往边上横着挪了挪，把大大的素描本搂在胸前做防卫状："你不是江辰，你是谁？撕下你的面具！"

江辰决定恼羞成怒地不说话。

"喂，你干吗不说话？"陈小希戳他的手臂，见他还是不理，干脆去拉他抱在怀里的双肩包拉链，拉开了就往里面塞素描本。

"你干吗？"

"放你那里。"

"你自己不是有包？"

"太重了嘛。咦？什么啊？"因为素描本的挤压，包里传出金属碰撞的声音，她伸手进去掏出来一看，是之前害他们吵架的罪魁祸首糖果盒子。

陈小希瞥了他一眼，想笑却拼命憋着，还要装出不屑的样子："干吗？买来送我啊？"

"嗯。"

"真的?"陈小希拿着盒子翻来覆去地看,"你总算有一次觉得自己错了啊。"

"你想太多了。"江辰淡定地拉上被陈小希翻得乱七八糟的背包,"谁说我错了?"

"那你干吗买?还买那么多?"

"那是为了提醒你以后不要惹我生气。"

摇摇晃晃的公交车,载着秋日三四点的阳光和斗嘴的小情侣,驶向它该去的地方。

他们的大学

放暑假前的最后一个星期,陈小希突然打电话给江辰,让他到食堂找她,因为最近江辰跟着教授赶课题,她也很懂事地消停了一阵子,没有黏着他非要三餐一起吃,所以江辰一接到电话就马上匆匆地从教室往食堂赶。

到了之后,发现她买了一桌的饭菜,虽然只是食堂的饭菜,但对每个月生活费都捉襟见肘的陈小希来说,无异于中了彩票。

陈小希叼着吸管眉飞色舞地问江辰想喝什么,她去买。

"不喝。"

她又问:"那你还想吃什么?随便点。"

江辰被她突如其来的包养者气焰震得一愣:"怎么回事?"

陈小希笑得神秘兮兮:"嘿嘿,我跟你说啊……算了……吃完饭再告诉你!"

江辰坐下,不吱声。

"好啦。"陈小希妥协,"我跟你说啦,我找到暑期工了,这个暑假我会留在学校一个月。这样你留校做实验的时候,我也可以陪你了啊!"

"我这个暑假不留校。"

"不是吧?"

陈小希把饮料往桌子上一放:"你怎么没告诉我!"

江辰夹了一块肉:"你找暑期工也没告诉我。"

陈小希看他一脸满不在乎地吃着东西的样子就来气了:"我是要给你惊喜啊!"

而赶着把课题做完,想陪女朋友回家过暑假的江辰只是冷冷地哼了一声。

前一秒钟陈小希还在怒火中烧,这一秒她却突然冷静下来了,眼眶一酸,半晌说不出话来。

有时候觉得自己可悲,不过就是因为两人对待爱情的态度,你满腔热血,他一盆冷水。

气氛不对。

江辰想说点什么缓和一下,可是对于她擅自去找工作的事情又觉得生气,女大学生因为兼职而发生的新闻事件跟走马灯似的在他脑中一遍一遍地闪过。

虽说是小概率事件,可是因为是她,他总是不由自主地做最坏打算。

"暑期工别做了。"江辰说。

"已经拿了一部分工资了。"陈小希小声说，想一想，她又补充道，"是系里师兄家餐饮店招的暑期工，很安全的。他怕我们暑假没有生活费，就给我们几个都先发了一部分工资。"

"不准去。"江辰硬邦邦地说，"钱我帮你补。"

陈小希重复地把饮料的吸管拔出来又用力地推进去，塑料摩擦发出微微刺耳的声音。

"不用了，我要去。"她还是没忍住，小声地说，"又不是自己赚的钱。"

江辰一愣，反驳："我有奖学金，比你这种赚法聪明得多！"

"你管我哪种赚法！我靠我自己的努力赚钱，笨一点又怎么样，有什么丢人的吗？"

"随便你！"

不欢而散。

随后是紧张的期末考试和论文，两个人碰面的次数也少，大部分时候也只是沉默地在食堂吃饭，偶尔聊几句也默契地不提暑假打工的问题。

但世间的一切就是这样，不会因为你选择逃避就不发生。

陈小希还是开始了她人生的第一份工作，离学校不远的闹市区新开的奶茶店店员，她第一天的工作就是在街上派发传单，一天下来脚底都磨出泡来了。回到学校她也不敢找江辰抱怨，只是发条短信说"我兼职回来了,已经在店里吃过晚饭",江辰的回复也只是简单一个"哦"字。

第二天,老板表示新店开张的宣传工作做得不到位,创新不够,吸引力不够,要针对现在暑假期间的中小学生市场,打造耳目一新的感觉。于是他大手一挥,买了几套卡通动物服装,让店员都套着卡通服上街发传单去。

陈小希分到的是一套粉红色的恐龙装,七八月的天气,套在一个毛绒卡通服装里,陈小希站不到十分钟就开始用全部的知觉去感受背上一颗颗大汗珠滚动着裹住小汗,最后变成一条水注在脊背上流淌。

于是人们可以看到一只粉红色的恐龙,每过十分钟就把脑袋摘下来大口喘气。

而就在某次陈小希刚把恐龙头戴上去的瞬间,她看到了那个曾经给她打电话、扬言要追江辰的学校模特儿队队长,因为身高限制,陈小希的眼睛够不着恐龙的眼睛,只能从恐龙的鼻孔看出去。

队长的大长腿和美貌对陈小希来说都不重要,她只觉得队长的衣服好合身好凉快啊!

陈小希默默地目送队长和跟她海拔一样超群的两个同伴走远,还在暗自庆幸没有被看到,突然发现三位美女有说有笑、连蹦带跳地往回走,然后走到她面前围住她,笑眯眯地说:"你好可爱啊,我们想跟你合照可以吗?"

陈小希不敢出声，晃着硕大的恐龙脑袋用力地点了点头，一晃差点把恐龙脑袋晃下来，又手忙脚乱地去扶，引发了几个"大"美女尖叫说着好可爱。

三个人搂着陈小希轮着拍了数十张眨眼吐舌嘟嘴的照片，最后满意地走了。

陈小希正想把大脑袋摘下来透气，又看到远处有个熟悉的身影，定睛一看果然是江辰，她只好认命地把摘头套的手放了下来。

他们大概是组团来笑话她的吧，想起那天她信誓旦旦地说，靠自己的努力挣钱没什么丢脸的，更觉得今天躲在恐龙服里生怕被发现的自己丢脸极了，相比于做不到，还没试过就开始大放厥词才更丢脸吧。

陈小希沉浸在自怨自艾里，一抬头才发现江辰已经到了面前，似笑非笑地看着她。

陈小希突然觉得恐龙服像个硕大的黑洞，罩得自己逃无可逃。

江辰突然低下头，以额头轻轻地抵住她的恐龙脑袋："挺可爱，还长高了点。"

闷闷的哭声从恐龙装里传出来，江辰吓了一跳，用力把她的恐龙脑袋摘下来，摘下来的瞬间又吓了一跳，少了恐龙脑袋的遮挡，陈小希的哭声如万马奔腾，震耳欲聋。

江辰看着她满头大汗，跟从水里捞起来一样的头发湿答答地贴在脸上，一边帮她抹汗一边帮她抹泪，不由得觉得女人真是水做的，都流了这么多汗了居然还有眼泪。

后来陈小希在树下乘凉，喝着江辰买的冰奶茶，指手画脚地对他说：“主要发给中小学生！我们的市场是要针对放暑假的中小学生！你主动一点！”

眼看过来跟江辰拿传单的都是妙龄少女，陈小希提议："要不我的恐龙脑袋借你戴？这样可能宣传效果更好一点。"

分手的日子

〈江辰篇〉

　　和陈小希分手后的第一个春节，江辰辗转知道了陈小希因为失业而早早就回家等着过年的消息，他本来被安排了在大年初二值班，已经打算好了不回家过年，反正他也不喜欢家里过年的气氛。因为他爸的关系，过年期间家里来来往往的人都是那种"我不说我是来送礼的，但我其实是来送礼的"，每个人讲话的风格也都差不多是那种"我奉承得很明显，但我觉得你其实不知道我在奉承你"……

　　而且他并不想见到陈小希。

　　只是大年夜的晚上，他突然就和同事调了班回家。十个小时的车程，堵车堵了五个小时，他没在大年夜赶过路，没想到会有这么多人赶着回家，赶着去见想见的人。

江辰回到家时已经是凌晨三点，他自己悄悄地开了门进了房间，没换衣服就先去拉开窗帘看对楼的窗户，想知道那个人还有没有半夜蒙头在被窝里用手电筒看小说，会不会透不过气了就掀开被子，手电筒的光瞬间一晃闪过黑暗，像突然划过夜空的流星。

站了有五分钟，江辰突然意识到自己的行为很蠢，默默地拉上了窗帘。

咽不下那口气，又松不开那双手，人生这么纠结，比"乙状结肠扭转"还纠结……

大年初一的早上，江辰从房间里走出来时，他爸吓得手里的烟掉到了正在帮他点烟的某某主任身上，烟头烫得主任哀号了一声，但立马又堆上笑脸："被火烫到会旺，会旺。"

江辰面无表情地点头打了招呼，在浴室外的走廊上又成功地吓了他妈一跳。

没有人执着于他突然回家过年，就像没有人执着于他不回家过年那样。"太忙"这样的借口，充斥着他成长的时光，不过没关系，他原本就不爱被管着。陈小希似乎也知道他的习性，黏他黏得紧，却从来不曾管过他什么或者说从来不敢管过他什么，有时候真觉得她傻乎乎的，好像和他永远想不到一块儿去，却是对他再了解不过了。

真是……又关那个头发乱糟糟的前女友什么事。

他房间的窗帘从昨晚开始就没有再拉开过,他居然幼稚地觉得,拉开就输了。

没有人知道他回来,自然也不会有人来找他,所以大年初一他一直蒙头在房间里睡觉,醒了睡,睡了醒,竟然过起了陈小希每次放假所过的生活。

手机在桌子上总是嘀嘀地响,拜年的短信累积了上百条,江辰一条都懒得打开。窗外有时会传来鞭炮的声音,噼里啪啦的,不知道在谁的心里炸开了花。江辰有时会听到陈小希她妈妈的声音,中年妇女特有的高频率声音,在各种杂音中特别清晰,"小希别吃那么多零食,肥得都走不出门了""小希把掉到地上的瓜子壳给我扫干净""小希大过年的你看什么动画片"……

小希、小希、小希……

这个人,不管走到哪里都不让人省心。

这个人,就在隔壁,哪儿都不去。

这样想着,他好像莫名地就安心了。

又是一觉醒来,江辰迷迷糊糊地就去拉窗帘,像以前的无数次那样,惯性使然。天色已经昏黄,陈家二老正在吃晚饭,陈小希不知所终。

江辰坐在床沿看了好一会儿窗外,视线不知道该落在哪个地方,就这么呆呆地坐着,想了很多,又好像什么都没想,只是这么呆呆地坐着。

突如其来的恐慌，有那么想念吗？有那么想见到吗？有那么害怕她在没有你的日子也过得多姿多彩吗？

没有。

没有吧。

房门"叩叩"响了两声，没等他回应就被打开了，李阿姨站在门口说："小江，你爸妈去饭局了，让我来给你做饭，饭我做好了，我回去了。"

"好。"江辰点头，却在她转身要走时突然叫了一句，"李阿姨。"

李阿姨以为他还有什么事，就站在原地不动等他开口。

"辛苦了，慢走。"江辰这么说，咽下了那句"你知道对面陈家的女儿去哪里了吗"。

怎么会知道，不会知道。居然莫名其妙到了逮人就问的程度，真是可笑。

李阿姨慈祥地笑："好好吃饭，新年快乐。"

"新年快乐。"

又是一个人，说不寂寞是骗人的，但寂寞着寂寞着就习惯了，不是吗？只是曾经热闹过，再回归寂寞，就像谢幕完的舞台，徒留失落和苍凉。

自己吃完晚饭，江辰把东西简单地收拾了一下，其实也不用收拾，昨天带回来的旅行袋，他只从里面拿了一套衣服出来而已。然后他去车站买了一张车票，回城。

大年初一晚上的长途客运站空得很，回城的车也少，司机可能赶着回家团圆，车开得飞快。大过年的要讲吉祥话，那可完全是找死的速度。

快到城里时江辰接到了他妈的电话，这才想起走得匆忙，忘了交代一声。他妈数落了他几句，内容也不外乎你这孩子从小到大都不听话，偏要选医生这种忙死赚不到大钱的工作，之前交的女朋友也不靠谱，幸好分得早……

江辰沉默地任她唠叨，直到她用无意的口气故意地提起，听说陈家那个女儿最近相了好几次亲了。

"我准备下车了，就这样吧。"

他本来不是情绪大起大落的人，这一刻却觉得自己快忍不住了，怕会对着他妈说出什么伤人的话，是的，他怪她，一直都怪。

窗外黑漆漆一片，车不知道走到了什么地方，但走到了什么地方都没有关系，反正没有人在等他，他也不赶着去见什么人。

因为白天睡得多，回到家江辰也睡不着，人太无聊时总是会做出一些不可思议的事情，比如他现在做的事，他找了墨水、毛笔和宣纸，准备重拾多年不练的毛笔字，提笔半天却落不下去，他不知道写什么，怕自己不小心写出那个名字。

视线落在桌上的手机，于是捡过来翻开一条条的拜年短信，用蝇头小楷抄短信……

这么无聊，还不如拔自己的头发玩。

贺年短信来来回回都是那几句话，没什么创意，不过也是，再有创意也不能说"祝你新年悲伤，快点死掉"，这样稍显不够温情。

江辰小时候学过毛笔字，谈不上多喜欢，但写的时候的确会让人神奇地平静下来。

如果，当你的心一整天都没法平静，最后好不容易平静了，又来了突发事件，这种心情，就像是好不容易真的死了，却突然出现个神医硬是把你医活了。

江辰的突发事件就是，陈小希的短信。他没有想到那些拜年短信里居然有陈小希的，他也没有想到陈小希的短信那么轻描淡写，她说：嘿，新年快乐哦，陈小希给您送来祝福了。

所以，他现在只是她群发短信的一员了。

软的毛笔，使劲地按揉在宣纸上，拧出硬币大小的圆，毛毛躁躁地洇开，像缩起来的刺猬。

有时候真的觉得，承认自己不能没有另一个人，是世上最难的事。怕自己会像打碎了壳的田螺，露出的柔软身躯，再也得不到保护。

第二年、第三年的春节，江辰都没有回过家。

〈小希篇〉

陈小希和江辰分手后就陷入了一个奇怪的循环，每份工作都做不长久，大概是人生以一个人为重心太久了，突然失去重心后，很多事情就变得不那么重要了，工作不开心，辞了就换，再辞就再换。

年前她就辞了工作，原因是每天早上坐在她旁边的同事肠胃不好，经常放屁。

辞完职她就干脆回家窝着等待过年，只是春节这样的节日对失恋又失业的人来说当然不会好过，陈小希回家半个月，就已经被半胁迫半拐骗地吃了三场相亲宴。她安慰自己说，就当为父母省三顿饭钱，这样折合一算，她也算是有收入的人，可惜平均收入低了点，达不到国家的平均薪资水平，给国家拖了后腿。

基于这种赚饭钱的心理，陈小希每次相亲宴都吃得特别卖力，奇怪的是最后得到的评价都很高，有说她不挑食好养活的，有说她不做作的，有说看她吃东西就觉得很开心的，总之，每次陈小希听了对方的评价，都觉得自己往美食界发展发展会前途无限。

陈小希每次相亲的结局自然是不了了之，当心里有一个人时，要和另一个人扮演情侣是很困难的事，至少陈小希演不了，她不得不和奥斯卡金像奖擦肩而过。

如果你试过从小就一直喜欢一个人，你会发现，戒掉是不可能的事。那么怎么办呢？只能假装忘记了这件事。忘了他的好他的坏，他面无表情时的不可爱……真是的，跟歌词似的。

假装失忆太入戏的下场就是，陈小希在过年群发贺年短信时，给江辰也发了一条，等到她反应过来，吓得差点给江辰打电话叫他不要看短信。

不想让他觉得自己还在想着他，不想让他觉得她还想藕断丝连，不想让他觉得她还像以前那样死心塌地不羞不臊地爱着他……虽然她是，但是她不想让他这么觉得。

她想在他的世界里有尊严地静静消失，至少他偶尔想起她时，也许会忘了她当初的任性，觉得她也是个不错的女孩子。

这一切都是借口，陈小希其实是故意的，她按下群发短信时心里清清楚楚地记得通讯录里有一个叫江辰的人，但是她演了一场戏来安慰自己，演了一场戏让自己没有收到回复时有台阶可下。

只是人到了自己都想欺骗自己的境界，那么戳破实在是一件没有必要的事情。所以陈小希没有收到回复时很开心，还好江辰知道这是一条群发短信，他没有太当一回事。

他们的重逢

当江辰按下那串号码时,他对自己的厌恶到达了人生的一个新高度。

听筒里传来等待的嘟嘟声,他面无表情地把手机收进白大褂的口袋里:"六十五号,周茹。"

这个周茹在医院里颇有名气,主因是她每月必挂一次江辰的号,并且她又有着非常傲人的身材,而她自己也以此为傲,每次一坐下第一句话就是挺起胸脯说:"医生,我胸口痛!"

这句话甚至被编入了医院年会的员工表演短剧台词,成为医院内部名句之一。

关于周姑娘的胸口痛,什么检查都做过了,却什么毛病都查不出来。后来还是经验老到的护士长看出了门道,询问之下才知道，姑娘在上围波澜壮阔之余，还想着如何让其更加波涛汹涌，内衣必穿小一个码的，想通过挤压塑造出更惊人的效果。

护士小姐倒是幽默，跟她解释说现代都市人压力大，心脏容易出问题，不过你这倒是真的压力太大才出的问题。

但这个周茹还是每月固定来挂号看胸口痛。护士们都开玩笑说，她是为了来给江医生听诊，几秒也好。

周茹出去之后，江辰低头看了一眼口袋里的手机，屏幕已经暗了下去。

拿出来一看，通话时间一分四十二秒。

一分四十二秒，陈小希以前等他做实验，都是一个小时一个小时地等，等无聊了就蹲在墙边翻漫画书，他叫她回宿舍，她总是理直气壮地说她回宿舍也没别的事做，待在这里还可以塑造一个逆来顺受的女朋友形象。

外面等叫号的病人已经探头进来几次了，江辰把手机放回口袋，准备叫下一个号。

这时他的手机响了，一串熟悉的号码浮现在屏幕上。

以前，她吃饱了撑的改他手机里给她的备注名，什么亲爱的、美女、女朋友、Honey、Baby都试过，最后就跟黄狗撒尿占地盘似的改成了"江辰是这个人的"。后来他都删了，只是这个号码居然忘不掉，跟刻在脑子里似的。

接完陈小希的电话，江辰迅速打电话给同事，请他帮忙调班，然后联系了骨科的同事，又联系了救护车。

上了救护车,江辰莫名觉得自己像是大考前的状态,一方面觉得再给他点时间能准备得更充分一点,会考得更好,一方面又觉得,快点考吧,随便考得怎么样,重点是考完放假就好了。

能让学霸江辰产生这样的想法,陈小希也算是个人才。是啊,不是个人才的话,他也不会在再次看到她后,觉得一切突然无法忍受。

他那天是去拜访大学时的导师的,主要也是有一些学术上的问题想请教。去老师的宿舍要绕过学校的足球场,因为他那天下午还得跟两台手术,所以走得特别急,不小心把人家挂在单杆上的衣服扫到地上了。他捡起来一看,是件西装,看上去价值不菲,而最近连下了几天雨刚放晴,地上还是湿的,他虽然捡得快,西装还是脏了一大片。他四处看看想找西装的主人,却看到了陈小希。

陈小希。

她在足球场的另一边,和一个穿着衬衫、西装裤、皮鞋的男人踢足球。看得出来她并不想踢,懒洋洋地不愿意跑。

那么远的距离,有轻微近视的江辰却一点都没有怀疑自己会看错。

隔了距离,隔了时间,隔了千山万水岁岁年年,有的人不见还好,一见就知道要糟糕。

……

救护车呼啸着前进,司机大哥看着江辰皱着眉头一言不发的样子,想着这江医生来了好几年了,医院里的医生、护士、病人看上他的不知道有多少,但他好像只对工作有兴趣,让人不禁怀疑他会不会年纪轻轻就过劳猝死。开救护车时偶尔遇到他当值跟车,司机就会忍不住劝他不要超负荷工作。

这次他也是笑着打趣:"江医生,工作别太拼命了,耽误了娶老婆不划算啊。"

江辰回过神来也笑:"这次不耽误了。"

江辰的爱情

陈小希说:"你知道吗?我以为我得了绝症,要死掉了。"

她说这句话的时候是笑着的,眼睛里却带着余悸,还有一点点莫名的羞涩。

江辰是喜欢她这样的羞涩的,虽然她大多数时候都是大咧咧和厚脸皮的,但是在一些莫名的瞬间,她会不经意地流露出一丝不知从何而来的羞涩,那样的她特别迷人。是的,迷人,虽然不想用这样具有女人味的词语来形容她,但是这是最适合的了,陈小希迷人,真是想想都觉得搞笑。

她说,她差点以为她就要死掉了。人,是没那么容易死的,每天都有很多想死的人,最后都活了下来。

是的,人是不会这么容易死的,健健康康活到老的人,从资料统计上看，是比突然暴毙的人要多上许多的。

是的，这些作为一个陈小希口中见惯"大风大浪"的医生，他都知道，但还是被她一句话吓住了。如果她不在了，那么他怎么办？

他不是没有经历过身边没有她的日子，死不了，只是无聊，只是一种无法长期承受的无聊，随时都像是看着一个有着很长导火线的炸弹在缓缓燃烧，等待着爆发的时刻。

如果没有那几年的分离，他不会知道，陈小希在他的生命中有多重要，重要到让他甚至怀疑过人生的意义。"没有陈小希，人生好像就没有了意义。"这样的想法曾经不小心出现过，但江辰很快就用嘲讽的态度带过了，人生不能寄托在一个人身上，这是不容置疑的真理。但陈小希会说："凭什么不能，我高兴把我的人生寄托在江辰身上，你们管得着吗？"

陈小希啊，对他来说，究竟是个怎么样的存在？

这样纠结的问题，足够让江辰想上三分钟。

不是梦想不是女神，不是命中注定，是江辰的爱情。这个他深爱的女人，是他曾经挣扎过是否沦陷却终难幸免的爱情。

陈小希就是江辰的爱情，因为他没有爱过别人，因为他爱不上别人，所以他的爱情只能是陈小希。每当意识到这一点时，他都有一种一条道走到黑的悲壮。

陈小希在睡梦中翻了个身，哭得累了的她睡得特别沉，睡前哭久了导致鼻塞，所以还微微有点鼾声。

江辰伸手打开了台灯，陈小希只是吸一吸鼻子，没有转醒的迹象。灯光是黄色的，陈小希老说黄色的灯光看上去纸醉金迷，但江辰讨厌白炽光，太过明亮的环境会让他觉得自己还身在医院，有时还会让他想起刚毕业的那段日子。那个时候没有陈小希，那个时候只有空洞的忙碌，他常常在医院的值班室里累到睡着，突然醒来就对着头顶白晃晃的白炽灯发呆。陈小希问过他，为什么讨厌白炽灯，他没有说，她也就不再追问，只是默默地把家里的灯都换成温暖的黄色。她不会咄咄逼人，她懂得适时让步，这是她与生俱来的体贴。

他有时会被别人问，喜欢陈小希什么，他给的答案都是没有理由。其实有很多的理由，只是他不想说，他喜欢她笑起来眼睛水汪汪的；他喜欢她头发乱糟糟时会用手指去扒拉，然后弄得更乱；他喜欢她紧张的时候会不自觉地伸手过来掐他；他喜欢她虽然八卦但心地善良；他喜欢她虽然黏人但适可而止；他喜欢她对他无条件信任；他喜欢她有自己的一套理论，并以她的理论在自己的世界里活得很好……

喜欢她，因为她不仅可以包容他的古怪、难以相处，而且对他的各种打击、各种冷漠，她还能乐在其中。这样的存在，要么是游戏里为他量身定做的角色设定，要么就是神经病。

很明显，她是后一种。江辰想着想着就笑了，又侧头看了一眼躺在身边的陈小希,她的眼睛有点红,估计明天起来会肿得厉害。她总是这样,一哭眼睛就肿,却特别容易哭,或者说特别容易被他弄哭。

她那个时候说:"我都好久没哭了,这次哭又是为了你。"而他现在也想不起为什么惹她哭了,都说如果你真的爱一个人,她的一切事情你都能很清晰地记住。事实上那只是想象出来的浪漫,时间会让你遗忘,会让你把回忆的片段模糊,模糊到只剩一个镜头,你也许记得她眼角闪着泪花的样子,却记不住她为什么哭。

江辰记得那时她眼角的那颗泪珠,就夹在上睫毛和下睫毛之间,摇摇欲坠。他每次只要想起那个场面,手指仍有一种想要弹一弹它的冲动。

"我不能记住关于你的每个片段,但我有着关于你永生无法忘怀的镜头。"

陈小希忽然带着哭腔地哼了一声,左手在空中挥了一下,翻过身背对着他又平静了下来。江辰盯着她的背发了一会儿呆,然后左手过去将她的头微微扶起脱离枕头,右手从她的颈后穿过。再将她的头扶回枕头上,左手握住她的肩膀轻轻地一扳,右手再一揽,陈小希就顺着力被他拉着枕在了他的手臂和胸腔之间。陈小希似乎因为姿势不对或者被闷到了,脸在他胸口蹭来蹭去,好不容易才找了个舒服的姿势,又开始打起呼来。

江辰拨开她粘在他嘴边的一缕头发,叹了口气笑了笑,单边酒窝在昏暗的光线中变成脸上一个深深的黑点。

陈小希说世界上有更好的女孩子，是啊，为什么单单只想要她？如果非得要他回答，只能这样说，因为："你在我面前哭，你在我面前打呼，而我一点都不觉得烦。"

江辰的钢琴曲

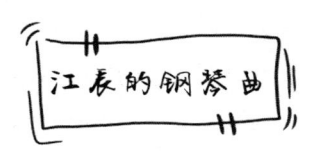

大概是陈小希乌龙绝症事件后的第一个元旦,江医生所在的医院维持一贯的传统,试图通过一个从命名上就毫无新意的"元旦联欢晚会"来给救死扶伤的白袍大夫和白衣天使们减压,还试图用"欢迎携带家属"这样的噱头来昭示活动的人性化。总之,家属陈小希,自打从苏医生那里听来了这件事,就一直心心念念地等着江辰邀请她一同参加。

翘首期盼了有一个星期那么久,陈小希都快从家属盼成了烈属,却依然没有盼到江辰邀请她的只言片语,眼看后天就是元旦了,陈小希觉得,她必须和江辰好好谈谈了。

其实作为江辰的资深家属,在死赖着他参加各种聚会这种事上陈小希有着丰富的经验,每次无论他愿不愿意,最终她总是能够成功地以另一半或者准另一半的身份站在他旁边。但是，这次她突然不想再死皮赖脸地自动跟去了，当然你可以认为她突然有了一种名为自尊心的东西，但是事实是，陈小希最近日子过得太平顺，乌龙事件后江辰对她愈来愈好，好到几乎可以用上那个令人闻风丧胆的汉字：宠！陈小希就恃宠而骄了起来，但是恃宠而骄这样娇俏的词语不适合陈小希的气质，所以我们说，陈小希就蹬鼻子上脸了起来。

江辰下班回到家时已经是晚上十点多了，陈小希披头散发地在阳台晾衣服，见他进来也只是探头出去瞅了一眼，眼神冷淡得十分明显。江辰被冷落得莫名其妙，边解着衬衫袖口的扣子边问："你怎么这副表情？"

陈小希一进来就看到江辰把外套、衬衫丢了一沙发，叉着腰瞪他："把衣服捡起来，放洗衣机里。"

江辰瞅了她一眼，一言不发地往房间里走，陈小希想振妻纲的气势被他一眼就瞅弱了，她熟练地捡着沙发上的衣服，随口胡诌着唱："只是因为在人群中被你看了一眼，再也不能对着你黑脸……"

拿着换洗衣物走出来的江辰听到陈小希胡乱改编的歌词，哭笑不得地丢了一件T恤盖在她头上："这件也洗。"

陈小希扯下衣服，又瞪了他一眼："自己不会洗啊？"话是这么说，但她捧着衣服往阳台走的脚步倒是没有停下来。

江辰洗完澡出来时，陈小希已经在沙发上睡着了，他过去要抱她回房，手才碰到她她就醒了。陈小希揉着眼睛说："江辰，我有事和你说。"

江辰维持着抬起她上半身的动作，发梢的水滴了一串在她脸上，陈小希依然一脸没清醒的模样，江辰好笑地伸手擦掉她脸上的水，扶着她坐好："说吧。"

"等等，我忘了。"陈小希挠了两下脑袋，"我想想。"

江辰也不催她，湿漉漉的头往她大腿上一枕，躺好了才说："你慢慢想。"

陈小希十秒后才缓过神来，低头一看，裤子被他头发上的水打湿了一大片，也不在意，只是推一推："坐好，我有事说。"

江辰闭着眼睛一动不动："我这样又不是听不到。"

"你元旦放假吗？"她决定先旁敲侧击，如果某人还不开窍，就直接敲死。

"提早一个小时下班。"

"然后呢？"

"什么然后？"江辰闭着眼打哈欠。

陈小希立马就火了，揪了一把他的头发："不是有元旦联欢晚会吗？不是可以携带家属吗？你不带我去你准备带谁去？"揪住他头发的手都是水，于是陈小希用力地擦在他身上，"你现在是嫌我见不得人吗？"

江辰懒懒地掀了一下眼皮："陈小希，你很脏。"

陈小希对他的答非所问很不满,又揪住他的一撮头发:"为什么不带我去?"

"你怎么知道我们有元旦联欢晚会的?"江辰不答反问。

"啊?"陈小希缩了缩脖子,"据某知情人士透露……"

"你少一天到晚跑到我们医院去瞎折腾。"陈小希现在和他们医院的很多同事都混得很熟,尤其是清洁工阿姨们。每次她们见了江辰就叮嘱他要好好对陈小希,他都觉得如果有一天他真对不起陈小希,阿姨们会用拖把追着他打……

陈小希吐舌头:"你少岔开话题,你为什么不带我去?"

"因为我不准备去。"

"啊?"这倒是一个出人意料的回答,陈小希想了无数的回答,甚至想到"老子有别的女人了,为什么还要带你这个臭女人出去"这样比较锻炼演技的回答,就是没有想到他居然不准备去!到底是要具备什么情操的人,才会选择不参加免费的蹭饭活动呢?

"我不准备去。"江辰重复了一遍。

"为什么?"

"每年都是那些节目,无聊。"

"什么节目啊?我都没去过,你就再陪我去一次嘛。"

"不去。"

"为什么?"

"我不想弹琴。"江辰坐了起来,有点不耐烦,"不知道谁知道了我会弹钢琴的事,每年都鼓动我上台弹钢琴,很烦。"

"你的钢琴不是弹得很好吗?"作为没有任何乐理知识的人,陈小希判断钢琴弹得好不好就是琴音有没有突然断掉而已,江辰弹起琴来像黏糊糊的鼻涕,断不了。瞧这比喻……

"弹得好不代表我就不讨厌。"江辰说。

陈小希觉得他这样的想法不对,必须好好规劝一下:"你得这么想啊,你小时候父母花了这么多钱送你去学钢琴,就是为了让你长大后可以在众人面前华丽地耍帅和做作啊!你不去多浪费钱啊。"

……

江辰一愣,半晌才说:"这位姑娘,你看事情的角度很独特嘛……"

最后江辰还是拗不过陈小希,去了晚会,吃完晚饭后他就被一阵热烈的掌声给鼓噪得坐到了钢琴旁边,而最让他气结的是陈小希竟然是起哄起得最欢快的那个。

陈小希其实很喜欢看江辰弹钢琴,最好是深情地看着她一个人弹,最好是边弹边唱歌,最好弹着弹着就说陈小希我爱你,然后深情一吻,最好是一旁还有人撒花瓣,最好是周围有无数羡慕嫉妒恨的围观群众,最好是全球卫星直播……哎呀,貌似她把场面幻想得有点隆重。

医院包下了饭店的一整层,大厅中间是装饰用的白色钢琴,一盏柔柔的聚光灯从天花板打下来，反射着温柔的白光，穿着浅蓝色条纹衬衫的江辰往钢琴旁一坐，英俊得摄人心魄。

江辰弹的是 Kiss the Rain，不是什么古典大师级的钢琴曲，是陈小希有一阵子哈韩，一天到晚在家里循环播放某韩国艺人在节目上弹的一个曲子，他听多了，居然把旋律背得七七八八了。

在座的几乎没有一个人听过，但他们能分辨出的曲目只有《致艾丽斯》和《命运交响曲》，所以不是这首曲子的错，请这首曲子不要自卑。

三四个音符之后，陈小希就听出来了，抓着身旁苏医生的手拼命地揉，脸上笑出了一朵花儿。

苏医生好不容易把手抽了出来，苦着脸说："你这是要捏碎我的手吗？"

陈小希维持着花儿般的笑容激动地说："这首曲子是弹给我听的！"

苏医生翻着白眼泼冷水："就你一个人听到了啊？满屋子的人都听到了，有什么了不起的？"

陈小希只是笑，不一样的，你们都听到了，但只有我听懂了。

江辰回到座位时就见陈小希仰着脸对他讨好地笑，一时也不知道要回应她什么表情，只是很条件反射地拍拍她的头……真的是条件反射，因为她的表情看上去真的就只差插上一条尾巴摇一摇了。

元旦过去了半个星期,江辰巡房时突然被一个小护士在病房门口拦住了,小护士红着脸,说话结结巴巴的:"江……江……江医生,那个……那个你……你那天弹钢琴,我……我觉得很帅。"

"谢谢。"江辰点点头,绕过她要走,她一个箭步又拦在了他面前,一着急人也不结巴了:"江医生,我从小到大的梦想就是找一个会弹钢琴的男朋友,我知道你有女朋友,但是我不会放弃的,梦想是不能放弃的。"

江辰这才认真地看了一眼这个握着拳头发誓的小护士,挺眼生的,大概是新来的,所以他说:"你新来的吧?"潜台词是,我们家神经兮兮的陈小希还没把魔爪伸到你这里吗?

小护士的脸上瞬间闪过受伤的表情:"我来了一年多了,上个月还跟过你的一台手术。"

"啊?"江辰一愣,下意识地把陈小希错愕时的反应学了过来。

"算了。"小护士有点气馁,"你现在把我记住就好了,我叫崔宁宁。我真的觉得你弹钢琴的样子好帅,好像指尖下缓缓流淌出的都是深情。"

江辰突然笑了:"这年头会弹钢琴实在没什么了不起的,你的梦想可以试试看换成别的。"

"什么?"

"弹棉花、弹指神功之类的,比较与众不同。"江辰说完笑了笑,丢下一脸不可思议的小护士走了。

小护士站在原地嘴角抽搐,江医生的幽默感,貌似有点诡异啊。

事情回溯到那天的元旦联欢晚会结束后,陈小希和江辰散步回家,陈小希嚷着吃太饱了走不动,几乎是挂在江辰的手臂上被他拖着走的。

江辰掰不开她的手,瞪了她一眼说:"这是动手术、弹钢琴的手,不是给你这么拽着的。"

陈小希"哼"了一声:"少嚣张了,这年头会弹钢琴没什么了不起的,像弹棉花啊、弹指神功啊,这种才叫与众不同、出奇制胜。"

江辰微微地用力扯开了一点她的手,扬起尾音问道:"你说什么?"

"我说你钢琴弹得太好了,指尖下跳跃的都是深情啊深情,你一定很爱弹琴给那个女人听对吧?"陈小希觍着笑脸仰头看他。

"……"

"对吧、对吧、对吧、对吧?"

"对,她脸皮最厚了。"

他们的新婚

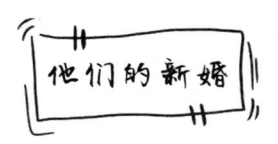

这是江辰和陈小希婚后的第一个春节，在哪里过年这个问题，从过年前两个月就开始困扰陈小希。按理说她嫁给了江辰，自然就得到江家过年，但江家二老对她这个儿媳妇的存在一直是采取"如果我们一直当你不存在，也许有一天你就会不存在了"的侥幸态度，而陈小希觉得他们这种怀抱着幻想的侥幸是不可能实现的，因为她自诩为打不死的蟑螂，就算江辰死了，她都是在他尸体上爬来爬去的蟑螂！

陈小希把这样的想法告诉江辰后，得到了他严肃的指责："笨蛋，会在尸体上爬来爬去的是尸虫，不是蟑螂。"

陈小希表扬了他的博学以及思维："江辰，你怎么什么都知道啊？而且你不把骂我的重点放在你死掉变成尸体这件事上，我真心喜欢你这么跳脱的思维,小子,我欣赏你!"

陈小希拍拍江辰的肩膀,笑眯眯地朝他挤眉弄眼。

江辰掸灰尘似的拂开小希搭在他肩膀上的手:"我死了你就变成寡妇了。"

陈小希不以为然,抱住他的手臂仰起头讨好地笑:"你死了,我殉情。"

江辰拍拍她的头:"我都死了,你就放过我吧。"

"不放。"陈小希依旧讨好地笑,"不过可以放过你几天,这样吧,过年你回你家,我回我家……"她停顿了一下,瞄瞄他的脸色才接着往下说,"然后过完年我们一起回我们家。你说好不好?"

江辰看她笑得眼睛弯成月牙儿,心里忽然一阵内疚,自己的家庭给她带来了困扰,她不吵不闹,只是小心翼翼地、讨好地提出她的要求。

"你喜欢在哪里过年就在哪里过年,其他的交给我,不用担心太多。"江辰俯身在小希弯弯的嘴角上啄了一口,"你这种讨好的笑,练得愈来愈炉火纯青了。"

陈小希一蹦三尺高,搂住江辰的脖子,在他的左右脸各亲了一口:"你最好了!我最爱你了!"

不过陈小希快乐的小火苗只维持到晚上打电话回家,就被她妈三两下浇到只剩青烟。当她兴奋地叙述完准备回家过年后,却被她妈劈头盖脸地训了一顿。

小希妈苦口婆心地劝了女儿一番,关于风俗习惯和婆媳相处的道理,没想到自家姑娘不买账,嚷嚷着直说想回家过年。小希妈心里着急,怕女儿不懂人情世故惹人闲话,加上她本身也不是很有耐性的人,于是讲多了几句就开骂了:"陈小希,我怎么养了你这么个笨蛋女儿,反正你不准回来,你要回来我拿扫帚扫你出门!"

陈小希不以为然地耍嘴皮子:"我体积大,你扫不动我。"

小希妈见女儿还在油嘴滑舌,只好下猛药:"你回来的话,我跟你爸就出去旅游。你忍心看我们两个老人家被你逼得大过年的有家不能归,你就回来过年吧。"

说完,小希妈就把电话给挂了。小希握着手机气得直捶在一旁看书的江辰。

江辰举着书挡了几下,最后哼了一声,不耐烦地道:"别闹。"

换作平时,陈小希就会乖乖地收手不去烦他,但她现在心里正烦着,被江辰哼了一声更是怒火中烧,抢下他的书丢到沙发一角,跳到他身上掐住他的脖子猛摇:"你哼我!你居然哼我!我掐死你!"

江辰被晃得头晕,一把将她从身上拂开,按在沙发上,翻身用力压住。

他沉得像石头,陈小希被压得呼吸不顺畅,只觉得胸腔里最后一点空气都被他挤出来,挣扎着叫:"放开我!"

"道歉。"江辰更是用力地压住她的上半身。

陈小希难得有骨气地不肯道歉，只是拼命挣扎着想从他身下钻出来。但她愈是挣扎，他就压得愈紧，后来她连脸都被他压在脖子下，一挣扎她的鼻子就蹭到他的喉结，然后陈小希就觉得，与其武斗不如智取！她的智取就是——伸出舌头，在江辰的喉结上，轻轻地舔了一下。

江辰的身体瞬间一僵，陈小希用力一推，从他身下钻了出来，滚下沙发后拔腿就往房间跑，就在她的手要握上门把手的前一秒，衣领忽然从背后被拉住一扯，她失去平衡往后摔，腰却被一双手托住了。她正要松口气，托住她腰的手却环抱住她整个腰，然后不知道怎么使的劲儿，她整个人就被他倒着扛到了肩上。

陈小希被江辰扛米袋似的扛在了肩上，只见江辰的两条腿大步地朝前迈。

"放我下……来！"

后来在床上这个地点，江辰就对陈小希做了一些"丧心病狂、学校不教、电视不准播、网络浏览时会跳出十八岁以下不能看"的事情。而陈小希也是有收获的，她的收获是，以后在选择"与其武斗不如智取"前，先掂量一下自己的智力，不要不自量力。

第二天晚上吃过晚饭，陈小希拖着江辰陪她逛商场买礼物给两家的父母。江辰大包小包地提了七八袋后不愿意了，拦住她："你是要回家开补品店吗？"

陈小希点了一下他手里的袋子:"哪有那么夸张,你爸妈一份,我爸妈一份。我妈说了,你家档次高,让我别失礼。"

"这种东西他们过年收得不会少,你买你爸妈的那份就好了,别乱花钱,到时又一直跟我哭穷。"

自从江辰住进陈小希租的小套房后,两人就合计着买自己的房子,经过研究对比发现,相对于江辰的收入,陈小希的可以忽略不计。所以陈小希就提出把江辰每个月的收入存起来,而自己的收入用于家庭日常开销。江辰的金钱概念向来模糊,读书时管班费就常常倒贴钱,陈小希管钱他也乐得轻松。只是陈小希的理财能力也好不到哪儿去,所以一到月底陈小希就哭穷,但又不让江辰动用他的工资。江辰被她气得够呛,而且还莫名有了一种养不起自己女人的挫败感,明明他赚的钱,养十个陈小希都绰绰有余啊。

最后陈小希还是把她觉得该买的都买了,买完回家一算账,就指着江辰埋怨:"你为什么不拦住我?"

江辰翻了个白眼:"我拦得住吗?"

陈小希直捶他:"我让你冲我翻白眼!我让你冲我翻白眼!"

江辰明白,她的暴躁只是因为要跟他回家而紧张,所以也不跟她计较,只是微侧身子用手臂比较不怕疼的肉去接她的拳头。

陈小希一边捶一边骂:"你居然冲我翻白眼,你这个白眼狼,吃我的喝我的住我的,你居然冲我翻白眼!"

江辰冷冷瞟她一眼,挑眉道:"你再说一次?"

陈小希缩了缩脑袋："呵呵，我是说，我们共同参与了那个……那个经费的支出。"

春节前几天，陈小希和司徒末约了一起去剪头发。陈小希原本只是想修一修发尾，哪知那理发店的发型师嘴上功夫了得，三言两语就劝得陈小希烫了个大波浪卷发。

他是这么说的："根据我多年的经验，我觉得你烫卷发肯定好看，会有一股成熟温婉大方的气质。"作为一个万年娃娃脸，陈小希的死穴就是"成熟"两个字，她原本还想听听司徒末的意见，一转头就见司徒末已经一脸慷慨就义地被安置在烫头发的机器下了，回给她的表情是"自身难保，好自为之"。

陈小希再幻想一下自己成熟温婉大方的模样，觉得那样回江辰家一定很给他长脸，索性心一横："烫！怎么成熟怎么烫！"

于是在两眼无神地发呆了三四个小时后，陈小希和司徒末各自顶着据说超级适合她们的发型，回了各自的家。

江辰开门时陈小希正在背对着门挂新的日历，听到开门声，她微微侧转了脸。那发型师说了，这个发型就是搭配侧脸最好看，什么乌黑秀发中微微露出一抹脸的轮廓，比剪影还神秘还美！

江辰愣了几秒，回过神来才带着笑意缓缓地开口："妈，您怎么来了？"

陈小希的侧脸一僵，一字一句咬碎了说："江！辰！我！要！

杀！了！你！"

陈小希晚上和司徒末通电话："末末，我想杀了我家那口子。"

司徒末回家后也被自家男人打击得够呛，但她倒是明辨事理："我觉得，我们杀了那发型师才叫冤有头债有主。"

第二天，陈小希携司徒末，两人换了家理发店把蓄了几年的长发咔嚓一下了结了，真是"发丝三千为君剪，发型师你给我小心点"！

因为江辰要值班，他们俩等到大年三十晚上才踏上回家的路。陈小希原本是上了车就可以睡得东倒西歪的人，但一路上由于担心回到家太晚会害得公婆等门，也睡不踏实，反而是江辰，枕着她的肩膀睡得天昏地暗。

他们到家时已经是凌晨两点，陈小希发现自己白担心了，江家黑灯瞎火，一派沉寂。她不知道是他们家向来如此，还是为了抗议她这个令他们不满意的儿媳妇。

江辰抚着她齐耳的短发说："给爸妈打个电话说我们到了，灯都亮着呢。"

对面的陈小希家灯火通明，小希爸妈坐在沙发上打着瞌睡，守着电视机，守着电话，接到女儿女婿报平安的电话，才安心地去睡觉。

睡下时，在江辰那张并不大的床上，陈小希从背后抱住江辰的腰："是因为我吗？"

江辰覆上她的手背："别胡思乱想，他们很忙，向来如此。"

他爸妈向来以"爸妈很忙，男孩子要学会独立"当借口，光明正大地不给予他任何陪伴。

陈小希的喉咙像是被什么哽住了，用力吞口水也咽不下，只好勒紧了江辰的腰："我爸妈很闲，每天都烦我，我分点他们的时间给你，好不好？"

"好。"江辰转身把她拥进怀里，用力地搂紧。

只是第二天陈小希就后悔她昨晚说过的话了。起床时江家父母早就不在家，江辰说过年是他们最忙的时候，饭局从早排到晚。陈小希理直气壮地拉了江辰回到对面的自己家蹭午饭。于是就演变成了现在的状况，江辰的饭碗已经鸡鸭鱼肉地堆成了一座小山，陈小希刚夹住的鸡腿还被妈妈一筷子夺过去，堆在江辰碗里的小山上。

吃完饭，陈小希在厨房里洗碗，江辰却在客厅里看着电视，吃着饭后水果，还有就是听着小希妈死命爆陈小希的丑闻："小希到了六岁都不会从一数到十，一般数到八就开始叫，爸爸，我要吃饼干。小希小时候问过我们，她长大后是不是一定要结婚。还说堂哥好凶，爸爸已经结婚了，自己长大后该嫁给谁。小希高中时有一阵子突然每天很早出门，有一次穿着睡衣背着书包就出去了。还有一次，她说失恋了……"

陈小希急急忙忙地洗完碗，手上甩着水冲出来喊道："妈！"

"干吗，没见我跟我们家小辰说话呢，打什么岔？"小希妈瞪她。

"我们家小辰"在一旁听到这个新的昵称忍不住默默地滴下一滴冷汗。

陈小希把湿漉漉的手往江辰的脖子上一贴，占有性地搂住道："小辰是我的。"

拥有女儿和妻子双重身份的陈小希，心里想的是："这是我的妈妈，江辰你别抢；这是我的江辰，妈妈你别抢。"她吃的是双方的醋。

到了下午天气突然变冷，陈小希想起自己没带厚的衣服回来，就从柜子里翻出大学时的外套，套在身上兴致勃勃地跟江辰说："你看我还穿得下大学时的衣服。"

这件衣服江辰再熟悉不过了，她那时一直坚持认为这件衣服是她所有衣服里最好看的，事实上也是，米白色的呢子大衣，衬得她一双黑眼珠更加乌溜闪亮，莫名地让人心跳加速。

晚饭前，江家客厅里坐着不少人，原本也算是言笑晏晏气氛融洽。两人一进门，江辰妈就率先沉下了脸："大过年的不着家，也不知道谁教的？"

江辰冷着脸不搭话，陈小希赔笑："爸妈新年好，叔叔阿姨们新年好。"

那些不知道从哪里来的叔叔阿姨赶紧搭话:"新年好,新年好,儿子媳妇长得都是一表人才啊。"

陈小希轻轻一扯江辰的袖子,他才颔首:"叔叔阿姨新年好。"然后又加一句,"你们慢慢聊。"就拉着陈小希回了房间。

陈小希责怪江辰不懂事:"那么多人呢,至少也多聊一会儿啊,你这样……爸妈会生气的……"

江辰躺在床上,双手交叉在脑后枕着,一脸无所谓。

后来江辰睡了,江辰妈来敲门,臭着脸说他们晚上不在家吃饭,李阿姨会来做饭,还说了大过年的不要总去劳烦亲家,别人会说闲话的。

陈小希微笑着应了,只在心里不孝地模拟了一次飞踢。

江辰醒来时陈小希正盘腿坐在地板上翻他的东西,手上捧着一本《三国演义》无声地笑,那扉页上是当年那个孩子画的非狗非猫的图画。

"陈小希。"

"啊?"她抬头,眼睛里蕴了水汽,笑盈盈亮晶晶。

江辰有一瞬间的愣怔和悸动,眼前的女孩,留着他年少时熟悉的短发,穿着他年少时熟悉的衣服,出现在他年少时的房间,笑盈盈地看着他,美好得犹如穿越到了少年时期的一场梦里。

"过来。"江辰的声音涩哑。

陈小希不明所以,丢了手里的书跑到床边,还没开口说话,江辰忽然伸手一拉,把她扯到了床上然后翻身压住。

他居高临下地看着她笑,陈小希的脸上一阵发热,江辰的笑容向来是干净的,笑出单边酒窝盛满了阳光灿烂。但有时也会像现在这样,笑得有点坏,莫名地让她红了脸。

"干吗脸红?"他用食指指腹轻轻地摩挲着她烧得红起来的脸颊。

"哪有?"她嘴硬。

他吻她的眼睛,吻她的耳朵,吻她的脖子,她边躲边咯咯地笑。

李阿姨来做饭时陈小希还在睡觉,江辰跟李阿姨说不用煮了,他们待会儿出去吃。李阿姨走后,江辰又钻进被窝,拥着陈小希睡回笼觉。江辰没有睡着,只是抱着怀里的陈小希,听着窗外烟花爆竹的噼啪声,感受着怀里的触感,暖暖的,软软的,是他的陈小希。

陈小希是被饿醒的,腰上横着江辰的手臂,锁得死紧,掰也掰不开。

外面天已经黑了,她仔细地听,只能听到烟花爆竹的声音,她松了口气,公婆还没回来。

"起来啦,我饿死了。"陈小希掐着江辰横在她腰上的手臂,指甲掐住了一小块肉,捏起来转一圈。

江辰痛得"哗"了一声:"陈小希,你最近怎么这么暴力啊?"

陈小希经他一提醒，也惊觉自己最近真的有点暴力倾向，小声地忏悔："好嘛，对不起。"

她的声音放低了，听起来软软的，江辰忍不住又凑上去亲她的后颈。

陈小希一声哀号："还来啊……"

等到真的下床，又是半小时后了，陈小希扣着衣服的扣子，不时瞟来哀怨的眼神，委委屈屈的小模样让江辰一阵心虚，她不是自己的老婆吗，怎么觉得自己好像禽兽……

晚饭是在家附近的小餐馆吃的，去吃饭时已经将近九点，吃到一半江辰接了个电话，走出门口讲了半个多小时还不见回来。陈小希一掏口袋，出来得匆忙，她什么都没带。眼看店里就剩他们这一桌了，老板娘过来催了两次，态度一次比一次恶劣。陈小希也很不好意思，走到门口张望了几次也没看到江辰的身影，只好说："我真忘记带钱和手机出门了，不然你跟我出去找他好吗？"

老板娘哼一声："出去？外面要是有你们的同伙怎么办？"

陈小希尴尬到家了，这位太太，你的想象力会不会太丰富了一点……

江辰接的电话是带他研究的指导教授打来的，教授是个严肃的老头儿，一辈子没结婚，过年的乐趣就是打电话折腾手下的研究生。昨天同门师姐苏木就中招了，据说因为电话里的背景声一片欢歌笑语，教授问她在做什么，她一高兴回答说，大家一起喝酒赌钱呢，就被教授训了一顿，说她灯红酒绿、花天酒地、穷奢极欲。苏木那个委屈啊，您说大过年的，我也不好召集全家一起号丧哭坟是不是……

江辰一看到是他的电话号码，立马找了条僻静的小巷，确认听不到烟花爆竹的声音才接了起来。教授说他交上去的一个病理分析出了问题，两人在电话中讨论了好久，最后教授问他在做什么，他说："我正在实地调查外食时肝炎病毒的传播途径。"

教授满意地挂上电话。

江辰回到餐厅时，陈小希正被老板娘数落得头都快垂到膝盖了，老板娘见她的穿着也不像有钱人，加上等久了火气大，话就愈说愈难听："没钱就不要出来吃饭，我看你也不是什么好姑娘，年纪轻轻随便跟男人出来吃饭，你这种人我见多了，再不付钱我就报警了。"

"多少钱？"江辰沉声打断，掏出钱包。

老板娘数落得正上瘾，见这女孩的男朋友回来了，正想顺便数落，一抬头见眼前的小伙子虽然表情平淡看不出喜怒，却莫名地让她不敢再多说什么："一百三十五。"

陈小希拉着江辰的袖子委委屈屈地问："你怎么去了这么久啊？"

江辰看都没看她，拿出一百五十块钱递给老板娘："不好意思，耽误了您的时间，零钱不用找，请给我发票。"

老板娘傻眼了，小地方的小店哪里来的发票？但她本来就是泼辣的主儿，立马就先声夺人开骂："兔崽子，你找碴儿是吧！我告诉你我不怕你，我……（以下省略脏话若干）"

江辰没有回话，拿出手机打电话："您好，我打电话反映一件事，××路这边有一家餐厅×××，消费后店家拒绝开发票，您看是不是找人调查一下？"

陈小希和老板娘都傻眼了，陈小希拉着他袖子的手改去拉他手指："怎么了？你打给谁啊？"

"税务局。"他说，然后看着老板娘目瞪口呆的样子，笑了笑，牵着陈小希走出了餐厅。

走出了那条街陈小希才反应过来，立住了不动："你骗人。"

"什么？"

"你没有打给税务局。"

"你又知道了？"

"你不是那种人。"陈小希认真地看着他的眼睛，"你与人为善。"

看着她认认真真的模样，江辰笑了。世间有一个人，对你的信任是无条件的，想着你都是好的。夫复何求。

"我吓唬她的。"江辰说。吓唬人一向不是他的作风，不过吓唬陈小希除外，今天是因为陈小希受委屈了，他才忍不住要替她出口气。虽然自己平时没少欺负她，可以说恶趣味之一就是逗得她可怜兮兮，但是别人让她受委屈了却是不可以的。

陈小希这才笑了："我就知道。"

江辰忍不住捏了一下她胖嘟嘟的脸:"你就这么相信我?"

"切!谁相信你啊。你的通讯录里就那么几个电话,哪有什么税务局电话。"陈小希得意扬扬,"还有啊,你刚刚没让她找钱,浪费了十五块,这种行为太不对了,得检讨一下。"

……

真的是很会破坏气氛啊。

"陈小希。"

"干吗?"

"你查我的手机?"

"那个……其实我觉得,你人品那么好,绝对不会仗势欺人的。"

"来不及了。"

陈小希解释:"我不是故意的,我就是画漫画时不知道给人物取什么名字,才翻你手机的通讯录。"

"陈小希,我们明天去外婆家,待到过完年。"

"为什么?"

"我要告诉外婆,你查我的手机。"

陈小希喜欢江辰的外婆,以及外婆家所有的亲戚。陈小希在外婆家得到了至高无上的待遇,因为对比的是公婆给她的待遇,所以外婆只要不拿棍子抽她叫她跪下,她就觉得感激涕零了。

外婆真的是个很好的老人,一见面就把脖子上的玉坠子解下来，挂在陈小希的脖子上，说什么也不让她拿下来，还夸她长得水灵，是天仙一样漂亮。

陈小希那叫一个受宠若惊啊，她人生中第一次被人用到"天仙"这么美妙的词来形容外貌，外婆她……太识货了！

屋子里坐了一大堆人，都是特地跑来看陈小希的亲戚朋友，每个人都换着词汇夸她，听到最后她都觉得自己不出道真是太对不起娱乐圈了。

吃午饭时，除了江辰，一大桌子的人都瞪大眼睛盯着陈小希吃饭。在这种动物园式的惨无人道的围观压力下，陈小希都不知道这顿饭是从鼻孔还是从嘴巴吃进去的，只知道外婆不停地给她夹菜，她不停地吃。她这才觉得，原来江辰在自己家吃饭时，碗里被妈妈堆成一座小山，也是一种负担。

吃完饭陈小希争着要去洗碗，但被广大女性亲戚给拦住了，阻拦时语言动作之激烈，仿佛这些碗要是让陈小希给洗了，她们就得集体赎罪。

陈小希被外婆拉着坐在正中央，一群人围着她们坐成个半圈继续围观。

陈小希只好挺直了腰杆正襟危坐，嘴角噙着得体的微笑不时地点头。江辰被挤在离她最远的位置，微笑地看她扮演母仪天下。

不知哪个起的话头，问起陈小希："你们是怎么在一起的？"

换作平时，陈小希一定厚着脸皮拍着胸脯豪气万丈地说："是姐倒追的这小浑蛋！"顺势开始一把鼻涕一把泪地诉说倒追的辛酸往事，最后以阴谋得逞的三声仰天长笑作为结尾，整个故事感人、浪漫又励志。

但是面对着一群表情殷切憨厚的大人，陈小希平时那套不要脸的说辞没了用武之地。她还在斟酌怎么开口，不知道是谁又自作多情地帮她回答了："不用想都知道是我们江辰追小希，想不到这孩子平时看起来挺安静的，追女孩子挺有一套的啊。来来来，说一说都用的什么招数抱得美人归啊？"

陈小希忍不住抽了一下嘴角，这位亲戚，你这么乐观真的好吗？

外婆也好奇了，拉着陈小希的手："别害羞啊，告诉外婆，你们是怎么在一起的？"

江辰远远地看了陈小希一眼，笑着替她答："没什么特别的，近水楼台先得月。"

江辰这番回答掐头去尾，省略主语省略宾语，胜在你以为意有所指他却模棱两可，总之跟一千个读者心里有一千个哈姆雷特有异曲同工之妙，简直可以出一本《江辰的说话之道》。

亲戚朋友们见挖不出什么新鲜热辣又骇人听闻的八卦，又纷纷转去关心江辰的二姨——她那快考大学的儿子的成绩。

下午亲戚们都回家了，外婆戴着老花镜在看电视，节目正播着不知道哪个地方的戏曲，咿咿呀呀地百转千回。

陈小希和江辰在厨房里择菜，陈小希的情绪没来由地低落了。江辰用手肘轻轻撞了一下她，问道："怎么了？"

"没有啊。"

"哦。"江辰继续低头择菜。

……

"你就不能再问几次？"陈小希气愤地撕了一片菜叶丢给他，菜叶粘在他脸上不下来了。

江辰无奈地把菜叶拿下来："你怎么了？"

"没有啊。"陈小希说了一句，怕江辰真的不再追问又立马补充，"我只是想到以前你都不要我，无论我怎么跟在你身边转你都不要我。"

江辰一愣，摸了摸鼻子解释道："也不是说不要……只是……"

只是，他拒绝了她的第一次表白后，她从此就预设好立场，一头热地围着他转，却再没有问过他，喜不喜欢她或者要不要在一起，搞得他也很郁闷啊。

"只是什么啊只是！没有只是！你就是不要我！你自己择菜吧！我去陪外婆！"陈小希把手里的菜泄愤似的一丢，擦擦手就走了。

这个懒鬼。

江辰笑着继续择菜，听着陈小希和外婆在客厅的说话声混在外面小孩玩爆竹的炮声中，忽远忽近。

他们的婚纱照

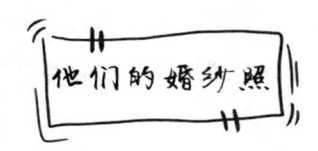

〈上〉

陈小希最近意识到一件很严重的事情——她和江辰并没有拍婚纱照。

能意识到这事是因为她最近休年假，赋闲在家，吃饱了撑的就去敦亲睦邻地拜访了一下邻居，巧的是他们家对面就住了一对新婚夫妇。陈小希去拜访时，水果还没端上来，手里就被塞了几本厚厚的婚纱照，她把大学时写审美论文的词汇都砸出来了，夸得人家小两口实在是过意不去，强烈要求看一看陈小希和江辰的婚纱照，夸几句以作回礼。当陈小希表示他们没有拍婚纱照时，对方不由自主地露出了同情的表情，然后一边善解人意地安慰她说,婚纱照这种东西,不拍也没关系,意义不大,意义不大。

陈小希回家后左思右想,觉得这个婚纱照必须得拍,案发现场还得搜证拍照呢,何况是她陈小希和江辰结婚,证据当然是留下得越多越好,以免口说无凭,某人赖账。

只是江辰特别不喜欢拍照,家里连各阶段的毕业照都是零落的几张,不过说起他的那些毕业照,又是陈小希的另一个凄凉故事了。

陈小希花了一个下午,ABCDE有计划地安排好一切可能性,志在必得地想让两人留下婚纱照这一"触目惊心"的证据。

江辰下班回家,就看到背光坐在沙发上、两手轻搭在沙发扶手上、一脸阴沉的陈小希。

"怎么不开灯?"

天色已经微暗,带点蓝的光线从窗外透进来,陈小希这寻仇似的架势引得江辰莫名想笑。

"我要拍婚纱照。"陈小希将声音压得很低,试图营造一种低气压。

"不拍。"江辰一边解着手表一边回答。

"为什么?"陈小希从沙发上蹦起,大呼小叫着,"凭什么?"

江辰瞟了她一眼:"我讨厌拍照。"

的确,江辰的人生留下的照片屈指可数,长大后的他都是躲着照相机走的,陈小希还记得初中快毕业时,有同学从家里拿了照相机来跟大家拍照留念,最后洗出来的照片人手一套,陈小希找了半天才找到江辰的一个背影。高中毕业的时候，陈小希拎着爸爸的照相机去找他合影，他不肯，她跟了他两条街，好不容易才在两家所在的那条巷子口拍了一张，回家后陈小希发现由于光线不足，只剩了两个黑乎乎的影子，但她还是把照片洗出来收藏好。大学的时候，江辰的手机一直没有拍照功能，陈小希到大四才换了有拍照功能的手机，刚开始的时候有新鲜感，她自拍之余还要拉着他拍，他每次都挡，实在挡不住了就面无表情，搞得陈小希每次都觉得自己在逼良为娼。后来两人分手后，陈小希的手机在地铁上被偷了，她扯着地铁工作人员非要看监控录像，其实她也知道怎么都追不回来了，就是不知道为什么，还想尽最后一点努力。

可能所有的失去都是这样，明知已经无法挽回，却还要垂死挣扎。

陈小希突然有点低落，讪讪地摸摸鼻子说："那就算了吧。你饿了吧？饭好了，煎个鱼、炒个菜马上就能吃饭了。"

江辰走向她，陈小希瞬间挺直了背，他却只是把脱下来的手表放在沙发边的小桌子上。回过头来看她好像期待着什么的样子，还是忍不住笑了，揉揉她的头发说："不急，鱼等我换好衣服来煎。"

江辰换好衣服出来的时候，陈小希已经在厨房煎鱼煎得风生水起了。江辰远远地看了一眼，觉得大概已经回天乏术了，便安然地坐在沙发上翻着杂志等开饭了。

陈小希有端着饭碗到客厅边看电视边吃饭的习惯,在婚后更是发挥得淋漓尽致,家里那张小餐桌使用的次数屈指可数,她常常在客厅的茶几上铺几页杂志纸,就把饭菜都端上来了。江辰也没意见,反而觉得这样轻松有趣,只是有时她端着个饭碗看动画片,看了半天都忘了扒饭的时候,他会用筷子敲一下她的脑袋。

"喂,铺一下桌子啊。"陈小希端着盘子从厨房走出来,看他居然在翻她的漫画杂志,不由得奇怪地多看了他两眼。

江辰这才懒洋洋地从手上的杂志撕了几页下来,边铺着桌子还边想着这家伙最近好像对他"喂喂"叫得很顺口啊。

盘子放下来的时候,江辰忍不住问了:"这是什么东西?"

"煎鱼啊。"陈小希答得有气无力。

江辰:"这不叫煎鱼吧,充其量就是一条死得很惨的鱼。"

陈小希:"……"

陈小希几颗几颗地挑着饭粒来吃,因为忘了开电视,筷子敲在瓷碗上的声音清脆地回荡着。

江辰说:"我可能没空陪你去挑婚纱,你可以自己搞定吧?"

"啊?"

循着亮光而来,趴在玻璃窗上打盹的飞蛾突然扇起翅膀迅速地飞离。

"陈小希,电视的声音有必要开这么大吗?"

〈下〉

因为两人没办婚礼,又没时间陪她去试婚纱,所以拍婚纱照那天是江辰第一次看到陈小希穿婚纱。他在婚纱店院子的长凳上等得犯困,迷迷糊糊地看见陈小希像一朵云似的飘过来。

有点漂亮,他心里这么想着,吞下一个哈欠来忍住嘴边的微笑。

陈小希长长的婚纱里藏了双奇高无比的高跟鞋,一路走得小心,直到看到江辰一身白色西装慵懒地坐在凳子上,她完全看直了眼。一直知道他适合白色,但没想到这么适合,一时之间好想扑上去……事实上她也这么做了,在离他两米远的地方一脚踩中婚纱裙摆,然后又因为想尽力保持平衡而双手大张,在空中抡圆圈。

有没有想过江辰的感受,他那上一秒钟还像一朵云似的美丽新娘,下一秒钟就变成了孙悟空的筋斗云嵌了红孩儿的无敌风火轮,他连叹口气的时间都没有,就一跃而起去救妻了。

搭救成功。

拍照时,江辰被摄影师各种"新郎笑一个呗,要笑出幸福的花儿漫山遍野的感觉""新郎看着新娘啊,深情一点,眼神里要有糖水的甜腻""新郎抱住新娘,展示出用尽一生的爱去拥抱的那种感觉"等等指示弄得烦不胜烦,而陈小希也被摄影师"想象你是云间歌唱的小鸟"这种文学造诣颇高的表达方式唬得一愣一愣的。

中间休息时，陈小希去补妆，江辰拒绝了化妆师在他脸上再盖一层粉的要求，躲到一个树荫下打盹。

摄影师和助手以为新郎新娘都去补妆了，便大声地聊起八卦来。

"Will，我说啊，你不觉得新郎一脸不情愿，从头到尾就没笑过啊，一定是被逼婚啦。"

"可能是奉子成婚的啦，你看那新娘穿个高跟鞋小心翼翼的模样，一定是怕有个什么闪失人家就不要她啦。"

"难怪新娘看起来小腹微凸。"

江辰觉得，对陈小希来说，前面的对话只是笑谈，最后的总结才会引发血案。

再拍照的时候，摄影师 Will 惊奇地发现，疑似因为被逼婚而引发面瘫综合征的新郎会笑了，虽然笑起来稍稍显得稚气，却不得不承认那是很好看的笑容。因为 Will 觉得他现在就像沐浴在春天的阳光里，是春日叮咚泉水里的一条欢快的小鱼。

江辰突然爆发的参与感和摄影师异常的热情总算让拍摄有序地进行了下去，事实上摄影师热情得令人有点害怕，因为他邀请他们当他的模特儿，表示如果愿意，除了可以免费得到婚纱照，还可以得到丰厚的酬劳，唯一的条件是婚纱照要进行水下拍摄。

江辰没想到的是，陈小希居然毫不犹豫地拒绝了。

回去的路上，陈小希累趴了，一上车就放倒座位躺着一动不动，连安全带都是江辰帮她系的。

"不明白这到底有什么好拍的,累成狗。"

"汪汪。"陈小希有气无力。

婚纱照拍完,挑选照片对有选择困难症的陈小希来说又是另一大难题,她抱着电脑,总觉得这张江辰好帅,那张江辰好阳刚,这张好有气质,那张侧脸像雕塑,反正江辰的每张照片都很好看。

折腾了几天,最后终于挑出来了。

江辰虽然没有插手,但还是很好奇她挑选的标准,因为对他来说,每张都差不多。

陈小希理直气壮地回答他:"挑的是你那些我看了最想舔屏幕的照片。"

"婚纱照的主角不应该是新娘吗?"

"啊……对哦。"

他们的生活

周末,陈小希在研究从网上看来的用棉花糖做成牛轧糖的创意料理,失败后她也一点都不觉得失望,对陈小希来说,做吃的能不能成功都是靠缘分,不可强求。

草草收拾后她就去睡午觉了,醒来后却发现整个料理台密密麻麻地爬满了蚂蚁。她一时脑热,把江辰的药用酒精倒上去,想着要么淹死它们,要么醉死它们,还可以顺便杀菌。

然后她就秉持着让时间来处理一切的心态去客厅看电视了,才把电视打开,书房的门突然就开了,江辰昏昏沉沉地游荡出来,陈小希吓了一跳:"你怎么在家,不是要值班吗?"

"一早回来的,不想吵到你就睡书房了。"

江辰其实不是不想吵她,是不敢吵她,最近她脾气见长,两天前他还因为她在画图的时候进去问她要不要吃水果而被骂了一通，骂的大致内容是，她作为一个艺术家是不能在创作的时候想着吃水果这么穷奢极欲的事情的，连这个都不懂，他怎么有资格做她的灵魂伴侣。

"有东西吃吗？"

"我以为你不在家就没买菜，要不我现在去买，或者我打电话叫个外卖？"

"不用了。"江辰故意用力吸了吸鼻子，"我自己去煮面吧。"

"哦。"陈小希因为忙着转台就随便答应着。

江辰揉揉发涨的太阳穴，向厨房走去，路上还大声咳嗽了两声，依然没有得到应有的注意。

看到蔓延了一料理台的水和蚂蚁的尸体，江辰叹了口气，装了一锅水放到煤气炉上，一手拿着抹布擦料理台，一手打开了煤气炉。

"轰"的一声，蓝色火苗迅速舔上江辰手上的抹布，他条件反射地把抹布丢出去，落在料理台上，火迅速地爬上料理台，一大片蓝色的火焰铺开来。

江辰昏昏沉沉的脑袋瞬间清醒了，他冲出厨房，扛起还在沙发上看电视的陈小希就往家门外冲。

陈小希莫名其妙，像只被抓起来腾空的乌龟似的，四肢在空中划拉："干吗干吗！我要掉下去了啦！"

"着火了！"

"啊！怎么办啊！"

陈小希还没反应过来就已经被江辰放下地了，他转身又往家里跑，边跑边吼她："愣着干吗，跑啊！"

陈小希听话地往电梯间跑，耳边又传来江辰的大吼："楼梯！"

她"哦"了一声又往楼梯间跑，跑了一层楼又觉得不对，又跑回来，边跑边叫："江辰！江辰！"

这个时候江辰已经双手交叉在胸前倚着门口等着她了，她一靠近二话不说拖着他就要跑，却发现拖不动，又回头看他："跑啊，你干吗呢！我怎么可能丢下你一个人跑！"

江辰还是不动，陈小希一边拖一边语速飞快地说："快跑啊，东西啊房子啊什么的我都可以不要，但是没有你我真的不行啊。别救火了，我们下去打电话报警就好了，你听到没有啊……哎，怎么不动啊，你疯了啊！你比什么东西都重要啊，不过就是间房子！"

江辰无语地看着她："这位太太，你深情的表白让我很感动没有错，但是火已经灭了。"

"啊？灭了？"陈小希口气莫名地失望，"这就灭了，什么嘛。"

江辰掐了一把她的脸："你失望什么？"

然后他夹着她的脖子就往屋内拖："现在我们来谈谈，为什么厨房里到处是酒精……"

大雨洗过的城市有种令人舒畅的透亮，江辰拉起百叶窗，雨后柔和的阳光瞬间照了进来。

"江医生。"

熟悉的声音在身后响起,江辰嘴角微不可见地往上扬,转过身来时却已经换上严肃的表情:"你有那么闲吗?"

"挺闲的,老板出差,员工当然要摸鱼。"陈小希穿着白色T恤和磨白浅色牛仔裤,靠着门框笑眯眯地挥手,"见到我多开心啊,也不笑一下。"

江辰拉开办公桌前的椅子坐下,懒洋洋看了她一眼:"见到你有什么好开心的?每天都见。"

陈小希撇嘴,一边往后退一边说:"那我走了哦?"

"再见。"江辰摆手,随手抽了一张病历低下头认真地看,"不送。"

还真的响起了脚步声,随着脚步声的渐渐远去,江辰抬起头,掩不住一脸错愕。

陈小希晃晃悠悠地在医院兜了一圈,还去医院的超市买了包瓜子,然后又慢悠悠地晃回江辰的办公室,他背对着门站在窗边,不知道在往外张望着什么。

"江医生。"

江辰转过身来,陈小希笑盈盈地朝他走来,白色的衣服在强光下泛着令人眩晕的光晕,映得她的笑容格外甜美。

"场景重现,历史重演,你再问我有那么闲吗我就真走了哦。"陈小希将一把瓜子壳往纸篓里一扔,但瓜子壳轻飘飘的,一扔出去就失了准头，撒了一地。

江辰还没出声，陈小希立刻就摆出可怜兮兮的表情："你骂我吧，我下次不敢了。"

这招"先发制人之扮可怜先认错"是陈小希最近新学来的对付江辰的招数，而且是从司徒末那三岁的帅儿子顾未末身上学到的。那天陈小希去他们家玩，看到顾未末把水倒了在司徒末的笔记本电脑上，她眼睁睁地看着那孩子的表情先是惊愕，然后小眼珠滴溜溜一转，瞬间就换上凄惨的表情，抱着电脑开始哭，哭得比电脑还湿。最后司徒末心疼地抱着儿子拼命摇晃着安慰，虽然那孩子看上去快被摇晃得口吐白沫了，但毕竟他成功了。

陈小希向来是"三人行必有我师"的忠实拥护者，回家后立马就对着江辰实践了一回。她"失手"打破某女性病人送给江医生的骨瓷杯，然后哭丧着脸说"对不起，你打我吧"。江辰的回答是"神经病"，然后就自己动手收拾了玻璃碎片。所以陈小希觉得，这一招很管用。

江辰盯着陈小希故意眨巴得极其缓慢的大眼睛看了两秒，说："打扫干净。"

只用过一次就失效了，江辰这人的抗药性也太强了吧……

见她不动，江辰又补充说："不然待会儿我就告诉保洁阿姨，你是故意的。"

陈小希缩了缩脑袋，每天都可能在垃圾桶里清理到人体组织的人，如果要她们扫瓜子壳，实在是太大材小用了。

于是陈小希不得不瘪着嘴把瓜子壳清扫干净,因为江辰没有抽出精力来搭理她,她极其无聊,便给他办公室里的几盆小仙人掌浇了水。

江辰听到水声抬头的时候,陈小希已经浇到最后一棵仙人掌了,满满的水溢出盆沿,好似仙人掌的眼泪。

他叹了口气:"你这样浇水,根会烂的。"

陈小希突然想起来,问他:"你办公室什么时候多了……一二三四五,五盆仙人掌啊?"

"同事送的。"

"哪个同事?女的?"陈小希突然多了个心眼,跟人气太高的男人在一起就是累啊。

"不知道。"他是真的不知道,前两天来上班的时候,就看到他办公桌上多了五盆巴掌大的仙人掌,盆子还用彩带绑了蝴蝶结,底下还压了一张字条,写着"祝你每天都有绿色的好心情,你的同事"。他当时还觉得纳闷,为什么好心情就是绿色的。既然想起来了就随口岔开话题说:"你觉得好心情应该是什么颜色的?"

"啊?"陈小希没明白过来,江辰又重复了一遍,她才抽搐着嘴角说,"心情能有什么颜色?"

"哦?你不是号称自己是天生做艺术家的材料吗?"江辰挑眉。

"是啊,我是做艺术家的材料,又不是艺术家的颜料,哪里知道好心情是什么颜色,这么矫情。"陈小希嘟囔着说。

江辰笑着拍了拍她的头:"我们家的小艺术家,要不要出去吃饭?"

"要!"陈小希兴奋地举手,完全忘了刚刚还在追问的事。

陈小希的注意力一向容易被转移,以前她因为什么事跟他闹的话,他只要趁她没反应过来时,带到另一个话题上,等她再回过神来,就已经时过境迁了。

果然,吃饭吃到一半的时候,陈小希突然又想起来了,便用筷子去敲他的手:"说!那仙人掌是谁送的?"

筷子刚好打在江辰中指的指骨上,发出好大一声,陈小希吓了一跳,丢下筷子去握他的手:"痛不痛?"

"你说呢?"

陈小希看他的指骨已经泛红,后悔得要死,打男人不是她的嗜好,太有违她贤良淑德逆来顺受的形象了。

江辰看她抓着他的手又是揉又是吹的,吹到口水都溅上去了。

"好了别吹了。"他缩回手,"快点吃饭,我下午有手术。"

"啊?那你的手疼,手术时会不会手抖啊?"陈小希忧心忡忡。

江辰嘴角抽了一抽,转移话题:"你下午还回去上班吗?"

"回啊,傅沛发神经,弄了个指纹打卡机,下班要打卡的。"

下午江辰做完手术回到办公室,又看到陈小希趴在他的桌子上懒洋洋地看漫画。

"不是说下班要打卡吗？"

陈小希蹦起来："你都不知道司徒末多聪明，她上网买了制作指模的东西，回去我们就把指模都做好了。今天她帮我打，明天我帮她打，一直打到傅沛出差回来。"

说着她从包里鼓捣出来一块蜡、一个打火机和一瓶胶水一样的东西："我来帮你做指模吧！"

江辰拒绝："我又不用打卡。"

陈小希哀求他："做嘛做嘛，满足一下我嘛。"

江辰斜睨了她一眼："我什么时候满足不了你？"

陈小希一愣，手缠上江辰的腰："哎哟，小哥，我们今晚试试看就知道了。"

耍流氓的人，最恨遇上那种"来呀来呀，欢迎你来耍"的姿态。

最后江辰还是被陈小希逼着把十指的指模都做了个遍，陈小希把他的十个指模封在一个塑料口袋里放进了随身包包。因为她想好了，她如果哪天一个不慎犯了罪，就用江辰的指纹在犯罪现场通通摸一遍，不能她去坐牢了，留江辰独自一个人在这无聊的人世间。

江辰提醒了她一句，男女是分开关的。

陈小希想了想表示，总归都是监狱系统，会有机会相见的。

他成了爸爸，她成了妈妈

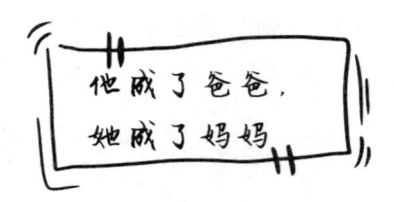

〈一〉

陈小希的整个怀孕过程跟吃了常润茶一样顺畅，没有孕吐，各项指标非常健康，能吃，能睡，一点不累，连陪同整个过程的江医生都觉得顺利得不可思议。所以当陈小希预产期到了，准备住进医院待产的时候，还悠然地指挥江辰，别的可以不带，但是一定要帮她多带点漫画书，还有，如果《银魂》更新了，要第一时间给她下载！

在医院住了好几天，孩子都没有要出生的迹象。陈小希倒是无所谓，吃得好喝得好睡得好，见到江辰的次数还比在家里多了。江医生却不好意思了，本来就是医院照顾员工家属才有的福利，医院床位这么紧张，陈小希在单人病房一住就是好几天，每天吃着水果，躺在床上看漫画、看电视剧，还招呼保洁阿姨一起浑水摸鱼。但是从来不滥用工作职权的江医生这次还是硬着头皮让陈小希在医院里赖着了。

凌晨四点，陈小希突然喊肚子痛，陪床的江辰弹起来，按床头的呼叫器，然后开灯。

陈小希被推进产房之前，还在强调不要江辰陪产。

江辰的爸妈和陈小希的爸妈赶过来的时候，一排准爸爸，包括江辰，靠在分娩室外面的走廊上等着，发着呆盯着墙上的电子显示屏，他们也跟着抬头看电子屏上滚动着红字：某某某，宫口开六指；某某某，宫口开四指；陈小希，宫口开三指。

陈小希她妈一拍陈小希她爸："哎呀，不行啊，才开三指，我们这小乖孙输在了起跑线上啊！"

本来凝重的气氛一下子变得让人啼笑皆非了起来。

产房外面没有影视作品里看到的那种撕心裂肺的叫声，产房和家属等待区中间被玻璃门隔开一道长长的清洁区，什么都没有听到，只看到医生护士匆匆忙忙的身影。

抽离了医生的身份，江辰突然觉得他们看上去很陌生。

九点多的时候，出来了一个护士："家属给产妇买点巧克力什么的吧。"

一下子"唰唰"站起来了好几个家属，江辰也是其中一个。

护士见到江辰，乐了："江医生，陈小希说她要吃有坚果的巧克力。"

"不像话，还点菜呢！有什么买什么，别惯着她！"陈小希她妈又推了她爸一把。

江辰的爸妈只催江辰快去买。

江辰快步走到医院的超市，走了一圈没找到有坚果的巧克力，抓了个超市员工问，硬让人家去库房里找了有坚果的巧克力给他。要付钱时才发现自己忘带钱包了，幸好人家认识他，一挥手说江医生你拿去吃，回头还钱就好。

"这么喜欢吃带坚果的巧克力啊。"

江辰走出门口的时候听到那人自言自语地嘟囔了一句。

回到分娩室外面的时候，陈小希她妈一脸欢欣鼓舞地报喜："看，开了六指，奋起直追啊这孩子。"

江辰看了一眼电子屏：陈小希，宫口开六指。

江辰正想着要怎么把巧克力给她送进去呢，刚刚那个护士又出来了，把他拉到一边小声地说了三个字："肩难产。"

作为一个给别人传递过太多坏消息的医生，作为一个了解这三个字代表的含义的医生，江辰表现得比普通人冷静得多，他只用了几秒就给出了反应："陈医生呢？"

陈医生作为产科主任，此刻正在产房里冷静地实施肩难产助产术。

时间一步拖着一步地走着。

陈医生走出产房，拍拍江辰的肩膀："母女平安。"

他看到江辰的眼神从一开始的祈求变为感激,最后平静下来,恢复了一贯冷静的模样,然后起身握手说了声:"谢谢!"

陈医生心里嗤了一声:"别以为我刚刚没看到你那小狗一样的眼神,哎呀,我果然才是神医圣手,看看这小后辈多崇拜我!"

跟在后面的护士小姐很恼火,陈医生太过分了,硬是抢走了她邀功的机会,人家也要看江医生闪着亮晶晶的眼睛跟她说谢谢。

刚出生的婴儿在爷爷奶奶、外公外婆的怀里轮流哇哇地哭。

陈小希躺在床上,奄奄一息。

江辰帮她把汗湿的头发顺好,"辛苦了。"他说。

虽然刚成为爸爸,江辰下午还是被安排了一台手术,也亏得他同事做得出"一边说恭喜,一边说哎呀既然已经生了,你也帮不上什么忙了,不如帮忙跟下午的手术,就这样定了啊"这样的事。

手术前的无菌清洁完毕后,护士替江辰穿好手术衣,拿来了无菌手套,江辰条件反射般地接过来戴上。

"戴反了。"护士小声提醒,她也是第一次看到江医生魂不守舍的样子,还多确认了几眼才敢出声提醒。

"哦。"江辰回过神来。

没事就好。其实江辰一直在想的就是这四个字,没事就好。

〈二〉

陈小希没料到自己的女儿会长成这样。

皱皱的，红红的，还在蜕着白白的皮。

她觉得郁闷，江辰那么好看，自己长得也不差，怎么生出来的小孩会这么丑？

陈小希愁死了，忍不住问江辰："咱女儿这么丑，以后可怎么办啊？"

江辰扶额："新生儿都长这样的。"

陈小希她妈正好进来，听到了全程对话，一巴掌抡过来就要去拍陈小希的头。江辰手疾眼快地挡到两人中间："妈，你是不是熬了汤？"

"我就是过来叫你们出去喝汤。"陈小希她妈还在瞪她。

陈小希隔着江辰对她妈得意扬扬地做鬼脸。

"你小时候更丑，红彤彤的像从开水里捞出来的！"陈小希妈妈气不过，叉着腰骂她。

"哪有你外孙女丑，红彤彤的还掉皮！"

"再丑也是跟你小时候一模一样，是你的丑基因！"

"我再丑也是跟你小时候一模一样，你才是丑基因的起源！"

江辰轻轻地捂住沉睡中的女儿的耳朵，大人的世界里有太多的话不堪入耳，别听别听。

陈小希从来都不觉得自己当不好一个妈妈，现在的人当妈妈真是太夸张了，育儿书上讲的，养个婴儿跟培养史前生物似的，什么都要无菌，什么都要有机，什么都要消毒。在她的印象中，她自己的妈妈也当得很随意，她也照样快快乐乐地长大了，可是她很快地意识到，自己这种"轻松当妈妈"的心态，在江辰"科学当爸爸"的心态中，彻底败下阵来。

在江可小宝宝一个月零八天的时候，她伟大的医生爸爸把流感从医院带回家了，并迅速地传染给了她那没什么抵抗力的妈妈。陈小希愁死了，想打电话叫自己的妈妈来带宝宝，但被江辰阻止了。他表示，初生婴儿的抵抗力非常强，不容易感冒。

吵了一架后，陈小希还是把妈妈叫来了，外婆对外孙女那叫一个宝贝啊，把感冒的夫妇俩当成头等大敌来对待。陈小希被她妈逼到想要摸一把自己女儿的脸，还得套个手套才可以。

江辰比她聪明，套上医用橡胶手套，手感较好。

只是陈小希看着他戴着白色橡胶手套，面无表情地摸着孩子的脑袋，怎么看怎么觉得瘆得慌。

几个月过去了，江可小朋友终于脱胎换骨。是的，他们的女儿叫江可，江辰的爸爸给取的，江爸说，孩子以后一定是个可人儿。大家都说好，陈小希只好忍住编"江可江可，快来讲课讲课"这种又白又烂的顺口溜儿的冲动，乖巧地说"谢谢爸爸"。好的，我们回过头来说，江可终于长成了一个白白胖胖、跟奶粉广告上一样可爱的小娃娃。

照理说，她应该可以洗刷掉"长得很丑"这样的评价了。这天，江辰和陈小希正围着摇篮参观江可小朋友睡觉。

"你不觉得我们的女儿越长越可爱了吗？"陈小希终于从女儿很丑的阴影中走出来了，"你看她睡觉的样子，好像小天使啊。"

江辰看着每天都胖一点的婴儿，若有所思地戳戳她鼓囊囊的胳膊，答："像一团肉正在发酵。"

陈小希无语，面无表情地走出房间，走到阳台给她妈打电话："妈，我突然想吃馒头，刚蒸好的白白胖胖冒着热气的那种，你什么时候过来给我做？"

〈三〉

"我回来了。"江辰推开家门习惯性地说了一句。

家里静悄悄的，没有任何回应，他稍微提高了音量："我回来了。"

房间的门掩着，从门缝看进去，陈小希正靠着床头看漫画，江小可在她身旁沉沉地睡着。

江辰推开房门说："我回来了。"

陈小希把视线从漫画上移开两秒："哦，听到了，你小声点！别吵到可可。"

以前那个她飞奔出来，摇着他的手臂问"今天怎么这么早下班？累不累？饿不饿？给你找点东西吃？倒杯水给你？还是你要饮料？"的固定场景到底是被谁改了？

干站了几分钟，他发现陈小希已经重新回到她的漫画世界里了，江辰只好轻手轻脚地去书房。

书房里的一张长书桌上乱七八糟地丢满了一些纸稿，最近陈小希迷上了儿童绘画，正趁着休产假在画一本童话故事。

江辰想清出一块地方写论文，本来只打算把他书桌上多出来的东西堆回陈小希那边的书桌上，哪知又从纸堆中捡出了一包吃了一半的饼干，一包湿纸巾，一条没有使用过的纸尿裤，他只好去翻陈小希那边书桌上的纸堆，果然又从里面掏出了一个奶嘴、一只汤勺。

江辰无奈地叹了口气，认命收拾。

当食物的香味开始在屋子里弥漫开来的时候，江辰放下手上的笔，打开了书房的门，看到陈小希正抱着江可，在喂她一碗糊糊状的东西。

看到他出来，陈小希热情地招呼江可说："看，是爸爸哦。"

江可毫不领情，咿咿呀呀地伸着脑袋去追陈小希手里的勺子。

陈小希被逗得哈哈大笑，挖了一口送到她嘴边，等她张口要吃又把勺子挪远了，江可气得哇哇叫。

两人不亦乐乎地就着一个勺子玩起了抢食游戏，江辰被晾在一边，莫名觉得自己很多余。

他忍不住出声问了句:"可以吃饭了吗?"

陈小希笑着回答:"你把锅里的米糊吃了吧,我煮多了,她吃不完。"

我才不要吃什么烂糊!江辰在心里掀桌。

"那你吃什么?"

陈小希耸肩:"我下午吃了东西,现在还不饿,饿了再煮点面吃。"

到了晚上,只吃了碗米糊的江辰又饿又困地躺在床上发呆,陈小希和江可躺在床上玩飞高高的游戏。

江可咯咯咯地笑着,陈小希也咯咯咯地笑着。

"快哄她睡觉,十二点了。"江辰反手盖在眼睛上,有气无力地说。

"人家今天睡了一下午了,精神着呢。"陈小希胳肢着江可,"对吧?对吧?对吧?"

江可当然不可能回答她,只是咯咯咯地大笑着。

江辰只好说:"我明天一早排了一台手术。"

陈小希这会儿明白过来了,她善解人意地建议:"啊,那你去书房睡吧,早点休息,别让我们吵着了。"

江辰扯了被子从脚盖到头,闷闷地说了句"算了",便翻了身背对着她俩睡。

事到如今,江辰终于意识到,他在这个家,彻底失宠了。

〈四〉

江可小朋友上幼儿园了，回来和陈小希说："妈妈，老师说要小朋友和爸爸妈妈一起，用黏土捏一个作品带回学校。"

陈小希用了十分钟帮女儿捏了一个黄色的鸭子，江可小朋友揉了两颗黑黑的眼珠子给它安了上去，满意得不得了。

到了江辰，他捏了半天，捏出来一个褐色扁状长条的东西，他说这是压舌片，还解释说就是那个喉咙痛的时候医生用来压住你舌头让你说"啊"然后看看扁桃体有没有发炎的东西。

江可小朋友听完她爸的解释"哇"的一声哭了。

陈小希只好无语地把孩子抱离现场进行安慰。

因为被老婆和女儿嫌弃，江辰默默地把"压舌片"搓成长条状，无意识地盘一盘，居然就盘成了一坨惟妙惟肖的大便。

这在江辰的艺术生涯里是极为罕见的，所以他震惊了，慎重地又扯了一块黏土，搓成长条，再盘起来，再扯一块黏土，再搓，再盘……

陈小希哄完孩子睡觉，回到客厅时脚步一顿。

茶几上，布满了大小不一、颜色各异的大便。

江辰也没料到她会突然出来，还在搓黏土的手微微停顿。

"哇，纯手工天然无污染。"陈小希用没有任何起伏的语调说。

江辰假装没听到，镇定地把桌上的大便军团一个一个地压扁。

〈五〉

江可小朋友才刚刚学会爬,陈小希就决定,等她大一点就送她去学钢琴。江辰小时候被逼着学钢琴非常痛苦,逢年过节还得被家长拉出来表演,所以他觉得让女儿随便瞎玩着长大就好了。

陈小希难得坚决一回,甚至已经开始在为买钢琴存钱了。

江辰表示,在你存钱买钢琴之前,是不是应该先考虑一下我们家放不放得下钢琴?陈小希表示,把你的书房空出来,放钢琴!

本来只是讨论,有天回到家,江辰发现陈小希拿了一个卷尺在书房里比画来比画去,而两人的书桌已经被移到门外。

江辰试图和她讲道理,比如江可不一定会对钢琴感兴趣,比如江可还小,不用那么着急,比如江可的手指那么短……但陈小希就是铁了心要买钢琴!

陈小希为什么那么执着于给女儿买钢琴,这还得上溯到她和李薇的恩怨,其实哪里有什么恩怨,都只是她成长路上对别人家女儿的不忿而已。

那时候她才上小学,看到李薇一头长直发坐在钢琴前手指修长地飞舞着,随着身体的晃动,发丝在空中划出一道道优美的线条,陈小希摸摸自己齐肩的短发,想起妈妈说的,学什么乐器啊,太贵!留什么长发啊,费事费水还费洗发水!她那个时候还不知道喜欢一个人的感觉,就开始学会讨厌一个人了,因为羡慕。

她的乐器梦就是从那个时候开始的，她在两根筷子中间绷上橡皮筋，再把筷子钉在一块木板上，学着电视上的人那样，跷着兰花指弹"古筝"。后来她又弹上了钢琴，在课桌上随便画出来的键，标上1234567，弹得小脑袋摇摇晃晃，再后来她画画变厉害了，照着音乐教室的钢琴画了一个琴键在素描本上，直到上了高中，她没事的时候还会弹着玩儿。

江辰听完她的故事，这才恍然大悟，高中时他从窗户看过去，常常看到她端坐在书桌前，双手一上一下，脑袋摇来晃去，嘴里念念有词，有一阵子他还觉得脊背发凉，这人该不会在对他施什么奇怪的法术吧？

后来陈小希的钢琴还是没有买成，因为她想起江辰家里有一架他小时候用的钢琴，可以传承给他女儿，后来那架钢琴的琴键被江可小朋友涂成彩虹颜色这种悲伤的故事咱们就别说了吧，毕竟，逼别人帮自己完成梦想这件事本来就有风险。

无效加持

结婚没多久,江辰就升职了,由主治医师升为副主任医师。据陈小希在医院的眼线苏医生解释,江辰这种晋升速度是医院建院以来头一份,"史无前例的狗屎运"——她用的原话是。苏医生在这轮的竞岗中也升为副主任了,不过她比江辰早了三年参加工作,所以她虽然承认江辰的业务能力没的说,但因为一点无伤大雅的小嫉妒,她更愿意承认江辰不过是走了狗屎运。

陈小希非常不满苏医生的评价,恨自己还巴巴地给她买了奶茶,江辰在自己的工作上付出了多少努力,她都看在眼里,在他俩共用的那个长书桌上,无数个晚上,她画图,他研究病例;她看动漫,他看医学文献;她沉迷于男明星们,他在网络问诊……在他的感染下,陈小希都无法安心躺平当个废材,好几次一鼓作气振作起来，又是准备考在职硕士，又是在网上开始连载漫画，甚至还在网上开了个小店来画卡通头像。虽然最后都有点不了了之成了坑，但她回首看身后，还是不得不感谢江辰，让她有了下铲挖坑的勇气。所以说江辰走狗屎运，陈小希坚决不同意，她气呼呼地把苏医生刚插上吸管的奶茶抢了过来，插上吸管用力吸了一大口以示不满，然后雄赳赳气昂昂地离去，徒留苏医生在原地吸空气。

虽然陈小希认为说江辰晋升是靠运气这种说法无稽又迷信，但也不耽误她觉得自己太旺夫了，这么持续旺下去，江辰成为院长指日可待。

作为一个接受过高等教育的现代化女性，陈小希决定把这份旺夫运利益最大化，去进行一些虔诚的祈祷。只见她匆匆走出医院大门，不一会儿边往包里塞着什么东西走进医院大门，塞好了还郑重地拍拍包，自言自语："靠你了啊。"

江辰看完门诊最后一个挂号的病人，正准备换下白大褂下班，门被突兀地推开，他头也不抬地继续解着白大褂上的扣子。

"电话不接，又跑去哪儿了？"语气自然又亲昵。

"去……去厕所了？"

江辰解扣子的手一顿，抬头，发现门口站了个年轻的陌生女孩，他的诊室竟然有人比陈小希还随心所欲？

"有什么事吗？"

江辰的语气平静得仿佛刚刚说了奇怪话的人不是自己,反倒是那女孩莫名其妙地红了脸,有些窘迫。

"医生,能不能帮我看看检查报告,报告刚出来,开检查单的医生已经下班走了……"

江辰把白大褂的扣子往回扣:"可以。"

江辰从门诊大楼走出来的时候天已经黑了,一到晚上医院就无处不渗出令人恍惚的沉重,江辰早已习惯,不过今天他有些心神不宁,浅层原因是陈小希不接电话也不回信息,他问了苏医生,苏医生说陈小希今天来过医院,他到她在医院常待的地方走了一遭,还是没见到她的身影。他路过急救中心时还瞥到同事从救护车上抬下来一个穿着和她今天一样的渐变粉灰色上衣的外伤患者,他定睛一看才发现那是个男患者。深层原因是,他只要联系不上她,就会本能地有种无端的担忧,哪怕他知道她大概率只是又把手机忘在哪儿了或者开了静音。

最后他是在医院的停车场找到的陈小希,她在副驾座椅上睡着了,手机在一旁安静地发出刺眼的亮光。江辰收起正在拨打的手机,拿出车钥匙摁开了车门,坐进车内,江辰开门和坐进车的动作都没能让陈小希有任何反应,甚至连他发动汽车也没有吵醒她,她只是发出不满的短促呢喃后转了一下脑袋,把脸转向了窗外。江辰无奈地扫了她一眼,表情这会儿才松了下来。

陈小希是被撞击带来的惯性吓醒的,她睁开眼就看到江辰俯着身,正慌乱地解着她的安全带。

"陈小希!你能听到吗?"

陈小希睡眼惺忪地看着江辰低着头胡乱地用力扯着她的安全带,她蒙蒙地伸手按下安全带的卡扣,安全带一下子被江辰带了出来。

"听到什么?发生什么事了?"

江辰抬头看到陈小希醒来,边说边动手检查她的脑袋。

"有没有哪里受伤?哪里疼?"

陈小希躲开江辰翻她眼皮的手:"没有没有,发生什么事了?"

江辰:"被追尾了。"

"啊?那你呢?你有没有受伤?"

陈小希说着,也伸手想去扒拉看看江辰有没有哪里受伤,但被江辰一手扣住动弹不得。

"我没事。"

陈小希转头想去看后面的车,又被江辰把头固定住不让动。江辰简单地检查完,确认陈小希没事之后,顺手把她刚被翻过的乱糟糟的头发捋顺,说了一句"你在车里待着"后就下车去处理追尾了。

陈小希透过车窗看着,江辰先给车拍照然后打了个电话,又和追尾的车主大哥交涉,车主大哥明显有些蛮横,但江辰不以为意,不一会儿交警也赶来了,江辰上前解释情况……陈小希想起一些往事来。

大一暑假，江辰刚考到驾照，开他爸的车带陈小希去海边玩，路上就遇到追尾了。追尾的阿姨看他俩清澈且愚蠢，卖惨糊弄一通后啥也不管就走了，剩下两人面面相觑，只好把出去玩的经费都拿去补车漆了，最后还是坐公交车去的海边。

天蓝得通透，零星几朵白云懒洋洋地趴着，一动不动地打着盹。

公交车上少女陈小希尝试安慰少年江辰。

陈小希："其实坐公交车挺好的，至少司机大叔开车很稳，一点都不颠。"

意识到自己说错话的陈小希试图换个话题。

陈小希："别的不说，我们运气还挺好，虽然遇到车祸但人没事，而且阿姨人还挺好，也没让我们赔钱。"

江辰咬牙："她才是过错方，追尾后车负全责。"

陈小希脱口而出："那你为什么不让她赔钱？"

还能为什么，年轻脸皮薄，加上女朋友在身旁，磨不开面子据理力争，怕显得小气。

江辰不作声，陈小希察觉到了他的窘迫，试图补救。

"没关系啦，我们也是第一次遇到交通事故嘛，不知道怎么处理很正常，多遇几次就知道了。"

江辰用力吸了一口气，才说："你看窗外。"

"窗外有什么？"

"不说话的云。"

陈小希看着现在江辰处理事情游刃有余的样子，不由得有些感慨，都说江辰成熟稳重什么都会，但其实他也曾青涩稚气容易上当。谁都是通过一次一次硬着头皮装大人，才开始学会了怎么像个大人一样去处理事情，不过也只有江辰多少学会了一些，她辍学了。陈小希又想，江辰能这么像个成熟有担当的大人，还是得感谢她，毕竟她旺夫，但旺夫怎么还旺到出车祸了呢？可能是因为她睡着了，睡着了就没那么旺，就跟烧柴火似的，火要是被盖起来了，烧得自然就弱。陈小希想着想着把自己都给逗乐了。

车窗玻璃被咚咚敲了两下，江辰不知道什么时候已经来到了车外，陈小希按下车窗。

"想什么呢？笑那么开心？"

陈小希回头往后车窗看，车主大哥和交警都已经不见了踪影。

"没啊，想起我们以前也被追尾过一次。现在怎么样了？"

"下车吧，车后轮撞断轴了，我叫了拖车公司，快到了。"

"啊？严重吗？"

陈小希吓了一跳，想把脑袋从窗户伸出去看，江辰摁住她不让。

"没事，别担心。"

"让我看看。"

"下车看，别撞到头。"

陈小希拿上手机和包下车，认认真真地绕着车看了一圈，专业的样子让江辰都疑惑她什么时候这么懂车了?

陈小希走到江辰身边,沉吟着思考:"断轴是不是就是车轱辘崴脚了?"

"……也可以这么说。"

车拖走时已经快晚上九点了,陈小希看了一眼时间:"还说今晚请我吃大餐庆祝你升职呢。"

"我打电话问过了,海岛小楼开到十点,我们现在打车过去还来得及。"

海岛小楼在他们大学的附近,离他们现在的家很远,上学时有什么值得庆祝的事,他们都去那儿,那里算是他们的一个幸运基地。

陈小希正准备答应,瞟到江辰反手习惯性地按了按后脖颈。

"算了,我也不饿,你明天一早要查房,我们早点回家休息吧。"

江辰还想说什么,陈小希手一挥:"就这么决定了,这儿离我们家也不远,好久没散步了,我们散步回去!回去也有大餐!"

江辰今天确实很累了,加上看她"这个家我说了算"的豪情模样就由着她了。

两人有阵子没散过步了,陈小希的兴奋显而易见,她叽叽喳喳地说着同事司徒末的孩子有多可爱,又吐槽老板傅沛有多智障,一会儿挽着江辰的手臂,一会儿又要换成牵手,一会儿又跑到马路牙子上去走平衡木,兴奋得像个刚从学校里放出来的小学生。

江辰评职称这段时间冷落了陈小希不少,别说散步了,为了节省时间,两人都很少回家吃饭。陈小希的工作时间比较有弹性,经常是她外出办事后就干脆来医院等江辰下班,再一起去医院食堂吃饭,医院食堂的伙食清汤寡水的,吃了一段时间陈小希下巴都尖了。江辰正想着待会儿去家楼下的超市买点菜,回家给她改善一下伙食,陈小希突然从马路牙子上跳了下来,撂下一句"新开的店,我去看看!"后就冲向了沿街的店铺,不一会儿她就举着一根咬了一口的热狗棒回来,塞到了江辰手里。

"你吃,别的口味还在烤,我再去拿。"

陈小希风风火火来回几趟,江辰手里就多了奶茶、烧饼、蛋挞、炒粉、烧烤、牛杂……

陈小希看着江辰手里大袋小袋,有点满意。

"怎么样?我安排的大餐您还满意吗?"

江辰笑:"很丰盛。"

陈小希得意扬扬地拉着江辰快步走。

"饿死了,赶快回家吃大餐。"

"刚才不是说不饿吗?"

"我装懂事呢,饿死了。"

陈小希认真地把食物摆上茶几,每从一个袋子里拿出去一个食物,她都要装模作样地唱:"将将将!让我们猜猜这是什么呢?"

这是什么呢？袋子上写着。

江辰笑着看她乐此不疲的表演，演着突然停顿了一会儿，背过身去窸窸窣窣不知道在做什么，然后转过身慎重地咳了一声，用更饱满的精神演讲道："让我们看看这最后的大餐！最后的礼物！命运最后的馈赠！"边讲还边辅以极其缓慢的速度从纸袋里拿东西，气氛渲染得江辰都好奇起来。

陈小希最后"啪"的一下往桌上扔出了一张纸片，气势十足，仿佛香港电影里的赌神扔下扭转赌局的一张牌。

一张刮刮乐。

江辰疑惑地挑眉，陈小希双手在空中按压了一下空气，表示少安毋躁，然后持续输出一顿自己旺夫的理论。江辰越听越无语，知道她又开始东拉西扯天马行空，逮着她说累了偷喝奶茶的空当进行打断。

"行了，刮完吃饭。"

"等等，先洗个手。"

陈小希拉着江辰去浴室洗手，洗手时觉得他洗手液没挤够，非把自己手上的泡沫分给他，他一躲，泡沫糊在了他的衬衫袖子上。

江辰挽起湿答答的袖子坐在沙发上，陈小希还在挪来挪去地移动着茶几上的打包盒，想将彩票放到中心位。

江辰只想赶快吃饭、洗澡、睡觉："可以了，快刮吧。"

说着，随手递过一张打包附赠的商家卡片。

陈小希摆手："我不刮。"

江辰叹了口气："为什么？"

陈小希郑重其事地说："你刮才有效，旺夫，你是那个夫，我刮中不了。"

江辰头疼地按了按眉心，摁着彩票准备刮，陈小希连忙凑过来阻止："等一下。"

今天情绪起伏过多的江辰着实有些累了，按下不耐："又怎么了？"

陈小希快速地在他唇上啄了一口。

"加持一下。"

陈小希一脸正经虔诚，无欲无求，清心寡欲得像亲了一个保龄球。

江辰无奈摇头，低头刮起彩票，上勾的嘴角和浅浅的酒窝还是泄露了他被一个吻安抚好了的事实。

陈小希屏息等待暴富辞职躺平。

颗粒无收，这是一张绝望的彩票。

陈小希夺过彩票，不可置信地反复确认。

江辰揶揄："旺夫？"

陈小希尴尬地把彩票随手往沙发上一扔，一脸正义凛然。

"希望你清醒独立靠自己，不要不切实际。"

江辰受教地点头，坏笑的样子气得陈小希"啊"一声掐住他的脖子使劲晃。

第二天一大早,江辰准备出门上班,瞥到了沙发上的彩票,就捡起来随手塞进了钱包。

她的礼物（上）

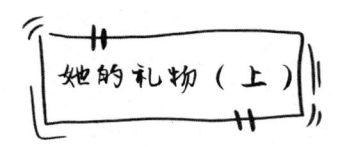

这天江辰下班回到家，还以为误进了什么工地现场，家中门窗紧闭，所有的灯都开到最亮，地上铺了隔音棉，又凌乱地放了一些大大小小的玉石、砂纸和工具。陈小希头上身上都是白色的粉尘，戴着护目镜和口罩坐在地上，正用一个像小电钻又像电笔一样的东西在一块巴掌大的石头上嗡嗡地雕刻着什么，粉尘从她手中四处飞舞，她端坐尘雾中，聚精会神得仿佛马上就要羽化登仙了。

江辰在玄关处原地站了片刻，被吵得头疼，又怕突然出声吓到她，只好拿出手机给她打电话。手机铃声勉强大过了电机声，陈小希关掉嗡嗡作响的工具，循声找手机，刚拿到手机铃声却停了，江辰挂了电话。

"别找了,我打的。"

陈小希有些蒙地抬头,一看到江辰就眼里都是笑:"你回来了啊。"一笑才意识到专注久了,脸都有点僵得发酸,想按一下脸颊摸到口罩顺手拉了下来。

江辰走过去在她身边盘腿坐下,疑惑地拿过她手里像电笔的工具:"这是什么?"

"牙机雕刻机。"陈小希兴奋地把手上巴掌大的玉石递过去给他,"我决定重拾雕塑。"

江辰放在手心仔细翻看了一番,也没看明白她雕的是什么,不过他还记得大学时她去旁听过一阵子雕塑专业的课,那阵子他们俩约会的行程就是在学校的湖畔铺几张报纸做手工活——江辰练习手剥生鸡蛋,缝合葡萄、香蕉;陈小希练习雕胡萝卜、白萝卜,有时还雕核桃。其他专业的同学路过,乍一看还以为他们在浪漫野餐,当然会引起这种误会的罪魁祸首还是陈小希,她雕得无聊了,就偷吃他的练习道具,后来江辰练习时都得准备两份道具,一份专供陈小希偷吃。

"司徒末一家去云南旅游,给我寄了好多原石,我给你准备一份大礼!"

"什么大礼?"

"我准备给你雕两个挂件,一个挂车里,一个挂手机上,然后雕个玉镇纸给你放办公室,最后再雕个玉佩吊坠给你戴着保平安。"

"……很齐全。"

江辰想到自己即将戴着一块玉佩,就觉得希望很渺茫,因为陈小希只有三分钟热度,很快就会放弃。

"你想要什么图案的?"

"你自由发挥。"

"也行,反正你没啥艺术天赋。"

江辰顺手拄着陈小希的肩膀站起来。

"想吃什么,我去煮点。"

"我想吃虾头油汤面。"

"家里有虾吗?"

"有,我刚下班买的,养在水槽里。"

江辰走进厨房,地上跳了一地的虾,随着陈小希又打开嗡嗡作响的牙机,地板上的虾也跟被心脏电除颤似的抖动了几下。他按住左边的耳朵,苦笑着认命地蹲下捡虾。

陈小希的雕塑大业开头进展得很快,因为傅沛长时间接不到靠谱的业务,她和司徒末已经长期处于放养的状态,所以她有大把时间搞雕刻,一周不到就给江辰成功雕刻了一块救护车造型的玉镇纸,放在他诊室的桌面上,简直人见人夸。然后她又给司徒末雕了一根白兰花玉钗,因为雕得太好又被逼着给她儿子顾小朋友雕了个奥特曼,还换来了顾小朋友的香吻一个。

因为被赞美蒙蔽了双眼,陈小希大胆地购买了一块昂贵的玉坏,说是什么冰飘黄翡,二指大小的一块玉石花了陈小希小半年的工资。但投入越多,死得越快。陈小希的雕刻大业最后就终结在了操作牙机的时候几次手抖,雕坏了。她本来是这么打算的,先往又大又复杂的方向雕,雕坏了就改简单的,所以她先试图雕个佛牌,保岁岁平安,然后又改雕玉葫芦,福禄双全,后来她决定雕个玉竹节,节节高升。

最后江辰拿到的是一颗玉雕的牙齿手机吊坠,照着人类牙齿一比一雕的,还是臼齿,俗称磨牙,看上去有可能还是六龄牙,带四个牙根的那种。怎么说呢?粗看也有点可爱,但仔细琢磨多少会有点诡异,黄翡的颜色和牙齿也相近,她又连窝沟纹路、牙根的凹凸处都给雕得很细致。江辰又不是牙医,手机上挂一颗栩栩如生的牙齿也很怪异,但至少比身上挂个玉牌低调,所以他甘之若素。

他们的朋友中最欣赏这颗玉牙的是苏医生,为此苏医生还特地请江辰约陈小希到医院附近的餐厅一聚,想要听一听她的创作理念,并透露可能有"大项目"要介绍给她。

陈小希非常积极,她迫切需要赚点外快,来回那块昂贵的黄翡的血。

因为医院临时召开安全生产紧急会议,陈小希在餐厅等了大半个小时江辰和苏医生才姗姗来迟。

江辰顺手给陈小希带了一小盒精美的饼干,是科室的护士去旅游带回来分给他的，以前同事的好意经常会滞留在江辰的桌上，静静地等待过期，但自从有了陈小希，这些好意就是江辰带回家的快乐盲盒，为了报答这份快乐，她时不时也让江辰带一些她喜欢的小零食到医院分发给同事。科室里的同事们因此私下议论，江医生自从结婚之后，变得生动很多，像是石壁上雕刻的龙被点了睛，灰蒙蒙干巴巴的石雕突然活了过来。要是这些同事知道江辰回家还会和陈小希抢零食吃，可能会觉得石龙不仅活了，恐怕还疯了。

苏医生大方地点齐了菜单上大部分画了大拇指的推荐菜，陈小希看她这么大手笔，觉得这个"大项目"一定事关重大，幸好她也严阵以待，准备了自己还算满意的作品集。

江辰的手机和吊坠被放在桌子中间端详，菜还没上桌，苏医生就开始了她的"问诊"。

"你这个作品用多久完成的？"

"半个月。"

陈小希饿了，撕不开饼干包装上的塑封，想上嘴咬，江辰看不过眼拿走了。

"这么小还需要这么长时间？"

"东西越小越精细啊。"

主要是一直雕坏，不停地换形态。

"那你为什么选择六龄牙这个主题来创作？"

"六龄牙？"

陈小希迷茫地看向身旁正在帮她开饼干包装的江辰，他头也不抬地解释："六龄牙是儿童长出的第一颗恒磨牙，恒磨牙就是不会掉的大牙，一般在六岁左右长出，所以叫六龄牙。"

陈小希庆幸自己没问出"六龄牙是不是六小龄童的牙"这种动摇她艺术家身份的话。

苏医生狐疑地眯起眼睛："你不知道什么是六龄牙？我还以为你是用人类的第一颗恒磨牙来表达爱情令人受尽折磨却永恒而伟大。"

非要这么理解也不是不可以。

陈小希沉默着，像在思考着什么，苏医生等不到回答，便看向江辰："江辰，你知道她的创作主题是什么吗"

江辰其实也不知道她为什么给他雕了颗牙齿，不过他怕问了她以为他不满意，又给他雕一个什么牌挂身上，就秉承着多一事不如少一事的原则一直没问。

他把开好了的饼干推到陈小希面前，半真半假地问："我也想知道你的创作主题是什么？"

"是智齿，也是初恋，像智齿一样的初恋。"陈小希看向桌上的玉牙吊坠，"它偷偷藏在你的牙床里，等到情窦初开的年纪，冲破所有壁垒萌芽出来，占据你所有思考，让你心烦意乱，让你疼痛难眠，哪怕你把它拔掉，也会在你心里留下一个永远填不上的洞。"

陈小希的语气很平缓，江辰的心却在慢慢往下沉。他想起他们分手后那漫长的三年,像活在水底透不过气的三年,那一切于他都像水中看岸一样恍恍惚惚不真实的三年,那他以为总能浮上去却被压在水底无法动弹的三年。如果连他都那么煎熬,那陈小希呢?她是用什么样的心情来做这颗"智齿"的?

没有人发现江辰的异样。

苏医生提出异议来:"但是拔智齿的牙窝洞会长平长好啊。"

没拔过智齿的陈小希一愣:"真的?"

苏医生把她的疑问当成了质问,一下子就燃起了科普斗志:"拔牙窝的血液会形成血凝块,然后长成上皮,然后变成纤维结缔组织,接着慢慢骨化,形成骨,最终长平痊愈。"

陈小希惊讶:"会痊愈?"

苏医生:"会痊愈。"

不会。江辰心想。

陈小希只好大手一挥:"艺术创作来源于生活又高于生活,不要在意这些细节。"

苏医生觉得她说得也不无道理,陈小希看她的表情有所松动,赶紧趁机从背包里把昨晚连夜打印的作品集拿了出来。

"你看看我的作品,我会得可多了,不只是雕刻,你那个大项目肯定有能用上我的地方,是你朋友的项目吗?大概是个什么项目呢?"

苏医生接过来翻看:"是我自己的项目。"

"你有什么项目?"陈小希疑惑,有种不好的预感。

"我男朋友快生日了,我打算送他个礼物。"

"什么礼物?"陈小希知道"大项目"无望,显得有些兴致索然。

苏医生从身后的一个白色大塑料袋里抽出一张胸部 X 光片放到桌面上,黑白胶片上一根根白色的骨头清晰诡异。

"这是我的肋骨。"

"……哇,好白。"

陈小希不知道苏医生为什么突然介绍她的肋骨给自己认识,也不知道要给一个怎样的回应才算得体,只好敷衍。

"我想让你从里面挑出长得最好看的一根肋骨,做成一比一的雕塑,我想送给我男朋友。"

陈小希和江辰对视一眼,江辰知道她又感兴趣了。

"你为什么要送他肋骨?"陈小希兴致勃勃。

"因为他最近研究两性心理学,整天说什么夏娃是亚当的一根肋骨做的,我说男女肋骨都是 12 对,没有什么谁是谁的肋骨,少把女人塑造成男人的附属品,胡说八道,听了就来气。"苏医生越说越生气,用力抖动着手里的 X 光片,"他还说他不是那个意思,是我不解风情,那我也给他送一根肋骨,从此互不相欠,什么风情我都给他解开,解得坦诚无比!"

陈小希小心翼翼地问:"那这是个生日礼物还是分手礼物?"

苏医生仿佛突然被陈小希点醒了似的,恍然大悟:"对哦!我怎么没想到,还可以是分手礼物!"

宁拆十座庙,不毁一桩婚。

陈小希懊悔地岔开话题:"那你想用什么材料来做你的肋骨?"

苏医生:"什么材料最便宜?反正是分手礼物了。"

陈小希求救地看向江辰,发现他正盯着手机上的玉牙吊坠出神,她手在桌子底下推一推他,他回过神来正准备说什么,苏医生已经看到了他们的小动作。

"我逗你的,是生日礼物。"

陈小希刚松了一口气,苏医生又补上一句:"不过你还是挑便宜的材料吧,万一分手了我也不亏,大学时我攒了好久的钱,送了前男友新电脑,分手后每次我电脑一卡就想去他们宿舍偷电脑。"

陈小希非常理解地点头:"那用泥塑吧,一公斤几十块钱。"

"行。"苏医生指着 X 光片,"我们先来挑挑看,哪根肋骨最好看。"

……

陈小希看着 X 光片无语。

"挑不出来?也是,CR 片看不清楚,我电脑里还有之前试新设备时拍的 CT 片,明天我把肋骨三维重建给你发过来。"

是因为看不清楚才挑不出来的吗?问哪条肋骨好看她是挑不出来了,哪条看上去好吃她或许还能挑挑看。

点的菜陆续上桌了,第一道端上来的菜就是秘制手抓烧排骨,一整排的猪肋骨豪横地放在一个大铁方盘上,肉连着肉没有切,刷了蜜糖烤得金黄焦脆,散发着油脂的焦香。苏医生拿起盘子边上的长刀，娴熟地从中卸下一根长长的排骨，放到陈小希盘中。

"试试看，这儿的手抓排骨可好吃了。"

陈小希正准备动手，苏医生又说："猪肋骨有14对，人有多少对，你知道吗？"

陈小希手停住，怎么吃个饭还得玩医学知识大比拼啊？她还没来得及向江辰求救，苏医生就接下去说了。

"12对，比猪少两对。"她自言自语地数起了盘子里的肋骨，"1、2、3、4……12？咦？只有12根？"

苏医生沉吟片刻，然后看着陈小希，声音故意压低，显得阴恻恻的。

"我看过一篇法医论文，说法医在日常工作中经常需要鉴别现场的骨头是人骨还是猪骨，而猪肋骨片段和人肋骨片段有时在形态上很难区分。"

江辰不喜欢有人吓唬陈小希，正准备戳破苏医生的把戏，没想到陈小希倒像是想到什么似的，拿起排骨咬了一大口，然后指着排骨上被咬掉的地方兴奋地说。

"你哟木哟轻署过苦刁？"嚼着肉的陈小希口齿不清。

苏医生一头雾水："你说什么？"

陈小希着急地打着手势，快速咀嚼着想把嘴里的肉吞下去。江辰伸手轻轻拍了拍她的背。

"别急。"他帮忙翻译，"她说你有没有听说过骨雕。"

陈小希竖起大拇指，努力咽下嘴里的肉。

"骨雕就是用动物的骨头来雕刻，反正你男朋友也没见过你的肋骨长什么样，你去市场买条看起来差不多的排骨，吃完处理一下，实惠又简单。"陈小希为自己的聪明沾沾自喜。

"骨头不会坏吗？"

"不会，用小苏打煮几个小时，把骨头里的油脂煮掉，保存个一百年没问题。"

"这么简单？"

"就这么简单。"

"作为礼物会不会显得随便了一点？"苏医生有点迟疑。

"不是你说要便宜实惠的吗？"陈小希略微思考后又说，"这样，你要是嫌简单，我们再用氧化氢泡一泡，颜色就很好看了，然后我再给你打磨抛光，最后再把你的名字用花字镂空雕上去，骨头中间掏空，再放一串小米灯，要多美有多美，看起来好像还花了很多心思。"

苏医生佩服："还得是你们艺术生的脑子好使。"

陈小希谦虚道："我也是跟室友学的，我们美术生交男女朋友，都逃不过给对象画幅肖像表达爱意嘛，我那室友就上网花钱请人随便画了一幅，然后说是自己熬夜很久画的，每个男朋友都感动得不得了。她的理论是，礼物这种东西只要心意到了就好。"

苏医生表示同意："没错，重要的是心意。"

陈小希："对，反正男的也不懂，效果达到了就好。"

江辰看着两人惺惺相惜的样子,开始怀疑自己刚刚的低落是不是有点想太多。

回家路上,陈小希在副驾驶上专心致志地看着骨雕的制作视频,江辰还在反复琢磨她说的"智齿"理论,转头看了她几次,见她没反应,最后还是在等红灯的时候开了口。

"陈小希。"

"嗯?"她头也不抬。

"你为什么给我雕了颗智齿?"

陈小希放下手机,心里警铃大响,暗自感叹果然什么都瞒不过江辰啊。

陈小希叹气:"就知道你不信,我就是把玉雕坏了,看它的颜色和牙齿长得挺像的,就随手雕了。"

江辰不作声,思绪万缕,缕缕指向自作多情。

陈小希以为他生气了,把脑袋凑过来,靠在江辰架在方向盘的手臂上撒娇解释:"我上网搜了一个晚上关于智齿的内容呢,连关于智齿的歌词都背了不少,不过也只能唬唬苏医生,你那么聪明,果然很难糊弄。"

毫无疑问,他挺好糊弄。

江辰点点头:"挺好。"

陈小希扒着他的手臂讨好地笑道:"真是什么都逃不过您的火眼金睛,您就是孙悟空本空!"

红灯倒计时,江辰把陈小希的脑袋从手臂上推下去,换成威胁的口气说:"说谁是猴呢?"

"那凭你这姿色,怎么着也得是个美猴王!"

绿灯亮起。

"坐好。"

"好嘞!"

他们的礼物（中）

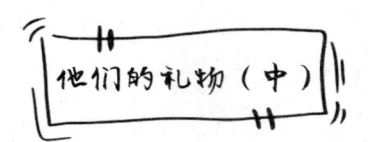

陈小希在上班途中突然接到江辰医院院长的电话时，心差点从喉咙里跳出来，就像家长突然接到孩子班主任的电话时的担心：孩子是不是闯祸了？孩子是不是受伤……

江辰还活着，没受伤也没闯祸，是苏医生把陈小希的作品集带回家，随手放在了茶几上。正巧她那个当院长的亲叔叔来家里吃饭，看到茶几上陈小希的作品集觉得不错，苏院长触类旁通地想到，医院最近在改造儿科大楼，想搞墙体彩绘，招了几次标都不尽如人意，竞标的公司要么漫天报价，要么水平堪忧，要么既漫天要价又水平堪忧。苏院长一打听，这陈小希所在的公司也符合竞标资质，重要的是她还是医院重点培养对象江医生的家属。苏院长乐坏了，这个江医生可是好几家医院都虎视眈眈的觊觎对象，医院藏着掖着、捧着哄着，就怕他跳槽，如果把他老婆也骗来为医院儿科画彩绘，两口子深度捆绑，一个都跑不了。为谨慎起见，苏院长也不让行政去联系了，他亲自找的员工资料打的电话，生怕谁把他的事搅黄了。

陈小希挂了电话，转身对着正在吃零食的司徒末说："末末，电话里那人说他是市医院的院长，找我去给医院画墙体彩绘。"

"院长这么有空，还亲自给你打电话？"

"对啊，我也觉得奇怪。"

"是不是叫你明天去他办公室？"司徒末问。

"你怎么知道？"陈小希震惊。

"电话诈骗。"司徒末下了结论。

陈小希将信将疑，又打了个电话给江辰，得知他完全不知道这事后，她才接受了聪明的自己被如此低端的骗局唬住了的"现实"。

可怜的苏院长，百忙之中抽空在办公室等了一个上午，陈小希电话也不接，万般无奈之下只好把事情跟江辰和盘托出。本来他还怕江辰高风亮节，不想家属参与医院的工作，没想到江辰只说他们互不干涉工作，但他同时也非常肯定陈小希能够完全胜任。

晚上江辰靠着床头看书，陈小希洗完澡头发还滴着水就爬上床，坐在一旁长吁短叹，想引起他的注意力。

"头发擦干。"江辰知道她的小心思，故意说道。

陈小希拿起挂在脖子上的毛巾随便擦了两下，水四处飞溅，江辰侧着脑袋躲还是被溅到了，只好默默伸手抹掉。

"哎——"随着一声惊呼，陈小希"砰"一声撞床板上了，一切快得江辰都没来得及阻止。

当时情形是这样的，陈小希用剩下的黄翡边角料给自己雕了颗比指甲盖还小的 Q 版智齿，挂在一条珍珠手链上，精致可爱。她擦擦头发时链子挂住了头发，她用力一扯，就拉着自己的脑袋撞床板上了。

陈小希的手被链子和头发串着举在脑袋上，冲着江辰干笑。

"呵呵，头发缠住了。"

江辰虽然已经习惯了，但还是忍不住在心里叹了一口气，挪过去帮她把头发从手链上解开。

江辰看着她手上精细的玉雕，又看看她苦着脸揉着脑袋的样子，百思不解，怎么有人有时技艺高超鬼斧神工，有时又像是刚进化成人类还没驯服手脚的小动物，左磕磕右碰碰？

"你们医院那个项目，我不敢接。"陈小希小声地说。

江辰斜眼看她："你还有不敢的事？"

结婚后的陈小希完全解放天性，成了作威作福的山大王。当然这少不了江辰暗地里的纵容，自从求婚事件之后，他才意识到原来陈小希心里一直是不安的，所以他总是不遗余力地让她明白她是最重要的，不过她好像明白得越来越胆大妄为、随心所欲了。就说这个月吧，她先把书房堆满了她的各种美术用具，又说迷上了梵高，在阳台种满了向日葵，昨天又突然把客厅的沙发和茶几都卖了，说要搞"去客厅化"。

陈小希心虚地躲开江辰的眼神，毕竟他已经被"去客厅化"逼到在床上看书了，现在书上还被她滴得都是水……

"你别阴阳怪气嘛，我在认真和你讨论呢。"

"行吧，那你说说不敢接的原因。"

"你知道的，我做什么事都是心血来潮，坚持不了多久，我怕我这次也这样，影响你的工作。"

她知道自己的脾性，经常兴致勃勃地开始一件事，在遇到困难或者时间长腻了时，又很容易放弃。但这次是江辰工作的医院，她怕牵连到他。

"影响不到我。"江辰发现她的头发和链子缠得很紧，解不开。

"怎么可能影响不到你？"陈小希有点气愤，觉得他怎么撇得还挺干净，"万一医院叫我赔钱，我赔不起，你作为合法伴侣按法律规定要负责的啊。"

合法伴侣江辰实在解不开她的头发，就站起来走出卧室。

陈小希以为他生气了，忐忑的眼神跟着他的背影。

江辰站在家徒四壁、空无一物的客厅，深吸了一口气。

"陈小希。"

"干吗？"

"剪刀呢？"

"在抽屉里啊，你要剪刀干吗？"陈小希手贴着脑袋从房间走出来,"让你赔钱你也没必要拿刀捅我吧?"

"抽屉在哪儿?"江辰阴恻恻地摊着手看着空荡荡的客厅。

"我找给你。"陈小希心虚地干笑。

独臂陈小希在一片狼藉的书房里找剪刀,身后的江辰倚着书房的门槛,沉默地在手机上划来划去,他的沉默像一堵墙,堵得陈小希把背脊绷得紧紧的,总疑心他马上就要火山爆发。

火山没有爆发,不仅没有爆发,还孕育成了温泉。

江辰用手机查了半晌后突然开口,语气平淡地说了一段给了她无限底气的话。

他说:"你心血来潮想做什么我都支持你,你累了腻了随时想放弃我也都没异议。刨去贷款,我们家所有的动产不动产加起来大概价值一百零七万,你签合同的时候赔偿款最好争取控制在这个范围内。"

陈小希翻找的动作停顿了好一会儿,瘪着嘴想忍住眼睛里漫起来的雾气,没忍住转过身来,眼泪汪汪。

"呜呜……你怎么这么好……啊!"她痛呼一声,没留意手链又扯到头发,疼得她更眼泪汪汪了。

"快找剪刀,再扯就秃了。"

"那你帮我找。"陈小希瓮声瓮气地撒娇。

"我不找,谁放的谁找。"江辰不为所动。

"哼!"

江辰说着不帮忙,还是过来帮她搬开碍脚的石头,陈小希跟他闲聊起来。

"我们家原来挺有钱啊。"

"银行卡不是都在你那儿吗?"

"我忘记密码了。"

"……密码是你手机后六位。"

"对哦!早知道我多买几块翡翠给你做吊坠。"

"别买了。"

"也对,钱还得留着赔呢。"

"你还挺有信心。"

"嘿嘿,万一嘛。"

江辰找到剪刀,利索地把链子剪断,江辰只捏住了那颗小玉牙,一串珍珠哒哒哒地蹦跳到了地上,在地板上欢快地跳跃着,犹如陈小希腾腾燃起的怒气火苗。

"你剪手链干吗!剪头发啊!"陈小希咬牙切齿。

"手链可以再穿。"江辰理所当然,剪手链和剪她的头发,他当然选择剪手链。

"头发也能再长!"陈小希怒吼。

"你头发的分量看起来不像可再生资源。"江辰语气凉凉。

几分钟前的滔天感动彻底被抛诸脑后,陈小希现在只想把珍珠都捡起来砸进他的脑袋,赏他一个金碧辉煌。

他的礼物(下)

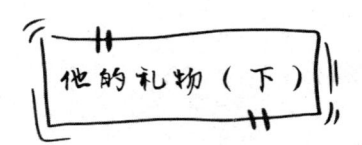

　　江辰没有想到的是,陈小希接下儿科的墙绘工程之后,同在一个医院工作的两人相处时间反而少得可怜,她基本把清醒的时间都用来画墙绘了。从上午八点画到晚上十一二点,休息时间江辰去找她,也说不到几句话,吃饭也经常在"工地"一起吃盒饭,回到家她也是倒头就睡。好几次他路过儿科大楼往里看,莫名生出一种咫尺天涯的感觉。

　　情况在十二天后有了改变,同时他们的生活也有了翻天覆地的改变。

　　那天早上,陈小希在调色时闻到颜料的味道,突然胃里一阵翻腾,跑去厕所把早餐吐了个干净。是的,和古往今来所有老土的套路如出一辙,女主吐了就是怀孕了。也许是因为一些神秘的直觉，陈小希居然冷静地先去挂了妇产科和消化内科的门诊，妇产科医生有点脸熟，但陈小希情急之下也认不出来，医生让她不用去看消化内科了，去看江辰吧。

身上都是颜料的陈小希拿着检查报告，做梦似的在医院游荡着，引来不少路人的注目。不过她只顾着找江辰也没察觉，找了一圈才问到他们科室在会议室开例行的病例讨论会。

在陈小希试图透过会议室门玻璃找江辰的身影时，里面的江辰看到了她，跟同事说了声就出来了。

"怎么突然过来了？"

陈小希不知道怎么说，把手里的报告单塞给江辰，他快速扫了一眼，然后露出了她也很少见到的复杂表情。陈小希想，原来他脸部的肌肉并没有因为疏于锻炼而功能减退啊。

陈小希忍不住笑了，江辰也跟着笑了。

江辰很少开会时突然离席，会议室里的一群医生都好奇地透过玻璃张望，只见两个人也不说话，就看着对方笑，然后江医生伸手抱住了陈小希，正在众医生疑惑撒狗粮这种行为和江医生的人设不符，并且懊恼陈小希身上的颜料沾到白大褂上了时，陈小希吐了。

哈！江医生把老婆抱吐了！

陈小希没想到的是，她虽然是怀孕了，但吐得结实实，是因为她早餐吃了米线、烧卖、叉烧包、小馄饨和一大杯豆浆，轻微肠胃炎过后,她是一个啥反应都没有的健康孕妇,想偷懒都找不到借口,工作只得继续,但好在傅沛终于良心发现批准了她项目方案里的申请,给她找了个美术学院的实习生。实习生刚考上研究生正过暑假呢,又闲又甜,天天跟在陈小希身后姐姐姐姐地叫,把江辰都叫烦了,但陈小希很受用啊,谁不想要个阳光男大学生每天闪着星星眼崇拜地看着你说:"姐姐,我跟着你真的学习到很多。"

陈小希的快乐显而易见,江辰的郁闷却隐而不能发。

虽然他们用的都是安全环保的颜料,但为安全起见,江辰一开始就给陈小希准备了防毒面罩和护目镜,陈小希直到怀孕了才肯戴上,戴也经常戴不好,于是就导致了江辰好几次都看到实习生梁润在帮她调整防毒面罩,面罩松了调整很合理,江辰也不能说什么,但这阵子他连敲键盘写病例的声音都大了不少。

陈小希对此一无所知,她只知道梁润和自己默契十足,墙绘的进度飞速,她都能偷懒早退去和江辰过结婚纪念日了。

当天,陈小希在江辰下班前就换好了漂亮的小裙子,梁润一直以来看到的都是一身颜料邋遢的陈小希,突然看她一身光鲜靓丽还有点发愣。

"小希姐,你原来挺好看的啊。"

陈小希本来准备批评他"原来"这两个字用得很不严谨,最好换成"向来",正好江辰进来了,她马上就得意扬扬地凑上去:"你听到了吗?梁润说我好看!"

听到了。

江辰看向梁润,这个年轻的实习生眨巴着眼睛一脸无辜地和他对视,江辰面无表情地朝他点点头,然后牵着陈小希就往外走:"走吧。"

陈小希边走边转头和梁润道别:"我出去吃个饭,回来打包好吃的给你,辛苦你啦。"

"好,那我晚餐就不吃啦,等姐投喂!"

"那我早点回来。"

"嗯,等姐回来!"

没完没了了还!

江辰深呼吸,咬字异常清晰:"走路看路!"

这顿烛光晚餐陈小希吃得很尽兴,还给梁润打包了好几道招牌菜,坐在车上她一路抱着打包的饭盒,江辰脸色晦暗不明。

"不烫吗?"他像是不经意地说。

"什么?"陈小希顺着他的眼神看到放在腿上的饭盒,"哦,这个不烫啊,我怕放底下洒了。"

想踩急刹车,最好是能把饭盒甩出去的那种。

车子在医院停车场平稳地停下。

"你打开你前面的盒子。"

"你还准备了礼物吗?"陈小希兴奋地把饭盒放脚下,碎碎念着,"我都不知道结婚纪念日还有礼物,什么都没有准备。"

她打开车内储物盒,里面有一张松松卷起来的纸,还用绸带打了个隆重的蝴蝶结,摸到纸张熟悉的手感后她有点疑惑:"是什么啊?"

"打开看看。"他漫不经心地说。

陈小希低头解开蝴蝶结,感觉到江辰悄悄凑近的影子,抬头一看,他又像没事似的坐回原位望着窗外。

"是什么呢……"陈小希笑着打开卷起来的纸,是张大红底的人物肖像油画,虽然神不似形也不太似,陈小希还是一眼就猜出了画的是他俩的婚姻登记照,主要今天是他俩的结婚纪念日,江辰送别人的登记照也不合理吧?

"你上网找人画的?"她第一反应是皱眉,"这水平也敢上网接单?"

江辰表情有些僵:"不是。"

陈小希义愤填膺地指着画说:"怎么不是!首先油画画在水彩纸上就很大逆不道了,再看看这构图这调色这明暗关系,我闭着眼睛都能画得比他好,这人肯定就是欺负你不懂!"

"不是上网找人画的。"

"啊?"

"我画的。"

"啊?"

陈小希反应过来,用力戳着画纸的动作改为轻抚,脸上堆起笑:"我定睛一看,其实很有艺术鉴赏价值,可圈可点的地方也不少。"

"你圈，你点。"江辰歪头看着陈小希说。

"哎哟——就——嘛——"陈小希试图通过拉长一些毫无意义的语气助词来撒娇蒙混过关。

江辰作势要把画从她手里抽回来，她赶紧摁住："送我了就是我的！别生气啦，我怎么可能会想到是你画的嘛，对哦，你为什么突然开始画画？"

也不怪陈小希怀疑，毕竟江辰确实不是什么艺术爱好者，大学时她美术鉴赏论文写《蒙娜丽莎》，他在一旁瞎出主意，说医学上有一种说法，认为蒙娜丽莎的微笑之所以神秘，是因为她患有甲状腺功能减退，这个病导致了她独特的面容。

江辰断断续续在网上学了两个月绘画，理由很简单，他担心陈小希怀孕了一个人完成那么大的项目会很吃力，想力所能及地帮帮她。江辰想，现在她有水平肯定够上网接单的实习生辅助，明显也用不上他帮忙了。

"你为什么突然画起画来？"陈小希见他不回答，又追问了一句。

"走吧，不是还给你的实习生打包了吃的。"江辰岔开话题，打开车门，没忍住还是讽刺了一句，"凉了可就不好吃了。"

"也是。"陈小希爽快地下了车，江辰气得牙痒痒。

江辰拎着打包盒，陈小希边走边看江辰的画，这会儿她才意识到，美术基础为零的江辰要画出这么一幅画肯定下了很大的功夫。

"江辰。"陈小希有点愧疚,"我都没有给你准备礼物,怎么办?"

"那你说怎么办?"江辰随口说。

远远看到梁润戳在儿童保健科门口玩手机,像在等人,江辰就有些烦躁了起来。

陈小希想了想,然后骄傲地指着依然平坦的肚子:"这是我的礼物。"她抬头看看江辰,笑得尤其得意忘形,"怎么样,我这个礼物还可以吧?"

她一笑,他的烦躁一扫而空。

"千金不换。"江辰笑着说。

陈小希也看到了远处等着的梁润,突然想起来了什么似的。

"那我再追加一个礼物。"

"什么?"

"你能来帮我的墙绘涂色和写字吗?"

江辰张口刚要答应,陈小希一阵抢白:"我知道你忙,但你先别拒绝。听我说,墙绘其实已经快画完了,梁润马上就开学了,你只要下班后和放假时过来给我搭把手就可以,保证不影响你的工作。"

"这样啊……"江辰沉吟着。

陈小希小心翼翼地等待着江辰的回答,伸手拉着他的袖口轻轻地晃,江辰瞥了一眼她的手。

"也不是不行。"江辰大发慈悲似的说。

"你最好了！"陈小希一蹦三尺高，挂着江辰的脖子不下来。

江辰单手扶住她的腰，难得不制止陈小希的得意忘形。

"小希姐？"

梁润的声音从远处传来，陈小希赶紧从江辰身上挪开，江辰还虚虚地拢住她的腰，她有点不好意思地推开他的手。

"梁润看着呢。"

"让他看。"江辰不动声色地搂实了陈小希的腰，揽着她朝梁润走去。

陈小希白天先把线稿画好，然后标好色块数字，调好色，晚上江辰有空了就对应着数字涂颜色，简单得让有两个月"绘画基础"的江辰觉得自己在涂幼儿园填色本。不过他倒是发现陈小希那些东一榔头、西一棒槌的折腾都不是白折腾的。她画的条漫，就用在了儿童健康知识科普墙上，一个预防手足口病的科普被她画得妙趣横生，很多小朋友没看完都不肯走；她在网上帮人画头像，就帮儿科的医生护士都设计了卡通头像名牌，儿科掀起了攀比谁的头像更好看的不正之风；她玩雕刻，就给儿科手工雕了一块硕大的木雕，上书："起死回生。"全儿科表示："可不敢挂。"

儿科综合大楼改造落成剪彩，江辰和陈小希分别都接到了携家属出席的邀请，江辰最终以陈小希家属的身份出席了医院的活动。

陈小希以为这种活动她只要演好群众演员的角色就好了，所以苏院长宣布儿科建设十大最佳奉献奖的时候,她还在江辰外套的口袋里找话梅糖吃。因为女装要么没口袋要么口袋浅,她习惯把小零食塞到江辰口袋里。陈小希在靠近她那边的口袋里掏了半天,只有两把钥匙,又贴着他的胸膛去够另一边的口袋。

苏院长宣布:"最后一位新儿科建设最佳奉献奖的获得者是,陈小希!她在儿科大楼改造最迫切的时刻临危受命……妙趣横生的设计多次获得了上级单位的表扬……她虽然不是儿科人,却有一颗儿科心!"

陈小希的脑袋"嗡"的一声定格住了,苏院长说了什么她都没听进去,人还半贴在江辰身上,仰着头看着他。

"是我吗?"

顶着全场齐刷刷看过来的目光和窸窸窣窣的揶揄笑声,江辰面不改色地把陈小希的手从自己的外套口袋里拿出来,扶正她的坐姿。

"是你。"他的语气难掩骄傲。

这次儿科大楼改造项目入选了全省医疗环境更新白皮书典型案例,陈小希的贡献有目共睹。

陈小希又蒙又心虚,小声地问江辰:"我又不是医生护士,凭什么拿医院的奖啊?要不我等下去多献点血?"

"去领奖吧。"江辰笑着捏捏她的手。

台上排排站了十个人等着颁奖,九个都是穿着制服的医生护士,只有一个格格不入的陈小希站在一边,浑浑噩噩地低头看着掌心。

掌心躺着一颗话梅糖,是刚刚江辰捏她手时偷偷塞给她的。

她在他的地盘,赢得了一颗糖。

江辰拿着手机打开相机,准备帮陈小希录像,观众席突然传出一阵善意的哄笑。他疑惑地把视线移到台上,只见苏院长已经把证书颁发给陈小希身旁的医生了,一旁的陈小希却撕开了一颗话梅糖的包装正准备吃,突如其来的哄笑声吓了她一跳,送到嘴边的糖吃也不是,不吃也不是,僵了几秒,最后她还是硬着头皮快速地把糖往嘴里一塞,装作什么事都没发生。

江辰装作认真录像,以躲避大家探究他反应的好奇视线。手机屏幕里的陈小希小小一个,颁奖颁到她了,她攥着糖纸想往口袋里塞,一塞才发现衣服上没口袋,掉地上了又去捡,捡了顺手就塞鞋子里了,然后她又若无其事地站起来等待领奖。

江辰努力咬紧了后槽牙才忍住没笑。

陈小希这个人,真是有趣又肆无忌惮啊。

【全文完】

图书在版编目（CIP）数据

致我们单纯的小美好：全2册/赵乾乾著.—南京：江苏凤凰文艺出版社，2024.4

ISBN 978-7-5594-8540-3

Ⅰ.①致… Ⅱ.①赵… Ⅲ.①长篇小说－中国－当代 Ⅳ.①I247.5

中国国家版本馆CIP数据核字（2024）第058851号

致我们单纯的小美好：全2册

赵乾乾　著

选题策划	澜　亭
责任编辑	王昕宁
特约编辑	澜　亭
出版发行	江苏凤凰文艺出版社
	南京市中央路165号，邮编：210009
网　　址	http://www.jswenyi.com
印　　刷	三河市嘉科万达彩色印刷有限公司
开　　本	880mm×1230mm　1/32
印　　张	17
字　　数	340千字
版　　次	2024年4月第1版
印　　次	2024年4月第1次印刷
书　　号	ISBN 978-7-5594-8540-3
定　　价	69.80元（全2册）

江苏凤凰文艺版图书凡印刷、装订错误，可向出版社调换，联系电话025-83280257